八十抒怀

陈德良 著

文汇出版社

谨以此书

献给上海交通大学附属中学

建校 70 周年

留住飞逝的时光

（代序）

简 平

我们总说时光飞逝，这种感觉真实而又虚幻，譬如说陈德良老师已入杖朝之年，而在我的脑海里，不管什么时候，跳出来的始终是他年轻的身影，都不曾改变过。所以，当他跟我说，他要出一本《八十抒怀》的书并让我写序时，我一边感叹岁月易老，一边又生出恍惚，仿佛他每一次出书、每一次让我写序都从未逾越光阴。

那么多年来，陈老师确实一如既往地喜好文字，热爱写作，这样的坚持会使一个人一直保持最好的生活乃至生命的状态。陈老师编辑上海交通大学附属中学的《校友报》迄今整整二十年，时间嘀嗒嘀嗒地流逝，但他的执着未减半分，依然投入地组稿、编稿，他的努力将交大附中自1954年创办70年来的一届一届学生都召唤而至，聚心聚力，所以不仅是陈老师自己，也让那么多的校友也继续浸染于激情燃烧的日子。陈老师给历史悠久的《新民晚报》副刊"夜光杯"写了不少稿子，退休之后非但没有搁笔，反倒写得更多了，正所谓笔耕不辍，有些稿子是经由我给到编辑的，如今，我熟悉的编辑也一个一个退休了，或者辞职去开辟另一块天地了，但陈老师还在写着，而且非常自信地自己去投稿，结果还是会被陌生的编辑采用。其实，写作并不容易，费心费力，不少专业作家上了一定年纪后也都封笔了，可陈老师却越写越多，他对我说并没感到吃力，只感到快乐和充实，因此，陈老师就一直这样快乐着、充实着，年华笃定。

《八十抒怀》是陈老师对过往写作的一次盛大的检阅，这部作品集跨越长长的年月，收录最早的是1980年在《文汇报》上发表的第一篇文章，最近的则是

2024年6月6日在《上海老年报》上写的随笔,全书180多篇,约12万字,而这还是从400多篇文章里精选而成的,可见其勤勉。为阅读方便,陈老师将这些作品分为13个小辑——《我爱我校》《校园花絮》《学生党建》《教育创新》《圣地洗礼》《旅游天地》《友好学校》《师生情谊》《晚霞灿烂》《种花养草》《幸福家园》《杂文荟萃》《为我点赞》。陈老师还加入了几篇没有发表过的文章,如《我认识的7位校长》等,内容包罗万象,直接取自于工作和生活,那便真是漫长的人生了。最为引人注目的是,陈老师的大部分文章涉及交大附中,用他自己的话说,这部作品集也是学校历史的部分记录,"我之所以要汇集成书,是想以自己的文字来丰富一所学校的记忆,以此献给学校,因为我深深地爱着我的学校——上海交大附中"。在这个意义上,可以说陈老师笔底的韶华也是交大附中师生们的韶华,他帮我们留住了飞逝而去的时光。

人在很多时候如同背向坐于快速行驶的车上,既常常忘记匆匆掠过的昨天,也看不清倏然而至的今天和明天,所以需要借助真切、真挚的文字唤醒记忆、认识当下、属望未来,而陈老师的那些篇章就是真切和真挚的。我衷心地希望读者能在陈老师的这部作品集里不仅看见他的故事,也能看见自己,看见远去的往事,看见珍贵的东西,看见温暖和希望,并与之共鸣、共情。

陈老师先前编著的有关上海交大附中的三本书都是我写的序,这次他又嘱我为《八十抒怀》写序,我倒是有些诚惶诚恐,因为这本书毕竟是他集40多年创作精华的个人作品集,那就权当是我作为曾受教于他的学生献给老师八十大寿的礼物,也是如他希冀的献给母校七十华诞的礼物。

2024年4月

(序作者系上海交大附中1975届学生,中国作家协会会员、中国文艺评论家协会会员、中国电影家协会会员、中国电视艺术家协会会员,现为上海作家协会理事、上海文艺评论家协会理事)

目 录

留住飞逝的时光（代序） ································· 001

第一辑　我 爱 我 校

我认识的7位校长 ····································· 003
十年，校名改了6次 ··································· 012
交大附中的校徽 ······································· 014
准大学生的摇篮
　　——记交大附中大学预科班 ························· 016
交通大学预科班 ······································· 017
素质教育结硕果附中又上新台阶 ························· 018
附中在全国学科竞赛中取得优异成绩 ····················· 019
交大附中每位学生都有一片创新天地 ····················· 020
名牌名师名人名校 ····································· 022
我爱我校 ··· 024
半个世纪的辉煌历程 ··································· 025
上海交大附中隆重庆祝建校50周年 ······················ 027
走进仰晖园 ··· 028
他们是交大附中的骄傲 ································· 030
交大附中隆重庆祝60华诞 ······························ 031
贯彻"发展才是硬道理"的指示精神
　　——学习邓小平教育理论的随想 ····················· 032

第二辑　校 园 花 絮

音乐在交大附中 ······································· 041

附中简讯 …………………………………………………………………… 042
一个奋发向上的集体 ………………………………………………………… 043
明星社团在这里诞生
　　——记交大附中邓读会 …………………………………………… 044
寻找高境庙 …………………………………………………………………… 045
鼓励学生当社长 ……………………………………………………………… 047
非常时期的一场特殊的招生考试 …………………………………………… 048
学校来了外国打工仔 ………………………………………………………… 050
三个女孩一台戏 ……………………………………………………………… 052
在虹口公园跳集体舞 ………………………………………………………… 054
办报记 ………………………………………………………………………… 056
油印作文集 …………………………………………………………………… 057
"学生自律委员会"好 ………………………………………………………… 059

第三辑　学生党建

早选苗　严要求　成熟一个　发展一个
　　——上海交大附中在学生中发展共产党员的做法
　　……………………………………………………………………… 063
附中学生朱辉入党 …………………………………………………………… 065
交大附中4年发展学生党员13名 …………………………………………… 066
交大附中重视在学生中开展党建活动 ……………………………………… 067
加强在高中学生中做好"推优"工作 ………………………………………… 068
在学生中一年发展党员14名 ………………………………………………… 070
交大附中高三班班有党员 …………………………………………………… 071
交大附中一班6名学生入党 ………………………………………………… 072
如何做好中学生入党发展工作 ……………………………………………… 073
交大附中第一百名学生入党 ………………………………………………… 077
走进延安走近党 ……………………………………………………………… 078
党旗在校园内飘扬 …………………………………………………………… 079
高三毕业生离校前宣誓入党 ………………………………………………… 080
高中学生党建工作的认识和实践 …………………………………………… 081
积极在高中学生中开展党建工作 …………………………………………… 085

青年共产主义者在这里成长

    ——上海交通大学附中在学生中开展党建工作……091

这里始终涌动着一批入党积极分子……097

第四辑　教 育 创 新

充分发挥学校团组织作用……103

交大附中活跃着一支教师德育演讲团……104

交大附中把政协列为社会考察内容……106

增加一点"防腐剂"……107

学校应对学生进行"磨难教育"……108

团市委在附中召开工作研讨会，充分肯定附中学生党建工作经验……110

鼓励孩子住读去……111

学习邓小平理论　争做"四有"新人……112

送给新同学的锦囊

    ——过好三关……113

到社会大课堂上"大课"……115

学生社团活动课程化……116

期末，学生给老师打分……117

会玩，也是一种能力……118

对学生思想教育要动之以情，晓之以理……121

转变观念，勇于实践，大有作为

    ——浅谈实行校长负责制后党的工作……127

完善德育工作，突出信念教育……130

深入开展"三观"教育，提高学生思想素质……136

追求卓越，争当先进

    ——和中学生谈成长……141

德育工作要与时俱进……143

德育工作的生命力在于与时俱进……144

第五辑　圣 地 洗 礼

井冈山，爱国主义教育的宝库……149

重走红军路　再温革命史 ·················· 153
圣地洗礼 ····························· 154
党旗在七大会址飘扬 ······················· 155
八上井冈山 ···························· 156
青山埋忠骨，精神育后人 ····················· 158
重温革命史，信念更坚定
　　——革命圣地井冈山巡礼 ·················· 160
拜谒列宁墓 ···························· 162
我愿做地上的泥土
　　——记穆汉祥烈士 ····················· 164
十上井冈山 ···························· 170
南湖宣誓 ····························· 173

第六辑　旅　游　天　地

被困华山顶 ···························· 177
大红枣儿甜又香 ·························· 179
漫步莱茵河畔 ··························· 180
访欧抒怀 ····························· 181
游新昌大佛寺 ··························· 183
游三叠泉 ····························· 184
船在水中行　人在画中游 ····················· 186
宁夏沙坡头滑沙记 ························· 188
东方金字塔 ···························· 189
青铜峡一百零八塔 ························· 191
东方好莱坞 ···························· 193
巴蜀乌木第一奇 ·························· 195
漫步金鸡湖畔 ··························· 198
天梯 ······························· 200
若留一二有用事业 ························· 201
漫步华政 ····························· 203
漫步万象天地 ··························· 205
穿越天山之路 ··························· 206

走进天后宫 ····· 209

第七辑　友　好　学　校

上海交大附中、江西育才中学结成友好学校 ····· 213
以实际行动支援老区教育事业 ····· 214
附中与江西育才中学联合组团考察井冈山 ····· 215
思想在这里得到升华 ····· 216
附中与武警二支队联合赴井冈山考察记 ····· 218
宝塔山下忆传统　延水河畔表决心 ····· 219
献出一份关爱，体验逆境成才 ····· 220
帮学，上海延安一线牵 ····· 221
在澳门唱革命歌曲 ····· 222
他为澳门教育辛勤耕耘 ····· 224
牵手
　　——上海交大附中与江西育才中学互访交流活动侧记 ····· 226
伴随一生的涵养
　　——写在高桥中学百年校庆之际 ····· 227

第八辑　师　生　情　谊

我当学生证婚人 ····· 231
民主党派成员心向学生
　　——交大附中教师精神可贵备受赞赏 ····· 233
阵阵暖流涌向漱舟姑娘 ····· 234
我校领导亲切关怀附中学生沈漱舟 ····· 236
特困生沈漱舟直升交大 ····· 237
青春创造奉献
　　——附中学生与全国劳模包起帆座谈 ····· 238
家访 ····· 239
孩子们的"大姐姐" ····· 240
既是大哥哥，更是引路人 ····· 241
爱心，比灵芝更珍贵 ····· 242

小小爱心箱　涓涓注深情 243
社区学校小园丁 244
相约在金陵 245
校友为我出书 247
古丽努儿·阿扎提 248
组织学生参加"我的中国心"征文活动 250
交大附中春节不忘老教师 251
交大附中新疆班同学获JY奖学金 252
三代交中情 253
学生不忘师恩为退休老师订报 255
学生把我当"校工" 256
最爱看《上海老年报》 258
一枚二十大首日封 259
师爱在教育工作中的作用 260
戈壁红柳 263
我的大学语文老师 266

第九辑　晚霞灿烂

拜访程开甲院士 271
新的起点 273
祖国在我心中
　　——为了祖国我奉献着自己的一切 274
晚霞灿烂 276
我是一名共产党员 278
泥土芳香 280
最后一堂课 282
退休第一天 284
炮弹情结 286
生命不息　奉献不止 288
体重比炮弹轻
　　——1962年,我在海防前线 289
微博心声 291

交大预科求学记 ·· 293
八十岁的我又一次"唱"起了这首歌 ······································· 298

第十辑 种花养草

盆栽辣椒 ·· 301
盆栽辣椒又一春 ·· 303
种辣椒 ··· 304
碰碰香 ··· 305
虎皮兰开花 ··· 306
家有蟹爪兰 ··· 307
盆栽向日葵 ··· 308
也说茉莉花 ··· 309
一盆萼距花 ··· 310

第十一辑 幸福家园

人才从这里诞生 ·· 313
面对女儿的失利,我心平如镜 ··· 315
手机被偷的瞬间 ·· 317
家住苏河湾 ··· 318
生日礼物 ·· 319
家庭手工大赛 ··· 321
临窗看比赛 ··· 323
生日影集 ·· 324

第十二辑 杂文荟萃

别了,南星小区 ·· 327
沪游客赞港服务 ·· 329
在香港看晚报 ··· 330
香港老板的回信 ·· 331
写作,是一种享受 ··· 332

北大荒人的歌 ······ 334
他曾经帮过我们，现在我们帮他 ······ 337
吹面不寒杨柳风 ······ 339
刻有韩国总统名字的表 ······ 341
中韩友谊结硕果 ······ 342
走进钱学森图书馆 ······ 344
苏州河水清又清 ······ 346
窗外静悄悄 ······ 347
王个簃与《硕果图》 ······ 349

第十三辑　为　我　点　赞

耕耘半世纪　成功教育者
　　——访陈德良老师 ······ 353
先锋陈德良 ······ 364

后记 ······ 367

第一辑　我爱我校

我认识的 7 位校长

2024年，上海交大附中迎来70华诞。在此地真高境，桃李满天下的70年中，我校前后有7位校长，他们在不同的历史时期，在教育的第一线，带领师生不断创新发展，一次又一次地创造了辉煌，为党和国家培养了一大批各类优秀人才。他们的名字和感人事迹将永远记在学校的历史上。

七位校长是：钱君洪(女)、石汉鼎、胡益培、许镇国、邵士信、徐向东、王健。

作为这所学校曾经的学生，后来留校当老师，也担任过学校领导的我，与7位校长都有过联系、相处与交往，有的还共事多年。时光如白驹过隙，转瞬即逝，但那些相处的时光，却如同珍珠般散落在我的记忆长河中，熠熠生辉。

第一任校长钱君洪

她是我校奠基人。

1960年，我考入上海交大预科。入校后听班主任程可荣老师介绍，我们预科的主任(校长)是个女的，1937年参加革命的抗战老干部，听她的讲话、报告，会感到是一种享受。很快，钱校长就给我们新生作入学报告。她介绍了自己的情况，学校的历史，师生中感人的人和事，对新同学提出了希望和要求。同学们第一次听到如此精彩、生动、有趣的报告，会场里响起了一次又一次热烈的掌声。

1954年，上海市教育局创办了第一和第二两所工农速成中学，她调入一速中任党委书记兼校长。在市教育局的支持下，她挑选了当时上海各中学里最优秀的教师到一速中，其中包括沈蘅仲等老师。1955年，一速中与二速中、华纺、一医、中建4所速中合并，成为上海市工农速成中学，她任党委书记兼校长。她是我校主要创始人之一。

钱校长平易近人，热爱师生，她几乎每天深入教室、教师办公室、学生宿舍、饭厅，经常出现在操场上，常看到她在和师生交谈，即使在路上，也会热情与碰到的老师或同学打招呼，让师生感到十分亲切。有一次，一位学生因家庭经济困难准备退学，钱校长知道后立即让班主任曹方人老师家访，并下达命令，不做通家长工作，班主任也不要回来了。又表示学校可为这位学生减免学费、提供助学金等帮助。曹老师领命做通了家长工作,该生得以继续上学。此事,足见钱校长爱生如子。

钱校长每次报告,深受师生欢迎,这不仅是因为她口齿清楚、声音洪亮、引经据典、古今中外、富有哲理,更重要的是她每次报告都能结合学校情况,举例生动有趣,在不断的掌声中给人启迪。她在青岛七中时,常在大操场作演讲,此时,与学校一墙之隔的山东海运学院一些老师听到她的声音,就会打开窗子聆听,可见她的演讲之精彩。

工农速中结束后,当时各高校正举办预科,她应交大邀请介绍速中情况,会上,交大当即决定接收速中,举办交大预科。之后,她任交大预科主任(校长)。她保持着速中时的工作作风,培养出了后来任交大党委副书记的陶爱珠、生命科学系主任的朱章玉教授等一大批优秀学生。1962年,她调往交大任校长办公室主任。但凡碰到我校师生,她总要问起学校情况。后来,我参加交大党委中心组学习或开会,她遇到我都要关心附中情况。1992年,她病在家中,我和倪焕两人代表学校前去慰问,坐在轮椅上的钱校长侃侃而谈,回忆着速中和预科的情况。当年5月,她故世,我代表附中参加了追悼会。

2010年,60届在陶爱珠、朱章玉等校友倡议下,为钱校长雕像,60届校友积极响应。我和汪金根老师参与了雕像的全过程制作。2016年9月,学校将办公楼命名为"君洪楼",这是对钱校长最好的纪念。

第二任校长石汉鼎

他从硝烟中走向教育。

我曾写过一篇《从硝烟中走向教育》的文章,发表在2007年第1期《大江南北》杂志上。

石校长是1956年调入我校的,速中时任党委副书记,交大预科时任书记。1962年,钱校长调往交大后,他任校长。

1966年3月,我从部队复员回沪,与学校联系,询问能否回母校边工作边读书,以便日后再考大学。石校长听了我的经历、家庭、在部队情况介绍后,当即表示同意。于是,我非常顺利地回到了母校。当时,负责学生工作的陈培余老师,在没有请示石校长的情况下,就在学生大会上宣布我为政治辅导员,具体负责高二(1)班和(4)班。石校长知道此事后,没有表示反对,但告诉他以后做事要请示。想不到没多久,"文革"开始,一切设想皆成泡影,石校长等校领导受到冲击批判,我也成了保护石校长等校领导的铁杆分子。

"文革"结束后,1978年学校恢复团委,石校长征求我意见,是否愿意担任团委书记,我表示同意。当年5月4日,我校借马桥部队大礼堂召开纪念"五四青年节"大会,会上,石校长(兼书记)宣布我为团委书记。

担任团委书记的我,在石校长的领导支持下,开拓创新团工作,把团的工作做到教学领域中。请化学教研组长茹高霖老师、历史老师刘家有上团课;以谈见闻讲故事的形式传达团中央有关会议精神;开展高考写作文、钢笔字比赛,这些团活动,受到广大团员的欢迎。还有一次,我组织全校团员到虹口公园跳集体舞,这在当时是冒风险的。回校后,我向石校长汇报,准备挨批,甚至撤职,出乎意料的是,石校长大加赞赏,并鼓励我大胆干。我信心大增,我校团的工作不断跨越新的台阶,我不断在市、区、兄弟学校作经验介绍,我也两次被评为上海市新长征突击手。

石校长是在抗战最艰苦的时候参加革命的,不满17岁的他在家乡参加抗日青年救国会,后担任会长,不久入党。之后任民兵教导员支队政委等。解放后,任乡指导员,到县委机关工作。1954年,随华东局干部调动,到复旦大学在苏州办的速中任党总支书记,1956年9月调来我校,1981年调上海工业大学(现上海大学),任人事处长。

几十年来,我与他一直保持着联系,每年春节,我都上门向他拜年。记得2006年8月13日,我陪68届4班费国良等一批同学到石校长家,向老校长致歉,反思"文革"中对校长的冲击。石校长说,当时不是学生的错,学生也是受害者,师生恩怨不应存在。一席话,让在场的学生深受感动。

石校长在交大预科、交大附中工作期间,学校成绩辉煌,学校被市教育局领导誉为"秘密武器"。

石校长逝世后,许多交大附中的师生前往送别,可见,我校师生对他怀有深厚的感情。

第三任校长胡益培

他是一个没有休息日的校长。

我是胡校长的学生,他是看着我成长、成熟、成功的。在我不同的人生阶段,都给予我帮助、支持,是我永远的恩师。

他是农民的儿子,1954年从杭州大学地理系毕业后,分配到上海第一医学院工农速成中学任教。1955年,5所速中合并,他成为上海市工农速成中学教师,担任班主任。由于他精心教学、关爱学生,业绩突出,获得全校师生好评。1956年被评为上海市优秀教师,其奖状上面有当时的陈毅市长签名。

速中结束,学校改为交大预科,他任团委书记,1962年任教导处副主任,分管学生工作。胡校长对学生充满爱,得到学生的信任和爱戴。他的记忆力特别强,历届学生的名字他大多能叫得出来,甚至学生走上工作岗位后,他也能记住某某学生在哪个单位工作,还知道是几届几班的。成百上千的学生,在胡校长的脑海里都有印象,这种难能可贵的品质来源于他对学生深深的爱。

给我印象深刻的是他在20世纪70年代初,他受到冲击也从不说假话、空话,不坑害别人,更不会"反戈一击",而是采取"装糊涂",一问三不知。"老糊涂"的绰号就是一些人从那时给他起的。最让我难忘的是1968年,当时的同济附中、上海中学解散了,交大附中何去何从? 学校里出现两种截然相反的意见,一些人说停办解散,但大部分老教师坚持要办下去。经过三天三夜大讨论后,工宣队头头将停办还是继续办下去的决定权交给当时任革委会副主任的他,在这紧急关头,被人称为"老糊涂"的他,没有糊涂,而是站在广大老教师一边,坚定地表示:交大附中要继续办下去! 然后联名向上级报告,表明广大教师的立场。正是胡校长的坚持办学,才招收了69届(3个学校附近农村班、1个黄浦班),70届(3个班),72届(10个班)……延续有了今天的交大附中。

石校长调上海工业大学后,胡益培就任校长,还兼过党总支书记。胡校长平易近人,没有领导架子,他几乎没有星期天,总是在学校工作,或是在走访老师、学生家庭,许多家长也成为他的好朋友。

1991年退休后,他退而不休,继续在校工作,担任退休党支部书记,还在交大—飞达民办初中担任校长。2004年10月,校友会成立,他担任名誉会长,每周来学校1至2天,协助校友会工作,帮助出好每期校友报,联系各届校友,举办校庆活动等。

2019年3月,他离开了我们,我校失去了一位好校长,我也失去了一位恩师。

第四任校长许镇国

他获得过全国优秀教育工作者称号。

认识许镇国校长是在1991年1月。因胡校长到了退休年龄,交大党委决定引进一名干部到附中担任校长。市教委向交大推荐了已从上中调到上师大附中的许镇国同志,交大认可。

那年,我是附中的党总支书记,对新校长的到来,很高兴。不料新学期开学不久,我在上班路上昏倒,被送往江湾医院,医生诊断是急性胆囊炎发作,必须立即开刀切除胆囊,我万分着急,新校长刚来,作为书记要尽快配合他工作,一开刀,在院时间会很长,不利学校工作,于是,我恳求医生不开刀,采取保守治疗,最终得到医生同意。几天后,我出院,放弃病假就到校,开始与许校长合作共事。

许校长以满腔热情投入工作,他走访了教研组长以上干部的家庭,倾听大家对学校工作的意见,对领导的要求和希望,并对每位干部家属表示衷心的感谢,他深入各教研组、下到教室、查访学生宿舍,听取师生对办好学校的建议,他踏实的工作作风,使大家对新来的这位校长留下了好印象。

他抓干部队伍的建设,提出干部必须符合"四化"要求,要有强烈的改革意识,他不拘一格选人才,将一些年轻有为的同志提拔到政教、教务、校办、总务等领导岗位上。他身体不好,但带病到校,以身作则,起早摸黑,操劳学校工作。1993年在学校实行结构工资改革,是上海普教系统的第一批改革试点学校。

在他努力下,学校创办了交大预科班,在市教委支持下,又创办了理科班,"四校理科班"提前招收竞赛特长学生。从此,我校在参加国际、国内、上海市的各学科竞赛中,每年有200多人次获奖,学校声誉大大提高。

他支持班主任前往西安、延安、无锡、成都等地考察学习,支持学生党章学习小组、团校开展的一系列活动,组织郊区同学节假日外出活动,还免费为学生供应生日面条,赠送月饼、水果等,使学生感到学校似家的温暖。那几年,我校德育工作走在全市前列,这与许校长的支持是分不开的。

许校长的工作得到了全校师生的肯定,也得到了交大党委的肯定。1994年交大党委书记王宗光带了党委中心组学习的全体同志,来附中参观、考察。我和许校长在会上分别介绍了附中发展的情况,取得的成绩,中心组全体同志给予热烈的掌声。这次活动,在交大附中历史上留下了精彩的一笔,也是附中建校以来第一次。

许校长1952年毕业于上海沪新中学,后考入天津师范学院物理系,毕业后,先后在天津第三中学、上海市第十中学、上海中学、上海师大附中等学校任教。1988年评为高级教师,调来我校三年后,被评为全国优秀教育工作者。

(以上载于《上海交大报》,2024年6月10日第4版)

第五任校长邵士信

他是一位学者型校长。

邵校长是民盟成员,他在担任校长期间,我是党总支书记,所以,我和他是"肝胆相照、荣辱与共",我们合作十分愉快,那几年学校各项工作开展得十分顺利。

邵校长是1964年从上海师大毕业后,分配到我校工作的,先后担任语文教师、班主任、教研组长、副校长，1995年8月起担任校长。他曾是民盟中央委员，上海市政协委员，上海市中小学教师高级职称评审委员会成员，杨浦区教育学院研究班指导老师，上海市语言文字工作者协会常务理事。

担任校长伊始，他在全校大会上提出"保卅争五，内实外扬，软硬结合，收放兼顾"的十六字方针。明确了我校要进入全市30所示范性学校，力争进入与国际接轨的5所学校。之后，他又提出了"基础厚、知识广、能力强、素质好、层次高"的办学特色，使学校在教育、教学方面有了明确的定位和追求。

他提出并坚持"大面积教学质量提高与拔尖学生培养并举"，他抓教师队伍建设，亲自招聘教师，开设"班主任学校"。

为扩大教师眼界，他组织教师前往中国香港，及澳大利亚、日本等国考察，制定了学校硬件建设的蓝图，并对体育馆、大操场、办公楼、学生宿舍进行了改造，为师生创造了非常好的学习、工作、生活环境。他提出的先学生、后教师的改造原则，得到广大师生、家长、上级领导的肯定和赞扬。

让我一直感动的是，作为分管德育工作的我，每次向邵校长提出，让学生到红色之地参观考察旅游，他都给予大力支持，并拨出经费。他多次说过，宁可在其他方面节约一点，也要在德育工作上多投入，以培养政治上坚定的接班人。正是在邵校长的支持下，我校的德育工作不断跃上新的台阶。

他是语文特级教师，业务水平一流，他的课深受学生欢迎。他讲得一口标准的普通话，早在大学读书时，就是校广播台的播音员。来附中后，培养出了后在上海电视台任播音员的朱准尊（白宾）等一批优秀的播音员。

在他担任校长期间，学校各项工作都取得了优秀成绩，得到师生肯定，他本人被评为上海市优秀校长。

1998年，我与倪焕老师一起，撰写了《求实进取的带头人》一文，文章发表在当年12月出版的《上海交通大学通讯》杂志上，记叙了他担任校长后的感人事迹，在交大及我们附中引起热烈反响。上海市政府督导室的同志评价他是一位"学者型"校长。

2002年8月邵校长退休后，我与他一直保持着联系，每年有几次相聚，畅谈在校时合作共事的情况，学校的发展，交流退休后的生活。

第六任校长徐向东

他是特级校长，也是全国著名校长。

1999年4月，作为交大青年干部，徐校长从交大调来附中。先后任副校长，党总支书记、常务副校长。2003年10月,他被任命为校长。

教师绩效考核是深化教育人事制度改革,推进学校绩效工资制度顺利实施,加强教师队伍建设,促进教育事业科学发展的一种考核制度。他率先提出让学生参与对教师的绩效考核,给老师课堂教学、教学态度、方法、组织安排、效果、语言表达、批改作业等进行打分,学生的评价成为评选学校学科带头人、骨干教师、"低评高聘"教师的重要依据。此项工作给了教师一个认识自我、反省自我的机会,极大地调动了教师的积极性,教学质量迅速上升。我为此写过文章《学生给老师打分》,发表在《中学生导报》上。

他锐意进取,创新高中生生涯规划教育模式,主编出版全国第一部《高中生涯》校本教材,该教材获得全国一等奖。同时引进了生涯老师,开设了生涯课。心理教师以丰富的知识,生动的讲课,让学生获得了新的认识和体验。《文汇报》《解放日报》等多次作了报道。

为推动民族团结,维护边疆稳定,为少数民族培养优秀人才,徐校长响应市教委要求,积极支持办好新疆班。也许是他出生在新疆,所以对新疆班特别有感情,一直坚持、倡导民族交融,探究管理方法。经常深入新疆班教室、宿舍、食堂、办公室,关心师生的生活、学习、工作,深得师生好评。

在徐校长的努力下,我校2009年始相继创办了嘉定分校、闵行分校、民办浦东交中初级中学,将交大附中优质教育资源辐射到更多地区。本部和两所分校资源共享,"交中三兄弟"均稳居上海高中头部行列。

作为上海市首批实验性示范性一流高中,上海交大附中一直致力成为基础教育领域改革的先锋。为了响应《国家中长期教育改革和发展规划纲要(2010—2020年)》的精神,配合上海市教育国际化战略的实施,构筑面向世界的开放教育体系,为上海市的发展培养具有国际竞争力的复合型人才,2011年,在徐校长的规划下,交大附中引进世界领先的IBDP国际课程,成立了IB国际课程中心,开设了IBDP国际课程实验班,2014年学校正式获得上海市教委批准,开办IBDP国际课程试点班,为高中学生提供优质的国际教育资源。开办至今,国际课程教育办学成果斐然,海外名校录取率列全国前茅。

二十年磨一剑,从高教系统的基础教育门外汉,成为今天的特级校长,著名校长。他曾说:"从没想过到中学来工作,更何况是担任中学校长。"他是博士、教授,2007年获"上海市园丁奖"、2013年和2017年两次获得"上海市教学成果奖"一等奖、2014年荣获"首届基础教育国家教学成果奖"二等奖、2018年获第四届"上海市教育功臣"提名奖等。

他编著出版著作30余篇(本),2013年和2017年两次获得"上海市教学成果奖"一等奖。

他社会兼职很多,广受赞誉,是上海市实验性示范性高中校长联谊会会长、上海市高中教育管理专业委员会主任、上海市教育学会副会长、中国教育学会高中教育专业委员会副主任、上海市中学生体育协会副会长、上海市教育领导学专业委员会副会长。

他注重大学与中学的人才培养衔接,坚持大学与高中的贯通培养是一个系统跟进的过程。2021年5月21日在复旦大学举行的"上海论坛·全国重点中学校长圆桌会议"上,徐校长坦言,大学一直支持中学新建实验室,但是更需要加强使用效率。他是一位务实的校长,所以交大附中落实了课时保证,落实了师资指导,实验中心老师都是硕士研究生,专门开发了各类实验课程。实验中心大楼成为学生课余生活最火爆的地方,真正实现了中学与大学教育衔接的目标。

徐校长喜欢体育运动,特别喜欢足球,我们经常看到他在小足球场、大操场与教工一起踢球。他是中锋,特别会于配合,控场能力很强。

2022年9月7日,他把校长的接力棒交给了王健校长,转为校党委书记,开始了新的征程。

现任校长王健

他将创造交大附中新的辉煌。

王健校长是2020年1月由交大来附中的,在副校长岗位上挂职锻炼。2022年9月7日,上海交大校长林忠钦来附中宣布王建任校长的任命。

我退休多年,只知道交大来了一位副校长,没有接触过。作为退休党支部书记的我,有责任向退休党员介绍新校长,并让校长与大家见面并讲话。于是,我到他办公室向兼任党委副书记的他汇报退休支部的情况。王校长十分热情,说早就知道我的情况,也始终关心着退休党支部。我请他与退休老同志见面,讲讲话,他一口答应。

去年3月6日,我们退休支部组织生活,他给退休党员做了第一次讲话。他做自我介绍,讲了名字的来历、含义,话语幽默、亲切、感人,一下子拉近了与大家的距离。然后讲了办学的思路、发展前景、赶超目标,说得大家热血沸腾,对学校充满着信心。

我见他全身心地投入在工作中,为了有更多时间在校工作,他经常不回家,晚上就睡在办公室的沙发上,我看到沙发仅60厘米宽,1米5长,睡在上面是难受的,但他克服了。他告诉我,因家离学校较远,晚上很迟回家,第二天一早就要赶到学校,不如睡在学校,既节约了时间,又有更多时间关心学校。后来,他爱人看他睡在沙发上太辛苦,就给他弄了一张木板床,但睡在办公室,其滋味仍然是不好受的。以校为家,王校长是最好的例子。

一天早晨,他到教室查看学生自习情况,看到几位同学在电脑上看世界杯集锦,他亲切地对学生说,早上时间十分宝贵,你们可以在学习之余再看。面对校长的关心,学生立即关了电脑,投入到学习之中。

给我印象特别深刻的是,2023年12月9日,星期六,92届5班校友丁欢欢等同学来校举行捐赠景观石仪式,王校长特意来校,我原以为他只是礼节性地接待一下校友就结束,想不到他在后来的三个小时中,始终与校友们一起活动。他在仰晖楼报告厅,用大屏幕向校友介绍学校近年来发展情况,取得的成绩,校友们为母校取得的成绩欢欣鼓舞。在景观石揭幕仪式后,他与校友亲切交谈,令校友惊喜的是,他回到办公室,拿来了交大附中、上海交通大学的校徽,赠送给每一位校友。嘱咐党政办老师,对今天没来的该班校友,将两枚校徽寄给他们。这一切,让校友们感到母校十分温暖。我想,这次活动必将深深地留在校友的脑海里,广大校友必将团结在交大附中旗帜下,为实现中国梦更加勤奋工作。

王校长在担任校长后表示,将加强学习,转换角色,在附中全体师生员工奠定的坚实基础上,将继续创造交大附中新的辉煌。他定下的目标,一定会实现。

(以上载于《上海交大报》,2024年6月24日第4版)

十年，校名改了6次

退休后，学校交给我编写校史的任务，我在编写过程中，详细记录了建校初期十年间，校名更改6次的过程。

1954年，上海市教育局按中央关于创办工农速成中学、加快培养优秀人才的要求，创办了第一、第二工农速成中学。第二年，与一些高校的速中合并后，改为上海市工农速成中学。当时，学生由各条战线优秀年轻干部、优秀的工农兵，经考核后选送而来。他们用4年的时间学完初高中6年的课程，毕业后直升大学继续深造。这是新中国成立后教育的一次重大改革，最终取得了丰硕的成果。工农速中是我校前身。

1958年，中央通知各高校，凡有条件的大学，都可以办预科。正好速中结束，被上海交大接收办预科，学校起名为交大预科。学生从各初中学校中挑选，学制2年，毕业后直升交大。但从第二届起，学生须经中考后录取，学制改为3年，学生毕业后也要参加高考。交大预科校址第一年在原速中，第二年迁到延长路149号，当时，交大一年级也在那里。大中学生在同一校园学习、生活，共享教育资源，探索大中学校无缝衔接，这又是一次教育改革的实践，创造了很多成功的经验。

1962年初，交大向上级报告，要集中精力办好大学本部，将预科移交给刚办的上海工学院，得到批准。于是，我校改名为上海工学院预科。

1962年下半年，市里通知，大学预科一律改为大学附中，我校也就改校名为上海工学院附中。

到了1963年上半年，上海工学院向市里报告，以集中力量办好新办的工学院为由，将附中交给市教育局，并要求我校迁出延长路校区。得到市教育局同意，那年暑假，全校师生参加了大搬家，学校迁往幼儿师范原址殷高路42号校区，校名改为上海市交通中学。

1964年上半年，上海交大鉴于我校近几年来办学成绩一直名列全市前茅，大批优秀学生考入清华、北大、复旦等，交大后悔放弃自己办的预科，于是，向市里再打报告，希望重新接收我校，得到批准。当年6月，我校校门口挂上了"上海交通大学附属中学"的校牌。此校名至今未改过。

在6次改校名中，第5次在学生中反响最大。上海工学院将我校移交给市教育局后，当年我校仍以上工附中的名义对外宣传招生，当学生拿到录取通知书时，发现是被上海市交通中学录取，一头雾水，又看到，交通中学远在郊区的殷高路上。于是，不少学生回到自己的初中，向老师提出要求转学。初中老师耐心解说，告知学校还是原来的，只是校名改了，尤其是老师没有变动，希望大家放心去就读，学生的情绪才平息下来。这一届学生，就是老三届中的66届。我校没有以交通中学的校名招生过，也没有交通中学的毕业生，不到一年的这段历史，成为广大师生的特殊记忆。

这十年，尽管校名改了6次，地方搬了3处，但广大师生的初心没变，优良的教风、学风、校风没变，一批又一批学生的梦想在这里起飞，学校也成为今天上海的四大名校之一。

交大附中的校徽

当我看到《我与上海交大》征文启事后,就把这份"启事"放在案头。一直在考虑,作为上海交通大学直属领导的交大附中的师生,不知是否可以参加?犹豫再三,在征文截止日期过半时,决定参与活动。我想,与上海交大的关系,可以从自己佩戴的交大附中的校徽谈起。

交大附中师生佩戴的校徽,远看与交大师生的一模一样,只是走到近处一两米时,才会隐约发现在"交通大学"四个大字下面,还有"附中"两个小字。淡淡的字迹,不注意的话是不会发现的。以前,我经常带领学生外出活动,有时与学生同乘一辆公交车,当人们看到佩戴着"交通大学附中"校徽的学生时,都会投以钦佩的目光。特别是看到刚进校的还带有儿童气的高一学生时,许多人会情不自禁地发出惊叹:不得了,这么小的孩子就考上了交通大学,大概是交大少年班的!了不起!听着人们的赞誉,学生感到十分骄傲,脸上充满着幸福感。我在一旁,也感到无比兴奋,因为我佩戴着红校徽,是他们的老师。

1964年,我们在设计这枚校徽时,其中一个意图就是要激励学生经过三年的拼搏,将下面"附中"两个小字擦掉,成为真正的交通大学的学生。学生都知道,附中是交通大学的"准大学生摇篮",佩戴着校徽,就要为交大争光,因为人们都认为你是交大的学生。我们的意图在历届学生的身上得到了体现。每年都有一大批优秀学生进入交大,尤其是近几年来,有近三分之一的毕业生,约130名直升或考入交大,这在上海乃至全国重点中学中是唯一的。附中为上海交大的发展做了一点贡献。

交大附中的前身是上海市工农速成中学。1958年工农速中结束后,学校就划归上海交通大学领导,校名改为上海交通大学预科。第一届学生是一些初中学校直升来的,学制为两年,两年后直升交大。后来担任过交大党委副书记的陶爱珠、生命科学技术学院常务副院长朱章玉等就是第一届预科学生。1959年起学制改为三年,学生是经过中考后择优录取的,毕业时不再直升交大,而要参加全国高考,但交大对预科考生还是有一点优惠的录取政策。学校后来一度脱离交大,改为上海工学院预科(附中),上海市交通中学,到1964年才重回交大怀抱,直至今天。

往事悠悠，如在眼前。我是1960年考入交大预科的，当我佩戴上交大预科的校徽时，喜悦、激动，难以言表。从此，我开始了长达46年在这所学校学习、工作、生活的历程。可以说，我一生是附中人，也是交大人。1983年，我被交大党委任命为附中党总支副书记，走上了附中的领导岗位。之后，又被任命为附中副校长、党总支书记。目前虽已退休，但仍继续在学校发挥余热。在漫长的岁月中，我对交大一直怀有深深的情怀，特别是1983年下半年我与毛杏云等交大10位干部赴上海市委党校第十期干训班学习，在这四个半月中，我们朝夕相处，同学习、同生活，互帮学，在结下了深厚情谊的同时也增添了我对交大的热爱，当时的同窗学友，至今还保持着联系。在我担任附中党总支书记，参加党委中心组学习的十多年中，我认识、熟悉了交大许多校级领导以及绝大多数中层以上的干部。他们对附中以及对我个人的关心支持，许多事至今仍历历在目。邓旭初书记亲笔为附中的小花园题名"仰晖园"；王宗光书记率领中心组全体人员来附中参观指导工作；翁史烈校长为附中建校四十周年题字祝贺；张煦等6位中国工程院院士为附中建校五十周年题字祝贺；阮雪榆院士等大学部的老师经常到附中为师生作讲座、上课；谢绳武校长为附中科技实验大楼奠基；纪委书记王永华在春节时还给我寄来了贺卡……这一切的一切，使我对上海交大的感情与日俱增。

我把自己看成交大人。我经常向《上海交大报》投稿，以表达自己对交大的情怀。自20世纪80年代以来，80多篇文章被刊登，其中有的报道刊登在头版头条。在交大第二届"祖国在我心中"征文评比中，我的文章在获得一等奖的三人中为第一名；在党委中心组邓小平理论读书班中，获优秀论文奖；我还获得过交大优秀教学二等奖。每当看到交大报上刊登自己的文章以及获奖的名字，我的心久久不能平静，因为我是交大的一分子。从佩戴交大预科学生校徽到佩戴交大附中的教师校徽，我走过了46年的历程，我把一生献给了交大附中，也献给了上海交大。

校徽在胸前闪光，校徽伴我永远。

（载于《上海交大报》，2006年3月20日第3版）

准大学生的摇篮
——记交大附中大学预科班

1992年8月,上海交通大学附属中学委托华师大心理系对281名新生进行心理、智商测试,选择了不同类型、不同层次的40名同学组成了本市第一个大学预科班。

由于预科班实行双向流动,即对不能适应该班学习的流出,其他班级优异生可以进入,使学生形成了强烈的竞争意识。上学期,已有3名学生进入该班。在教学中,预科班对现有的高中课程设置作了调整,并注意与大学教学紧密衔接,自编了与交大理工科专业有密切联系的新教材。外语教学学生毕业时达到大学二级水平,微机改学 Pascal 语言。对政治、历史、地理、生物等学科贯彻教改精神,结合学军、学农、社会考察进行教学。在师生们的共同努力下,预科班同学在第一学期就取得了丰硕的成果,他们的成绩在同年级中始终名列前茅,已经有20多人次在外语、化学、计算机、历史、地理、生物等的区级、校级学科竞赛中获奖。预科班的同学在政治上积极要求上进,向党组织靠拢。去年圣诞之夜,正当不少班级在搞圣诞活动之时,该班团支部邀请了学校党总支书记上党课。他们利用班会课时间,召开了"洁白的十五,绿色的十六""我与班级集体""责任、信心、未来"等6次主题班会。他们积极参与学校的各项活动,在校运动会上获得精神文明奖。上学期结束时,被评为校内一等文明班级。

被人们誉为"准大学生摇篮"的交通大学附中首届预科班在前进,三年以后,绝大部分同学将免试直升和优惠推荐进入交通大学。

(载于《新民晚报》,1993年3月1日第13版)

交通大学预科班

为了探索大学附中的办学模式,培养更多政治信念坚定、学习成绩优异的人才,交大附中开办了本市第一个大学预科班——交通大学预科班。

预科班是由华师大心理系的师生对新生进行心理、智商测试后,选择不同类型的学生组成的。该班在高中三年中优胜劣汰,实行双向流动,即对不能适合预科班学习的流出,其他班级优异生可以进入,以促使学生有强烈的竞争意识。第一学期结束时3人进入,第二学期结束时5人流出。交大预科班将用五个学期学完高中六个学期的课程,以腾出一个学期进行学军、学农、社会考察。在教学中力求与大学接轨,为此,对课程设置做了调整,自编了与交大理工科专业密切结合的新教材,外语教学达到大学二级水平,词汇量达三千左右。微机由交大教师教 Pascal 语言。对政治、历史地理、生物学科贯彻教改精神,结合学军、学农、社会考察进行教学,经市教育局批准后将免去会考。

交大预科班被人们誉为"准大学生的摇篮"。一年来,全班同学朝气蓬勃,奋发向上,取得一个又一个丰硕成果。班级有的同学在上海市高中物理基础知识竞赛、在华东六省一市作文比赛以及市新星杯高一化学竞赛中分获一、二、三等奖。有的同学在区、校运动会上获得冠军,7人获得叔苹奖学金,3人获得校一等奖学金。上学期结束时,交大预科班被评为上海市先进集体。

(载于《中学生知识报》,1993年10月20日第1版"特色学校")

素质教育结硕果附中
又上新台阶

  交大附中在全面实施素质教育,创建实验性示范性学校中,经过师生共同努力,在教育教学工作中又取得了丰硕的成果。在市教委刚公布的上海市行为规范示范校挂牌名单中,附中榜上有名。这是附中自1998年被评为市级授旗示范校后获得的又一殊荣。

  近日来,附中校园内传颂着两件感人的事。一是高三(8)班王卓凌同学在校外拾到内有一万多元现金及信用卡、有价凭证的钱包后,立即交给老师并与班主任一起想尽办法寻找到了失主。另一件是高一(5)班秦鸿钧团支部为浦东东昌中学初二年级一位特困生及其家庭开展帮困活动。这两件事,反映了附中学生的道德素质以及共产主义精神风貌,也是附中德育工作取得的实效。

  交大附中在抓好学生德育工作的同时,狠抓教学质量,近一年来,附中学生在全国、上海市各类竞赛中有200多人次获奖。特别是在去年的上海市高中物理竞赛中,团体及个人均获第一名;今年,在刚举行的上海市数学竞赛中,姜晓东等7位同学分别获得一、二、三等奖。在"东华杯"化学竞赛中,王建中等4人获一等奖,林毅等5人获二等奖,张铮等3人获三等奖。这是附中近几年来在数学和化学学科竞赛中获得的最好成绩。在不久前上海市第二届中小学电脑设计与制作展示活动中,胡志洪老师的"英语标准化试题及评分系统"获教师组个人一等奖,该作品将参加在北京举办的首届全国展示活动。高二学生沈涵超、方鑫、刘彬共同完成的网页作品《中国未来20年》也获得了上海市集体一等奖。

  交大附中的师生一致表示,将再接再厉,争取在2001年创造更好的成绩。

(载于《上海交大报》,2001年5月30日第2版)

附中在全国学科竞赛中
取得优异成绩

  交大附中正在创建实验性示范性高中。学校在大面积提高教学质量的同时,对一批学有余力的学习尖子进行精心辅导,这批学生在最近举行的全国数、理、化竞赛中取得了十分优异的成绩。

  在第19届全国中学生物理竞赛中,高三(10)班的梁佳乐、曹凯、侯达之、黄路川、孙成获得一等奖,李源深等12位同学获二、三等奖。在刚结束的全国化学竞赛中,高三(10)班的吴晖获一等奖,朱菁等8位同学获二、三等奖。尤其难能可贵的是,高二(10)班的欧阳麟、张涵轩超过众多的高三学生,也获得一等奖,高二的冯志成等8名同学获二、三等奖。高三学生雄厚的化学知识,出色的竞赛素质赢得了中学化学界的高度赞扬。在先前举行的全国十三届"希望杯"数学竞赛中,高三(10)班的吴晖等7人分获一、二、三等奖。

(载于《上海交大报》,2002年11月25日中缝)

交大附中每位学生都
有一片创新天地

每当星期二下午,交大附中校园内40多个地方人头攒动,学生们在指导老师带领下,开展着自己喜爱的一项活动。他们有的在调试机器人、有的在制作陶艺作品、有的在编辑新一期的刊物、有的在研讨当前的国内外大事、有的在进行文学创作、有的在开展文艺活动……这就是交大附中的红红火火的学生社团活动。

交大附中根据创建实验性示范性高中的规划,按照学生活动社团化,社团活动课程化的目标,精心组织学生开展社团活动,将学生社团活动作为"综合实践活动课程"建设的一项重要内容,已蓬勃开展了几年。学校鼓励学生创建社团并开展活动,每位同学可以根据自己的特长及兴趣爱好,提出创建某个社团的设想,向学校申报,学校也同时开列了几十个可以建立的社团名单供学生自由选择,实现学生活动社团化的目标。

由于每个社团的名额有限制,不少同学纷纷抢先报名,大部分同学都如愿以偿。至本学期学生中已有泥土文学社、建筑模型社、陶艺社、法律协会、社会视窗、合唱社艺术团、服装设计社等近50个社团,其中人数最多的有49人,最少的也有10余人。学校为每个社团配备一名指导老师,有的还外聘校外专家、教师指导,并为每个社团提供场地和必要的活动经费。学生社团每学期都制订活动计划,定时定点开展活动,每个社团都制定章程建立自己的管理制度,做好考勤、活动内容记录,学期结束向全校师生作成果汇报展示。学校对优秀社团给予奖励,学生也将获得相应的综合实践活动课的学分,作为评优推优获得奖学金的重要依据之一。

学生社团活动列入学校总课程表内,实现了社团活动课程化的目标,打破了年级班级的传统教育教学模式的限制。这种以学生为本的社团活动组织方法,几乎得到了每一名学生的拥护,大家纷纷以极大的热情投入到社团活动之中。他们在社团这块沃土上迅速成长,综合素质得到提高,结出了累累硕果。如机器人社团的学生,以自己的想象力、创造力设计机器人,编写机器人驱动程序,在去年参加的上海市青少年奥林匹克机器人运动会上,获机器人创意表演一等奖。

泥土文学社的同学精心编辑出版期刊《泥土》，该社团去年被全国中学文学社团研究会授予"全国校园文学社团百面旗"称号。"邓研会"的同学认真学习邓小平理论和江泽民同志"三个代表"重要思想，并指导全校各班的理论学习，不久前被评为上海市"明星社团"。国际瞭望社的同学针对伊拉克战争，在第一时间将有关美伊战事发展的资料张贴在宣传橱窗中，表达中国年轻一代希望世界和平、反对战争的心声。

交大附中的学生社团使每一个学生的才能有了施展之地，学校的素质教育也落到了实处，校园学习生活更加丰富多彩。

（载于《青年报学生导报》，2003年4月7日第1版）

名牌名师名人名校

[学校简介] 上海交大附中是一所由市教委和上海交大双重领导的市重点寄宿制高级中学。学校前身为始建于1954年的上海市工农速成中学,1958年改为现名。

学校地处虹口、杨浦、宝山交界处,占地86 000平方米。校园环境优美,景色幽雅,20多年来一直被评为市花园单位,连续4次被评为市文明单位。

学校充分发挥交大名牌效应,力争办成全国一流重点大学附中;以培养政治坚定、作风朴实、潜质丰厚的人才为己任;注重学生全面发展,培养"基础厚、知识广、能力强、素质好、层次高"的学生;发挥学生主体作用,加强"自治、自理、自律、自强"的引导,发掘学生的个性特长,培养未来的"名人"英才。去年10月通过了上海市实验性示范性高中的中期评审。

[教学设施] 第一教学楼有31间标准教室,配备闭路电视、电脑和多媒体。高三教学楼每间教室都有空调、电视、电脑。另有设施先进的理化生实验大楼、图书馆大楼以及计算机房、语音室等,400米塑胶跑道、被国家田径协会认定的铺有标准天然草坪的操场和赛场,室内体育馆里拥有设施一流的篮球场、乒乓房、健身房、体操房。今年暑假,占地近20亩地的体育活动中心将拔地而起。

[师资队伍] 师资力量雄厚,现有教师113名,其中特级教师5名,高级教师38名,学科带头人10名,骨干教师35名。

[学生社团] 学生活动社团化,社团活动课程化,每一个学生每学期都可根据自己的特长、兴趣爱好,自由选择参加一个社团。社团活动时间列入课表,每个社团都有一名指导老师。目前有近50个社团。

[对外交流] 学校先后与澳大利亚、港澳台等地区的学校结为友好学校,每年有师生互访。学校还与延安、井冈山等地的学校结为友好学校,定期开展互访交流联谊等活动。

[后勤服务] 学生基本住宿(杨浦、虹口、宝山三区具备条件的学生可申请走读),条件为公寓式的宿舍大楼,6人一间,内设独立阳台、盥洗室(有热水淋浴设备)、直拨电话,每人有单独写字台、衣柜。学生食堂除每餐供应饭菜外,还有各色点心、饮料供应。每晚晚自修后食堂供应中式点心。

[**招生范围**]　向全市招生,招生数由市教委下达给各区县,计400名。从去年起学校已向全国招生,今年招生48名。

学校每年招收一个理科班48名,理科班招生定于5月1日,报名条件是在初中阶段参加市级以上数理化、计算机、科技类竞赛中获得等第奖,以及2003年参加市级理化竞赛获得复赛资格者。

除全国招生、理科班招生外,其余学生都通过统考,在填报零志愿的学生中择优录取。今年还将招收10名左右篮球、田径特长生。

[**升学情况**]　历年高考升学率近100%,其中85%以上为一本,约三分之一(120名左右)毕业生直升或考入上海交大。学生每年在市级及以上各学科竞赛中获等第奖的有200多人次。学校以及有关企业在校内设立奖学、奖教金,每年有200多名师生获奖。

[**中考录取分数**]　各区县录取分数不一,去年杨浦、普陀、虹口、宝山、嘉定、奉贤、青浦等均在500分以上,静安为486分,其余各区县均在490分以上。

(载于《新闻晚报》,2003年4月8日 A10版)

我 爱 我 校

今年10月6日，我所在的上海交大附中将隆重举行建校50周年庆典活动。这一天，恰巧是我退休后的第一天，是我又一人生旅程的起点。

可以说，我的一生是在这所学校度过的。1960年，15岁的我从郊县农村考上这所学校。从此，开始了我与交大附中长达44年的感情生活。我从一名学生，到成为一名教师，到走上校级领导岗位。我目睹着学校的变化发展，特别是在担任领导的21年中，参与制定着学校发展的蓝图。我深爱自己的学校，是学校培育了我，为我提供了施展才能的舞台。我为之倾注了毕生的精力。

在过去的半个世纪中，学校3迁校址、6改校名，还经历了"文革"。但交大附中教师爱岗敬业、学生勤奋好学的精神，"朴素、务实、求是、创新"的校风没有变。从20世纪80年代起，学校一直是上海市花园单位；从90年代起又成为上海市文明单位、上海市德育先进学校。看着每年有200多人次在全国、上海市各学科竞赛中获奖；看着16 000多名学生进入高校，踏入社会有所作为；看着海内外校友向母校汇报成就的信件，我充满着当老师的幸福感，不断增加着对学校的情感。

当最后一堂课结束时，我向同学们深深一鞠躬。在含着热泪离开讲台的一瞬间，教室里响起了暴风雨般的掌声。浓浓的师生情，让我越发加深了对学生的爱。

也许越到退休时，对学校、对师生的感情会更深。我每天早上6时离家，每晚6时才回家。春节前，我给任教过的高二(9)班每位同学寄去了贺卡；4月初，我从自己主编的《心声》一书的稿费中，拿出1 000元赠给了高二(9)班作为班会费。

我把一生献给了党的教育事业，我深爱着自己的学校，深爱着我们的老师和学生，这种已融入生命的爱，将伴随我走完人生！

（载于《新民晚报》，2004年4月11日第23版）

半个世纪的辉煌历程

交大附中走过了半个世纪的风雨历程,3迁校址,6易其名。

1954年由市教育局创办的上海市第一、第二工农速成中学同时成立。1955年两校与华织速中、一医速中、中建速中合并,改名为上海市工农速成中学,校址在原二速中。

市工农速成中学仅一届29个班级,1 200多名学生,全部住读。学生大都由各条战线中的劳动模范、战斗英雄、复员转业军人以及年轻干部、优秀工人中选送而来的。师资基本上是从上海市的几十所中学挑选而来的优秀教师。

1958年,速中学生毕业后,学校划归上海交大领导。校名为上海交通大学预科,面向全市招生,学制两年,毕业后直升交大。一年后,学校迁往延长路,与当时交大一年级基础部同一校区,共用教学资源。1959年招生时学制改为3年,且规定高中毕业后不再直升,须参加全国统一高考。1962年交大基础部迁回华山路后,上海工学院迁入,交大预科改为上海工学院领导,校名改为上海工学院预科。半年后,根据市里规定,上海工学院预科易名为上海工学院附中。1963年,上海工学院将附中交给上海市教育局。学校也从延长路迁往现地址殷高路42号,校名改为上海市交通中学。

20世纪60年代初,是交大附中历史上辉煌的年代。学生在德智体各方面都十分优秀,毕业后几乎全部进入重点大学。1964年,学校重新划归上海交大领导,易名为上海交通大学附属中学,并沿用至今。

从20世纪90年代中期起,学校对原有的设施开始大规模改建。宽敞明亮的教学大楼、公寓式的宿舍大楼、现代化的图书馆大楼、造型别致的办公大楼,以及标准的足球场、塑胶跑道相继建成。本学期新建的体育馆、篮球场、小型足球场也投入使用。更现代化的科技实验大楼将在校庆当天奠基动工兴建。两年后,学生活动中心大楼也将拔地而起。

上世纪50年,交大附中一直在教育改革实践中前进。从办校初期的4年制工农速中,到后来的2年制交大预科到"文革"后的交大预科班、理科班,到今天的实验班,硕果累累。从2003年起,学校开始面向全国招生,来自全国各地的优秀学生云集校园,为交大附中新的腾飞创造了重要条件。

上世纪50年,交大附中的德育工作在上海乃至全国都有一定的影响。如今,学生党建、邓小平理论研究会、学生模拟社区、学生社团等已成为德育工作特色。邓研会、学生自律委员会被评为上海市明星社团,校团委被评为上海市特色团组织。

上世纪50年,交大附中十分注重师资队伍的建设。近几年来,每年在教师中开展评选学科带头人、骨干教师以及低评高聘工作,极大地提高了教师的积极性,推动了教学质量的大幅度上升。目前在校的特级教师有5名,高级教师50名。近3年来,在高考上线率连续100%的基础上,重点大学率从原来的80.9%上升到今年的94.17%,且每年有200多人次在全国及上海市的各学科竞赛中获奖。

上世纪50年,几代人的努力,交大附中已成为一所师资力量强,学生素质好,教学质量高的市重点中学。学校已连续4届被评为上海市文明单位,以及上海市德育先进学校。2004年上半年,又通过了创建实验性示范性高中规划的总结性评审。优美的校园环境,从20世纪80年代起,一直被评为上海市花园单位。

展望交大附中的未来,将更加灿烂、辉煌!

(载于《新民晚报》,2004年9月27日第48版)

上海交大附中隆重庆祝建校50周年

10月6日,在举国欢庆中华人民共和国成立50周年之际,上海交通大学附属中学迎来了50周年华诞,全国政协副主席、中国工程院院长徐匡迪题词致贺,翁史烈等7位"两院院士"和航天英雄杨利伟等也题词或写来贺信。上海市教委主任张伟江、上海交通大学校长谢绳武出席庆祝大会并发表了热情洋溢的讲话。全市30多所重点中学的领导及5 000多位校友出席了庆祝活动。交大附中校长徐向东作大会主题发言。

交大附中前身为1954年创建的上海市工农速成中学。50年里学校三迁校址六易校名,但育才的宗旨不变,16 000多名毕业生遍及海内外。近年来,学校在推进素质教育中,以培养高规格、高质量的"准大学生"为追求,为高等学校输送了一大批优秀的高中毕业生,进入重点高校的比率逐年上升,今年达到94.17%。近几年学校每年有超过200人次学生在全国、上海市的学科竞赛中获奖。学校连续多年被评为"上海市文明单位"。学生的党建工作、邓小平理论研究会、模拟社区和社团活动等成果,在社会上产生了广泛影响。

庆祝大会结束后,与会领导、师生代表为即将动工兴建的科技实验大楼奠基。

(载于《上海交大报》,2004年10月11日第1版)

走进仰晖园

仰晖园,交大附中一个富有诗情画意的小花园。花园坐落在学生食堂与宿舍之间,面积约2 000平方米。

园内建有七曲桥、跨虹桥、假山、亭子;绿草如茵,古树参天;小河中鱼儿游弋;竹林深处,曲径通幽;进入园内,让人仿佛进入了古典庭园,令人心旷神怡。河边亭柱上,刻着对联:长随新叶起新知,愿学新心养新德。桥接书山佳胜多,水连学海源流活。其意深刻,给人启迪。

仰晖园是1986年在一条臭水浜、一片杂草地上改建而成的。当年,优美的校中花园建成后,大家期待着有一个靓丽的园名。于是,以语文组为主体的老师们纷纷献上自己的智慧:"高境园""红卫河""菁菁塘"……最后,大家把目光聚合在"仰晖园"三个字上。"仰",仰望天空,寓意交中学子站得高、看得远,有博大的胸怀;"晖",朝阳,寓意全校同学迎着早晨的阳光,茁壮成长。

园名定了,谁来书写?当时负责后勤基建工作的沃连根老师,想到了交大党委书记邓旭初同志。邓书记是老革命、老干部,是交大德高望重的领导,也是我们附中师生最熟悉的交大领导,从20世纪60年代起,他就十分关心附中的发展。他无数次来过我们附中,为师生作报告,与师生座谈,深入教室、学生宿舍、教师办公室,他还指示大学部有关部门,从资金、物资上支持附中。他为附中做的实事,给附中师生留下了深刻的印象。邓书记写得一手好书法,请他书写,意义深远。于是,沃老师专程到了邓书记家,说明附中师生想请他书写园名的心愿,邓书记欣然答应。第二天,沃老师就将邓书记书写的"仰晖园"三个字带回学校。不久,"仰晖园"三个大字就镌刻在小花园入口处拱形门洞上方的大理石上。

11年过去了,交大附中的每一位老师、每一个学子都走进过仰晖园,享受着园中的美。即使毕业后回母校,仍然会走进仰晖园。

仰晖园,让莘莘学子的知识得到了发展、身体得到了休整、心灵得到了净化、思想得到了升华。

今天,当我再次走进仰晖园时,望着花园入口处门洞上方"仰晖园"三个大字,就想起了邓旭初书记对附中的关心,想起交大历任领导对附中的关心。正是有交大对附中的正确领导、有交大广大教职工、广大学生对附中的关心,支持,附中才能成为上海市最著名的重点高中之一。

(载于《上海交大报》,2007年9月24日第4版)

他们是交大附中的骄傲

在2008年1月30日召开的上海市第十三届人大四次会议上,交大附中1977届校友,上海市民进主委、复旦大学副校长蔡达峰当选为上海市人大常委会副主任。同时当选为上海市人大常委的还有附中1967届校友,上海警备区政委吴齐(少将),1967届校友张贤训(后任人大资格审查委员会副主任委员、人大人事代表工作委员会副主任)。2月25日,在十三届市人大常委会首次会议上,附中1979届校友华山医院院长徐建光被任命为上海市卫生局局长。

另在1月28日举行的上海市政协第十一届一次会议上,附中1977届校友华东理工大学教授钱世超当选为市政协常委。

附中1966届校友,上海上安机械施工有限公司总工程师李峰被中国集邮总公司作为"和谐中国之星",发行人物专题邮票。邮票为一枚,每枚左图为北京天安门城楼,右边为李峰的标准头像。面值为80分,16方联票。邮票已于2008年2月16日在各邮局发行。

交大附中这几位校友的事迹,既是他们本人的光荣,也是附中的骄傲。

(载于《上海交大报》,2008年3月24日第4版)

交大附中隆重庆祝 60 华诞

本报讯 上海交大附中日前举行简朴而隆重的建校 60 周年庆典活动，5 000多名学子从海内外汇集母校，与在校师生共庆华诞。

交大附中的前身是创建于 1954 年的上海市工农速成中学，60 年中尽管学校 3 迁校址、6 易其名，但学校始终保持着"求实、求高、求新"的学校精神，形成了"思源致远，创生卓越"的办学理念。校庆之日，校门口大幅标语牌上"欢迎回家"四个大字映入眼帘，让校友们倍感温馨。在通过主会场道路一侧，56 块历届校友毕业照展板引起校友们极大兴趣，大家纷纷寻找着照片上当年的身影。

纪念大会在学校新疆班学生的歌舞表演中开始。该校校长徐向东作了题为"思源致远，创生卓越"的校情报告。60 年来该校师生坚守使命砥砺前行，严谨治学，曾诞生了以沈衡仲老师为代表的上海市第一批特级教师团队，培养了 2.3 万多名学生。

（载于《劳动报》，2014 年 11 月 18 日第 5 版）

贯彻"发展才是硬道理"的指示精神

——学习邓小平教育理论的随想

清晨,我漫步在花园似的校园内,看着那外观漂亮的教学大楼,设施一流的体育馆,宽敞明亮的三层楼餐厅,造型别致的办公大楼,公寓式的学生宿舍大楼,以及气势宏伟的校门,我的心久久不能平静。打开手中的图纸,那是即将动工兴建的六层楼图书馆综合大楼,有400米塑胶跑道的标准操场、校园整体绿化规划,看完更是让人热血沸腾。截至2000年,市教委在我校投资一个多亿,学校旧的设施全部更新改造完毕,一个全新的交大附中将呈现在人们的眼前。

"发展才是硬道理。"面对学校巨大的变化,我对邓小平同志这句著名的论断有了更深刻的理解。

一

当历史的车轮驶入20世纪90年代之时,我们迎来了教育的春天。人们越来越清醒地认识到,社会的发展,靠的是经济的发展,而经济的发展,首先要靠教育的发展。学校教育,是所有教育中最基础的,最直接的教育,其他教育都是在学校教育的基础上发展、深化的。"中央提出要以极大的努力抓教育,并且从中小学抓起,这是有战略眼光的一着。如果现在不向全党提出这样的任务,就会误大事,就要负历史的责任。"(《邓小平文选》第三卷第120页)为此,把教育摆在优先发展的战略地位,已成为各级政府、各级领导的共识。近两三年来上海的普通教育正在发生着深刻的变革。例如十一所标志性的寄宿制高级中学正在城郊接合部兴建,薄弱学校正在更新改造,招生制度正在发生变化,新教材正在普遍试用,等等。普教的发展遇到了从未有过的大好机遇。在机遇面前,我们没有满足现状,我们没有错失良机,我们抓住了机遇,我们得到了发展。

我翻阅着《邓小平文选》第二卷,二十年前,邓小平同志就指出:"要办重点小学、重点中学、重点大学。"(《邓小平文选》第二卷第40页)之后,他一再强调:"为了加速造就人才和带动整个教育水平的提高,必须考虑集中力量加强重点大学和重点小学的建设,尽快提高它们的教学水平和教学质量。"(《邓小平文选》第二卷第 108 页)在即将进入 21 世纪之时,上海市的领导提出了一流的城市要有一流的教育。而一流的教育首先要有一批一流的学校,这些学校则要有一流的教育教学设施。增加教育投资是达到这一目标的根本措施。在这个问题上,邓小平同志十分坚定地指出:"我们要千方百计,在别的方面忍耐一些,甚至牺牲一点速度,把教育问题解决好。"(《邓小平文选》第三卷第 275 页)我校是邓小平所说的那种重点中学,理应得到社会、政府、教育行政部门更多的关心支持。但"幸福不会从天降",要靠我们去争取,去努力。新建的那些寄宿制学校,对我们是个压力,又是一个挑战。停止就是落后,不发展就会被淘汰出市重点中学的行列。严峻的形势迫使我们必须迎头赶上。在挑战和机遇面前,我们跨出了决定学校命运的一步。在很短的时间内,制订出了学校设施整体改造方案,几易其稿,经过反复论证,艰难的洽谈,终于获得了成功。在原有的几所寄宿制中学改造方案中,市教委第一个批准了我们的方案。从此,在我们这所建校 44 年的市重点中学里,改造校园的帷幕拉开了,开始实现着一年一个样,三年大变样的目标。再过两年,交大附中将绝不逊色于那些新建的寄宿制高级中学。

现代化的教育设施,优美的校园环境,为我们创立一流学校,为我们培养"四有"新人提供了坚实的基础。

二

改革开放后,人才市场的发展,为各单位吸引优秀人才,进行人力资源开发提供了机遇。我们深知办一流教育,要有一流的师资队伍。这两年中,我们采取各种措施,想尽各种办法,如解决他们的住房,小孩读书等,去引进优秀的教师。过去认为不能去拆人家的墙脚,现在我们认为在人才激烈竞争、允许人才流动的形势下,我引进,是我的成功,而你没留住,那是你的事。我们先后从苏州铁道大学调入了硕士研究生、副教授,从兰州大学引进了计算机专门化教师,从武汉某重点中学调进了外语高级教师。在吸收应届大学毕业生中,我们已面向全国重点院校,并且已不再局限于师范专业的学生。他们有的是来自哈工大的硕士研究生,有的来自北京,有的来自四川、南昌等高校。

培养青年教师,使他们尽快成长起来,是我校最重要的工作之一。对分配到我校的青年教师,我们给他们压担子,由老教师传帮带,让他们参加市、区、校的教学竞赛,送他们去高校再进修等。如目前正在华师大脱产进修硕士研究生的有 2 人,已毕业的 1 人,通过研究生课程培训的 5 人。

邓小平同志指出:"必须打破常规去发现,选拔和培养杰出的人才。""使拔尖人才能够脱颖而出。"我校一位化学教师,30 岁就担任教务主任工作,全面负责学校的教学工作,一名刚来校工作一年的大学毕业生,已担任教研组长;另一位物理教师,教学水平高,深受学生欢迎,他 29 岁时被破格评为高级教师,其名字已进入上海市中青年骨干教师信息库。

在青年教师教学业务长进的同时,我们关心着他们政治上的成长。我们按照邓小平同志关于"各级党委和学校的党组织,应该热情地关心和帮助教师思想政治上的进步,帮助他们认真学习马克思列宁主义、毛泽东思想,使更多的人牢固地树立起无产阶级的共产主义的世界观。要积极地在优秀的教师中发展党员"(《邓小平文选》第二卷第 109 页)的指示,在青年教师中建立了党章学习小组,第一期参加的有 10 名递交过入党申请书的同志。我们给他们系统地上党课、作形势报告、座谈讨论、赴浙江考察。特别是今年暑假,组织他们前往革命圣地延安考察,在那里,这批青年教师的思想得到了升华。我们的这个做法,得到了交大党校、党委组织部的支持,这批学员届时将颁发交大党校的毕业证书。他们中 1 人已入党,另有 2 人近期内也将入党。政治上的要求进步,加速了青年教师的成长,促进了师资队伍的建设,为培养"四有"新人,尤其是培养一大批具有坚定政治信念的学生创造了条件。

"对知识分子除了精神上的鼓励,还要采取其他一些鼓励措施,包括改善他们的物质待遇。"(《邓小平文选》第二卷第 51 页)在对教师思想上、业务上关心的同时,在生活上我们也积极给予关心。我们对来校仅一年的青年教师也分配了结婚用房;对单身住校的青年教师装修了套间住房;对今年刚分配来的青年教师,我们每月另增加 200 元的生活补助费。

师资队伍结构的变化,青年教师的迅速成长,活跃了校内的学术气氛,提高了教育和教学质量,给交大附中的教育带来了勃勃生机。

三

一流的学校要有一流的师资,要有一流的设施,也要有一流的生源。三个条件同时具备,才能办出一流的学校。

6 年前,我们遇到了举办特色班的机遇。当时上海有三所中学享受特殊的政策,可以提前招收理科班,而我们没有,在学科竞赛上,我们与他们的竞争似乎有点不公平,那时的压力是可想而知的,落后之感迫使我们迎头赶上。当时,邓小平同志南方讲话正好发表，"看准了的，就大胆地试，大胆地闯。"(《邓小平文选》第三卷第372页)通过学习，我们的思想豁然开朗，我们也决定举办理科班。理科班的招收，不仅使我校可以拥有一批高起点的尖子学生，而更重要的是通过他们可以推动全校的教育与教学。很快，我们在交大的支持下，开办了交大预科班。之后，多次向市教委提出申请，招收理科班，结果如愿以偿。6年来，我们开办的理科班，获得了极大的成功。其中首届理科班连续三年被评为上海市先进班级，其他都评为区级或校级的先进集体。81人在上海市数理化竞赛中获一等奖，154人获二等奖，159人获三等奖，136名学生毕业时直升或考入交大、复旦、清华等全国重点大学，更可喜的是17位同学加入了中国共产党。我校为高校输送了一大批优秀的学生。

邓小平同志的南方讲话，给我们的办学开了新的思路。当社会上一些企业、社会团体、教育单位，甚至私人开始创办民办学校或私立学校时，也为我们创办民办初级中学提供了机遇。在新的机遇面前，有的赞成，有的反对，而更多的是旁观。此时，作为学校的领导，正确的决策对学校的发展是至关重要的。邓小平同志关于"要克服一个怕字，要有勇气""没有一点闯的精神，没有一点'冒'的精神，没有一股气呀，劲呀，就走不出一条好路，走不出一条新路，就干不出新的事业"(《邓小平文选》第三卷第372页)的讲话，给了我们勇气。我们在分析了现有的师资力量、管理人员、教学设备的基础上，决定创办一所民办初级中学，闯一条办学的新路子出来。我们得到了上海飞达羽绒总厂的大力支持。于是，一所名叫上海市民办交大—飞达中学诞生了。3年来，我们创办的这所学校获得了成功，声誉日益扩大。从第一年只收两个班，第二年收三个班，到今年三个班已应接不暇，最后扩招为四个班。我们在培养更多优秀学生的同时，也获得了一笔相当可观的收入。

为了充分利用教育资源，尽量多培养一些"四有"新人，根据社会上一部分学生、家长的需求，我们在完成市教委下达的计划招生数后，扩招一部分计划外的学生。这又增加了学校的一些收入，对学校的教育条件的改善，对教工福利的提高，起到了一定的作用。

回顾改革开放以来，我校遇到的几次发展机遇，我们都把握住了。教育设施的彻底改造更新，为学生的成长提供了非常好的环境；一流师资队伍的形成，使学生的成长有了根本的保证；优秀的生源又为创造一流学校注入了强大的活力。

四

学校要为社会培养合格人才。作为上海市的重点中学，更要为高校、为社会输送最优秀的人才。这样的人才是有理想、有道德、有文化、有纪律的社会主义新人。这是党和国家的教育方针所决定了的,是邓小平教育思想所要求的。

作为教师"应该使受教育者在德育、智育、体育几方面都得到发展,成为有社会主义觉悟的有文化的劳动者"。(《邓小平文选》第二卷第103页)这是邓小平同志1978年对我们提出的要求。他还多次指出:"要特别教育我们的下一代、下两代,一定要树立共产主义的远大理想,一定不能让我们的青少年作资本主义腐朽思想的俘虏,那绝对不行。"要"把青少年培养成为忠于社会主义祖国,忠于无产阶级革命事业,忠于马克思列宁主义、毛泽东思想的优秀人才"。"学校应该永远把坚定正确的政治方向放在第一位。"(《邓小平文选》第二卷第104页)邓小平同志这些讲话,为我们指明了社会主义办学的方向,指明了培养什么样的接班人的目标。

交大附中按照邓小平的教育思想,努力实践着,追求着卓越,追求着特色,一批又一批学生已经成为"基础最、知识广、能力强、素质好、层次高"的优秀人才。

几年来,我们在培养"四有"新人的工作中,不断开创着新的局面,那富有特色的学生党建工作,独具一格的学生自律委员会工作得到了上级党团组织的充分肯定。尤其是在学生党建工作上总结的抓好三个阶段工作(选苗、育苗、发展阶段),发挥"四个一"(一支开展学生党建工作的队伍,一套自编党课教材,一组培养发展计划,一张党章学习小组报纸)的功能以及用马克思主义哲学观指导学生党建工作、学生自律委员会"小鬼当家"等经验多次在市委组织部召开的会议上,在杨浦区中学支部书记会议、在上海市重点中学校长会议上作介绍。最近,我校邓小平理论读书班已成为交大邓研会的一个组成部分。

"革命理想,共产主义的品德,要从小开始培养。我们党的教育事业历来有这样的优良传统。"(《邓小平文选》第二卷第105页)读着邓小平同志这段话语,对从事了三十多年学生德育工作的我来说,感到特别亲切。早在党的十二大召开后不久,我校在全市率先建立了学生党章学习小组,以此来培养一大批坚定的青年共产主义者。从那时起,我和一些同志全身心地投入到了这项工作之中。至今已是硕果累累。先后有1 365名学生参加过党章学习小组的学习,其中476人递交了入党申请书,79人在高中毕业时被发展入党,成为上海中学系统发展学生入党数最多的学校之一。而更多的同学由于在中学时打下的基础,进了大学后纷纷入党。1993年3月,我校又第一个成立了学生工作党支部,使学生的党建工作有了更可靠的组织保证。使人难忘的是去年党的十五大召开当天,我们不失时机地召开了"喜庆十五大,心心向着党"的大型座谈会。会上,同学们畅谈了对党的一片深情。会议行将结束时,出现了十分感人的场面,53位同学排起了长队向党组织递交入党申请书。完全出乎我们意料的热烈场面,反映了我校同学通过对邓小平理论的学习,政治思想素质有了极大提高,对党的信念是如此的坚定,标志着我校已形成了积极向上的一种政治氛围,标志着我校的德育工作上升到了一个很高的层次。今年暑假,我们投入4万多元把30位优秀学生带到了革命圣地延安,让他们进一步了解党的优良传统,领略改革开放后延安发生的变化。在宝塔山、在杨家岭、在枣园、在延水河畔,同学们的思想得到了升华。当党旗在七大会址前飘扬时,14位同学将入党申请书交到了我的手中。看着同学们幸福的笑脸,我感到了很大的欣慰。

最近徐匡迪市长在现代化寄宿制高中建设工作汇报座谈会上提出:"素质教育应该培养寄宿制中学的学生有坚定的政治信念。这坚定的政治信念,包括热爱党、热爱祖国、热爱社会主义。""将来我就要考察你们这里面学生入党的比例,这里面学生政治信仰的坚定性怎样。"徐市长的讲话与邓小平讲话精神是一致的,在今天新的形势下,又为我们开展学生的政治思想工作指明了方向,提出了新的要求。我们将努力实践,为办好交大附中这所寄宿制高级中学,为上海普教学生德育工作提供新鲜经验。

邓小平教育理论使我校得到了发展,邓小平理论指引着我们前进。在21世纪即将到来之际,我们面临着更多的挑战和机遇。按照邓小平同志教育要"三个面向"指示,我们将继续发展,为培养"四有"新人作出更大的贡献!

(载于《中学教育(班主任工作版)》,1998年12月20日)

第二辑　校园花絮

音乐在交大附中

交大附中团委、学生会从1979年2月起,坚持在学生中开展每周一歌的教唱活动。至1983年9月份,已累计教唱了190多首歌曲。每周一歌已成为同学们不可缺少的精神食粮。

该校地处郊区,学生全部住校,平时到校外搞文娱活动的机会较少。前几年,学生由于学习过分紧张,正常的课余文体活动时间往往被挤掉,学生体质下降,不少同学向学校反映希望能减轻学习负担,同时能经常开展一些文体活动,以调剂紧张的学习生活。团委根据同学的要求,利用每星期三晚自习前的半小时进行教歌活动。他们聘请具有唱歌特长的同学和老师轮流教唱,同学们也纷纷推荐自己所喜爱的歌曲。

在每周一歌教唱活动的基础上,团委又经常举办音乐欣赏会,欣赏世界名曲、唱曲;开设音乐讲座介绍各种乐曲和著名音乐家等。上学期,该校团委又组织了一百多位同学报名参加了音乐选修,由外语组一位老师讲解贝多芬的《田园交响曲》和《F大调浪漫曲》。

(载于《文汇报》,1983年10月7日第3版)

附中简讯

本报讯 在今年"三好"评比中,朱伊蓓、顾清被评为市三好学生;尹正、葛鲁海、费燕、王婷、倪柳被评为杨浦区三好学生;李婷婷等57名同学被评选为校三好学生。高一(5)班被评为市先进集体,高二(6)班、高三(8)班被评为区先进集体。

外语教师惠光磊在杨浦区青年教师教学评优活动中获一等奖。在市高三教学竞赛中,王志斌获一等奖,郑雷、董平获二等奖,姚建安、许晓达、徐以理、黄娟和颜渝瑜获三等奖。

(载于《上海交大报》,1990年6月25日第2版)

一个奋发向上的集体

这是一个朝气蓬勃,奋发向上的集体。每个同学都是学习上的尖子,39人曾在全国、上海市数理化竞赛中获过奖。本学期学校组织了五门学科竞赛,班上同学包揽了前16名。在上海市举行的"倚天杯"计算机竞赛中,4人获得一、二、三等奖。上学期班上成立了党章学习小组,30位同学开始认真学习党的有关知识,争取成为青年共产主义者。班级同学提出"班事、校事、国事事事关心"。今年春节期间,全班同学把获得的奖学金共500元捐赠给了上海市慈善基金会,并与江西革命老区的育才中学高一(1)班结为友好班级,向远在千里之外的同龄人赠送书箱,交流学习体会等。班级同学每周轮流为校图书馆、阅览室打扫卫生,出借书刊服务。

理科班同学的学习任务是十分繁重的,但同学们的课余生活却是丰富多彩的。在学校、年级的联欢会上,班级同学演出的小品、评书,演唱的歌曲,展开的辩论等都令人叫绝;在校运会上,班级同学获得男子1 500米金银牌,女子800米亚军,跳绳比赛冠军,广播操先进,在《祖国在前进、上海在腾飞》校摄影比赛中获得第二名。

交大附中理科班是一个朝气蓬勃、奋发向上的集体。如今正沿着德、智、体全面发展的方向前进,再创辉煌。

(载于《上海交大报》,1995年5月10日第3版)

注:该班为1997届8班。

明星社团在这里诞生
——记交大附中邓读会

陈德良　黎冀湘

2001年12月29日,在团市委、市学联、市教委召开的上海市中学生社团表彰大会上,交大附中邓小平读书会被授予"上海市中学生明星社团"荣誉称号。

交大附中的"邓读会"开始于1992年,当邓小平同志南方谈话发表后,附中的同学们就争相学习,交流经验。

邓小平文选第三卷出版后,交大附中邓小平理论读书会正式成立了。"邓读会"以学习原著为主,同时开展一系列的辅导活动,并指导各班的学习。十年来,形成了以邓读会为中心,校级、年级、班级的三级网络化制度,活动遍及全校。同学们请来了包起帆等著名的劳模来校座谈,组织参观考察市重大工程,在学校的支持下,暑期前往井冈山革命圣地考察等,学理论活动开展得有声有色。

在学习中,交大附中充分利用交通大学的优势,强势互补,互相促进,他们请来在学习理论中受到吴邦国表扬的团支部来校座谈,1998年,"邓读会"加入了交大邓研会,开创了大中学生共同学习邓小平理论的新模式。

为了加深对邓小平理论的理解,同时交流学习后的感想体会,"邓读会"创办了《学理论》刊物。学生写的《邓小平理论与我们中学生》《三迁话改革》《看不够的新上海》等文章,多篇被各大报刊转载。

交大附中"邓读会"已走过十年的历程,校园已经形成了积极向上的政治氛围,在他们的影响下,一批又一批的同学积极向党组织靠拢,全校50%左右的同学参加了党章学习小组,115名同学在毕业前被发展入党。

（载于《上海交大报》,2002年1月21日第2版）

寻 找 高 境 庙

从市中心的北站乘公交车去吴淞,要途经一个叫高境庙的车站。这里原来是个乡村汽车站点,如今车站的头顶上已是逸仙路高架,周围也不见了农田,代之而起的是漂亮的商品住房。

高境庙的站名,来自这里曾经有一座道教庙宇——高境庙。

我在高境庙地区的一所市重点中学工作。三十多年来,上下班途经高境庙车站。不久前,我从学校的领导岗位上退了下来,我决意要弄清楚高境庙到底是怎么回事。

经家住学校附近的退休教工朱老师打听联系,终于找到了高境庙建庙、看庙的人。一位是82岁的杨福桃大爷、一位是78岁的杨桃珍阿婆,他们是兄妹。因此,我对高境庙的来龙去脉有了一个基本的了解。

高境庙的庙址,就在我们学校的小花园内。它建于1880年左右,毁于1966年。其间,抗战时被日本人烧毁,抗战胜利后又重建。

高境庙的旧址地,原来不在校内,"文化大革命"期间,学校东面的吉浦河改造,将弯曲的河道拉直,于是就划进了校园。学校将南面同样面积的地划出,算是等价交换。

杨大爷的父亲、祖父、曾祖父都是看庙的,都是庙里的道士。几代人都住在庙的东西两边厢房内。抗战后,杨大爷的父亲联络了附近的村民募捐凑钱买了建筑的材料,在原址上重建高境庙。所以,实际上抗战后的高境庙是杨家的私人庙宇。

农历初一、十五总有人来烧香。城里人也有来此烧香的,他们往往是赌博输了以后,晚上还睡在神老爷旁边。当年这里没有马路,只是乡间小道。逸仙路也是条小马路,一些人从殷高路往东走,过小木桥后,往南走到庙内。每年的八月半,庙里的老爷要抬到外面去兜风。抬出去前,要进行洗脸,有时还要化妆,穿上衣服,很是神气。每个神要由10个人才抬得动。两位老人告知,朱家宅、沈家楼、高家宅的人曾抬过三老爷,陆家桥的人抬过五老爷。附近96个村庄,每年大家轮流抬,每次前呼后拥,煞是热闹。

1966年,"文化大革命"掀起,高境庙作为"四旧"的象征被毁,当时将庙内的神老爷、供物等全部搬到河边石桥旁,浇上汽油,烧了一天一夜才烧完。由于这些神老爷是樟木做的,所以燃烧时香飘四周。留下的空庙,不久被拆毁。从此,高境庙从人们的视线中消失。

高境庙已成为一些人记忆中的历史。而高境庙的地名却保留了下来。规划中的明珠一号线将往北延伸,这里有一个站台,名字仍将是"高境庙"。

(载于《劳动报》,2002年7月17日第6版)

鼓励学生当社长

每到周二下午,交大附中校园内40多个地方人头攒动,不同年级的同学在老师指导下,开展自己喜爱的社团活动。据该校常务副校长徐向东介绍,学校已把学生的社团活动列入课程,参加社团活动的学生将获得相应的学分,并作为评优推优、获得奖学金的重要依据之一。

为了使每个学生都有施展才能之机会,交大附中鼓励学生创建社团并开展活动,同学们可以根据自己的特长及兴趣爱好提出创建社团的设想,向学校申报。学校同时列了几十个可以建立的社团名单,供学生自由选择。

目前学校已有泥土文学社、建筑模型社、陶艺社、法律协会、服装设计社等近50个社团,其中人数最多的49人,最少的也有10余人。学校为每个社团配备一名指导老师,有的还外聘校外专家、教师指导,为每个社团提供场地和必要的活动经费。学生社团每学期都制订活动计划,定时定点开展活动,每个社团都制定章程,建立自己的管理制度,做好考勤、活动内容记录等。学生社团打破了年级、班级的传统教育教学模式的限制,这种以学生为本的社团活动组织方式,得到了学生的拥护,他们以极大的热情投入到社团活动之中。如机器人社团的学生,以自己的想象力和创造力设计机器人,编写机器人驱动程序,在去年参加的上海市青少年奥林匹克机器人运动会上获机器人创意表演一等奖。

(载于《新闻晚报》,2003年4月3日A6版)

非常时期的一场特殊的
招生考试

　　一场突如其来的"非典",使交大附中每年5月1日招收理科班的工作受到一定的影响。在市教委关心支持下,在附中领导及学校师生的努力下,附中新一届理科班招生工作已于日前圆满完成。48名新生将于6月10日提前进入附中学习。

　　在这次理科班招生工作中,附中严格按市教委有关规定操作,投入了大量的人力物力。精心组织,精心安排,精心落实,因而保证了这次招生工作的顺利进行。

　　早在4月下旬,附中就向报考理科班的500多名学生发出信件,将有关考务安排通知学生及其家长,以便考生及家长提前作好准备。并向考生发去了《考生健康登记表》,要求考生提前三天每天测量、记录体温。并于当日凭此表及准考证进校。

　　5月24日,附中教务处对所有考场进行了消毒,并设定了专用教室以及备用教室。

　　5月25日,附中校园内彩旗飘扬。"众志成城,抗击非典""欢迎交大附中新主人"的大幅标语悬挂在校内主干道上,十分醒目。考生进校后,验证洗手,消毒,在三部红外线体温测试仪下,全体考生有序测量体温,然后进入考区。当发现一位考生从出租车上下来,拄着拐杖时,学校医务室立即用轮椅将其接入校内,然后由两位高一学生,负责送到考场。因该生考场在教学楼5楼,这两名学生将其背上教室。中午又背上背下送往食堂用餐,直至下午将这名学生送出校门,该生及其家长十分感动。当测出一名考生体温超过38℃后,立即安排到备用教室单独考试。一名考生咳嗽不止,他怕影响其他考生情绪,主动提出是否单独考,很快被安排到了原先备用的另一间教室单独考试。

　　当天上午,市教委副主任张民生、市考试院副院长、市中招办主任、市教委基教处等领导到附中关心这场特殊的考试,并与附中领导进行了1个多小时的座谈,肯定了附中在这次抗非典工作中的出色成绩,并对附中的发展提出了建议。

　　在这场特殊的考试中,附中近200位留校学生积极配合,为了不影响考生,避免与外来人员接触,为考生创造一个安静的考试环境,他们在考生进入考场后才去食堂用早餐、午餐,下午考生全部离校后才走出宿舍区到校内其他地方活动。周日返校的学生也统一在下午4时后才能到校。当天,宝山交巡警、宝山环保局、宝山卫生局的领导也到附中,关心这次招生考试,体现了社会对交大附中的关心、支持。交大附中的全体监考老师,关心每一个考生,以微笑迎接他们,每间教室的黑板上都写着欢迎的标语和鼓励他们考出好成绩的标语。老师耐心解答着考生的一些提问,后勤职工准备了茶水、饮料,食堂提供了可口的饭菜,使每一个考生对交大附中留下了深刻的好印象。批卷老师认真批阅试卷,至当日傍晚,阅卷工作全部完成。

5月31日,附中对即将录取的48位考生进行了外语口试以及计算机的测试。考生全部获得通过。

一批最优秀的学生将在交大附中度过难忘的三年学习生活。

(载于《上海交大报》,2003年6月16日第2、3版中缝)

学校来了外国打工仔

那年暑假,我们交大附中来了一批老外工人,施工建造大操场塑胶跑道。他们来自德国和捷克。

塑胶跑道是我校新建操场的重要组成部分,全长 400 米,标准的 8 根跑道。是将原来的 300 米跑道拆除,又将学校最南面的风雨操场拆除后重建的。承包工程的施工队是由市教委介绍的,这是一家位于德国慕尼黑市北部巴伐利亚州的波利坦公司。这家公司因专门承建体育场地而闻名世界,已先后在 50 多个国家承建过运动场塑胶跑道。这是他们第一次到中国来。为了在中国打开市场,创名牌质量,他们特地将正在西班牙施工的高级工程师奥利佛抽调过来担任领班,负责对我校塑胶跑道的施工。施工队中有部分工程技术人员来自捷克。其中一个叫彼得的是布拉格大学刚毕业的硕士生。

施工用的设备、原材料红黑橡胶粒子、聚氨酯黏合剂等均从德国海运到上海港后,再用汽车运入学校。施工初期,是摊铺黑色的橡胶粒子(用聚氨酯黏合剂拌好的)。那几天,烈日当空,中午地面温度高达 45℃。他们的脸个个晒得通红,汗水湿透全身。人站在一个地方,地上即刻一片积水(汗水),但没有一个停下来歇一会,偶尔有人将 5 升装的农夫山泉矿泉水直接往嘴里倒。他们有的在推车装运材料,有的在跑道上摊铺塑胶粒子,有的在搅拌机上操作。跑道边的栏杆下,由于机械无法作业,他们就蹲下身来,用手摊铺塑料粒子。遇到下雨,由于黏合剂不能碰到水,只能等上五六个小时,等地面干了再施工。中方人员曾建议他们晚上施工,但他们没同意。因为在灯光下,人的视线往往会发生偏差,导致高低不平,会影响质量。可见他们对质量要求之严。

为了赶进度,又保证质量,他们经常是从清晨起连续作战,有时中饭在下午两三点钟才吃,且一边吃一边施工。有好几天是连续施工 12 小时以上。我看到他们的领班亲自做小工的活,用小刀在不断地修整不平的粒子。有一次,一位工人拉肚子,但他硬是跪在地上坚持干活。负责搅拌粒子的几位工人,由于红色的粒子喷发的气雾将他们的衣服染成红色。一出汗,地上竟成了红色的"水塘"。我竖起大拇指说:"OK!"他们以微笑表示感谢。

老外们的环保意识,也给我留下了深刻的印象。堆料场整齐清洁,多余的边角料用塑料袋装着,积到一定数量后运出校外。在最后的喷塑阶段,为了不让喷塑时产生的雾气溢出跑道,他们将跑道四周全部用塑料布围起来。最后两天,正值学生开学报到之际,考虑到塑料有微毒,他们等到学生全部进入教室后再施工,学生下课后就停工,真正做到了文明施工,成为文明工地。

经过老外工人的辛勤劳动,红色的塑胶跑道终于完工了,十分平整、十分漂亮。测量了500多个点,无倾斜,达到了设计标准。一次下大雨,我用一元硬币放在跑道上,积水没有淹没硬币。雨停后,不到10分钟,积水全部退净。后来,经有关部门评定,我校的塑胶跑道质量为全国第三。中国田径协会将我校的体育场认定为"田径比赛场",竖铜牌于跑道边。如今,红色的塑胶跑道与跑道中间一年四季常绿的足球场连成一体,显得格外靓丽,我因此常常记起曾在我校打工的那些老外们!

(载于《新民晚报》,2005年6月13日B35版)

三个女孩一台戏

回忆我在交大附中四十年的教育生涯,有一个班级让我终生难忘。因为这个班是我退休前任教的三个班之一,且最后一堂课是在这个班上的。课上那充满激情、含泪告别讲坛的情景仍历历在目。而更主要的是这个班级的主要干部是清一色的女同学。她们从这个班组建起,带领全班同学在创建文明班级、军训、学校运动会、文艺演出等各项活动中都取得突出的成绩。

给我印象最深的是她们分别是团支部书记、班长,以及体育委员。按她们的姓名,我简称她们为苑、娜、菁。开始我始终有疑问,班上男生怎么啦?他们服吗?随着时间的推移,我的疑虑消除。三个女孩很漂亮,人见人爱,而让人钦佩的是她们的内在。

苑是班级团支部书记、年级团总支书记。这个支部是以革命烈士秦鸿钧的名字命名的。她是该支部1994年命名以来第五任书记。谦虚、朴实、工作踏实、细致,待人十分热情,喜爱文科,会绘画,一手好书法,会长笛。娜是班长、后任学生会主席。家境贫困、父母都曾下岗,但她乐观向上、充满朝气,有点男孩子的性格,有较强的工作能力。菁是体育委员,后任班长。高挑的身材,喜欢体育,温文尔雅,人缘特好,干什么都带头,以身作则。三个女孩成绩优秀,始终处在班级前几名。

三个女孩任职虽有分工,由于她们私人感情很深,所以合作得特别好。在班级、年级乃至学校的舞台上,演出了一台又一台精彩的节目,让全校师生对她们刮目相看。

在刚进校的军训中,三人作为老师指定的临时干部,在配合老师抓班集体的形成,制定班级奋斗目标,激励同学争优创先中发挥了积极作用。结果班级在军训会操中获得优胜奖。包括男生在内对她们初露的才能表示钦佩。不久,团支部接过了"秦鸿钧团支部"旗子,苑以极大的热情投入到支部工作之中。苑请第一任书记来校介绍当年情况,多次前往秦鸿钧烈士夫人韩慧如家中,并将韩奶奶的教诲及时传达给全体团员。2004年12月19日,她还约请已工作或正在读大学的七任团支书中六人聚集到韩奶奶家中,让老人兴奋不已。更让我佩服的是,组织全班同学前往南京,参观侵华日军大屠杀纪念馆。那天,我正带领学校退休党员在南京活动,经不住苑的多次盛邀,我最终独自一人留在紫金山下。第二天上午在中山门口迎接他们。当苑跳下校车与我紧紧握手时,车上响起了热烈的掌声。

为响应市政府号召"做一个可爱的上海人",三个女孩在班级开展了评选"可爱的交中人"活动。每两周按事先公布的条件,由全班同学无记名投票评出。同学们以极大的热情投入到此项活动中。先后有三位老师、七位同学被评上。而每个同学的自身素质在活动中得到了提高。

她们策划了与退休老教师的"结对子"活动,将全班同学分成四大组八小组,每个小组与一名退休教师结成对子。定期上门拜访,与老教师座谈交流,定期书信汇报班级情况,聆听老教师的教诲。这项活动,架起了两代人的桥梁,了解了学校的历史,继承发扬了学校优良传统,同学们的社会活动能力也随之得到了提高。今天,班上同学与这些老教师已结成了忘年交。

三个女孩不仅活跃在班级,而且活跃在年级、学校。她们多次主持过升旗仪式、全校性大型活动。苑还在东方绿舟主持了十八岁成人礼仪式。在很长时间内,学校司令台上领操的女孩是娜,她还是校健美操队员,在多次演出中,她优美的舞姿令全校师生难以忘怀。她的腿摔伤后,每天坐着轮椅,撑着拐杖主持着学生会、班级的工作,在全校歌咏比赛时,全场掌声给了坐在轮椅上的她。

辛勤的汗水,换来丰硕的成果。班级一直是免检文明班。校运动会上,获团体总分第二;文艺演出,获团体总分第一。自编自演大型舞台剧《海的女儿》获一等奖。更可喜的是班级被评为上海市三好集体。

毕业前,她们三个先后加入了中国共产党,都被评为上海市优秀毕业生。在不久前的高考中,苑以553分考入了香港大学,菁以556分考入上海交大,而娜是直升上海交大。

这就是令人骄傲的三个女孩,让人永远不会忘记的三个女孩。

(注:三个女孩的名字分别是——季苑苑、朱菁、戴维娜)

(载于《上海交大报》,2005年11月14日第4版)

在虹口公园跳集体舞

广场舞,是现在的热门话题。回想起来,我曾带领着学生,"敢为天下先",在虹口公园跳过一场需要"勇气"才敢跳的集体舞。

那时"文革"刚结束不久,我被任命为团委书记。人们的思想还比较混乱,极"左"的思潮在一些人中未肃清,开展共青团的工作难度是可想而知的。我下决心迎难而上,给同学们带来有意义的第二课堂。

上任不久,我参加了团中央在北京召开的全国基层团组织工作会议。回来后,如何向广大团员传达会议精神,按传统的做法,是照本宣科下发的文件、领导讲话。但我没有这样做,而是以演讲的形式,一开始就讲第一次乘坐波音707飞机的感受,台下同学的注意力一下子被吸引了过来。为了讲好波音707,我事先查看了许多资料。在传达了团中央会议主要精神后,又讲了参观故宫时的所见所闻,讲者激情,听者入迷。

一次,我请学生最崇拜的老师之一化学教研组长茹高霖老师上团课。茹老师以"苦恼人的笑"为题,讲述了高中阶段学习中的酸甜苦辣,他用历届同学中的事例,结合自己的亲身经历介绍如何享受学习,如何掌握好的学习方法,并将人生的哲理娓娓道来。他那幽默风趣的话语,不时引得同学们哄堂大笑。团课一结束,一群同学围着茹老师说:这样的团课,太精彩了!

敢为人先,善于创新。我们组织的每项活动都在为同学的成长成才,或"铺路搭桥"或"雪中送炭"或"锦上添花"。我组织高三团员举行了一次钢笔字比赛,让每个同学抄写我下发的一篇短文。开始不少同学认为又是老一套,是浪费时间。但当大家拿到题为"落笔之前"的文章时,竟发现是一篇指导如何写好高考作文的经验文章。文中的"审题""谋篇""选材""收尾"等内容,对高三同学来说,真是"及时雨"。

最让大家难忘的,是我校全体共青团员到虹口公园跳集体舞的活动。为这次活动,我先召开了团委会议,讨论了活动方案,然后在校内进行排练。那天是星期天,虹口公园里游客很多。我们120多位团员在团旗的指引下,在大草坪上围成一个大圆圈,在"蓬嚓嚓"的乐曲声中,团员轮流进入中心场地尽情欢跳。很快就引来了大批游客的围观,里三层、外三层。好奇、惊奇、赞叹、担忧的表情在不同人的脸上呈现。我不时听到人们的议论,有肯定的,好样的,敢于冲破禁区!有担心的,"这是哪个学校的,胆子这么大!""这个学校带队的老师要倒霉了,回去准挨批判。"我知道在那个年代在公开热闹的场合,大规模地组织青年学生跳舞,是要冒风险的。"文革"中,跳舞被认为是"封资修"的产物,舞曲是靡靡之音,谁跳,谁就挨批。但同学的热情让我无所畏惧,在学生"陈老师,跳一个"的呼喊声中,我加入了跳舞行列中。

舞毕,我准备着接受第二天学校对我的处分。出乎我的意料,石汉鼎校长对我组织的这次活动给予了充分肯定,鼓励我胆子要更大些,要开创学校德育工作的新局面。我悬着的一颗心也终于放下了。

(载于《新民晚报》,2014年11月7日 A26版)

办 报 记

当年退休,学校交给我一项任务:办一份校友报,每学期出版2至3期。从未办过报纸的我,犹豫再三。一位老师提醒我,学校不是有很多校友在报社当领导、记者、编辑吗,何不请教他们?

我发微信,打电话,请教他们怎样办一张校友们爱看的内部报纸。很快,他们出主意、提方案,还给校友报起名。一位擅长书法的校友挥毫写下"校友通讯"四个大字,成为报头。学校腾出了办公室,配备了电脑、打印机等设备,抽调来一位美术老师与我搭档。

征稿、改稿、排版、校对、修改大样……4个版面,开面大小与《上海老年报》一样的报纸终于出炉了。创刊号寄出后,点赞声一片,成就感油然而生,我信心大增。

广大校友和退休教师纷纷投来稿件,我们精心挑选。我也经常采访、写文章。每一期都有学校最新发展动态,有优秀教师事迹介绍,有校友的成就报道,有校友的精彩习作……这些人或事,读者们大多知晓,读来十分亲切。改为彩色版之后,大家更爱看了。不少校友和老师对每一期报纸都很珍视,一旦缺失,都会来信来电,要求补上。

报纸印好,我和美术老师一起,花费几天工夫,将4 500多份报纸一一装入信封,写妥邮编地址和收件人姓名,送到邮局寄出。我俩既是记者、编辑、校对,又是发行人员,忙得不亦乐乎。目前,寄报纸的工作已委托邮局办理,我有了更多的精力采写、编辑。

办校友报的过程,是我向广大校友和老教师学习的过程,他们的好思想、好作风、好品质激励着我,他们给了我力量,给了我乐趣,让我老有所为。

18年来,我已办了74期校友报。这张报纸,我将继续办下去。

(载于《上海老年报》,2023年3月30日第5版)

油印作文集

整理家中的书柜,发现一本油印的作文集。这是40多年前,由我校团委和语文教研组联合举办的全校征文比赛获奖文章的汇编集。原来绿色的封面已褪色成灰白色,内页纸张全部泛黄变脆,许多地方有破损,令人欣慰的是文字还很清楚。

我回忆起油印这本集子的情景。当年,我是学校团委书记。一次,我向语文教研组长提议,能否在全校举办一场征文比赛,让团的工作深入到教学领域中去,以提高广大团员、同学写作水平,陶冶思想情操,丰富校园文化生活。提议得到语文组老师的积极响应,在同学中广泛发动后,全校绝大多数同学利用课余时间认真写稿。经过自下而上反复评选,在初选的86篇文章中,再选出了19篇为一、二、三等奖。

之后,我又与教导处、文印室老师联系,将获奖的文章刻印装订成册,起名为《瑕瑜集》。文集首页是语文教研组长,上海市首批特级教师之一沈蘅仲老师写的前言,最后一页是获奖名单以及写作良好予以表扬的25位同学的名单。文集分发给每位获奖者留作纪念,又下发到各班,供学习交流。这次征文活动达到了预期目的,使语文教学上了一个新台阶。

我小心翼翼地翻阅着40多年前学生写的文章,感慨不已。文集题材丰富、体裁多样、文笔流畅、语句优美。内容既有对先进人物的介绍,又有对城市农村面貌的描绘,有祖国壮丽山河图案再现,有关心国事的议论,有自然知识的阐述,更有学校生活、学生思想的反映。不少文章构思新颖,引人入胜。

如获得一等奖的《我是中国人》一文是高一刘榛榛同学所写。文章一开头,她连续写了4句"我是中国人!"给人以强烈的震撼。文章记叙了一位诗人,在国土被日本帝国主义侵占,人民成为亡国奴时,怀着悲愤的心情,提笔写诗,以抒胸臆。"我是中国人!"人民呼喊着、奋斗着,终于打败了侵略者,建立了新中国,人民当家做了主人;"我是中国人!"工人农民、解放军在这激动人心的话语激励下奋斗着;"我是中国人!"那些在"文革"期间受到迫害的干部群众始终坚定信念,终于迎来了春天;"我是中国人!"不少海外华侨在逆境中心向祖国,毅然回国,投入到建设国家的行列中。文章最后,学生满怀激情地说:"是的,我是中国人!即使我走遍全世界,我也要说我是中国人!这句话将激励我努力学习、努力工作,做一个真正的中国人。"整篇文章充满着学生对祖国的无比热爱,这种爱国情怀今天多么需要发扬。

再如获三等奖的《殷高路》一文,也是高一一名叫钱蕾的同学所写。我校在殷高路上,当年还是农村的一条煤渣小马路,随着改革开放的春风吹到这条路上,这条路翻开了新的一页。路上繁忙的车辆,匆匆上班的工人、肩挑担子的农民、背着书包上学的学生,折射着人们对实现梦想的自信。文章又对路边的绿树、稻田、农舍、小店、军营、蛙声、鸟鸣作了细致的描写,勾画出一幅农村美景图,令人赏心悦目。文章的最后,是学生对殷高路明天的展望。我要对这位同学说,今天的殷高路已发生了翻天覆地的变化,当年的小路早已是宽敞明亮的4车大道,路两侧已是环境优美的居民小区,学校对马路原破旧的农民住房已是街面一排高楼。而更让人欣喜的是路的西端是地铁3号线殷高西路站,东端是刚开通的地铁18号线的殷高路站。真希望当年的这位学生回来看看,再写一篇《今日殷高路》。

我将把《瑕瑜集》交给学校,然后存列在校史室,作为学校历史上的一朵小小浪花。

(载于《上海老年报》,2023年1月12日第7版)

"学生自律委员会"好

王保林　陈德良

我校是一所寄宿制高级中学。在全面实施素质教育中,为培养一大批优秀跨世纪人才。在抓好学生常规教育的同时,结合寄宿制学校的特点,坚持在学生中开展共产主义理想信念教育,坚持开展学生的自理、自律、自治活动,取得了显著的成绩。并形成了我校德育工作的特色。

1987年,一群热血的学生秉持着培养"自治、自理、自律、自强"能力的宗旨,加强学生主人翁意识,配合学校开展教育和管理,成立名为"自律委员会"的组织。自律者,自我管束也。自律委员会,学生爱称其为"自己的组织"。她的成立,目的便在于培养学生自我管束的能力。做学校的主人,做自己的主人,让自己管好自己,表现出交大附中学生必备的基本素质。

自律委员会的所有成员全由学生担任,下设寝室、食堂、校园巡视、夜自习巡视和组织宣传5个部,每天轮流执勤,提醒和督促同学们自觉维持校园秩序、遵守行为规范,以协助学校的管理工作。1997年,自律委员会为了更加适应素质教育,重新制定了《自律委员会章程》《食堂公约》和《寝室公约》,做到工作有"法"有"据",有"板"有"眼",真可谓小"鬼"当家挺在行的呢!

1. 自我教育,参与教育

他们活跃在校园里,执勤煞是认真。他们热情赞扬同学间的好人好事,敢于指责不正之风,老师们赞誉他们是"一颗热心,一身正气"。就是这些热心学生,把学校管理得井然有序,头头是道。他们最了解学生自己,说理能贴切入耳,引导十分自然得法,将原来的强制性的措施逐渐化为了同学们的行动。

那佩戴在胸前的会员卡上明显地印着"严律己,树形象"和"会荣我荣,我荣会荣",每个会员都懂得"管人先管己"的道理,都有一个"以身作则"的要求,在参与教育中得到了自我完善。一切正如会员们说的:"我们洒下的汗水换来了同学良好的生活习惯,帮助同学克服了不良的生活作风,换来了同学们学习上、思想上的进步。我们感到无比欣慰,无比自豪!""在管理的同时,又何尝不是对我们自身最好的锻炼!"

2. 当家作主，自强不息

学校的主人理该是学生，一切工作都要以学生为主体，需充分发挥学生自身积极性，让他们当家作主。校领导不仅热情扶持学生自律委员会，而且还做到了需要什么就支持。即使在颁发学校奖学金时也专设了"优秀服务员"这一项。

会员们心里始终藏着这样一句话"我们是在为同学服务，我们问心无愧！"他们在巡视中发现有时洗漱间里水龙头没拧紧，他们就主动拧好；发现灯没关就随手关掉；有时还要疏通水斗堵塞；见食堂里吃饭人多，就让同学们排好队加快速度，自己硬是饿着肚子还为同学们打汤。学校里有什么困难，只要一喊自律委员会，包你没什么问题。

3. 增强素质，思想升华

自律委员会的"会员条件"中明确地规定每个会员必须符合"政治思想""道德品质""学习能力""身心素质""工作水平"的具体要求，旨在管别人先管好自己。要管好自己先苛刻自己，真正做到身教言传，以榜样力量带动同学。自律委员会的"家规"甚严，会员真不好当，不过会员们也确是硬当当的。现有的一百几十名会员中，有一半以上是校一级和班内的学生干部，四分之三以上的会员都参加了学生党章学习小组，已有近百名会员向党组织递交了申请书。

是啊！自律委员会的每个会员都是有血有肉，有情有义。他们不是御用的纠察队，而是一个热心为同学的服务队；他们不是手电筒照人的小黑猫警长，而是一支鼓励同学增强素质的宣传队和示范员。他们在校内乐于帮助同学，在校外热情帮助老弱病残，还为延安杨家岭中学送去了阵阵温馨，使因贫困难以支付学费的同龄人获得了读书的机会。刚刚"离休"的原会长陈红同学将最近获得的一千元奖励金，一份遥寄杨家岭，另一份留给了恋恋不舍的自律委员会，深表自己的眷恋和责任。去年，就是这个自律委员会作为唯一的跨班级组织被上海市"爱的教育"协会评为"金爱心集体"，颁发了闪耀着金子般光芒的铜牌，可谓问心无愧，实乃庆幸的了！

时代需要人才，新世纪需要新型接班人。我们在培养"基础厚、知识广、能力强、素质好、层次高"的交大附中毕业生时，坚持素质教育，发扬特色工作，力求越办越实在，越办越出成绩。

（载于《上海教育》，1998年第4期）

第三辑　学生党建

早选苗　严要求
成熟一个　发展一个

——上海交大附中在学生中发展共产党员的做法

陈德良　陈培余

自 1984 年以来，上海交大附中先后发展了 14 名品学兼优的学生加入中国共产党。这些学生高中毕业后分别直升或考上了全国重点大学。学校跟踪调查发现，他们的政治表现都比较好，在思想上和行动上与党中央保持一致。

根据"坚持标准，保证质量，改善结构，慎重发展"的方针，交大附中选择发展对象时，始终注意早选苗，严要求。

交大附中是一所重点中学，学生来自全市各个区、县，并且经过严格挑选，大部分素质较好。他们热情上进，富有社会责任感，迫切希望了解、聚拢和参加党组织。把这些学生组织起来，对他们进行为共产主义而奋斗的教育，对培养整个党的后备力量，壮大党的队伍，有着重要的意义。

1982 年，交大附中党总支在学生中成立了第一个党章学习小组。以后，每年都有党章学习小组成立，参加的学生累计达 320 多人，其中的 100 多人向党组织递交了入党申请书。他们是加强党的建设的雄厚基础。

在选苗的过程中，学习态度、学习成绩固然必须考察，但更重要的是要注重苗子的政治坚定性，即对坚持四项基本原则和共产主义信念的坚定性。1986 年底，交大附中有些学生受了一些大学生的思想影响，在校内张贴从大学里转抄来的大字报、小字报，个别班级还拟好了标语口号，准备上街游行。党章学习小组的同学不随波逐流，他们积极配合学校领导和老师劝阻准备游行的同学，为稳定学校教学秩序作出了贡献。在寒假中，他们又和同学们一起深入社会进行考察，先后访问了江湾乡、敬老院、宝钢总厂、地质局、武警大队和远洋公司等 20 多家单位。回校后，撰写了一批有一定质量的调查报告和社会考察心得，表示要珍惜大好形势，维护来之不易的安定团结的局面。通过这场风波，学校党总支看准了一批爱党的苗子，经过进一步培养、考察，及时吸收 5 名学生入党。

选苗是在学生中发展党员的重要一步，但如果不予以严格要求和精心指导，帮助发展对象按照党员标准在理论和实践的结合中锻炼自己,他们也有可能迟迟达不到党员标准。交大附中党总支根据高中生的特点,做了两方面的教育、培养工作:一是进行党的基本知识和基本理论教育。如系统地给党章学习小组的成员上党课;组织他们学习党章、《关于党内政治生活的若干准则》,最近还学习江泽民同志在庆祝我国成立40周年大会上的讲话等;向他们讲解《共产党宣言》等马列主义著作;组织他们参观党史遗址和学习老一辈共产党人斗争事迹;组织大学生党员来座谈端正入党动机和争取入党的体会;邀请党章学习小组成员列席发展新党员的支部大会等。二是引导学生接触社会实际。利用寒、暑假组织他们访问工厂、农村和部队,访问奋战在各条战线上的优秀党员。

一般来说,精选的苗子经过一年到两年的培养、教育,大体上可达到党员标准。这时,党支部就要不失时机地发展他们入党,真正做到成熟一个,发展一个。这样做有几个好处:第一,发展一个,鼓舞一批,使正在积极争取入党的学生感到党员标准不是高不可攀的,只要用实际行动书写入党申请书,自己也有可能成为一名光荣的共产党员。第二,发展学生入党的过程也是总结典型、树立样板的过程。对广大学生来说,可起到政治上的启发和催化作用。第三,可使新党员尽早挑起重担,经受锻炼。在一般情况下,新党员都是高三学生。他们作为预备党员进入大学后,通常都要担负一定的社会工作;同时,广大学生也必然要以党员标准来严格要求他们。因此,他们将对自己提出更高的要求,从而能更快速地成长。

(载于《解放日报》,1989年11月3日第6版)

附中学生朱辉入党

1983年11月17日,交大附中教师党支部举行支部审批大会,全体党员一致同意吸收该校学生会主席、上海市三好学生朱辉同学入党。这是交大附中在"文革"以后发展的第一个学生党员。

党的十二大以后,交大附中党总支先后在高三、高二年级学生中建立了党章学习小组,并定期给学生积极分子上党课,对他们进行共产主义理想和人生观的教育。学生们的政治热情有了很大的提高。目前,已有38位同学参加党章学习小组学习,其中已有6位同学向党组织递交了入党申请报告。附中总支在这些积极分子中早播种、早选苗、早培养,对具备入党条件的学生及时吸收到党组织内来,已取得很好的效果。

(载于《上海交大报》,1983年12月5日第4版)

交大附中 4 年发展
学生党员 13 名

本报讯 交大附中教师党支部最近又发展了两位学生入党,这是今年以来这个学校在高三学生中发展的第三批党员。

"早选苗,早培养,成熟一个,发展一个",是交大附中党组织在学生中开展党建工作的一条原则。该校早在 1982 年 10 月就成立了学生党章学习小组,5 年来,先后有 120 多位同学参加。学校党组织对这些学生系统地上党课,组织学习讨论,并开展参观党的纪念馆、走访优秀共产党员、社会考察等活动,从而坚定了这些学生对党的信念,先后有几十名学生递交了入党申请书。4 年中该校共发展学生党员 13 名。

(载于《文汇报》,1987 年 7 月 7 日第 4 版)

交大附中重视在学生中开展党建活动

本报讯 在迎接建党七十周年到来之际,交大附中党组织吸收该校高三毕业班的王婷、费燕同学入党。交大附中党组织十分重视在学生中开展党建工作。他们根据"早选苗,早培养,成熟一个,发展一个"的原则,自1982年以来,在每届学生中都建立了党章学习小组。他们对学习小组同学进行系统的党课教育,学习党的基础知识,组织考察调查、走访优秀共产党员等,从而使学生坚信马列主义,坚定了对共产主义的信念。该校近几年来有80多位学生提出了入党申请。按照党章观察,已发展学生党员20人。这次被支部吸收入党的王婷同学,今年被评为上海市优秀团员,面临高三毕业她选择了师范院校,决心学成之后回母校工作。目前,该同学已被华东师范大学外语系提前录取。

(载于《上海交大报》,1991年6月25日第4版)

加强在高中学生中
做好"推优"工作

上海交通大学附属中学是上海市重点中学。1982年以来,校党总支、团委十分重视推荐培养优秀团员,把他们列为党的发展对象。11年来,在每届学生中以优秀团员为主体建立了党章学习小组,在十一届党章学习小组中参加的优秀团员多达856人,其中103位同学向党组织递交了入党申请书,25名优秀团干部光荣地加入了中国共产党。这些学生党员,全部免试直升或考入全国重点院校,同时,也向高校推荐了一大批品学兼优的入党积极分子。实践告诉我们,认真做好推优党建工作,是历史赋予我们的责任。我们党团组织在做法上主要抓好"三个阶段",即抓好选苗阶段、育苗阶段、发展阶段,从而推进了推优工作的深入。

如何选苗呢,我们的做法是"一看二访三启发"。

"一看"是看学生原初中时的材料。新生入校后,认真熟悉学生的材料,将优秀学生登记入册。再看这些同学在高二时的各方面现实表现,更重要的是看这些同学在重大活动中的表现。作为我们选苗的重要依据。

"二访",是选定发展苗子必须进行家访,了解他们在家庭里弄地区的表现,从中发现好苗。

"三启发",是主动宣传启发。我们在三种场合对广大同学宣传,在年级大会上对全体同学作一般性号召,在团校教育中作详细动员,在班团干部会上作重点要求,对一些各方面表现较好而本人没有提出请求参与党章学习小组的同学个别做工作。

为使好苗子能茁壮成长,我们牢牢地抓住教育及理论和实践相结合两个环节。理论教育:一是系统地进行党的基本知识和基础理论教育,通过上党课的形式,讲解党的性质、任务、指导思想、组织原则、优良传统和作风等;二是根据形势的变化,及时补充新的党课内容,从而使他们能在复杂的形势面前始终保持清醒的头脑;三是组织学习《共产党宣言》《论共产党员的修养》,毛主席有关论党的建设,江泽民同志"七一"讲话等文章;四是直接参加一些党的组织生活。这对学生政治上的成熟起到了促进作用。

理论和实践相结合,每年暑假,我们组织部分优秀学生前往革命圣地井冈山等边远山区进行社会实践和考察,使同学们受到了深刻的革命传统教育。

精选的苗子,经过一年余的精心培养,有的达到了党员的标准。党总支就按照"坚持标准,保证质量,改善结构,慎重发展"的方针,按有关手续及时将他们吸收到党内来。如学生会主席朱伊蓓同几位优秀团员的事迹,在1989年11月29日的《中学生知识报》以"风中他们并不迷茫"为题作了介绍。半年后,他们中4人入了党,并都直升或考入重点大学。推荐这样优秀的团员入党,我们认为质量是高的。由于年龄条件等客观因素,在高中阶段培养的入党积极分子能被吸收入党的学生数是有限的,但及时地在高中学生中播下红色的种子,是我们党团组织的责任。

(载于《组织人事报》,1992年6月11日第6版)

在学生中一年发展党员 14 名

上海交通大学附属中学 8 名高三学生在鲜红的党旗下宣誓入党。全市中学里率先成立的该校学生工作党支部,在本届高三学生中已发展了五批学生党员。

交大附中党总支、团委等部门都有一整套协调进行的学生党建计划,各年级都有一支热心学生党建工作的教师队伍,由十多名党员教师编写的党课教材每年补充新的内容,为广大要求进步的学生所喜闻乐见。

由于该校重视学生党建工作,仅这届高一年级中,就有三分之一以上的学生参加了党章学习小组,10 年来,该校已先后有 160 名党章学习小组的学生递交了入党申请。

专门负责学生党建工作的学生工作党支部 1993 年 3 月成立以后,因势利导,对学生进行共产主义理想、信念、党的知识教育,并对学生党章学习小组成员进行系统的党性教育和考察培养,按照"早选苗,早培养,成熟一个,发展一个"的原则,一年中就发展学生党员 14 名。

(载于《文汇报》,1994 年 7 月 2 日第 4 版)

交大附中高三班班有党员

"七一"前夕,本市交大附中又有3名学生入党。这使该校应届毕业生中的党员人数达到13人,七个高三毕业班中,班班有党员,党员数占高三学生的4.3%。

交大附中十分重视在学生中的党建工作,早在1982年,学校就成立了本市中学生第一个党章学习小组,至今年6月,先后有652名学生参加过党章学习小组的学习,208位学生在高中时递交了入党申请书,53位同学在毕业前入党。为了使学生党建工作制度化、规范化、系列化,1993年初,党总支抽调了一批从事学生德育工作的党员教师组成了学生工作党支部。支部成立两年多来,已发展了28名学生入党。该校发展的13名党员都是学习上的佼佼者,他们中已有8人分别直升交大、复旦、上医大等高校。

(载于《上海法制报》,1995年6月28日第1版)

交大附中一班6名学生入党

"七一"前夕,上海交大附中高三(7)班许晶等6名学生在鲜红的党旗下宣誓入党。这是今年本市中学里发展学生党员最多的一个班级,党员人数占到班级人数的15.8%。

高三(7)班有如此多的学生入党,是班级三年来坚持开展理想信念教育的结果。有33名同学还参加了校党章学习小组,班级连续三年被评为上海市先进集体。

3年来,该班有55人次在全国、市、区级的数、理、化、外语、计算机等学科竞赛中获奖。目前,班上20位同学已直升交大、清华、同济、华东理工大学等全国重点高校,留下的18位同学人人表示要以优异的成绩向党汇报。

(载于《新民晚报》,1995年6月27日第1版)

如何做好中学生入党发展工作

陈德良　李洁玲　王保林

上海交大附中,自1982年开始,在每届学生中都建立了党章学习小组。累计参加小组的学生达656人,其中208名同学向党组织递交了入党申请书,53人被吸收入党。通过14年的实践,他们积累了较为丰富的发展学生党员的经验

特定的阶段不同的考验

对要求入党的学生必须经过考验,符合党员标准才能发展。但有人提出:学生刚满18岁,没经过重大考验,入党太容易了,质量能保证吗?将来变了怎么办?等等。这就涉及一个问题:对90年代的中学生考验什么,如何考验?这个学校的党支部认为,在坚持党员标准的前提下,不能脱离当代青年所处的特定年龄阶段和特定的环境,必须坚持实事求是的态度,如果超越这些去奢谈"考验",都将阻碍学生党建工作的开展。

事实是最能说明问题的。该校95届七班有30位同学参加了党章学习小组。他们在学校各项活动中起先锋模范作用,三年如一日去高境镇敬老院服务。在部队军营的军训中,在崇明农场学农劳动中,在赴井冈山的社会考察中,党章学习小组的同学经受了艰苦环境的磨炼,思想觉悟得到了提高,班级成为团结向上、朝气蓬勃的集体,被连续三年评为上海市先进集体。于是党支部果断地发展了班上6名同学入党,还有1名因年龄关系在赴清华大学报到前审批入党。

有一件事很能说明这个学校发展的学生党员的质量:1989年,上海交大电子工程系学生党支部改选,结果,在上海交大附中入党的3名学生党员不约而同当选,组成了该系的学生党支部委员会。

既要看成绩更要看条件

在发展学生入党中该校党支部形成了这样一个共识：作为一名要求入党的重点中学学生，他的学习成绩应该是优秀的。因为他今天的主要任务是完成党交给的学习任务，而学习成绩是反映他完成这个任务的最好标尺。当我们衡量一个同学是否具备入党条件时，我们必须看他的学习成绩，这一方面是坚持了入党标准。另一方面，可以在学生中树立一个优秀的学习榜样，提高党在学生中的威信。但我们毕竟是搞党的组织建设，与评选学习积极分子是有区别的，更不能以是否在竞赛中得过奖作为入党条件。一个学生入党，必须用党员的标准全面衡量。首先要看他的政治素质，对党的信念，入党动机，其次再看他的学习动机、态度、潜力和趋势。对一些确实经过努力，而成绩暂时处于中等的学生，只要其他条件基本成熟，党组织就应大胆发展其入党。对发展入党的学生应有怎样的学习成绩？回答是优秀的占60.7%，中等的占73%。已在高校的党员学生成绩是优秀的占80%，中等的占68%。可见发展成绩中等以上的同学入党是符合广大同学实际情况的。

1993年毕业的张军同学就是这方面的典型例子。张军是该校团委委员，在校三年，政治立场坚定，上进心强，积极靠拢党组织，有较强的组织能力，能团结同学，敢于批评不良的倾向，尤其是常常以精彩的演讲博得同学的好评，他学习刻苦努力，但成绩在整个年级中属于中等。对于这样的一个学生，校党支部在听取老师和班级同学意见的基础上，反复进行讨论，最后一致同意发展他入党。在高考中，他考入了上海市商业会计学校，进校后主动找校党委汇报自己思想，请求工作，很快担任了党章学习小组组长。他以勤奋学习、踏实工作，不计个人得失的作风赢得了同学们的信任，以全票当选为校学生会主席，他的才能在这所学校得到了充分的发挥。如今，他已毕业，在上海交家电集团东信实业总公司任财务部主管。他在上海市"五项全能"大赛中闯入复赛，以优秀青年参加上海电视台"开心365"节目拍摄。张在给母校的信中说："紧跟党，走社会主义道路，今生无怨无悔。"

党性和个性的辩证统一

这个学校党支部认为，学生党员应该是有个性的，这个个性是在坚持党性下的个性。当今青年思想活跃、敏捷，接受新事物快。他们知识面广，尤其是那些从小就担任干部的学生,在实践中增长了不少才干,有较强的工作能力。他们在那些刚跨出大学校门就担任班主任的老师面前,常常是棋高一着。他们敢想敢说的作风,有时"不听"老师指挥的作风,令一些老师"头痛",有的斥之以"骄傲自大"。比如这个学校93届学生李金泽就是一个典型例子,他有一定的理论水平,口才特别好,在各种场合讲话,观点鲜明,引经据典,论据充分,逻辑性强,因而给师生留下很深的印象。他从小学起担任干部,所以工作能力很强。他对班主任老师处理班级工作常提出自己的看法,使班主任常处于尴尬的境地,有时还会顶撞班主任。当学校党支部听取对他入党意见时,班主任以不表态回答。征求学生意见时,也有两种截然不同的看法。对此党支部没有匆忙发展,而是多次与老师、同学交换意见,要求能够正确看待青年学生的个性特点。认识统一后,班主任为他写了肯定的材料,同时提出了希望,后来他终于入了党。入党不久,他就担任了班长、团支部书记。在大学,担任基础教育部学生会主席,校广播台副台长。1994年获得社会工作突出贡献奖,还培养发展一名同学入党。

李金泽同学的例子给了大家很大的启示,那就是对一个学生的个性要做具体分析,只要他为学校、为班级作出较大贡献的,就应该给予肯定。他们有独立的见解,不盲从,这正是这一代青年人的特点,党组织能吸收这样的年轻人入党,无疑将使党充满活力和朝气;至于他们有时候偏激,甚至脱离实际,过分自信,这是难免的,随着他们阅历增长,经验的积累,会逐步完善。

尊重自愿和服从分配的统一

个人服从组织,这是一名党员最起码的党性表现。在对待学生毕业分配问题上,正确看待那些要求入党积极分子的志愿,是党支部在新时期掌握学生入党标准的重要一环,也是观念更新的重要方面。92届(2)班黄蓓琳,在她入党时有过争议。原因是:当时学校根据上海医科大学的要求,选送一名将要发展入党的学生进该校管理系。交大附中研究后,决定保送黄蓓琳同学,在征求她志愿时,她拒绝接受选送的待遇,原因是她向往的是上海医科大学技术专业系。究竟如何看待她这个问题?有的同为认为一名即将成为党员的学生,应无条件服从党的安排,党指到哪里就奔向哪里,而她没有这样做,入党条件欠缺;有的同志则认为黄蓓琳这样做正是有觉悟的表现。她在毕业填报高校志愿上的做法与党员不服从组织分配是两码事,她表示今后学到更多的专业技术,可以更好地为党工作,为人民服务,这与我们党在新时期的宗旨是一致的。她不是不听从党的安排,而恰恰相反,是她对党的事业负责的一种表现,是她入党条件成熟的一个表现。结果后者意见占了上风,她最终被发展入党。

解放思想、拓宽思路,摒弃旧的观念,这不仅是新形势下对党的事业的负责,更是对青年学生政治上最大关心。多年来,这个学校党支部坚持这样做了,从而有了一批又一批的优秀高中学生加入到党的队伍中来。

(载于《支部生活》,1995年第20期)

交大附中第一百名学生入党

2000年5月25日,交大附中学生工作党支部讨论并通过学生会主席项珏入党,这是附中本届高三毕业生中第8位学生入党,也是自1984年以来第100位同学入党,这也使附中成为本市中学中首先突破百位党员学生的学校。5月26日,在附中举行的高中学生党建研讨会上,市有关部门领导对附中的学生党建工作给予充分肯定。

交大附中始终把德育工作放在学校工作的首位。为培养学生具有较高的政治思想素质,从1982年起就在学生中成立了党章学习小组,至今已有1 778名学生参加了党章学习小组,502名学生递交了入党申请书。

18年来,学校形成了一支安心、热心、专心于学生党建工作的教师党员队伍,他们自编党课教材,定期给学生上党课,每年带领学生前往革命圣地井冈山或延安考察。广大同学自觉学习邓小平理论、学习党章、开展时事评论、交流成长体会,学生创办的《学理论》《向往》《自律》等报刊深受全校同学的好评。被发展的党员,进入大学、踏上社会后成了各条战线上的骨干力量。

(载于《上海交大报》,2000年5月30日第2版)

走进延安走近党

日前,上海交大附中组织36名师生前往革命圣地延安考察学习,20位同学在宝塔山下向党组织提出了入党申请。

在延安期间,他们先后参观了延安革命纪念馆、王家坪八路军总部旧址、杨家岭党的七大会址、凤凰山、枣园毛泽东等领导人旧居,又登上了宝塔山,前往南泥湾,听取革命前辈发扬延安精神报告。5天的延安之行,使同学们的思想得到了升华。带队老师及时在宝塔山下的草坪上召开了"在党旗下成长"座谈会。会上,鲜红的党旗、校旗在延水河畔迎风飘扬。26位同学畅谈了来延安后的感想体会,表达了对党的坚定信念。会议结束时,20位同学排着队向学校党总支书记递交入党申请书。

(载于《组织人事报》,2001年9月6日第7版)

党旗在校园内飘扬

陈德良　马静波

在纪念建党80周年之际,交大附中学生工作党支部5月29日召开入党审批大会,讨论并通过了高三(10)班周其盛同学入党。全校同学通过校内闭路电视在教室里收看了审批会的全过程。庄严的会场,热烈的气氛,老师、学生、家长的深情发言,使广大同学接受了一次形象生动的理想信念教育。

交大附中历来把提高学生的政治思想素质作为学校最重要的工作来抓。从1982年起,在历届学生中建立党章学习小组,至今已有1 800多名学生参加小组学习,600多名学生递交了入党申请书,110名同学被发展入党。学生党建工作一直走在全市中学的前列。

一批积极向党组织靠拢的学生从去年起实行挂牌服务,他们将自己的照片、寝室、电话号码公布在学校最醒目的地方,并承诺:"我是入党积极分子,有事请找我。""一个共产党员能做到的,我同样能做到。"在为同学服务的实践活动中,一批又一批青年茁壮成长。

(载于《上海交大报》,2001年6月10日第2版)

高三毕业生离校前宣誓入党

陈德良　陆梓华

本报讯 交大附中高三党支部日前召开入党审批会,陈熙等3名应届毕业生发展入党。至此,本届学生中有8名同学入党,该校自1982年以来共有216名学生入党。

29年前,交大附中率先在本市中学生中成立了党章学习小组。学校党组织本着"早选苗,早培养,成熟一个,发展一个"学生党建程序,组织那些向往党组织的学子,学党章、学理论,赴党的诞生地、井冈山、延安等革命圣地参观学习,与老党员、老革命座谈交流,从而坚定了广大同学对党的信念,纷纷提出入党申请。

学校还建立党员教师与入党积极分子联系人制度。经过实践的考验,得到党组织和广大师生的认可,再经过严格的入党手续,这些同学中许多人高三毕业离校前在党旗下宣誓。而更多的同学因在高中时打下的基础,因而在大学读书期间或参加工作后入党。

交大附中自2002年举办新疆内地高中班以来,十分注重在少数民族学生中培养发展党员。5年来,已有9名维吾尔族、哈萨克族学生入党。

(载于《新民晚报》,2011年7月11日A6版)

高中学生党建工作的认识和实践

从1982年以来,我们在每届学生中都建立了党章学习小组,至今已吸收了21位同学加入了党组织。

我校发展的21名学生党员,除一名现仍在校读书外,其余全部直升或考入全国重点大学。他们一进入高校,就成为高校思想工作的一支骨干力量,他们配合校、系、班级党团组织开展各项工作,为高校思想工作增添了生机。这就告诉我们,认真开展高中学生的党建工作,是高校政治思想工作的需要,也是大中学校德育工作有机衔接的需要。

十年来,我们在高中学生中开展党建工作,不断实践,不断总结经验,不断提高,并逐步形成了系列和制度。我们将之归纳为抓好"三个阶段"工作,发挥"四个一"的功能。即抓好选苗阶段、育苗阶段和发展阶段的工作;发挥一支队伍、一套计划、一组教材、一张报纸的功能。

一、选 苗 阶 段

开展学生中的党建工作,首先要选好"苗子"。我们在多年的实践中将"苗子"分为两个层次:一是让比较多的学生参加党章学习小组,让他们系统接受党的有关知识教育,参加党的一些活动,为他们进入高校或踏上工作岗位后争取入党创造条件。二是在党章学习小组基础上,选出在高中阶段可以发展入党的"苗子"。

如何"选苗"?我们多年来的做法是"一看、二访、三动员"。"一看",首先是看学生原初中的材料,将优秀学生登记入册,做到心中有数。其次是看这些同学的现实表现,特别是看在国内外形势发生重大变化时,他们的立场、观点、态度,作为选择苗子的重要依据。"二访",是对准备吸收参加党章小组的同学,特别是准备列为发展对象的"苗子"作必要的家庭访问,包括到初中学校走访,以了解他们在家庭里弄及原校的表现,并征求现在所在班级老师同学的意见。"三动员",

是为了吸收较多的优秀学生参加到党章学习小组中来,而进行必要的宣传动员。我们在三种场合作动员,一是在年级大会上对全体同学作一般性号召;二是在团员大会上作详细动员;三是在干部会上作重点动员。对一些各方面表现较好而本人在几次动员后仍不提出申请参加党章学习小组的同学,要做个别工作,提高他们的思想认识,使他们高兴地参加学习小组。

二、育苗阶段

多年来,我们深深体会到,根深才会叶茂,苗壮才会结出丰硕的成果。而要做到这一点,关键是对选出的苗子精心加以培养。第二阶段是三个阶段中最重要的阶段。选出的苗子不能让它自生自长,而是要靠园丁给他们施肥,给以阳光雨露,有时还要加一些催化剂。当然也不是揠苗助长。

在培养阶段我们牢牢抓住两个结合,即理论与实践相结合,校内教育与校外教育相结合,从而使选出的苗子都能茁壮成长。理论教育,我们一是系统地进行党的基本知识和基础理论的教育,通过上党课的形式,讲解党的性质、任务、指导思想、组织原则、党的优良传统作风等。二是根据形势的变化,及时补充新的党课内容。三是组织学习《共产党宣言》等马列原著。四是直接参加一些党的组织生活,如教工的入党审批会,与党员一起观看《我们心中的共产党员》录像等。在实践的结合上,我们主要是组织学生参加社会考察调查,如组织学生前往井冈山考察,在寻访革命者足迹的活动中,学生与老区人民打成一片,受到了深刻的革命传统教育。再如组织学生考察南浦大桥,以及正在建设中的上海地铁等单位,在直接与工人、干部的座谈中,了解了上海改革开放以来取得的巨大的成就,看到上海美好的未来,从而坚定社会主义信念。我们还创造条件让他们在实践中经受锻炼,如组织去太浦河工地劳动,同学们被工地上热气腾腾的景象所感染。对小组成员,我们要求他们必须认真完成学业任务,争取优异成绩。经过艰苦环境和实践的锻炼,一大批党的积极分子迅速成长。

三、发展阶段

精选的苗子,经过一年以上的精心培养,其中有的可以达到党员的标准。我们就按照"坚持标准,保证质量,改善结构,慎重发展"的方针,按有关手续及时将他们吸收到党内来。发展学生入党,不要等到毕业前夕,只要条件成熟年龄合格在高三第一学期,包括在高二时都可以发展。这样,对在校的其他同学有一个身边的学习榜样,以推动更多青年入党。

十年来,我们在开展学生党建工作中充分发挥"四个一"的功能。

一是有一支队伍。开展高中学生中的党建工作,要有一批热心、专心于做党的工作,并且有做学生政治思想工作经验的党员同志。精心选配,是组织好这支队伍的关键。我们培养的是具有对共产主义坚定信念的学生,因此,参加这支队伍的党员自己必须政治上立场坚定、思想作风端正。考虑到要面对面地做学生的教育工作,要求这些党员有一定的理论水平,有一定的口才,能与学生打成一片;针对学生对学有专长的教师有一种崇拜心理,这些党员又必须是教学上的骨干。经过十年来的不断调整,目前我校搞这项工作的党员共15人。对这支队伍,我们定期召开会议,交流情况,介绍各自的经验。同时对每位同志分配任务,包括编写党课教材、上党课、做党员苗子联系人等。我校之所以能长期坚持开展学生中的党建工作,并卓有成效,与我们有这样一支素质较高的教师党员队伍是分不开的。

二是有一套计划。在青年学生中开展党建工作是一项十分严肃的工作,要有领导、有计划。十年来我们每个学期都制订了完整的培养、发展计划来指导学生的党建工作。我们讲的一套计划,第一是党总支在讨论一个学期工作时,把学生中开展党建工作作为学校党的工作、学校德育工作的重要内容加以研究,并订入党总支学期工作计划之中。第二是具体负责学生党员发展工作的政治教研组党支部根据党总支的计划,针对每届党章学习小组同学的实际情况,订出教育、培养、发展的具体计划。第三是党章学习小组的详细活动计划,包括一学期上党课的时间、内容、由谁上课以及学习讨论的要求,去何处参观考察等。第四是团委工作计划中列入如何向党输送新鲜血液、如何为党章学习小组同学入党创造一些条件等。第五是在政教处的工作计划中,将党章学习小组作为学校领导联系全校同学的桥梁和纽带,对如何发挥小组成员在学生工作中的骨干作用提出要求。这些计划在党总支的统一协调下,各有侧重,分别实施,从而使学生中的党建工作扎扎实实开展了起来。

三是有一组党课教材。学生党章学习小组建立后,应系统地给他们上党课,向他们灌输党的基础知识和有关理论。过去我们照本宣读书本上的党课教材,效果较差。后来我们发动党员自编党课教材。这些教材具有理论性、指导性、现实性、时代性。无论是党的性质、党的三大作风,还是党的民主集中制,在党课教材中都结合实例加以阐述,许多例子是同学们看得见的,不少是我校历届学生的材料,亲切、生动,道理深入浅出,循循善诱,起到了入耳入脑的效果,因而受到同学的欢迎。凡参加党章学习小组的同学,在近两年的时间内都要听完10讲党课。由于每讲都定专人讲,所以越讲越好,年年有新意。

四是充分发挥一张报纸的功能。 为了让党章学习小组同学有更多的机会表达自己对党的向往,倾吐自己在党的阳光雨露下成长的感想,交流各人如何争取入党的体会,我们于 1989 年 11 月创办了一份报纸,取名《向往》。同学们自己征稿、刻印、分发。《向往》成了党课的补充教材,成为同学们吐露心声的园地,它不仅受到党章学习小组同学的青睐,而且吸引着更多的同学,这张小报每期在同学们中广为流传,从而扩大了党在青年学生中的影响。正如有的同学所说:"《向往》伴随着我成长的足印,《向往》在我心中燃起了共产主义的火花,《向往》将指引我向着共产主义前进!"至 1992 年 3 月,《向往》已出刊 14 期。

(载于《上海教育》,1992 年第 6 期)

积极在高中学生中开展党建工作

胡杰　陈德良

我校是上海市重点高级中学,学生全部住宿。从1982年起,我们以马克思主义哲学原理为指导,积极在学生中开展党建工作。经过16年的认识和实践,取得了丰硕的成果,919名学生参加了党章学习小组,242名同学递交了入党申请书,62名同学被发展入党。尤其是在近三年中,我们把在学生中开展党建工作作为学校最高层次的德育工作,作为从应试教育向素质教育转轨的重要抓手,加大力度,加快速度,培养了一大批具有坚定政治信念的青年共产主义者,三年中有36名学生入党,其中1995年毕业的高三(7)班有7名学生入党,党员数占了这个班级人数的18.42%。

马克思主义哲学作为科学的世界观和方法论,为我们开展学生党建工作提供了唯一正确的指导思想和工作方法。可以说马克思主义哲学是我校学生党建工作取得成功的法宝。

党的十一届五中全会以来,邓小平同志多次指出:"我们一定要认识到认真选好接班人,这是一个战略问题,是关系到我们党和国家长远利益的大问题。"培养和造就一大批坚持走有中国特色社会主义道路,能够担当跨世纪历史重任,能够迎接世界经济竞争和新技术革命挑战,同时又具有坚定正确的政治方向的建设者和接班人,是各级党组织的政治责任。学校是培养和造就上述建设者和接班人的摇篮,作为上海市的重点中学,重在什么地方？就重在培养出上述出类拔萃的人才,重在涌现一大批青年共产主义者,重在出一批最年轻的共产党员。

在学生中开展党建工作,我们常常听到这样一种议论:在学生中发展党员是不可能的,小小年纪懂得什么,没经过重大考验,怎么能发展入党。学生也有一种说法,高中学生入党,天方夜谭。这就涉及在高中学生中开展党建工作有没有可能的问题。

马克思主义哲学告诉我们,所谓可能性,是事物内部潜在的,预示事物发展前途的种种趋势。现实性则是实现了的可能性,是已经产生和存在的东西。两者互相区别,但又在一定条件下互相依赖,互相转化。可能性存在于现实性之中,现实性是由可能性转化来的,没有可能性的东西,永远不会成为现实。可能性只要具备必要的条件就能转变为现实性。

多年的实践使我们认识到,在高中学生中开展党建工作是完全可能的。

我们看到,中央、上海市委组织部已把在高中学生中开展党建工作提到了重要的议事日程上,邓小平、江泽民等中央领导对青年工作有一系列重要指示,市委组织部多次召开高中学生党建工作的专题研讨会,团市委还专门制定了"推优"工作条例,这一切,都为上海市的中等学校培养入党积极分子,发展学生党员指明了方向,创设了良好的条件。尤其是李鹏总理在第五次高校党建工作会议上说的:"党建工作有一个永恒的主题,就是贯彻教育方针,加强学校思想政治工作和德育教育。德育教育从根本上说就是解决好人生观问题,从中、小学开始就要进行。"这为我们在高中学生中开展党建工作提供了强大的思想动力。

从当代青年学生的需要来看,学生迫切希望学校党组织能在学生中开展党建工作。中学阶段是一个人成长的关键时期,学生在这个阶段要完成身体的发育、奠定文化基础知识,更重要的是学生将形成正确的世界观、人生观和价值观。高中阶段是培养青年共产主义者的最佳时期。以我校为例,学生中70%是共青团员,他们入团后一直向往着党组织。我们曾对现高三同学作过调查:你最早考虑入党的时间在何时,结果5.6%是在初中前,16.9%是在初中,50.6%是在高一,2.6%在高二,3.4%在高三。这反映高一是学生向往党最集中的阶段。过去我们常说,学生生理心理成熟期提前了,其实,他们政治上的成熟期也提前了。我们如能抓住学生这一心理特点,及时组织党章学习小组,就能达到最佳的教育效果。

从大、中学校德育工作衔接来看,高校每年都希望有较多的学生党员进入他们的学校,以使大学一年级的思想政治工作一开始就有个高起点。上海大学党委组织部曾给我校来信:"我们由衷地希望贵校能不断向我校推荐品学兼优的学生,特别是学生党员和在贵校提出过入党申请的、参加过党章学习小组的学生。"我们曾向交大、复旦、城建学院、铁道大学、东南大学等高校作调查,他们对高中时入党的学生表示十分欢迎,因为这些新党员为班级、系、学校的政治思想工作开展发挥了重要作用。

党的重视、学生的需要、高校的期望,说明在高中学生中开展党建工作是完全可能的。

如何将学生的入党可能性变为现实性?从多年的实践中,我们感到应努力创造以下一些条件:

一是要建立一支热心于学生党建工作的教师党员队伍。在高中学生中开展党建工作，要有一批热心、安心、专心于做学生党建工作的同志，这些同志立场坚定，思想作风端正，有一定理论水平，能和学生打成一片，教学经验丰富，学生对他有崇拜心理，他们还应有奉献精神，且有较好的口才。我校正因为有了这样的一些同志，所以学生党建工作有了较大的可能性，16年来一直能顺利开展，而且取得不少成绩。

二是要创设一个奋发向上的政治氛围。在我校，学生从高一进校时就看到、听到、了解到学校里有一个党章学习小组，每年有一批学生光荣入党。我们在宣传橱窗中贴出刚毕业学生入党的喜报，在军训期间介绍党章学习小组情况，让部分新生参加暑假中的入党审批会。这样，广大新生很快以不同的方式向团组织，向老师表示自己也要走这条路。平时，我们经常在广播中、在黑板报上、在橱窗里宣传学生党章学习小组活动的情况，将学校的一些重要任务交给党章学习小组去完成。在我校，绝大部分同学以政治上要求进步，靠拢党组织为最大的荣耀。近几年来，要求参加党章学习小组的学生越来越多，九四届为48人，九五届为90人，九六届为94人，九七届为105人，九八届为203人。递交入党申请书的也一年比一年多，九四届为23人，九五届为31人，九六届为41人，九七届为63人，我校正是在这种氛围中开展学生党建工作，不断获得新成果。

三是要主动争取上级党组织的领导和支持。我校党组织属交大党委领导，我们在开展学生党建工作中主动汇报、主动请示，并提出我们的要求。由于我们工作卓有成效，所以交大党委组织部对我们的党建工作十分支持，我校党章学习小组的培训与交大党校培训的学员一样对待，在时间较紧的情况下，可以先发入党志愿书，再报预审材料。我们还得到杨浦区青年共产主义学校（总校）的指导，团市委、杨浦区教育局等多次来我校召开推优工作、党建工作现场会。我们还多次在市委组织部召开的高中学生党建工作会议上作介绍，这一切给了我们极大的鼓舞，同时在学生党建工作上放开了手脚，使学生入党的可能性得以实现。

我们以矛盾的特殊性原理、共性与个性的原理、本质与现象的原理指导学生党建工作，并取得了最佳效果。

用矛盾特殊性的原理指导中学生的党建工作，有着十分重要的意义。中学生入党，既要坚持党章规定的入党条件，又要从中学生的实际情况出发，学生党建工作才能持久下去。我们提出了把握一个特定阶段的观点。在中学生入党问题上，怎么考验？考验什么？我们认为，在坚持党员标准的前提下，不能脱离青年学生所处的特殊年龄阶段和特定环境。即他们只有17、18岁，是在具有良好学习条件的学校读书的学生。因此，对他们考察必须坚持实事求是的态度，从学校这个特定的环境中,从学生这个年龄层次上,在他们平时的学习、工作、生活中去考验。考验他们是否关心时事政治,是否认真对待学习,是否关心学校、班级集体,是否与同学友好相处,是否敢于批评不良倾向,是否尊敬老师等。只要在这些方面立场稳、根子正、态度积极,表现突出,我们就给予充分肯定,同时认为他们已初步具备了入党条件。如在贯彻市政府"七不"规范中,我们让递交入党申请书的同学当上示范员,他们佩戴红色的示范员牌,活跃在教室、寝室、食堂、校园,以自己的行动影响着广大同学。开始我们有顾虑,高中学生可能不愿意在胸前挂这样的牌子。事实出乎我们的意料,这批同学意识到自己是学校中最先进的分子,有一种强烈的荣誉感,在实践中接受了党组织的考验。

  矛盾的特殊性的原理还要求我们把握共性和个性的关系,在指导学生党建工作中,要把继承党的优良传统和开拓创新结合起来。时代在发展,党建工作在发展,在青年学生中开展党建工作也应该有创新和发展。我们坚持共性和个性的统一,继承传统和开拓创新相结合,使我校的学生党建工作不断走出新路子。如我校专门建立了一支从事学生党建工作的队伍,成立了有党总支书记、副校长、政教主任、团委书记、年级组长、教务主任等长期从事学生思想工作的党员参加的学生工作党支部,从而在组织制度上保证了学生党建工作的开展。再如我们发动党员教师自编党课教材,改变过去照本宣读书本上的党课内容。由于每讲党课都由撰写人自己讲,内容上贴近学生,贴近生活,有理论指导,且随形势发展不断补充,所以越讲越好,常讲常新。我们还结合青年学生的特点,组织学生在参观、访问、游览等一系列活动中接受教育,提高对党的认识,坚定对党的信念。再如,我们组织学生到太浦河工地劳动,到上海地铁人民广场站劳动,每年到嘉兴南湖中共一大会址参观,学校还投入 5 万多元连续四年组织了 150 多名学生赴井冈山、延安考察。组织学生游环线、登明珠、过隧道、乘地铁、观市容,目睹上海改革开放以来发生的巨大变化,从而坚定了他们走中国特色社会主义道路的信心,坚定了他们入党的思想。

  马克思主义哲学关于现象和本质的原理告诉我们,认识事物不能停留在表面现象上,而必须透过现象把握本质。透过现象看本质是我们在学生党建工作中十分重要的工作方法,我们要从学生表现出来的问题中,深入分析,判断出学生本质的东西来,优秀学生才会不断涌现出来,学生党建工作才会有新突破。

  个人服从组织,这是党员最起码的党性表现。但有时候一些要求入党的学生会"不服从分配"。此时,我们就要透过现象来分析学生的本质。我们认为,衡量一个高中学生是否具备入党条件,必须按时代的特征加以具体分析,从现象中抓住本质。一个要求入党的高中学生,在毕业高考填报志愿上,应该享有同其他同学一样的权利,可以自由选择自己喜爱的专业,党组织在考察他们时,应充分理解、尊重他们的志向,如果硬要他们去从事自己不喜欢的专业,他们不会有大的作为,对党的事业也不利。当然,在特定的情况下,党要求有一些党员去从事与他们本人志愿不一的工作,作为每一个要求入党的同学,我们要求他们要有这个思想准备。

青年学生在成长的道路上不可能是一帆风顺的,当他们出现反复曲折、处于低潮时,我们要满腔热情地关心帮助他们,拉一下,党会多一个坚定分子;推一下,就可能失去一个优秀人才。

在高中学生中开展党建工作,我们还用哲学中的点和面、质和量的两点论作指导,正确处理了培养和发展的关系。由于青年学生处在一个从青少年步入成年人的年龄阶段,他们阅历简单,没有经受较多的考验,加上有些基本符合入党条件的,在他们高中毕业时入党年龄未到,于是有的同志认为,辛辛苦苦培养到头来是一场空,即使少数同学入了党,他们很快毕业离校,不能在本校发挥作用,是为他人作嫁衣。我们认为,作为学校党组织,不仅要培养德、智、体全面发展的学生,还要着眼于未来,努力培养出较多具有坚定政治信念的合格接班人,我们发展学生入党,不是为了完成上级下达的指标,更不是为了学校扬名,我们培养学生积极分子,不仅仅是为了学校有几个积极分子可以开展工作,而是为党培养接班人,培养的积极分子越多,我们对党作出的贡献就越大,我们应当有这样一种全局观念。

十六年来,我们始终把工作的基点放在培养上面。我们曾总结出抓好三个阶段的工作,即选苗、育苗、发展三个阶段,其中育苗阶段是最重要的阶段。没有培养,就没有发展。从一般定义上讲,培养是手段,发展是目的,而从更深远的意义上讲,培养是目的。因为高中生发展入党只能是少数,而培养出大批追求党的积极分子才是我们中学党建工作的目的。有位直升交大的同学来信对我们说:"我对党的认识,决心为共产主义奋斗终生的思想,不是在入党的瞬间认识和形成的,而是在党的长期培养下逐步认识和形成的,参加党章学习小组后,党的直接培养,对我起了决定性的影响。"对于在高中阶段不能入党的大批积极分子,我们认真做好与大学衔接工作,将其材料转入高校。由于他们在高中时打下的基础,所以一进高校就有一个高起点,经过新单位的继续培养,他们纷纷入党。一位同学来信说:"我在大学里入党,是跟母校三年的培养教育分不开的,没有中学时打下的基础,我不可能在短短的时间里入党。"即使在中学不能入党,在他们的心目中也会留下对党对社会主义的热爱。正在新加坡学习的我校一位毕业生来信说:"无论身处天涯海角,我对党的心依旧不变,为共产主义事业奋斗,是我终身的誓言和理想。我有机会到新加坡学习,开阔自己的视野,学习先进的科学知识,今后回国报效。"可见,中学阶段对他们的培养会对他们的一生产生影响,如果我们把眼光仅仅盯在发展几个党员上,那么我们就失去了在高中学生中开展党建工作的意义。

在马克思主义哲学原理指导下,我们在高中学生中开展党建工作,取得了丰硕成果。随着形势发展,我们将继续按照党建工作的要求,为培养更多的青年共产主义者而努力。

(载于《上海交大高教研究》,1997年"附中教育"特辑)

青年共产主义者在这里成长
——上海交通大学附中在学生中开展党建工作

黎冀湘　陈德良

我校在学生中开展党建工作,已有 20 年的历史了。20 年来,我校先后有 1 800 多名学生参加了党章学习小组,600 多名学生递交了入党申请书,110 位学生被发展入党。

20 年来,我校不断总结经验,不断有所创新,不断获得成绩。学生党建工作已经成为我校在实施素质教育中最高层次的工作,成为德育工作特色之一。我们的主要经验是:营造一个积极向上的政治氛围;依靠两个组织的领导和支持;抓好"三个阶段"工作;发挥"四个一"的功能;处理好"五个关系"。我们称之为"交大附中党建工作一、二、三、四、五"。

一、营造积极向上的政治氛围

环境可以育人,正确的舆论可以引导人。在学生中开展党建工作,先要在校内形成积极向上的政治氛围,这个氛围不可能自然形成,而是要靠大家去营造。我们把起点工作放在新生入学的第一天,在学生必经之路的橱窗中贴出了刚毕业学生党员的光荣榜。新生知道高中阶段也能入党,许多人就暗下决心,确定了自己今后的奋斗目标。在平时,我们还通过黑板报、橱窗、广播经常宣传党章学习小组的活动情况,在升旗仪式上举行新党员入党宣誓,利用校班会进行入党审批会的电视实况转播。党章学习小组的刊物《向往》每期都发到各班。我们还利用政治课的教学对学生进行"三观教育"。我们要求班主任在对学生所作评语中必须有学生政治上是否要求进步、是否参加党章学习小组的内容,在评选"三好"、推荐优秀毕业生时,也作为重要条件。在团的组织生活中,学党章、学时事、学理论成为重要内容。

浓厚的政治氛围使学生始终处于一个积极向上的环境中。同学们都以政治上要求进步,向党组织靠拢作为最大的荣耀。几年来,要求参加党章学习小组的同学逐年增多,如目前在我校的三个年级中,有 609 位同学参加了党章学习小组。高三学生中有 53 人递交了入党申请书,高二年级也已经有 34 人递交入党申请书。本届毕业生中已经有 4 人被发展入党。

二、依靠两个组织的支持

我校党团关系属上海交通大学领导,德育工作又属杨浦区教育局领导。这就决定了我校学生党建工作也必须依靠上海交大和杨浦区教育局的领导和支持。

早在 1982 年,我校成立党章学习小组时,交大党委组织部就给予我们积极的支持,送给我们党课教材。1983 年我校第一个学生入党时,《上海交大报》在第一版显著位置作了报道。组织部部长还找我校入党积极分子谈心,鼓励他们不断进步,从而使我校学生党建工作始终沿着正确的轨道发展。

杨浦区青年共产主义学校是在我校召开成立大会的。我校学生参加党章学习小组后,同时成为杨浦区青年共产主义学校的学员。杨浦区青年共产主义学校领导,以及团市委、杨浦区教育局的领导多次来我校召开推优工作、党建工作现场会,对我校的学生党建工作给予了充分的肯定和支持。这一切,不仅给了我们极大的鼓舞,而且促使我们不断总结经验,调整优化,使我校的学生党建工作紧跟时代步伐,不断向前。

三、抓好三个阶段工作

从一名优秀的学生到一名合格共产党员要经过党团组织长期精心的培养。我们认为主要应在三个阶段上下功夫,即抓好"选苗、育苗、发展"三个阶段的工作。

首先是选苗阶段。我们选苗的过程是"讲、看、访"。新生进校两个月后,我们就在年级大会、团员大会、干部大会上宣传,动员同学们参加党章学习小组。一般讲,此时学生的政治热情是高涨的。会后,有相当多同学会提出申请,我们都给予批准。在经过一段时间的教育培养后,我们就开始物色优秀的苗子,对其中表现突出的优秀学生登记入册,做到心中有数。对于特别优秀的苗子,我们利用假期对其进行家访,了解他在家庭以及社区内的表现,从中发现好苗,作为重点培养的对象,每届我们都确定在 30 名左右。对一些优秀苗子,个别深入细致地做工作是十分重要的。2002届理科班有个学生,进入交大附中后,各方面表现极为突出,对党的追求十分热切,主动学习并宣传党章,可就是担心自己不符合党员的条件,不敢向党组织递交入党申请书。我们告诉他"递交入党申请书只是表达对党的追求与入党的愿望,并不表示已经符合入党的条件""递交了入党申请书后有助于鞭策自己加快接近党的步伐"。几次谈话后,他终于解除顾虑,郑重地向学生工作党支部递交了入党申请书。递交申请书后,他更加严格要求自己,在学习工作中都成为学生的表率。

其次是育苗阶段。育苗阶段即培养阶段。根深才会叶茂,苗壮才会结出丰硕的成果。而要做到这一点,关键是对苗子的精心培养。苗子毕竟是苗子,需要精心的培育,所以第二阶段是三个阶段中最重要的一个阶段。我们牢牢地抓住两个结合,即理论与实践相结合、校内实践与校外实践相结合,从而使这些苗子能苗壮成长。

理论教育,一是系统地进行党的基本知识和基础理论的教育,通过上党课的形式,讲解党的性质、任务、指导思想、组织原则、优良传统和作风等。二是组织同学们学习邓小平、江泽民有关青年工作的论述,学习关于"三个代表"的论述等。还根据形势的变化,不定期做形势报告以补充党课内容。

在强化理论教育的同时,我们十分注重理论与实践相结合。校内,我们开展了学生入党积极分子的挂牌承诺活动。主动报名的入党积极分子将他们的姓名、班级、寝室、电话公布于宿舍区门口,并向广大同学发出承诺:"一名共产党员应该做到的,我,一名入党积极分子也同样能做到。""我是入党积极分子,有困难请找我。""我将竭尽全力为大家服务。"他们在自己学习任务很重的情况下,仍然牺牲自己的课余时间,对同学有求必应,积极服务于同学。

精选的苗子,经过一年以上的精心培养,其中有的达到了党员的标准。我们就按照"坚持标准、保证质量、改善结构、慎重发展"的方针,按有关手续及时将他们吸收到党内来。发展一个,激励一批。我们始终把发展工作作为党课教育的延伸。我们精心组织会议、贴出海报,欢迎要求入党的积极分子参加会议。我们还多次邀请市、区有关领导、兄弟学校领导参加入党审批现场会,每一次入党审批会都会在学生中引起强烈的反响。审批会上,党员教师、学生对被发展对象的提问、评议对每一位要求入党的同学都是一次生动的教育。

四、发挥"四个一"的功能

在高中学生中开展党建工作是一项系统工程,历时久、工作细,需要大量的时间、精力、人力的投入。由于我们始终发挥"四个一"的功能,即一支热心于学生党建工作的队伍、一组党建工作条例和计划、一套自编的党课教材、一份《向往》刊物,从而使我校学生的党建工作制度化、系列化。

20年来,我校形成了一支安心、热心、专心的学生党建工作队伍。这支队伍中的同志政治立场坚定,思想作风端正,有一定的理论水平,有一定的口才,能与学生打成一片,有奉献精神,教学业务也强。1993年,我们在这支队伍的基础上成立了学生工作党支部,从而使学生党建工作有了更可靠的组织保证。

早在20世纪80年代初,我校就制定了《团委推荐优秀团员作为党的发展对象工作实施条例》《党章学习小组工作条例》《发展学生党员工作条例》。以后,我们又做了几次补充,使这些条例日趋完善。正是这些条例,使我校学生党建工作有序地发展。我们每学期还有完整的培养、发展的计划。这些计划包括党总支工作计划的有关内容、团委的推优计划、学生工作党支部的工作计划等。条例、计划的制订,促进了我们党建工作的规范性,也使发展有了延续性和继承性。

党课教材版本很多,理论性很强,在实践中,我们感到这些教材对成年人可能更合适,但对中学生来讲有一些距离。于是我们发动党员教师自编党课教材。这些同志查找资料收集材料,并根据学生的年龄特点、新时期对党员的新要求编写了切合中学生实际的党课教材内容。由于每讲内容都是撰写人自己讲解,既有理论指导性,又贴近学生、贴近生活。党课中举例的许多人和事都是学生看到过,听到过,甚至就在自己身边的事例,党课生动、活泼,学生易接受、易理解。

1989年11月,当时高三党章学习小组的同学向我们建议,创办一张自己的报纸,介绍党的知识,交流大家参加党章学习小组以后的收获与提高,笔谈如何争取入党等。我们积极支持,并让学生自己给这份小报起名;在慎重考虑后,一份学生自编、自刻、自印的小报《向往》诞生了。《向往》创刊10年以来,不断充实发展。1999年,在学生的要求下,我们在报纸的基础上,出版了《向往》期刊。期刊的内容更广泛更充实,包括老党员的寄语、学习党的知识、同学们的心得体会,等等,为同学学习交流提供了一个更好的园地。

五、处理好五个关系

20年的学生党建工作,无论是在培养青年共产主义者的质量上还是在数量上,我们都处在全市较先进的行列中。这与我们正确处理好"五个关系"是分不开的。这就是培养与发展、传统与创新、条件与实际、党性与个性、质量与数量的关系。

在培养与发展关系中,我们的重点是放在培养上。

高中学生被发展入党的只能是少数,而培养一大批热爱党、政治上坚定的积极分子才是我们在中学生中开展党建工作的目的。我们决不因为在几届党章学习小组中,最终发展入党的仅几个人,最多十几人而放松对大部分入党积极分子的培养工作。对于在高中阶段不能入党的大批积极分子,我们认真做好与大学的衔接工作,将其材料转入高校。由于他们在高中阶段打下的基础,所以一进高校就有一个高的起点,经过新单位的继续培养,他们纷纷入党。

在传统与创新的关系上,我们把重点放在创新上。

传统的学生党建工作,往往把重点放在为学生上党课,组织学生学习党的知识、党的历史上。在21世纪的今天,要为同学们创造良好的政治环境,满足同学们的上进要求,仅仅做到这些是不够的。近年来,我们除了将邓小平理论、江泽民有关青年问题的论述、三个代表等内容及时加入党章学习小组的活动以外,还在活动中不断发现同学们的新需求,充分利用影视手段,尝试利用多媒体等先进手段进行宣传,受到学生的欢迎。

在条件与实际的关系上,我们坚持从实际出发。

我们认为,在坚持党员条件的前提下,不能脱离青年学生所处的特定年龄阶段和特定的校园生活环境,如果超越中学生的身心阶段,超越时空,都将阻碍学生党建工作的发展。我们认为只要是德、智、体全面发展的、学习成绩优良的、热心为集体为同学服务的、在同学中有一定威信的同学,政治上迫切要求上进、政治方向坚定、入党目的明确就基本上符合了入党条件。

在党性与个性的关系上,我们要求个性要服从党性。党性与个性是共性与个性的关系。现在的中学生,很强调自己的个性,强调"与众不同",展示自己,这本无可厚非。但是个性的本质特征要求有社会性,追求个性自由不可避免地要受到社会条件的制约。作为一名党员或者要求入党的积极分子来说,还要受党性的制约,党员的个性发展离不开这一基本要求。

在质量和数量的关系上,我们既讲究一定的数量,更讲究质量。

20年来,我校在学生党建方面,既注意培养一大批入党的积极分子,发展了一批学生入党,更注意培养层次较高的青年共产主义者,在两者的结合上,相互促进,使我校学生党建工作不断推向前进。一定的入党积极分子、党员数是能反映一个学校、一个班级的质量的。为此,我们在学生党建工作中,很注意参加党章学习小组的人数、递交入党申请书的人数以及党员的发展数。

在发展学生入党中,我们首先注重的是质量,高中学生毕竟年轻,他们经受的考验毕竟太少,他们还有长长的未来,只要我们在中学阶段给他们打下了基础,他们最终会入党的。对那些确实表现突出,在学生中有较高声誉的,我们应发展他们入党,一方面可以使广大同学有一个身边的学习榜样,同时也会激励更多的学生向往党组织。较多地发展没有质量的学生,只能影响党的质量,造成群众对党不良的看法,将会失去积极分子对党的向往,甚至导致学校德育工作的削弱;如不发展,学生会感到入党无门,从而挫伤一部分学生的入党积极性。因此,在开展学生党建工作中,处理好质与量的关系同样是十分重要的。

(载于《党政论坛》,2001年第12期)

这里始终涌动着一批入党积极分子

陈德良　黎冀湘

我校学生党建工作起步于1982年。近20年来,全校先后有2 056名学生参加了党章学习小组,640名学生递交了入党申请书,其中115人被发展入党。20年如一日的学生党建工作,造就了一批又一批的青年马克思主义者,不断地为党输送着新鲜血液,同时有力地推动了学校的德育工作,促进了学生素质的全面提高。

一

我校在开展学生党建工作中比较成功的做法是:

1. 营造氛围,组织队伍

每届新生从踏进校门的第一天起,就让他们知道交大附中有一个学生党章学习小组,知道高中学生也可以入党,于是不少学生一开始就会确立在政治上新的奋斗目标。他们看到宣传橱窗中有刚毕业的学生党员的喜报,听到高年级学生对党章学习小组的介绍,在军训期间,各班还选派代表列席毕业生入党审批大会。这一切,都是在8月下旬短短十天的军训期间完成的。这对于考入我校的90%以上团员,且在初中时担任干部的新生来说,无疑将产生积极的影响。

为了扩大党在广大青年学生中的影响,党章学习小组定期出版的刊物《向往》下发到各班,学生的入党审批会还向全校进行电视直播。全校同学在电视中观看审批会的全过程,了解了什么样的学生才能成为一名共产党员。我们还在升旗仪式上举行新党员入党宣誓,这些都在青年学生中产生了积极的影响。被列入入党重点考察培养对象的入党积极分子,则进入交大附中业余党校,一般在高三第一学期集中两个月的时间完成入党前的培训,为他们入党创造必要的条件。

在比较浓厚的政治氛围中,学生一般都会保持积极向上的政治热情。

2. 理论教育,重在实践

有计划地对党章学习小组同学进行党的知识教育,马克思主义、邓小平理论教育以及江泽民同志"三个代表"思想的教育,是开展学生党建工作中经常性的一项工作。为了达到最佳教育效果,我们发动教师党员撰写交大附中学生党课教材,2001年6月份已出版成书。这本带有"乡土气息"的教材,由于书中内容通俗易懂,所举例子大多是本校师生中的典型,因而与其他党课教材相比更受学生欢迎。我们采取了谁写谁讲的原则,随着形势的发展,不断补充新内容,做到常讲常新。每学期我们党课为2~3次,再加上形势教育一次、参观考察一次(有时与政治课的考察实践相结合),这样就可以基本保证每月都有党章学习小组的活动,使同学们始终能感受到党就在自己身边。

对于积极要求上进的同学要不断地鼓励。党团组织要不断提供让他们参加实践活动的机会,尤其是提供为班级和社会服务的机会。如让他们担任一定的社会工作,分配一些突击性的任务。比如说,我们实施的入党积极分子挂牌服务工作,就是在全校同学必经之路最显眼地方的橱窗中,贴出自己的照片,公布自己的寝室号、电话号码。每人都有一项承诺:"我是入党积极分子,有事情找我";"一个共产党员能做到的,我,一名入党积极分子也能做到";"我的服务会让你满意……"等。这样,这些同学每时每刻都处在全校师生的眼皮底下。这是党组织和群众对他们最好的考察,也是他们实践"三个代表"的最佳机会。

对于重点培养的入党积极分子,我们还利用暑假,组织他们前往革命圣地进行考察,让他们亲眼看一看、亲耳听一听革命前辈的奋斗史,进一步了解党的优良传统,从而更加坚定对党的信念。

3. 及时发展,不断总结

学生进入高三后,对基本上符合了入党条件的学生要做到"成熟一个,发展一个",每届学生中有成熟的入党积极分子一定要发展。这从客观上反映了我们在学生中开展党建工作的成果,更重要的是让一大批入党积极分子能看到自己努力以后会产生的结果,坚定信心,确定努力的方向。学生毕竟是生活在现实社会中的,如果一个都不发展入党,学生就会感到高中学生党建工作仅仅是停在口头上,或只是理论化的一项工作,在一定程度上会挫伤学生继续上进的积极性。

近几年来,我们在每届高三毕业生中发展10名左右学生入党。近三年中,就发展了36名。及时发展学生入党,是我校之所以有那么多的学生靠拢党、向往党、追随党的原因之一。

在高中学生中开展党建工作,是一项十分严肃的、慎重的工作,要有计划、有部署、有目的地进行,要不断上升到理性的高度来认识这项工作。为此,我们在这20年中不断探索,不断创新,形成特色,总结经验。我校已出版了《永远的向往——学生党课教材》一书,并即将出版《党旗飘扬——交大附中学生党建工作》一书。做好这些工作,将会使我校的学生党建工作更加规范化、制度化。

4. 师生互动,形成特色

长期在高中学生中开展党建工作,师生互动,才能坚持下去,才能出成绩。这就要有一批安心、热心、专心于学生党建工作的教师党员。这批教师本身政治素质要高,要了解当代学生的生理、心理特点,要能与学生打成一片,要有一定的理论水平以及一定的口头表达能力。20年中,我校先后由政治教研组党支部、高三年级组党支部负责实施这些工作。从1993年起,我们专门成立了学生工作党支部。参加这个支部的有学校党总支领导、政教处、团委、各年级组长、心理老师等。此项工作要贯穿高一到高三的全过程,要有一批人计划整个工作的开展,包括制订计划、编写教材、总结撰写论文、安排暑期考察以及对外交流等。由于这批同志直接从事学校的德育工作,与学生的接触最频繁,师生相互比较了解,从而促进了工作的顺利开展。

二

高中学生的入党标准必须符合党章规定的要求。符合标准才可以发展。但在具体操作时,我们还必须考虑学生的实际情况。

站在我们面前的是一群刚满18岁的青年学生,党对他们考验什么?怎么考验?他们的入党条件如何把握?必须具体问题作具体分析。我们认为,在坚持入党条件的前提下,不能脱离青年学生所处的特定年龄阶段和特定校园生活环境。我们对那些政治上要求上进、立场坚定、是非分明,积极参加学校各项活动,热心为同学、为班级、为学校服务,作风踏实、学习刻苦、成绩优良的同学精心加以培养,并发展其入党。由于较好地把握了高中学生的入党条件,既保质保量,又得到师生的认可。

许多人是在入党以后,不断完善自己,才成为一名合格党员以至优秀党员的。当然,学生年轻,没有经过重大考验。但从我校及外校的学生党员情况看,在紧要关头,站出来的往往是学生党员。高中阶段是学生世界观形成的关键阶段,他们的思想最纯正,党组织及早引导他们,使他们站到党的队伍中来,今后他们就有可能始终如一地坚信党的理想信念,成为党和政府部门、企事业单位的骨干。对于一些好的苗子,就一定要抓紧培养,保护他们的政治热情,这也是党的建设的一项重要内容。

对符合入党条件但又很有个性的学生,我们的观点是应该发展。发展这样的党员,我们党才会更有朝气,更有战斗力。青年学生都有自己的理想,有自己的发展目标和志向,党组织在考验他们时,应充分理解、尊重他们。一个人只有在适合的条件下才能成才,如果一味强调听从党的安排,硬要他们去从事本人不适合的工作,他们就不能充分发挥自己的才干,就会给党和国家造成损失。当然,在特定情况下,必须有一些党员去从事与他们的个性特长不完全吻合的工作。对于要求入党的同学,我们都要求他们有这样的思想准备。至于个别入党积极分子有时表现偏激,甚至脱离实际,过分自信,这也不足为怪。随着他们阅历的增长,经验的积累,在党组织的引导下,认识会逐步提高的。作为党组织,我们决不能放弃这些同学,要帮助他们早日成长、成熟起来,早日达到入党条件。

我校在学生中开展党建工作即将走过 20 年的历程。20 年长盛不衰,校园内始终涌动着一批入党积极分子。

(载于《思想理论教育》,2002 年第 1 期)

第四辑　教育创新

充分发挥学校团组织作用

最近,我们就《一个中学生的苦闷》在部分学生团干部和同学中进行了座谈。这些学生认为,《苦闷》反映的思想目前在中学生中较为普遍。但其中一些思想问题,由于我校开展了各种生动活泼、富有吸引力的教育活动,基本上得到了解决。目前热爱班级,热爱学校已蔚然成风;助人为乐,为集体做好事的新气象不断涌现;大部分同学感到生活在学校里心情舒畅,对前途充满着信心。我们感到中学共青团组织在目前开展各种适合青少年特点的活动,寓思想教育于活动之中,帮助他们正确认识和对待一些社会现象,学会正确思考和分析问题,引导他们健康成长,能起一定的促进作用。

有一段时间,社会上曾出现了一股怀疑党的领导、否定社会主义制度的思潮。我校一些同学对"四个坚持"也有所动摇。为了及时做好教育工作,我们团委在配合政治课教育的同时,利用文娱形式开展活动。我们组织全校同学重新学唱了《没有共产党就没有新中国》《歌唱祖国》《社会主义好》等歌曲,并在此基础上,举办了"唱支山歌给党听"的歌咏比赛。歌声响彻了校园的上空,激起了青少年对党、对社会主义的无比热爱。

由于我校是住宿学校,平时我们就比较注意开展一些有益的活动,使他们在活动中感到集体的温暖。去年中秋节,不少团支部组织同学举行了中秋赏月文娱晚会;有的支部还设立了游艺活动室,邀请各班同学前往活动,校园内欢笑声此起彼落,既丰富了传统节日中同学的生活内容,又增进了班级与班级之间同学的相互了解和团结。今年元旦前夕,我们除进行了文艺演出外,还组织了游园晚会,全校同学在十几个活动地点进行了猜谜、打气枪、数理化智力游戏等项目的活动,在一片欢笑声中迎来了80年代第一春。

我们还组织不定期的课余活动。近一年来,我们组织了乒乓、篮球、拔河、象棋、书法等比赛,开展了跳集体舞活动,举办了猜谜、摄影等讲座,并组织了趣味数、理、化游戏比赛。这些活动都引起了同学们的极大兴趣。

实践使我们体会到:当前社会上反映的一些问题对青少年确实造成了很大的影响,但作为学校共青团组织,如果能注意开展各种文体活动,寓教育于活动之中,就能陶冶青年们的身心,培养高尚的理想、道德和情操。

(载于《文汇报》,1980年3月1日第3版)

交大附中活跃着一支
教师德育演讲团

陈德良　吴迎欢

本报讯　在上海交大附中校园里,活跃着一支教师德育演讲团。该校教师演讲团成立至今已有一年多,固定成员近20名,巡回演讲了100多场次,平均每班听讲4次以上,受到同学们的好评。

一年以前,交大附中和其他许多学校一样,思想教育仅仅停留在全校或全年级大会(广播会)上,由于报告的内容与学生的实际距离较远,学生不感兴趣,有的甚至把校班会课看作自修课或睡觉课;而教师也为思想教育的内容绞尽脑汁;一些班主任觉得班会课程没什么好安排的,请领导帮助解决,要不就干脆改为自修。于是,每周仅有的45分钟对学生进行思想政治教育的正规时间名存实亡。

针对这一情况,校领导及时作了研究。他们认识到,当代青年学生的思想和思维方式与五六十年代的学生有很大的不同,我们的思想教育只有适应80年代学生的特点,才能收到好效果。于是,1980年初,学校抽调了一部分骨干教师,组织了教师德育演讲团,利用班会课的时间分别到各班去演讲,以多种专题给学生以各方面的指导和教育。

校领导带头参加演讲团。副校长邵士信、王祖善,教导主任王通饮、副主任黄华,党总支副书记陈德良等,分别深入各班演讲。为了使演讲获得成功,演讲人事先深入班级,向班主任、学生了解同学的思想情况,听取他们意见,做到心中有数。如历史老师刘家有在高一(3)班演讲时,同学们递了50多张小纸条,问题涉及青年人的理想,如何看待对外开放、对内搞活,怎么看柏杨的著作《丑陋的中国人》等各个方面,由于事先作了充分准备,场内气氛活跃,效果很好。

地理老师鲁克平积多年毕业班工作的经验,作了"道路的选择——与毕业班同学谈志愿选择"的演讲,对面临人生重大选择的高三学生震动很大。一些原来受家长影响,不愿填外地院校的同学说,"听了鲁老师的报告,使我们懂得了,国家需要的人才是多方面的,越是少有人走的路,越是能有所作为。"从而坚定了报考外地院校的信心。

演讲团的活动对全校各方面工作都起到了良好促进作用。一年来,该校在市、区的数、理、化、语文、哲学小论文等竞赛中获得了大面积的丰收。在1986年的华东六省一市作文比赛中,获得了上海唯一的团体奖。

(载于《青年报》,1987年5月22日第1版)

交大附中把政协列为社会考察内容

本报讯 日前,交大附中10位高三同学在老师的带领下,来到市政协做社会考察调查。长期从事政协工作的老同志热情接待了这批来自市属重点中学的小客人,向他们介绍了上海市政协的历史、政协的性质、任务以及市政协的机构组成等情况,并回答了同学们提出的问题。这所学校过去组织学生进行社会考察,都是到工厂农村、商店等单位,这次是第一次到统战系统的机关作考察活动。

(载于《联合时报》,1987年11月8日第4版)

增加一点"防腐剂"

我校是一所市重点中学,不少学生身上骄、娇两气比较严重,我们就在实际工作中有意识地开展"磨难教育"。在暑假中,我们把学生带到部队过军营生活,学生在摸爬滚打的一个月军训中,皮肤晒黑了,人消瘦了,但他们的意志得到很大的锻炼。去农村劳动,规定不准带食品,轻装下去。农场每次都要为我们提供一部分床铺,我们没有接受,而是让学生全部打地铺。当学生面对铺着稻草的床铺,时有小虫爬出时,有的惊叫,有的流泪,但很快面对现实适应了,去农田劳动,虽然来回步行两个小时,但大家坚持了下来。

现在学生的学习和生活条件越来越好,学校、家庭要不失时机地创造一些艰苦环境,增加一点"防腐剂"。

(载于《新民晚报》,1994年4月4日第13版)

学校应对学生进行"磨难教育"

我校沈漱舟同学在逆境中成长的事迹,给了我们一个启示,要使学生成才,应该对他们进行一点"磨难教育"。

多年来,我校按照教育规律,有领导、有组织、有计划、分层次对学生的学习、工作、生活以及思想、心理、体力等方面进行一些"磨难教育",使学生在与困难和挫折做斗争中磨炼自己的意志,提高心理承受能力,收到了较好的效果。

我们利用暑假,把交大预科班拉到部队过军营生活,学生在摸爬滚打、擒拿格斗、杀声阵阵的一个月军训中,皮肤晒黑了,人消瘦了,但每位学生的意志得到了极大的锻炼。正如有的同学所说:"军训使我懂得了什么是艰苦,我在特殊的环境中长大了许多,充实了许多,得到了许多。"这个班级在军训中形成了奋发向上,朝气蓬勃的氛围,为以后的学习生活打下了扎实的基础,连续两年被评为上海市三好集体。

我校学生都是以高分考入的,他们自喻为"藏龙卧虎",人才济济,不少同学有一股骄气、傲气。我们在他们入学后,有意识地让他们在学习上受一点挫折。结果第一次考试,绝大多数学生出现了从小学到高中的第一次"红灯",有的人哭了,有的人几天吃不下饭。此时,我们及时诱导他们正确对待学习上的失败,只要勤奋,掌握高中阶段的学习方法就会获得成功。结果同学们很快从暂时的阴影中走了出来。如高三(4)班的朱一村就是其中的典型,他从第一次挫折后奋起直追,终于成为学习上的佼佼者,上学期被吸收入党。

去农村劳动,一些学生说成是"秋游",而我们认为这是对学生进行"磨难教育"的最好机会。每年我们都组织学生去崇明的红星农场,规定不准带食品,轻装下去。农场每次都要为我们提供一部分床铺,我们没有接受,而是让学生全部打地铺。当学生面对铺着稻草的床铺,时有小虫爬出时,学生有的惊叫,有的流泪,但很快面对现实,在无退路的情况下只能去适应,硬着头皮住下来。至于去农田劳动也是够苦的,往往路上来回要两个小时。半个月下来,学生尝到了学农的味道。有的同学说:"阳光使我的皮肤变黑了,铲柄使我的手上磨出了老茧,长长的田埂使我的双脚磨出了血疱,我每天腰酸背痛,但我明白了什么是艰苦,我挺了过来,我带回了一份绿色的收获。"

针对我校校园面积大的特点。我们让各班承包一块卫生包干区,让学生定期打扫。去年新食堂造好后,我们又组织各班轮流用水冲刷地板、擦洗门窗台凳。上学期营建花坛,我们组织学生运泥,尽管学生劳动后满身是泥,却还是充满了热情。

现在的学生学习和生活条件越来越好,却也带来了贪图逸豫、舒适等不利因素。如学校不对学生进行一点"磨难教育",不增添一些"防腐剂",要出经得起锤炼的好钢,将是天方夜谭。我校学生正是在较艰苦的环境中学习生活,才出现一大批像沈漱舟那样有较好心理素质的人才。

(载于《上海教育报》,1994年4月26日第3版)

团市委在附中召开工作研讨会,充分肯定附中学生党建工作经验

共青团上海市委书记钟燕群,戴副书记等团市委领导不久前在附中召开高中学生党建工作调研会。会上,附中团委书记胡杰就共青团的"推优"工作作了汇报,党总支书记陈德良作《关于在高中学生中培养青年共产主义者的认识与实践》汇报。到会同志对附中十多年来形成的学生党建工作经验给予充分肯定。

1982年,附中在学生中建立了党章学习小组。以后在每届学生中都吸收同学参加,至今已有652位同学成为小组成员,其中210位同学递交了入党申请书,53位被发展入党,成为本市中学系统发展学生党员最多的学校。

附中学生党建工作之所以取得较突出的成绩,是附中重视在学生中开展爱国主义教育、理想信念教育的结果。党总支认真抓好选苗阶段、育苗阶段和发展阶段的各项工作,充分发挥一支党建工作队伍、一套党建工作计划、一组自编党课教材以及一张自编党章学习小报的作用,形成了抓好"三个阶段"的工作,发挥"四个一"的功能的学生党建工作特色。

1993年3月,附中建立了本市中学系统第一个学生工作党支部,专门开展学生党建工作。两年多来,支部一班人不断解放思想、拓宽思路、更新观念、大胆发展,使附中学生党建工作不断上新台阶,已发展学生党员24人,仅今年高三(7)班一个班中就有6名学生入党,其中5名已直升交大。

(载于《上海交大报》,1995年6月28日第1版)

鼓励孩子住读去

1998年秋季,新建寄宿制高级中学将招收新生。加上原有的几所,本市寄宿制高中学生数比去年有成倍增加。让孩子到寄宿制学校去读书已成为广大初中毕业家长议论的热门话题。

这几天,一些初中毕业生正在选择填报自己所向往的寄宿制学校,不少家长也在鼓励、动员孩子去寄宿制学校读书。但也有一些家长舍不得孩子离开自己,甚至反对。

其实鼓励孩子去住读,让孩子尽早学会生活上的自理,尤其是一些独生子女,无疑是十分有利的。孩子离开了父母的照料,一切都得学着做,自己洗衣服,自己整理床铺,自己打扫寝室卫生;有时身体不舒服,也得自己到医务室看病。孩子开始是不适应的,但面对现实,他们只能迎难而上,从不会到会,从不习惯到习惯。几年下来,孩子的独立生活能力,自主意识是一般走读学校中大多数学生无法相比的。另外,寄宿制学校实行的是准军事化的管理模式,学生在统一的时间里吃饭、睡觉、起床、早自习、晚自习、课外活动,有规律的学习,更为孩子养成学生自律的学习生活,更为孩子养成学生自律的优良品质创造了条件。

鼓励孩子到寄宿制学校去,孩子就能在一个更广的范围内与同龄人交往。寄宿制学校面向全市招生,四面八方学子相聚到了一起,家里那种任性、撒娇,甚至不尊重长辈的现象不可能存在,代之而起的是互相学习、互相帮助,取长补短,共同发展。他们也会产生矛盾,许多场合是老师不在场的,于是,他们必须学会理智地去处理,去协调,去解决,从而大大提高了人际交往的能力。更可喜的是农村孩子的纯朴、外地学生的勤奋、城市学生的聪明,每天都相互影响,久而久之,每个学生的思想政治素质、道德品质素质都会有极大的提高。

(载于《新民晚报》,1998年6月13日第29版)

学习邓小平理论
争做"四有"新人

在纪念党的十一届三中全会二十周年的日子里,附中"邓研会"和各班邓小平理论学习小组掀起了学习邓小平理论的高潮。各班都召开了主题班会,缅怀邓小平同志的丰功伟绩,畅谈改革开放二十年来的巨大成就。为配合学习,交大人文社会科学学院殷作为教授专程到附中给全体同学作了"学习邓小平理论,回顾二十年成就"的报告。附中"邓研会"还召开了纪念三中全会二十周年的大型座谈会,近百名学生参加,踊跃发言,高二(6)班顾骏同学当场递交了入党申请书。

1998年5月,附中邓小平理论读书班正式被交大"邓研会"吸收为附中分会,首批54位学生以更高的热情学习理论。暑假期间,这批学生集中3天时间学习邓小平原著,进行学习交流,并前往延安、西安等地考察。在党的七大会址,14位同学向党组织提出了入党申请。本学期,附中"邓研会"分四个阶段,三个专题开展活动。四个阶段为:一是组织学习队伍阶段,即各班成立学习小组,目前全校有435名同学参加;二是学习阶段,每月有必读的篇目;三是实践阶段,组织学生前往农村、革命纪念馆考察;四是总结提高阶段。三个专题是学习邓小平关于改革开放的论述,关于党的思想路线,关于理想信念。

附中的"邓研会"和各班学习小组如雨后春笋,正在茁壮成长,影响日益扩大。不久前,杨浦区教育局出版了学习邓小平理论专辑——《旗帜红,学子颂》一书,附中四位同学的文章入选,其中高三(9)班薛莉萍的《邓小平理论和我们中学生》一文,作为该书的代序。这充分反映了附中学生在学理论中的成效。通过对邓小平理论的学习,附中同学政治热情高涨,政治素质提高,对党的信念坚定,全校目前有652位同学参加党章学习小组,102位同学递交了入党申请书,今年12位同学加入了中国共产党。

(载于《上海交大报》,1998年12月30日第3版)

送给新同学的锦囊
——过好三关

进入高中,对同学们来说,是一个新的飞跃。俗话说,良好的开端是成功的一半。那么,如何适应新的学习生活呢?

首先,要尽快融入新的集体中去,过好人际交往关。新的班级,同学们有的来自本区(县)的各初级中学,有的来自全市各区县。在新的同学面前,要时时处处表现出谦虚、谨慎。因为每人都有各自的优点,每人都应向对方学习。相处在一起,要诚恳待人,良好的人际关系,将为自己日后的学习、工作打下扎实的基础。

其次,是过好生活关,特别是寄宿制学校的学生。离开了父母、长辈,生活上的一切都要自己学着做,要学会洗衣服、整理床铺等。如果老是将脏衣服周末带回家让父母洗,时间一久,会被其他同学看不起,更主要的是失去了自己独立生活锻炼的机会,能力也就无法提高。在吃穿问题上,不能攀比,即使家中条件再好,也要注意节俭。讲排场、比阔气、大手大脚花钱,一开始就会给人留下不好的印象。

再次,是要过好学习关。考上高中后,家长、亲朋好友祝贺你,对你寄予了很高的期望,同学们一定要以平常的心态对待家长的期望。自己要给自己减压,绝不可采取加班加点或是题海战术,否则,必定会走进死胡同。高中阶段的学习更多的是要掌握学习方法,养成良好的学习习惯。老师在讲课时,往往会向你们传授掌握知识的方法、途径。将老师多年积累的经验自己去实践,时间久了,必有效果。有的同学有很好的学习方法,大家互相交流、切磋,就会共同提高。有的同学在开学后的几周内,在某些学科的小测验、练习中成绩老是不理想,而其他同学都不错。此时,心理调整十分重要,切不可急躁,更不能丧失信心,要相信自己的实力。我校有一位从奉贤农村直升来的同学,一开始老是"开红灯",情绪低落,在我面前还哭过。我和班主任不断鼓励他,并讲一些高中阶段的学习方法,结果,他很快稳定了下来,逐步适应了新的学习生活,成绩慢慢上升。三年后,他在学校推荐下,直升交通大学。

最后,我想说的是,高中阶段正是你们世界观、人生观形成的重要阶段。在全面实施素质教育的今天,同学们切不能"两耳不闻窗外事,一心只读圣贤书"。在思想上要有所追求,要积极参加班级和学校的各项活动,这一方面是对紧张学习生活的一种调剂,更可以在活动中全面提高自身的素质。许多学校都在学生中建立了党章学习小组或业余党校,邓小平理论学习小组等,要把握机遇,积极参加。

(载于《上海中学生报》,1999年9月14日第1版)

到社会大课堂上"大课"

前天下午,交大附中450名高一学生分别前往上海日立空调器厂、交大农学院、徐家汇商城、四川路一条街等参观考察。这是该校实施政治课教改方案的新尝试。

半天的活动使学生大开眼界,大家纷纷说,这样的政治课生动有收获。从本学期起,交大附中将每周安排一个下午,定为高一年级政治课教学实践活动时间。学生将以讨论和写论文等形式,将政治课学"活"。

(载于《新民晚报》,2000年3月9日第5版)

学生社团活动课程化

日前,交大附中各社团同时开展活动,有的调试机器人,有的制作陶艺作品,有的编辑新一期刊物……常务副校长徐向东感慨地说,学生社团是交大附中课程建设中的重要一环,是求知、创新和磨砺的新天地。

该校在创建实验性示范性高中的过程中提出学生活动社团化、社团活动课程化的目标,将学生社团活动作为"综合实践活动课程"建设的一项重要内容。学生可根据自己的特长及兴趣提出创设某个社团的设想,学校也开出了几十个社团名单供学生选择,至本学期学校已建立了泥土文学社、建筑模型社、陶艺社、法律协会、社会视窗、合唱社、艺术团、服装设计社等近50个社团,学校还为每个社团配备指导老师,外聘专家指导,提供活动场所和经费。社团活动课程化后打破了传统教学模式的限制,学生以学分的形式取得相应的"综合实践活动课"学分,作为评优、推优和获得奖学金的重要依据,极大地激发了学生求学的积极性,并取得了喜人的成绩,如机器人社团参加上海市青少年奥林匹克机器人运动会获得机器人创意一等奖,"邓研会"被评为"上海市明星社团"等。

(载于《文汇报》,2003年6月25日第6版)

期末,学生给老师打分

交大附中采取的是学生全员参评的方式,问卷上的内容条目分得比较细,总共有 27 项,其中包括"教学态度好坏""使用现代化多媒体设备情况""是否关心学习成绩差学生""上课是否讲普通话"等。由于问卷铺开的面比较广,每个教师教的班级又非仅有一个,统计的结果在很大程度上还是比较客观的。因此,在交大附中,学生对老师进行评价的最终结果将成为评定教师的一个重要依据,学校将根据结果相应评选出学科带头人、骨干教师以及"低评高聘"教师,等等。

另外,学生评教的结果基本都是保密的。一般,一位校长会分管一个到两个教研组,他有责任把学生评教的结果通知教师本人,但对别人都保密。与此同时,校领导还将就评教的结果和教师进行一次沟通,让每位老师明白自己哪些方面还存在不足,哪些方面值得推崇、需要继续保持,等等。

学生评教无疑给了广大教师一个认识自我、反省自我的机会。我想,学生的认可应该是老师最大的成功。因此,对于学生评教这件事,我们的教师应该尽量做到心平气和。毕竟,只有不断发现不足和改进不足,学校的整体教学水平才会不断地得以提高。

(载于《学生导报》,2004 年 1 月 12 日第 14 版)

会玩,也是一种能力

3根圆柱体,往上面放置承压杠铃片使之保持平衡,杠铃片之间基本没有什么缝隙,手指还不能碰到下面一块杠铃片。哇!只有15克的结构,最终承压了625公斤的极限重量,获得了满分150分的好成绩。这是去年在沪举行的第34届世界头脑奥林匹克中国区决赛暨第26届中国上海头脑奥林匹克创新大赛中的一个场景。而这一项目的完成者,是成立仅3年的上海民办浦东交中初级中学OM队。

OM,即头脑奥林匹克的英文缩写。它的比赛题目涉及小车、机械、结构、神话以及表演等,要求选手们发扬团队精神和创新精神,把动脑与动手、科学与艺术、自然与人文密切结合起来,既要大胆地想象,又要科学地实干。为此,浦东交中初级中学在2009年成立之初,就在抓好教学工作的同时,十分注重对学生个性发展的培养,创造条件让学生的兴趣、爱好、特长得以发展。OM队,就是深受学生欢迎并取得优异成绩的一个社团。

首 次 获 奖

难忘备赛时光,队员们正是用心表达着对头脑OM无与伦比的"创新求异和团队协作精神"。那一次,OM队准备参加全国又一次创新赛。队员王若瑾与其他几名队员来到了城隍庙购买搭建比赛装置用的材料。营业员好奇地问他们:"你们怎么不上课啊?"一位同学豪迈地说:"我们是学校OM队,准备参加比赛,学校批准我们请假外出购买比赛用的材料。"材料买回来后,队员们开始自己割木头,用颜料点缀装置。结构题中须做一个关于函数题的装置,同学们用扑克牌做轨道,不断改变位置,让小球从上往下滚时,撞击到另一个开关,让装置运转。经过反复试验,终于获得了成功。总结了前两次参赛成绩不理想的经验教训后,大家仍不放松。在指导老师的指导下,继续操练,每天训练到晚上9点,甚至有几次过了10点。第二天早上,他们的眼睛虽然布满了血丝,但脸上洋溢着笑容激情依旧。比赛那天,天下大雨。按照训练了无数次的顺序,队员们淋漓尽致地表演着长期题。大家相互之间的配合比在校训练时还要默契。8分钟顺利完成了装置题的表演,全场响起一片掌声。OM 队终于创造了优异成绩,获得了二等奖。走出赛场,OM 的队员们激动地冲进了大雨中,他们在雨中尽情欢呼,他们在追逐梦想中实现了自己的愿望。

经 受 考 验

还是要说说开头提到的第 34 届世界头脑奥林匹克中国区决赛暨第 26 届中国上海头脑奥林匹克创新大赛。交中初级中学 OM 队参赛的题目是"电子邮件"和"翻滚的结构"。"翻滚的结构"问题,是要设计、制作一个只使用轻木和胶水的结构,并使它能从一个斜坡滚落一定距离,结构要平衡并承受尽可能多的重量。在放置重物前,要表演一个商业广告,广告中要包括这个结构从斜坡上滚落下来,裁判根据结构从斜坡滚落的距离和结构承受的重量来对他们进行计分,并要将放置重物的过程结合在表演过程中,其中最为重要的就是承压结构。虽然,同学们非常出色地完成了,但最终两个都是第二名,无缘代表中国参加世界决赛。出了颁奖厅,队员手中拿着冰冷的木质奖牌,眼泪夺眶而出。可眼泪解决不了问题!大家意识到在比赛中肯定有不完美的地方,回去要好好总结,争取下次夺冠。他们在比赛中成长了。

走 出 国 门

只要坚持不懈,一定能走得更远,飞得更高。两周后,OM 指导老师茅老师告诉队长夏凡,因为种种原因,获得第一名的团队不能参加世界决赛,由第二名的交中初级中学 OM 队参加。沈时炼校长十分重视,他联系了校友,为同学们出国比赛作贡献。

他们参赛的题目是"电子邮件"。根据剧情第一封邮件发送给由王若瑾扮演的春丽,第二封发送给由刘宇翔扮演的太乙真人,第三封发送到一个不寻常的位置,一名由夏凡扮演的熊猫手里。接着,收到邮件的 3 人来到由周怡凝扮演的花旦发件人处,大家翩翩起舞。舞间,意外地发现了熊猫,又看到熊猫身上有伤,于是询问事情的起因。熊猫说,自己的家园被两个磁铁怪物破坏了。于是,大家一起帮助熊猫将怪物打败,熊猫重新回到了自己的家园。这是一则向世界宣传我国青少年保护国宝大熊猫的戏,队员们对这次比赛充满了激情。

出征前，队员们收集可用的资料，分类、锯木头、钉钉子、拧螺丝，做成一个分拣用的装置。在装置外要画上背景，是用 4 张 1 米×2 米的白纸用夹子夹在组装起来的铁架子上，由 4 位不同的队员分别绘制小背景，最后拼装成一幅 2 米×4 米的背景，而这样的背景有 5 幅。同学们自己调配颜料，大家一笔一笔将其完成，有的地方将剪纸剪下的花朵贴在背景上，以增加立体感，其中一幅"世外桃源"的背景，队员们将从网上搜索下来的图片，用剪刀切成 4 份，每人画 1/4。一次次地修改、补充，用掉了 50 多罐颜料。经过两个多月的准备，2013 年 5 月 21 日，他们坐上了前往美国的班机，去参加第 34 届世界头脑奥林匹克决赛。尽管同学们拼尽了全力，但因为是第一次参加国际比赛，队员们还是有点紧张。结果，两个失误，与奖牌失之交臂。但此次，队员们笑了，因为 3 年的付出已经有了回报，不在于成绩，而在于收获。

感 言 OM

参加 OM，对一个初中生来说，会花去大量的学习时间，放弃了许多节假日休息。但在队员们的眼中，OM 让他们成为知识的探索者。队员周怡凝说："这项活动，让我遨游在想象的天空；这项活动，让我在创新中获得无限的快乐；这项活动，让我体会到了团队的力量。同时这项活动，占据了我无数业余的时间；这项活动让我饱受挫折；这项活动，让我付出许多。OM 就是这么一个让我又爱又恨的活动。"

队员王若瑾说："两年多的经历，长时间的训练，成就了一个团结的团队，这比获得一个好名次更为宝贵。有人说，有一种跌倒叫站起来，有一种失败叫成功。两年多来，大家在一起为同一个目标而努力、付出。一次次的经历，都成了我们的回忆，我们成长了。"

交中初级中学的 OM 队，已走过了 3 年多历程，尝到了动手的快乐，锻炼了应变的能力，练就了发现的眼睛，感受到了团队的合作……学校的创新之路仍在继续。

（载于《上海科技报》，2014 年 4 月 9 日第 8 版）

对学生思想教育要动之以情，晓之以理

常常听到一种说法：现在的学生对政治缺乏热情、麻木不仁、无动于衷。在我们重点中学里，学生则是把全部精力投入到学习之中。比如有时候听报告，看上去很"专心"，双眼直盯着报告人，实际上他们心里却在默背外语单词或在做哪道题目。真的是这一代青年学生思想麻木不仁、不求上进，还是我们的工作没做好？多方面的实践使我们认识到，不是学生对政治不感兴趣，而是我们缺乏在新形势下做思想政治工作的经验，缺乏一整套好的办法。

现在的青年学生，比之20世纪50年代、60年代的学生头脑复杂，他们善于思考，有自己的见解，不轻信盲从；他们又讲究实效，不尚空谈，但他们还是信仰马列主义，努力探求真理的。他们很需要用先进的世界观去解释和解决自己遇到的各种问题。同时希望得到温暖、关怀、尊重和信任。在现实生活中我们可以看到，只要我们摸准了他们的脉搏，在宣传时入情入理，采用他们能够接受的方式、方法，把思想工作做到他们的心坎上去，那么，拨不动的琴弦也会发出最强音。"精诚所至，金石为开"，这就是我们常说的思想政治工作中的"动之以情，晓之以理"，方法多样，生动活泼。

如何"动情""晓理"、生动活泼呢？

一、热情，是教育者应该具有的素质

动之以情，就是用正确的感情去打动自己的工作对象。情，即人的感情，这是思想工作力量的一个重要源泉。要动情，首先教育者自己要有激情，就是说要对学生有火一样的热情。

而热情又来之于对自己工作对象——学生的热爱。爱得越深，就越有责任感，对学生的热情也就越高。对学生有了深厚的感情后，就能正确看待他们，就能时时处处发现他们的长处，即使是后进的，也能发现他们的闪光点，不断调动他们奋发向上的积极性。因此,作为教育者,无论是先进的、中间的、或是一时落后的学生,都要抱以满腔热情。只有心中有爱,才会有行动上的爱。也只有言发于衷,才能动之以情。

多年来,我比较注意和各类学生交朋友,平时常和一些学生聊聊天、一起劳动、一起外出游玩、走访他们的家庭等。人是有感情的,接触多了,双方都会产生感情。教育者和被教育者之间的隔膜自然消失,学生信任你了,在这个基础上开展的一系列思想政治教育活动,他们就会感到亲切,许多道理也就容易接受,效果也比较好。

如果在教育中缺乏感情,带着教训的口气,态度又过于严肃,处理学生的一些过失又比较简单粗暴,这就在感情上缺乏接受的基础,也就达不到晓之以理的目的。正如列宁所说:"没有'人的感情',就从来没有也不可能有对真理的追求。"

二、爱抚,是达到心心相印的通道

教人先暖心。建立在信任和友谊基础上的循循善诱,能使一些思想一时"卡壳"的学生突飞猛进。我在与学生的接触中,常常发现一些平时表现较好的学生,甚至干部也会有各种不正确的思想或错误的行为。在处理这类问题时,我首先想到的是要亲近他们,爱护他们,考虑到他们同样是成长中的学生。他们年纪轻、阅历浅、缺乏经验,世界观正在形成中,对他们的要求不能太高,但对他们存在的缺点错误必须认真指出,对他们的转变要耐心等待。要顾及他们的情绪,考虑到他们今后的学习、生活、工作。这种出自内心的爱抚,会使对方感到无比的温暖,这就为我们的教育扫除了心理障碍。

有一位团支部书记,曾在如何对待群众、成绩等一些问题上看法有片面性,支部工作开始也不能很好地开展。当时有人曾提出要撤换他的团支部书记职务。我感到他办事还是很有办法的,而且有为同学服务的愿望,学习努力,成绩优秀,并且善于思考,不盲从。对这样的干部,不是撤换他的职务问题,而是如何引导培养,使他成为出色的学生干部。于是我多次在他不感到拘束的地点找他谈心,每次首先肯定他的优点,然后指出他的不足之处,希望他遇事多与其他干部、同学商量,还要听取老师的正确意见,不能只抱自信的态度。他原以为每次我都要严厉地批评他或是真的要撤他的职,结果是一次又一次的充满诚意的谈心。他感到温暖、内疚,表示要改正自己的缺点,把工作搞好。循循善诱的启发,平等的谈心,促使这位干部不断地进步。在他当上学生会主席后,工作出色,受到了师生的一致好评,两次被评为上海市"三好"学生。

人都是有感情的。对于今天这一代青年,我们一定要看到他们的长处,对他们的一些要求、希望要予以理解、同情。要主动关心他们,温暖他们的心,而绝不是板起面孔的思想灌输,生硬的个别谈话,过分的批评。而是动之以情,施之以爱,平等、真诚、友好像挚友一样地同他们进行耐心细致的思想交流,通过潜移默化的熏陶感化,才能收到好的效果。因为,关心可以换取信任,温暖容易启发觉悟,将心比心的循循善诱才能心心相印。

三、信任,最能唤起学生自尊自爱之心

马卡连柯说:"我的基本原则永远是尽量多地要求一个人,也要尽可能地尊重一个人。实在说,在我们的辩证法里,这两者是一个东西:对我们所不尊重的人不可能提出更多的要求。"当代青年学生的自尊心都是很强的,我们在教育学生时,特别是教育一时犯过错误的学生时,一定要注意他们的自尊心。教育者尊重被教育者,被教育者才会信任教育者。这里,感化教育与说理教育必须结合起来,即既晓之以理,又动之以情,入情入理方能入心,只有入心,思想教育才能真正起到作用。

记得在"文化大革命"中,我曾经处理过一个犯有偷窃错误的学生,由于屡教不改,采用捆绑的办法,结果反而越偷越严重,最后被公安部门抓起来。一个学生犯了过失,在大庭广众之中侮辱他、体罚他,何以能起到教育的作用。他自己感到反正脸皮拉破了,自尊心也没有了,就会横下一条心,继续犯错误。马卡连柯在处理小偷时,不是训斥,更不是变相的体罚,而是尊重他们,信任他们的转变,结果使许多犯错误的学生转变成为有用的人才,有的还成了杰出的人物。马卡连柯的高明,就在于能尊重学生的人格,巧妙地、适时地唤起学生心灵深处的美好感情,去压倒身上的邪气。

今年4月,有一位同学乘电车时不买车票。对此,我首先肯定他对班级体育工作认真负责,继而要求他能处处事事起模范带头作用。他很快承认了这件事,并表示愿意罚票。由于对他的信任,激发他对自己高标准严要求的自尊自爱之心,使他没有背任何包袱,而是更加勤奋地学习与工作。

教育家苏霍姆林斯基说过:"儿童的心灵是非常敏感的,在对儿童进行教育时,必须有高度的教育机智,绝不能伤害儿童心灵最敏感的角落——人的尊严。"对儿童都应如此,何况是世界观已初步形成的青年人。对青年学生的一次偶然的错误行为,不能无休止地批评,而应给予更多的关心、爱护、尊重和信任。思想

教育工作一定要和风细雨、循序渐进,而不能急风暴雨,决不可要求过高,操之过急,简单粗暴,这只能引起思想对立、矛盾激化,产生不可收拾的后果。杜甫有一首诗写道:"好雨知时节,当春乃发生。随风潜入夜,润物细无声。"我们在教育学生的过程中,应该像春雨那样点点滴滴去滋润他们的心田。

只有尊重和信任学生,才能唤起学生的自尊心和自爱心以及对自己言行的责任感,也就是达到自我教育的目的。因为思想教育的最终目的,还是要通过学生自己内心的思考和实际行动来体现的。一个人如果没有一点自我教育的精神,是不可能达到根本转变的。

四、身教,才能达到亲其师而信其道

现在的学生对抽象的道理不大容易接受,而容易被生动的形象所吸引。他们的道德观念、是非标准,是从大量的具体事例中总结出来的。因此,周围人的言行,对他们的思想品德形成将起重大作用。教育者对他们来说更是有着直接的影响,因为教育者的言行往往首先成为学生仿效的榜样。一些很有作为的科学家、作家等,其中不少人都是受了小学、中学老师影响的结果。

孔子说:"其身正,不令而行;其身不正,虽令不从。"这就告诉我们,教育者自己行为端正,即使不发号施令,学生也会照着去做。反之,你叫破嗓子,学生也不会去干。以身作则,要求学生做到的,自己首先做到。这是思想教育中极为重要的一条原则。记得有一次学校交给团委搬运十万块砖头的任务,在二十多个团支部轮流劳动时,我每次都抢重活干,许多班主任老师也带头干,学生看到老师满头大汗,干劲自然也倍增,结果那次任务完成得很出色。再如去年杭州夏令营期间,我的脚受了伤,走起路来一瘸一拐的,还是忍痛去老虎灶给同学打开水。同学看到后感动地说:老师好似父母亲。于是都抢着去干了。这些,都给学生留下了难以忘怀的印象。《学记》中说:"亲其师,信其道。"教育者用自己的行动,获得了被教育者的信任,从而激发了他们热爱集体、助人为乐、积极向上的激情。这本身就是无声的、有力的思想工作。

榜样的力量是无穷的,它对成长中的青年有着特殊的重要意义。青年时期是世界观形成的重要时期,也就是学做人的重要时期。他们爱学习、好模仿,每个人都是在自觉或不自觉地选择一定的典型作为自己学习的榜样。作为思想政治工作者,要用各种榜样去感化学生。洛克曾说过:"在各种教育儿童以及培养他们的礼貌的方法中,其最简明、最容易而又最有效的办法是把他们应该做或是应该避免的榜样放在他们的面前,'榜样'那种吸引或阻止他们去模仿的力量,是比任何能够给予他们的说教都大的。"

五、知识,是与学生感情融洽的桥梁

学生在校的首要任务是学习。知识,就成为师生之间通情达理的桥梁。

在我们学校中,我经常看到学生对一些有学问、教学经验丰富的老师总是佩服得五体投地,课前课后老是围着这些教师转。之所以出现这种情况,是因为这些老师有丰富的知识,而学生正是千方百计为了获取这些知识。

教师热心教,学生认真学,天长日久,师生之间的感情必然是日益加深。教与学的过程,实际上也是情感交流的过程,既是动之以情的过程,也是晓之以理的过程。学生往往对这些老师所讲的一些道理特别听得进。作为搞思想政治工作的同志,也应该用丰富的知识去同他们交朋友。因为在丰富的知识海洋里,有利于促进师生之间感情的交流,而感情的融洽是做好思想政治工作的前提。

心理学的研究告诉我们,成年人比较容易接受成熟的东西,而青年人则喜欢追求新奇的事物,要听新鲜的、闻所未闻的或至少是少见少闻的东西。最不喜欢听一些翻来覆去的老话。这就要求我们做学生思想工作的同志在宣传马列主义毛泽东思想、进行"四个坚持""三个热爱"的教育活动中要避免机械地照搬过去的一套老办法,应尽可能地做到思想性、知识性、趣味性结合在一起,才能打动同学的心弦,达到好的教育效果。

去年10月,我参加了团中央召开的基层工作会议后,就以谈体会,谈见闻的方式,向团员和同学传达了会议精神。由于采取这样的方式来谈,在内容上既有思想性,亦充满知识性和趣味性。收到了比预料更好的效果,使会议的精神深深地印入团员和同学们的心中。

对于思想性很强的团课和报告,由于采取生动活泼的方式,就会得到同学的共鸣,这说明给学生以知识,开阔他们的眼界,讲一些他们喜闻乐见的道理,就能赢得学生的认同。这就要求我们头脑中要多装一些知识,越广博越好,海阔天空,什么都懂一点。这样,会上作报告,会后促膝谈心,共同语言多了,思想交流的渠道就畅通了。话若投机千句少,其道理也在于此。

六、娱乐,是一种适合青年特点的教育形式

思想教育寓于丰富多彩的活动之中,这是新时期思想政治工作的又一特点。

组织旅游、观看电影、欣赏音乐、文艺联欢、演讲比赛,各种体育项目的比赛以及书评、影评等,都能给同学的思想转变起到潜移默化的巨大作用。通过丰富多彩的娱乐活动去"动之以情,晓之以理",则效果会更为显著。

学生世界观的形成,职业的选择,不少是在一系列的娱乐活动中形成和确定下来的。我听到一些同学说:丰富多彩的娱乐活动,使我们朝气蓬勃,永远信心百倍地去追求真理。

我们从1979年起开展的每周一歌教唱活动,开始只把它作为学生的娱乐活动,调节他们紧张的学习生活。但3年来,我们越来越感到音乐在思想政治工作中的威力,它使学生的精神面貌、思想境界提到了一个新的高度。音乐能从悦人到感人,从感人到育人。陶冶了学生的身心,激发了他们对祖国的热爱,对未来的向往,对生活的渴望。这不正是最有效的动之以情、晓之以理?

思想教育老是坐在课堂里,我说,你听,尽管有时的报告十分精彩动人,但久而久之,也会失去它的效力。因此,我们应针对青年学生好动的特点,组织一些他们喜欢的活动,在活动中让他们接受教育。如组织夏令营、旅游等。当他们第一次看到浩瀚的大海、巍巍的高山、风景如画的城市和乡村、闻名中外的名胜古迹时,热爱祖国、振兴中华的激情就会油然而生。

思想教育中的"动情"和"晓理"是紧密联系在一起的。只有"动情",才能"晓理","动情"是"晓理"的前提,"晓理"是"动情"的目的。所谓入情入理,才能入心。从"动情"到"晓理"有时会有一个时间过程,有时还会反复,但只要我们持之以恒,那么,新时期的学生思想工作就会有强大的生命力。

(载于《中学教育》,1982年1月第1期)

转变观念，勇于实践，大有作为
——浅谈实行校长负责制后党的工作

我校是实行校长负责制的市属重点中学。实行校长负责制后，如何开展党的工作？发挥党的作用？这是党总支首先考虑的问题。开始时，有的同志认为，党总支从原来的主导地位降为从属地位，党组织的责任小了，工作也轻松了；有的同志担心党政关系很难处理好。党总支的有些同志在一段时间内感到搞党的工作没有发展前途，提出转行搞业务。针对这些想法，党总支及时组织总支委员学习并讨论，很快统一了认识。大家感到，要紧紧围绕学校中心工作，支持校长充分行使职权，党的工作仍然是大有作为的。观念的转变，促使我们在新形势下对党的工作勇于探索，大胆实践，从而充分发挥了党组织在学校的政治核心作用，调动了广大党员的积极性，保证了教育方针在学校得到贯彻落实，保证了在校长负责制下学校各项工作的顺利进行，学校工作跃上了一个新台阶。

近两年来党总支的工作可概括为三句话，即起好党的监督保证作用，培养推荐考察干部，抓好党的自身建设。

首先是对行政工作起好保证监督作用。保证不能是袖手旁观，监督也不是挑剔找刺，而是与学校行政领导一起，对学校的重大教学教育方案及时商讨。一是召开党总支会议，将总支讨论的结果让行政贯彻执行；二是定期召开党政联席会议，邀请非党的行政领导一起讨论学校重大工作；三是在每周一次的行政干部例会前，党政主要负责人先对要讨论的问题统一认识。这些措施，使学校的重大决策做到民主化，科学化，党的保证监督作用得到了落实。如我校开办交大预科班，开始有的同志认为，交大预科班主要是为交大培养一批学习上的尖子，是业务尖子班。党总支和行政领导对交大预科班的办班思想进行讨论，应培养出一批学习上、政治思想品德都优秀的"双优"学生。在制订教学计划时，既有文化学习上的具体要求，又有德育上的要求。关于德育上的要求，党总支提出了具体建议，如利用总共半年的时间让学生深入部队、农村锻炼，前往井冈山、延安等革命老区以及深圳珠海等改革开放较早的地区考察参观等。此外，党总支还较早地对交大预科班的学生进行党课教育，成立党章学习小组，及早在预科班学生中开展党建工作。再如我校实施的学校整体改革方案，党总支发动党员认真组织群众讨论,并多次在会议上宣传学校改革的重要性,使大家积极投入实施方案的活动。

其次是培养考察推荐干部。实行校长负责制后,学校干部都由校长聘任。此时,学校党组织要积极主动地将符合"四化"条件的同志推荐给校长,供校长组建领导班子时选择。这是实行校长负责制后学校党组织的一项重要工作。1990年,我校原校长退休后,交大党委通过市教育局从外校调来许镇国任校长。许校长到任后的首要工作是组织领导班子。但他对学校的情况不了解,这就需要原来的干部积极配合。为此,党总支向校长介绍了学校的干部情况,同时介绍了教职工中符合干部条件的同志,并提出组成新领导班子的建议。许校长在以后一段时间内又广泛听取了群众的意见,并在实践中进行考察,认为党总支推荐的大部分同志是能够胜任干部工作的,于是聘任他们担任政教处、总务处、校长办公室的负责人。党政在组建领导班子问题上的一致性,为以后工作上的密切配合打下了基础。一年半以来的工作实践证明,党组织推荐的这些干部有改革意识,有闯劲,有奉献精神,得到了大家的认可。

抓好干部队伍建设,培养干部,更是党总支的一项长期重要工作。对干部的培养教育,校长要抓,党总支更要抓。党政的共同目标是,要把干部队伍建设成为团结、务实、廉洁、高效。为此,党总支主要抓干部的政治理论学习,对干部进行必要的马列主义理论灌输;坚持每周一次的干部学习制度,使干部始终能跟上发展的形势。为了使干部进一步增强改革意识,深刻领会邓小平同志南方讲话和十四大精神,由党总支提议,行政支持,让干部们走出校门,先后前往无锡市华庄镇、上海金山石化总厂、地铁人民广场工地等参观考察,收到了很好的效果。

为了使新干部迅速成长,党总支对他们从严要求,压担子,在实际工作中增长才干,提高工作能力。这些同志根据党组织的要求,努力实践,取得了可喜的成绩。如教务处的两位干部,从提高学校教学质量的高度出发,开展了加强教研组建设的活动,建立了教研组长例会制度、教师听课制度,完善了考试规则、奖学金发放制度、学生成绩由计算机统计处理的科学管理办法,健全了教务部门为教学第一线服务的一系列规章制度。

干部的廉政建设,党总支作为日常工作常抓不懈。我们向群众宣布,干部的奖金公开,学校发放的奖金、实物一定要有透明度。群众随时可以到会计室查看干部的奖金;外单位赠送个人的礼品一律上交校长办公室后统一处理;在很长时间内,班主任津贴是干部津贴的一倍多。在抓干部廉政建设的同时,党总支也十分关心干部的工作、学习和生活。我们利用寒暑假走访了全体干部的家庭,向家属表示感谢和慰问。对经济生活有困难的同志,党总支及时向行政提出给予补助,使这些干部感到党组织的关怀,工作积极性也进一步提高。

最后是抓好党的自身建设，充分发挥党总支的战斗堡垒作用和党员的先锋模范作用。实行校长负责制后，党组织从过去包揽一切的状态中解脱出来，更有精力集中于加强党的自身建设，并可以开展丰富多彩的活动，进一步提高党的战斗力。党总支抓了5项工作：

第一，健全党的组织生活制度，坚持两周一次的组织生活。要求党员在教育、教学、后勤等岗位上，做好本职工作。

第二，抓好党的发展工作。目前，提出申请入党的有12位同志。近几年来，我们已发展了10位教职工入党。

第三，对工会、教工团支部给予热情关怀。

第四，坚持与民主党派进行双月座谈会。充分发挥民主党派在学校参政、议政的作用。

第五，抓好学生的政治思想工作，特别是在学生中开展党建工作。

至1992年12月，已有356位同学参加党章学习小组，116位同学提出入党申请，25位同学在毕业前被发展入党，成为上海市中学系统发展学生党员最多的学校之一。

实行校长负责制后，我校党政工作都上了新的台阶。我们感到，这与党政思想见面、情报畅通、团结一致、互相支持，是分不开的。特别是党政主要负责人的互相尊重、紧密团结起着重要的作用。近两年来，校长、书记在各种场合互相尊重对方意见，即使有不同看法，也个别交换，决不在公开场合进行争论。党组织开展的各项活动，事先征求行政领导的意见，行政还常常在活动经费上给予支持。特别是当学生党章学习小组暑期前往井冈山考察时，学校行政从校长经费中拨款3000多元，使考察活动顺利进行，正副校长还到车站迎送外出考察的同学。党政工作上的相互支持，使学校不断前进有了根本保证。

两年来，党总支一班人以及所有中层以上干部，都以忘我工作、无私奉献的精神，参与学校的各项工作。有的干部每天上下班路上来回6小时以上，始终坚持；有的同志生病住院期间，想的是学校工作，出院时不要病假就到校上班；两位政教主任全身心地扑在学生思想工作上；校办主任、团委书记几乎天天晚上都在校，关心着全校同学的学习与生活；教务处的干部为提高教学质量日夜操劳；总务处的干部千方百计为搞好后勤保障工作，并为增加创收呕心沥血；工会干部、人事干部关心着全校教职工的福利。正是这些党员干部的自觉行动，使党在群众中树立了威信，直接支持了校长负责制工作。

（载于《上海交通大学高等教育研究"附中教育"专辑》，1992年第4期）

完善德育工作，突出信念教育

陈德良　蒋和庚　谭裘麟

一所重点中学，培养出来的学生不仅应该是学习上的佼佼者，而且还应该是对社会主义和马克思主义具有坚定信念、对祖国和人民怀有强烈责任感和使命感的革命事业接班人。我校遵循这一办学思想，在充分发挥教学优势、努力提高文化课教学质量的同时，也一直坚持把德育放在首位，努力完善德育系统，不断探索德育规律，在搞好经常性的、以中学生日常行为规范为主要内容的思想素质教育的基础上，开展了以社会主义爱国主义教育为内容、以理想信念教育为核心的系列教育，取得了较好的效果，并形成了我校思想政治教育工作上的办学特色。

我们认为，学校思想政治教育的核心问题就是对青年进行理想和信念的教育，要让学生从小懂得应该怎样做人、怎样处世；应该追求什么反对什么；能深刻了解自己的神圣职责和历史使命。要努力将这些教育内容逐步转化为他们自己的人生理想和信念，从而能把它作为行为的根本准则，人生的精神支柱，奋进的巨大动力。

一、充分发挥思想政治课的信念教育功能

对中学生进行信念教育的途径是多种多样的，但是，我们感到中学思想政治课在对学生进行信念教育中更具有特殊的功能。

中学思想政治课作为学校德育工作的主阵地和主渠道，它通过马克思主义基本理论的传授和教育，将对学生形成科学的信念起着重要的导向和奠基作用，而教学方法的改革和完善则是充分发挥思想政治课的理论导向和奠基作用的重要关键。

我们曾在高一年级开学第一周，就利用辩证唯物主义常识第一课《一切从实际出发》，立即引导这些刚刚跨进新的学校大门的新生，认真思考了应该怎样立志成才，应该怎样设计人生道路的问题。在第二课讲授《按客观规律办事》时，我们用"溜溜球"和"呼拉圈"的游戏形式形象地告诉学生："自由是对规律的正确认

识",只有遵循社会发展规律才能取得人生的真正自由。我们在让学生学习了《用联系的观点看问题》的哲学道理后,立即给学生重点分析了生活在社会中的每个人对社会的依赖关系及必须担任的社会责任。在这堂课里我们不仅理直气壮地大讲了"我为人人,人人为我"的道理,而且还引导同学高唱歌曲《毕业歌》,激励学生担负起民族的希望。

我们在讲《用发展的观点看问题》这一课时,不仅用较多的时间让学生发表了对苏联的解体和东欧的剧变的看法,使他们真正体会到社会主义的发展是前进性和曲折性的统一。而且我们还事先对学生个人的"理想(信念)是什么"作了问卷调查,当我们欣喜地发现各班都有很少一部分学生明确表示了"我信仰共产主义"的闪光点的时候,但也同时发现了一张"为什么要强迫人信仰共产主义,而不让人自由选择呢?"的小纸条。因此我们把教学重点放在"为什么要信仰共产主义"的问题讨论上。指出了共产主义并不是少数人的主观设想,而是千百年来人类经过向往,斗争和多次失败而逐步找到的一条通往理想境界之路。后来,我们又在讲《信仰和追求真理》这一课时,进一步组织学生观看了电视片《世纪行——真理的召唤》,让他们看到了人类为探索真理所走过的一条艰辛的曲折道路。

我校在政治课教学中不断引导学生树立崇高的社会理想的同时,也不忽视对他们进行道德信念的引导。今年上半年,我们学到了《矛盾普遍性》原理时,上海电视台正巧播放反映我校高二女学生沈漱舟在逆境中成才的电视纪录片《我想有个家》,她从11岁起就用稚嫩的肩膀支撑起了一个残缺的家,担负起了全部家务,还要精打细算地花钱,从小的生活磨砺使她早早地变成了一个生活的强者,她以勤奋的精神取得了全班第一、年级第三的优异学习成绩,成了我校学生中最生动的逆境成才的学习榜样。在教学中我们立即引导学生重点讨论了应怎样正确对待人生矛盾的问题,在组织学生统一收看电视台播放这一纪录片的当晚,当即邀请沈漱舟向大家现身说法。而且在课堂上还利用报纸上报道的另一个学生同龄人《李薇,你不该这样……》的材料与沈漱舟加以对照,使同学们从两条不同人生道路的比较中懂得了应该怎样对待人生道路上的各种矛盾,要善于把不利条件转化为有利条件。从而上了一堂很生动的世界观和人生观的课。

为了充分发挥思想政治课的信念教育功能,我们要了解学生,使教学贴近学生,针对思想热点,正确把握教学重点。要努力改变为考试而教学,从概念到概念,脱离学生思想实际的教学模式,真正解决学生最迫切需要解决的实际问题,使学生学了感到"有用",提高教育的实效性。

要实现教学方法的多样化和形象化,引导学生学理论,学榜样,勤实践。要力求使教学活动真正变成一个个生动活泼的"活动",改变政治课抽象说教枯燥无味的负面形象,充分调动学生学习的积极性,这是充分发挥思想政治课的信念教育功能的重要关键。

要坚持说理教育与行为训练相结合,既充分发挥马克思主义理论魅力的强烈征服感染作用,又积极引导学生参与社会实践,使他们努力把理性认识转化为行为结果,真正做到"从我做起,从小事做起,从现在做起"。这是发挥思想政治课的信念教育功能的必要环节。

二、社会实践活动是对学生进行信念教育的有效途径

对中学生进行信念教育,不能囿于校内教育,必须敞开校门,引导学生走向社会。我校长期以来十分重视发挥社会实践活动的这些特有教育功能,积累了丰富的经验,形成了一套行之有效的德育制度和方式。

(一)社会实践要有针对性。党的每一项重大方针、政策、步骤的出台,都会引起社会的阵阵反响和震动,也构成了我校学生的一个个思想热点。我们的社会实践活动,首先就是针对这些热点,进行有的放矢的思想教育。例如当家庭联产承包责任制在农村全面铺开,乡镇企业雨后春笋般地涌现,学生对此产生不少疑问:承包责任制的推行,乡镇企业的建立是否改变了生产资料公有制的性质?农村中是否会出现两极分化? 乡镇企业的建立是否会与国营企业争原料,争市场,挖了社会主义墙脚? 我们深深感到这些思想问题,光凭校内教育是解决不了的,而且即便是我们教师也面对着新事物,了解甚少,难以正确生动地回答学生的疑问。1987年夏,我校利用暑假,组织了二十几名学生,驾着自己的校车,到苏南一带进行了为期8天的社会考察,先后走访了常熟碧溪乡,张家港市工业局,江阴华西村和无锡前洲乡,所到之处,使我们大开眼界。事实胜于雄辩,我们的车到哪里,学生们的感叹声、赞叹声就跟到哪里,怀疑、忧虑渐渐消失了,替代的是对大好形势的欢欣喜悦和对党信赖和拥护。我们充分发挥了社会实践活动在解决政治课难点问题中的重要作用。例如在讲解社会主义民主制度时,学生普遍存在着"我国人民代表是举手代表""人民代表大会是橡皮图章"等思想问题;在学习政党制度时,学生存在着"民主党派只是摆摆样子"的模糊认识。我们及时组织学生走访了市人大、市政协等单位。通过访问和调查,学生认识到,虽然我国的民主制度还不够完善,但它是迄今为止最先进的民主制度,人民代表是代表人民的利益与要求去参政议政,共产党领导的多党合作与政治协商制是符合中国国情的政党制度,民主党派是参政党,绝不是摆摆样子的。通过社会实践活动,学生对学习书本理论问题有了生动具体的活教材,学生与党和政府的心贴

得更近了,对坚持四项基本原则更坚定不移了。

（二）社会实践活动要做到点面结合。由于客观条件的限制,组织大规模的社会调查活动有困难,我们只能采取点面结合的办法,即在组织全体学生参加社会实践活动的同时,常常组织一支由学校思想政治工作领导小组成员及政治教师、学生代表组成的精悍的队伍,选择几个考察点,搞专门的社会调查。通过这种重点调查,以专题形式向全体学生宣讲,实行以点带面,点面结合。例如高二年级在江湾乡学农期间,我们除了组织全年级学生参观,走访了江湾乡的几个乡办企业和农业小队外,还组织了十几个学生到彭浦乡、二纺机股份有限公司搞调查。又如在组织全校学生学习《邓选》和邓小平同志南方谈话时,除了号召每个学生都到自己父母单位去亲自调查一番外,还另组织各班政治课代表走访市话局114台,地铁工程,东方明珠,内环线和杨浦大桥工地,与工地指挥人员座谈,领会南方谈话精神,了解在南方谈话鼓舞下全市各条战线人民群众的英勇奋斗的先进事迹。这些学生带回了照片和产物,也写出了一批高质量的调查报告和体会。在此基础上,我们又组织了"学习邓小平同志南方谈话"的演讲比赛,把整个社会实践活动推向高潮。

（三）社会实践活动要制度化和系列化。目前我校已稳定地建立了江湾乡、中国人民解放军混三旅二营九连驻地,崇明红星农场和江西私立育才中学等一些德育基地。近几年,我校又把每年一度的优秀学生夏令营活动变成社会考察活动和思想教育活动,不惜花费大量人力物力,连年分批地把学生带上了井冈山,进行"寻访革命之路"活动,在老革命根据地了解国情,接受革命传统教育和革命理想教育。通过参观革命博物馆、烈士陵园、革命旧址,聆听老红军、老革命的报告等活动,使他们的心灵一次次地受到强烈的震撼和荡涤。不少学生说:先烈们用鲜血昭示了他们对革命之路的理解,他们对理想的追求是那么执着顽强。对烈士的崇敬和钦佩,使我们领悟到了应该选择怎样的人生道路,"共产主义理想是最美好的理想""井冈山啊,你是一座革命的丰碑,为我们这群寻找革命之路的少年指引了方向"。学生在活动中锤炼了思想,磨炼了意志,坚定了共产主义信念。不少学生去了井冈山后,向党组织递交了入党申请。学生在思想感情上的深刻变化,让我们证实了社会实践活动是对中学生进行信念教育的有效途径。

三、在学生中开展党建工作是更高层次的信念教育

我校党组织在对学生进行普遍思想教育的同时,又以战略的眼光把教育的一个重点放到了培养青年马克思主义者方面,并根据"早选苗、早培养、成熟一

个,发展一个"的原则,在全市较早地开展了高中学生中的党建工作。

在高中学生中开展党建工作,对青年学生进行崇高的理想信念教育,既是学校德育工作的需要,更是造就一批政治上立场坚定,行动上积极投身于社会主义现代化事业可靠接班人的有效途径。

我们在高中学生中开展党建工作,经过十多年的认识与实践,已形成了制度化、系列化。我们并总结为抓好"三个阶段"的工作,发挥"四个一"的功能的基本经验。

(一) 抓好"三个阶段"的工作

开展学生中的党建工作,我们大致确定为"选苗""育苗""发展"三个阶段。这三个阶段是一个有机的组成部分,其中"选苗"是基础,"育苗"是关键,"发展"是结果。我们在高一时就广泛动员,党团组织审核批准后建立党章学习小组,开始对学生进行系统的理论联系实际的培养教育。在理论学习上,除给他们上党课外,还组织学习马列著作,学习《邓小平文选》,学习中央领导同志有关党建讲话,定期作国内外形势报告等。在实践结合上,我们组织学生参观了党的"一大"会址、市政重大工程,还数次组织历届学生前往井冈山寻访革命者足迹,让学生了解过去,展望未来,发扬传统,继承事业,这些理论学习与实践活动,极大地激发了学生的热情,更坚定了他们对社会主义、对党的信念。正如有的同学所说:"一次又一次的教育活动,我们的心灵受到了强烈的震撼和荡涤,我们伟大的党在艰难曲折的情况下经受了各种考验,我将紧跟党永远前进。"一批又一批学生纷纷向党递交了入党申请书。精选的苗子,经过一年以上的精心培养,其中有的基本上达到了党员的标准,我们按照"坚持标准、保证质量、改善结构、慎重发展"的方针,按有关手续,及时把他们吸收到党内来。在发展中,我们不定人数比例,不分配班级指标,真正做到"成熟一个,发展一个"。

(二) 发挥"四个一"的功能

一是有一支从事学生党建工作的队伍。多年来,我校有一批热心、专心开展学生党建工作的党员同志。尤其是去年三月,我校成立了由党总支委员、政教主任、年级组长、团委书记组成的学生工作党支部,专门负责学生党建工作,从而使我校学生党建工作在原有基础上又有了新的发展。一年来,该支部已先后发展学生党员14名。

二是有一套计划。我校党总支,学生工作党支部有培养教育发展计划,政教处有配合党建计划,团委有"推优"计划,学生党章学习小组有具体开展活动的计划。

三是有一组党课教材。我们动员党员自编党课教材。自编教材具有浓厚的时代气息,有理论性,指导性,现实性。其中许多例子是同学们看得到的,有的是发生在自己身边的人和事,因而感到亲切、生动。

四是充分发挥一张报纸的功能。我们于1989年起创办了一份《向往》小报,这份报纸由学生自编自印。5年来,《向往》已成为党课的补充教材,成为同学们吐露心声的园地。

(载于《上海教育》,1994年第9期)

深入开展"三观"教育，
提高学生思想素质

陈德良　蒋和庚　谭裘麟

党的十四届六中全会指出，要"引导人们树立建设有中国特色社会主义的共同理想和正确的世界观、人生观、价值观"。作为重点中学，培养出来的学生应该是各方面具有较高的素质，尤其应该是对社会主义和马克思主义具有坚定信念、对祖国和人民怀有强烈责任感和使命感的接班人。我校遵循这一办学思想，在充分发挥教学优势，努力提高文化课教学质量的同时，坚持把德育放在首位，努力完善德育系统，不断探索德育规律，在搞好经常性的以中学生日常行为规范为主要内容的思想素质教育的基础上，开展了以社会主义爱国主义教育为内容、以世界观、人生观、价值观（以下简称"三观"）教育为核心的系列教育，取得了较好的效果，并形成了我校思想政治教育工作上的办学特点。

我们认为，学校思想政治教育的核心问题就是对青年进行世界观、人生观、价值观教育；让学生从小懂得应该怎样做人、怎样处世；应该追求什么，反对什么；能深刻了解自己的神圣职责和历史使命。要努力将这些教育内容逐步转化为他们的人生理想和信念，从而能把它作为行为的根本准则，人生的精神支柱、奋进的巨大动力。

一、充分发挥思想政治课的教育功能

中学思想政治课作为学校德育工作的重要渠道，它通过马克思主义常识的传授和教育，将对学生形成科学的信念起重要的导向和奠基作用，而教学方法的改革和完善则是充分发挥思想政治课的导向和奠基作用的重要关键。

我们曾在高一年级开学第一周，就利用辩证唯物主义常识第一课《一切从实际出发》，引导这些刚刚进校的新生，认真思考应该怎样立志成才，怎样设计人生道路等问题。在第二课讲授《按客观规律办事》时，我们用"溜溜球"和"呼拉圈"的游戏形式形象地告诉学生"自由是对规律的正确认识"，只有遵循社会发展客观规律才能取得人生的真正自由。我们在让学生学习了"用联系的观点看问题"的哲学道理后,立即引导他们重点分析了生活在社会中的每个人,对社会依赖关系以及必须担任的社会责任,在这堂课上我们不仅理直气壮地大讲了"我为人人,人人为我"的道理,而且还组织同学高歌一曲《毕业歌》,激励学生担负起民族的希望。

我们在教学实践中体会到:

(一)要了解学生,使教学贴近学生,针对思想热点,正确把握教学重点。努力改变为考试而教学,脱离学生思想实际从概念到概念的教学模式,要真正解决学生最迫切需要解决的实际问题,使学生感到学了"有用"。提高教育的实效性,这是发挥思想政治课的"三观"教育功能的基本前提。

(二)要实现教学方法的多样化和形象化,引导学生学理论、学榜样、勤实践。要力求使教学活动真正变成一个个生动活泼的"活动",改变政治课抽象说教枯燥无味的负面形象,充分调动学生学习的积极性,这是充分发挥思想政治课的"三观"教育功能的关键。1992年我们在政治课上组织学生学习邓小平讲话时,创造了五个"三"的教学方法,这就是"抓三个思想热点,上好三堂课,组织三个有针对性的专题报告,组织三次有典型意义的社会考察活动,充分利用学生最乐于接受的电视录像、演讲、学习园地等三种宣传教育形式"。尤其是我们将容易使学生感到枯燥的学习动员报告"南方讲话的背景和意义",一改以往的"大报告"形式,采取了事先将报告录制成45分钟的录像带,分发到各教室。自编自录的报告录像带中穿插了当时学生尚未看到过的邓小平视察南方的新闻镜头,以及在邓小平讲话精神鼓舞下上海人民正在加快浦东建设步伐的画面,还剪辑了我校部分师生代表到浦东参观考察时拍摄的镜头,使大报告变得声情并茂、亲切生动,不再抽象枯燥了。

(三)要坚持说理教育与行为训练相结合,既充分发挥马克思主义理论魅力的强烈感染作用,又积极引导学生参与社会实践,使他们把理性认识转化为行为结果,真正做到"从我做起,从小事做起,从现在做起"。这是发挥思想政治课的"三观"教育功能必要环节。

(四)积极开展中学生小论文评选活动,是思想政治课发挥"三观"教育功能的促进手段。实践证明,学生写小论文是他们知识、能力、觉悟水平的综合体现,是他们的世界观、人生观、价值观具体反映。学生将现实生活中碰到的各种问题用刚学到的革命理论来加以分析,在写作过程中不仅实际上已逐步解决了自己原先并不完全认识清楚的问题,提高了认识水平,而且因为要寻找问题的答案,必然促使他们会更自觉地去学习马克思主义理论和党的方针政策,从而使写作进程成了他们自我教育的过程。

总之,思想政治课是对中学生进行"三观"教育不可缺少的主渠道,任何轻视思想政治课在学校教育中重要地位的思想和做法都是错误的。

二、充分利用社会实践活动的有效途径

我校长期以来十分重视社会活动的投入,仅五年来,我们投入了8万多元,组织了150多名学生四上井冈山,一上延安考察,并16次组织500多名学生前往嘉兴南湖中共一大会址考察。在这些社会考察活动中,我们积累了丰富的经验,形成了一套行之有效的组织措施和施行办法。

(一)社会实践要有针对性。我国目前正处在社会主义现代化建设新的历史时期,从十一届三中全会党的中心工作转移到十四大确立建立社会主义市场经济体制,党的改革开放每一项重大方针、政策、步骤的出台都会引起社会的阵阵反应和震动,也构成了我校学生的一个个思想热点。我们的社会实践活动,首先是针对这些热点,进行有的放矢的思想教育。例如当家庭联产承包责任制在农村全面铺开,乡镇企业如雨后春笋般地涌现,学生对此产生不少疑问:家庭联产承包责任制的推行,乡镇企业的建立是否改变了生产资料公有制的性质?农村中是否会出现两极分化?乡镇企业的建立是否会与国营企业争原料,争市场,挖社会主义墙脚?我们深深感到这些思想问题,光凭校内教育是解决不了的,而且即便是我们教师也面对着不断涌现的新事物,了解甚少,难以具体正确地回答学生的疑问。于是我们利用暑假,组织了二十几名学生,驾着自己的校车,到苏南一带进行了为期8天的社会考察,先后走访了常熟碧溪乡,张家港市工业局,江阴华西村和无锡前洲乡,所到之处,使我们大开眼界。事实胜于雄辩,我们的车到哪里,学生们的感叹声、赞叹声就跟到哪里,怀疑、忧虑渐渐消失了,替代的是对大好形势的欢欣喜悦和对党的信赖和拥护。

(二)社会实践活动要做到点面结合。由于客观条件的限制,组织大规模的社会调查活动有困难,我们只能采取点面结合的办法,即在组织全体学生参加社会实践活动的同时,主要组织一支由学校思想政治工作领导小组成员及政治老师、学生代表组成的精干的队伍,选择几个考察点,搞专门的社会调查。通过这种重点调查,以专题形式向全体学生宣讲,实行以点带面,点面结合。例如高二年级在江湾乡学农期间,我们除了组织全年级学生参观,走访了江湾的几个乡办企业和农业小队外,还组织了十几个学生到附近的彭浦乡和二纺机股份有限公司搞调查。

(三)社会实践活动要形成制度化和系列化。我校领导为了发挥社会实践

活动在整个学校教育过程中的作用,形成全校各部门的教育合力,专门成立了校思想政治工作领导小组,直接担负组织和实施各项社会实践活动的任务,做到各项活动有计划,有步骤。目前已稳定地建立了江湾乡、中国人民解放军混三旅二营九连驻地、武警部队三支队、崇明红星农场和江西私立育才中学、井冈山中学、延安杨家岭中学等一些德育基地。近几年,我校又把每年两度的优秀学生夏令营活动变成社会考察活动和思想教育活动,不惜花费大量人力、物力,连年分批把学生带上了井冈山、延安进行"寻访革命之路"活动,在革命根据地了解国情,接受革命传统教育和革命理想教育。通过参观革命博物馆、烈士陵园、革命旧址群,聆听老红军、老革命的报告等活动,使学生的心灵一次次地受到强烈的震撼和荡涤。

三、积极开展共产主义信念教育活动

我校党组织在对学生进行普遍思想教育的同时,又以战略的眼光把教育的一个重点放到了培养青年马克思主义者的方面,并根据"早选苗、早培养、成熟一个,发展一个"的原则,在全市较早地开展了高中学生的党建工作。通过对一批又一批青年学生进行社会主义和共产主义的"三观"教育,培养了一批优秀的青年共产主义战士,使学校的"三观"教育、爱国主义教育上升到了一个更高层次,形成了我校德育工作特色之一。

在高中学生中开展党建工作,对青年学生进行崇高的理想"三观"教育,既是学校德育工作需要,更是造就一批政治上立场坚定,行动上积极投身于社会主义现代化事业的可靠接班人的有效途径。

我们在高中学生中开展党建工作,经过十多年的实践与认识,已形成了制度化、系列化,并总结成为"抓好三个阶段工作,发挥四个一功能"的基本经验。

(一) 抓好"三个阶段"的工作

在学生中开展党建工作,我们大致确定为"选苗""育苗""发展"三个阶段。这三个阶段是一个有机的组成部分,一环扣一环,一环深一环。其中"选苗"是基础,"育苗"是关键,"发展"是结果。我们十分注意营造一个积极向上的政治氛围。

在我们热心的扶助下,一批又一批学生纷纷向党递交了入党申请书。精选苗子,经过一年以上的精心培养,其中有的基本上达到了党员的标准,我们按照"坚持标准、保证质量、改善结构、慎重发展"的方针,按有关手续,及时把他们吸收到党内来。在发展中,我们不定人数比例,不分配班级指标,真正做到"成熟一个,发展一个"。

(二)发挥"四个一"的功能

一是建立一支从事学生党建工作的队伍。多年来,我校有一批热心、专心开展学生党建工作的党员同志。这些同志具有开展学生政治思想工作的丰富经验,他们有坚定的政治立场,有一定的理论水平,有奉献精神,能与学生打成一片,教育业务也强,在学生中有较高的威信。

二是制订一套在学生中党建的计划。学生党建工作是一项十分严肃工作,要有领导,有计划地进行。为此,我校党总支、学生工作党支部有培养教育发展计划,政教处有配合党建计划,团委有"推优"计划,学生党章学习小组有具体开展活动的计划。这些计划在党总支的统一协调下,各有侧重,分别实施,从而保证了学生党建工作扎扎实实地开展。

三是编写一套适应中学生的党课教材。过去,我们借用外面的教材给学生上党课,由于结合中学生的特点不够,效果不很理想,我们就动员党员自编党课教材。自编教材具有浓厚的时代气息,有理论性、指导性、现实性。其中许多例子是同学们看得到的,有的是发生在自己身边的人和事,因而感到亲切、生动。加上阐述的理论深入浅出,循循善诱,起到了入耳入脑的效果,深受学生欢迎。

四是充分发挥一张报纸的功能。为了让党章学习小组的同学有更多的机会表述自己对党的坚定信念。倾吐他们在党的阳光雨露下成长的感想,交流各人争取入党的体会,我们于1989年起创办了一份《向往》小报,这份报纸由学生自编自印,8年来,它已成为党课的补充教材,成为同学们吐露心声的园地,它不仅受到党章学习小组同学的青睐,而且吸引着更多的同学,每期在同学中广泛流传,从而扩大了党在青年中的影响。多年来,我们通过多渠道、多角度、高层次的方法,对广大同学进行着世界观、人生观、价值观的教育,取得了较好的效果。

(载于《思想·理论·教育》,1997年第3期)

追求卓越,争当先进
——和中学生谈成长

中学阶段,特别是高中阶段,是人生道路上极为重要的时期。这个阶段正处于长身体,生理、心理变化发展最明显的阶段,也是读书精力最充沛的阶段。中学阶段的知识基础打好了,也就为日后的专业学习、个人发展打下了扎实的基础。这个阶段是人生观、世界观和价值观初步形成的阶段。中学时期形成的思想往往会影响一辈子。

成为一个好学生,应该是每个中学生对自己最起码的要求。在全面实施素质教育的今天,每个同学都要在创新精神和实践能力方面有所建树。

首先,要将自己融入集体中去,正确对待集体、他人和自身的各种利益。诚恳待人,乐意助人。有一个好的人缘环境,心情舒畅,才会有旺盛的精力投入学习之中,才会取得好成绩。

其次,要以平常心来对待文化知识的学习,对待测验、考试,对待成绩。实施素质教育,为同学们提供了宽松的学习环境。随着时代的发展,升入高一级学校学习的机会将越来越多。以今年为例,市领导多次表示,应届高中毕业生,只要本人想进大学读书,都能上大学。事实也确实如此。当然,我不是说这样就可以放松学习,可以漫不经心了,因为学习是艰苦的劳动,不付出辛勤的汗水,是不会有收获的。对成绩也不能看得太重,成绩只反映一个方面,关键是自己真正掌握了知识就行。第一名只能是一个,前三名不可能人人都是,偶然的一两次不及格也不必惊慌失措,要有承受失败的心理素质,常胜将军是没有的。对自己喜欢的学科,涉及将来准备主攻的专业,可以多花一点精力,多学一点,学深一点。对老师传授的学习方法、途径,同学中好的学习方法,自己要去实践,坚持下去,必有结果。在紧张的学习之余,还要参加体育锻炼。读书、休息、玩,加上参加一定的社会活动,这几方面有机地结合,你就会有旺盛的精力,就一定能圆满完成中学阶段的学习任务。

同学们决不能"两耳不闻窗外事,一心只读圣贤书",要每天抽一点时间看报、听广播、看电视新闻,关心国内外大事。有条件的话,要争取担任一点社会工作,这是对自己能力的一种锻炼。许多学校都有业余党校、党章学习小组、邓小平理论学习小组,同学们应积极去参加,这对提高自己的政治思想素质是有益的。

祝愿同学们度过人生最纯洁、最美好的阶段——中学阶段。

(载于《大江南北》,1999年第11期)

德育工作要与时俱进

一、德育工作要重实践。让学生更多地在社会实践中自我接受教育。我们先后组织学生参观日立空调器厂、江南造船厂、徐家汇商业中心、四川路文化街、上海电视台、民营企业大阿福童车厂、闵行环球玩具公司等,让学生通过听、看、问、座谈了解上海的变化,树立起主人翁的责任感。每年暑假,我们都组织一批学生前往革命老区井冈山、延安、重庆红岩村等考察。学生在这些特殊的地方,对中国的革命史和爱国主义有了感性认识,思想得到升华。开展这样的教育活动,学校要花大量的人力、物力、财力,但我们宁可省下其他方面的钱,也要在这方面加大投入,因为它对年轻学生产生的影响是难以估量的。

二、德育工作要抓契机。尽管学生的学习任务很重,但大多数学生对国内外形势和事件还是挺关心的。我们抓住契机进行教育,就收到最佳效果。如我国驻南使馆被炸、我军飞机被美机撞毁、北京申办 2008 年奥运会、上海申办 2010 年世博会、去年上海的 APEC 会议成功召开等,我们抓住这些大事,及时开展爱国主义教育,使学生的爱国精神和振兴中华的激情进一步深化。

三、德育工作方法要不断创新。传统的教育方法可以用,但必须随着时代的发展赋予新的内涵。前阶段学校组织学生对韩寒、满舟现象进行讨论,最终得出比较一致的认识,那就是高中阶段还是要全面发展。再如学生欢迎辩论赛,文艺小品演出,从中接受教育。我们曾在 5 个赛场同时开展"德与才哪个更重要"的辩论,以两个教学班为一组,正反双方学生事先查找了大量资料、论据,"唇枪舌剑",气氛热烈,道理越辩越明。再如在学生管理上,我校从值勤队、学生自律委员会到现在的学生社区工作委员会,实现了从管理型到服务型的转变。尤其是一批学生干部、入党积极分子实行挂牌服务,他们在宿舍入口处贴上自己的照片,公布自己寝室号、室内电话号,有的承诺"我是入党积极分子,有事请找我";有的承诺"尽管我能力不是最强,但我会做得最好";有的说"一个共产党员能做到的,我、一个入党积极分子也能做到"。这种学生自我管理、自我服务、自我教育的形式,得到了广大师生的认可。

学校的德育工作任重道远,我们一定与时俱进,创造性地做好新时期的德育工作。

(载于《大江南北》,2002 年第 8 期)

德育工作的生命力
在于与时俱进

全面提高学生的素质是学校一切工作中最重要的工作。

在多年的探索实践中,我们一些做法受到学生的欢迎,教育效果也很好。

第一,在政治课教学上做点文章。每周第一节政治课,都由学生上讲台对一周内国际国内发生的重大事件进行评述。人人都会轮到,于是人人都关心国内外大事。我们曾对高一年级的政治课集中排课,采取请进来,走出去,在社会大课堂里上课,学到了书本上学不到的理论和知识。我们改变考试方式,要求学生在参观考察后写成考察报告,作为大考的成绩,此举深受学生欢迎。通过政治课的教改,广大同学对社会主义制度、对改革开放、对我们的党信念更加坚定。

第二,抓住最佳的教育时机,对学生进行爱国主义、民族精神教育。今年"非典"期间,白衣战士战斗在"抗非"第一线的感人事迹不断从电视中、报纸上进入学生的视线。我们运用报告会、主题班会开展学习活动。高一(7)班班长的父亲是二军大医生,此次赴小汤山医院为领队。当上海电视台播出此消息后,全班同学精心策划了一堂"爱——绽放华彩"的主题班会。会上,通过手机,同学们与他父亲对话,他父亲又通过网上将小汤山白衣战士奋战在病房的画面传到了教室的电视屏幕上。这样的教育活动,对每一个同学都是终生难忘的。

第三,充分利用社会德育教育资源,取得较好的效果。如我校有个"秦鸿钧团支部"。秦鸿钧烈士是电影《永不消逝的电波》中的李侠烈士的原型之一。1995年,当时的高一(8)班团支部书记与秦鸿钧烈士夫人韩慧如奶奶是忘年交,她提议以秦鸿钧烈士的名字命名自己班上的团支部,后得到韩奶奶的同意。再如《大江南北》是一份宣传我党我军光荣传统的杂志,我们经常组织学生学习刊物上的文章。《大江南北》的领导、编辑、记者还到我校与同学们座谈,使学生深受教育。我们还组织全体学生参观交大百年校史陈列室,祭扫穆汉祥、史霄雯烈士墓。我们还与延安杨家岭中学、江西井冈山中学等结为友好学校或友好往来学校,从互访、交流活动中学习提高。

第四,组织学生到革命圣地参观学习。从20世纪90年代起,我们每年暑假都组织40名左右同学前往革命老区参观学习。去年,我们还前往南昌郊区的新建县,走了当年邓小平同志走了三年、思考了三年的邓小平小道。当同学们走在这条小道上时,对邓小平的敬仰,对邓小平理论的坚信,已无须我们老师对他们再去作要求。一位同学当场从心底里喊出:"我是中国人民的儿子,我们深情地爱着我的祖国和人民!"我校广大同学在这样一个积极向上的政治氛围中学习、生活,一批又一批学生成为优秀的学生。我校高考升学率达100%,重点率达87%,每年有200人次在全国及上海市学科竞赛中获奖。

更令人可喜的是,从1982年起,已有2 600多名学生参加了党章学习小组,700多人递交了入党申请书,133名同学被发展入党。

(载于《大江南北》,2003年第11期)

第五辑　圣地洗礼

井冈山,爱国主义教育的宝库

编者按:8月23日,中共中央向全国各地颁发了中央宣传部拟定的《爱国主义教育实施纲要》,要求各地认真贯彻执行。

这个文件,以邓小平同志的建设有中国特色社会主义理论和党的基本路线为指针,突出强调了爱国主义教育的重要意义,既具有理论的指导性,又有实际的操作性。实践证明,爱国主义教育是推动我国社会前进的巨大力量,是引导广大中学生树立正确理想、信念、人生观、价值观,促进中华民族振兴的一项十分重要的工作。

革命圣地是爱国主义教育的宝库,发掘、利用革命圣地丰富的宝藏,对中学生进行爱国主义教育,是一条极好的重要途径。本报今天特编发《井冈山,爱国主义教育的宝库》一文,希望能对广大中学生和老师在爱国主义教育实施过程中有所帮助。

井冈山,中国革命的摇篮。六十多年前,毛泽东等老一辈无产阶级革命家在那里点燃了星星之火,建立了中国第一块红色革命根据地,开创了以农村包围城市,武装夺取全国政权的井冈山道路,这是一块革命的圣地,是一块浸染着无数先烈鲜血的土地。如今,井冈山早已不见硝烟弥漫的烽火,不再听到黄洋界上的隆隆炮声。放眼远眺,但见崇山峻岭之中,满目青翠,一片祥和。英雄的井冈山,已经成为举世瞩目的爱国主义教育的基地和宝库。

今年暑假,上海交大附中和江西私立育才中学的83名师生组成联合考察团,成功地在井冈山进行了为期一周的社会考察。这是一次抚今追昔、寻访革命先辈足迹,继承发扬光荣革命传统的社会实践,更是一次高层次的爱国主义教育活动的继续和延伸。

幸福不忘烈士功勋,千里寻访革命足迹

7月8日,联合考察团从南昌出发,经过长途跋涉,翻山越岭到达了革命圣

地井冈山。

井冈山,真是一座宝山,它不仅景色秀丽,风光旖旎,而且到处蕴藏着丰富的爱国主义教育的宝藏。

在井冈山的5天中,考察团先后瞻仰了大井毛泽东、朱德、陈毅等同志的故居,参观了茨坪领袖故居、井冈山革命博物馆、井冈碑林等,走进了当年红军待过的游击洞。高一脚低一脚、披荆斩棘地穿越700米的井冈隧道。在小井红军医院,在红军烈士墓,师生们献上了一束束小黄花,向烈士们鞠躬致哀。在黄洋界、在宁冈红军会师广场、红军会师桥、在龙江书院、在文昌阁、在八角楼,考察团成员详细观看着当年的实物、照片、资料,抚摸着当年毛泽东、贺子珍使用过的台子、油灯、床架,心潮起伏,久久难以平静:正是革命前辈的牺牲,艰苦奋斗,才换来了今天的幸福生活。不忘过去,珍惜今天,创造未来,应该成为全体师生的行动。师生们一致认为,井冈山和中国其他革命圣地一样,是进行爱国主义教育、革命传统教育最优秀的教员、最生动的教材、最宽广的课堂。

7月10日,小井。这里是1928年红四军和边界党组织兴建的第一所红军医院,实在无法想象当年医疗条件是如此简陋,没有医疗器械,用竹子代替,没有酒精消毒,就用石灰水来煮医疗器械,没有手术刀,就用木匠用的木锅子来做断骨手术。正是这所医院,多少战士的伤病得到了治疗,重返战场。

井冈精神永放光芒,红军传统代代相传

7月9日下午,考察团全体成员怀着崇敬的心情,向井冈山烈士纪念堂敬献了花圈。两校师生在致辞中都讲到井冈山精神永放光芒。那么,什么是井冈山精神?什么是红军的光荣传统?对刚踏上这块红色土地的城市青年来说并不十分理解,在经过一系列参观考察以后,特别是7月12日听了井冈山博物馆馆长朱东良同志三个多小时的报告后,师生们开始了解了,理解了。

考察队员在参观革命遗址的过程中,听取斗争史的报告中,深深体会到,井冈山人民开辟的革命道路是一条具有中国特色的革命道路,是一条马克思主义普遍真理与我国实际相结合的道路,这条道路是毛泽东等中国革命的领导者集中了井冈山军民的智慧,创造性地发挥了马克思主义的道路。

1927年,毛泽东同志总结了大革命失败后和秋收起义受挫的教训后,决定利用井冈山山峦起伏、群峰连绵、地势险要、林木幽深、具有可进可守可攻可退的有利地形,以及交通不便,敌人鞭长莫及、统治力量薄弱的情况建立革命根据地,实行"工农武装割据",壮大革命力量,以农村包围城市,最后夺取全国政权。后

来的实践证明，正是这条道路，革命才不断发展，红旗才插遍了全国每一个角落。

今天，我们在以江泽民同志为核心的党中央领导下，正按邓小平同志建设有中国特色的社会主义理论，建设社会主义现代化，这同样是一条把马克思主义真理与我国实际相结合的建设道路，是一条胜利之路，对此，师生们坚信不疑。

井冈山斗争时期军民的生活极其困难，缺吃少穿，红军每天吃的是苦涩的野菜，难咽的红米饭南瓜汤。冬天，许多战士只穿两件单衣，没有棉被，没有垫褥，只能用稻草盖身。药品奇缺，战士伤病只有中草药治疗。但井冈儿女都充满着革命的乐观精神，充满着对革命胜利的一往无前的精神，他们克服了一个又一个的艰难困苦，并开展了大生产运动，夺取了对敌斗争的不断胜利。

考察队成员看着当年留下的简陋的生活用具，望着一张张乐观向上的军民照片，从中受到极大鼓舞。不少同学将那首感人肺腑的红军歌谣抄在笔记本上，挂在嘴巴上：红米饭，南瓜汤，秋茄子，味道香，餐餐吃得精打光，干稻草来软又黄，金丝被儿盖身上，不怕北风和大雪。暖暖和和入梦乡。这种乐观向上的精神不正是我们今天所需要的吗？

7月9日下午，联合考察团在毛泽东题词"死难烈士万岁"的纪念堂向烈士默哀，缅怀英勇的井冈烈士。7月10日，师生们来到了小井红军烈士墓，眼含着热泪向烈士表示，"安息吧，革命先烈，我们将继承你们的遗志。在建设老区、建设祖国的事业中贡献自己的一切"。

游景点激发爱国情，作考察坚定党信念

在寻访革命者足迹的过程中，考察团也注重让学生同时领略革命圣地的秀丽风光，进而激发对伟大祖国的热爱。

当考察团来到井冈山时，展现在师生们面前的是："绿岭千重望眼迷，奇峰挺立与云齐。炎热之夏为凉岛，旅游度假胜匡庐"的迷人景色，井冈山也是著名的风景区。7月9日上午，师生们来到了位于井冈山五指峰脚下的水潭，浪花喷玉，水雾弥漫，每天上午9时至10时，阳光从山顶或林缝间照射过来，水珠折射出道道弧形七色彩带。整个峡谷成了奇丽的彩虹之峡。真是天下一绝。10日下午，师生们又来到了井冈胜境龙潭，这里有奇峰峭壁，苍翠峥嵘，飞瀑流泉，绰约多姿，那碧潭幽谷，奇花异树，交相辉映，令我们流连忘返。面对井冈的美，有的同学从心底里喊出了"祖国万岁！"这是一次以景感人，以景育人的活动，是陶冶学生爱国主义情感的有效途径，也使两校的德育工作有了新的发展。考察使同学们政治上有了一个飞跃，许多同学更坚定了对党的信念。不少学生在考察

中向党组织表达了迫切要求参加党组织的心情。更多的同学表示将在新学期开学前后要向党组织递交入党申请书。

井冈山的考察结束了,但留给交大附中、育才中学的井冈山精神将给学生受用一辈子。正如育才的卢锦萍同学所说,在改革开放的今天,我们从井冈山之路中学到了什么呢?那就是认准一个坚定的信念走下去,并为之奋斗。我们的国家还不发达,我们的江西还很落后,而我们的育才还刚起步,我们将用自己的双手,发展江西,腾飞中国!

(载于《中学生知识报》,1994年9月14日第1版)

重走红军路　再温革命史

本市第一支学生和武警战士联合组成的考察团日前在革命圣地井冈山进行参观学习。这是上海交大附中和武警总队二支队在军民共建活动中的又一新尝试。

7月10日,42名队员组成的赴革命老区考察团登上了井冈山。"在党旗下成长"现场座谈会上,交大附中8位同学郑重地向党组织递交了入党申请书。交大附中今后将每年组织学生到此地考察。

(载于《新民晚报》,1985年7月26日第1版)

圣 地 洗 礼

这次暑假,我们上海交大附中40余名师生来到了革命圣地延安。

我们携手登上宝塔山,漫步延水河畔,怀着虔诚的心情参观了王家坪革命博物馆、枣园毛泽东同志旧居、延安大学、杨家岭中央办公厅楼以及南泥湾等革命旧址。令我们终生难忘的是,我们住进了当年中央领导同志住过的窑洞,还有4名学生住在美国记者安娜·路易斯·斯特朗曾经住过的窑洞里。

晚上,我逐个房间看望学生,他们有的在记日记,有的在写参观体会,有的在写或在修改入党申请书。

翠日,在杨家岭党的"七大"会址前,泥地的广场上,我们围成一圆席地而坐,一场主题为"在党旗下成长"的座谈会开始了。大树下,鲜红的党旗迎风飘扬,十来米外的"七大"会址墙上"中央大礼堂"五个大字在阳光下闪闪发光。主持会议的王老师话语刚结束,就有15名师生举手抢着发言。当上海市三好学生邬亮发言结束后,突然跑到我面前,双手递交入党申请书时,会场上爆发出了热烈的掌声。紧接着,1位、2位……14位同学纷纷走到我面前,递交了他们来延安后写成或修改好的入党申请报告。我的眼眶中充满着泪水,我双手一份一份接过,与每一位学生握手,并代表学校党组织表示最诚挚的欢迎。当地同志和外地的参观者将来自黄浦江畔的我们围了起来,有的鼓掌,有的伸出了大拇指,激动人心的场面持续了半个多小时,掌声在"七大"会址前久久不歇。

夜深了,杨家岭是那么安静。我阅读着14位同学的入党申请书。那字里行间,充满着对党的追求和向往。我的目光停留在市三好学生项珏那娟秀的文字上:"今天,我来到了革命老区延安,在宝塔山下,在中共七大会址前,我们师生举行这样一次意义不凡的座谈会,我的心情十分激动……我被这里独有的一种神圣氛围所感染,更加坚定了我加入中国共产党的决心,更加激励我为祖国不断努力奋斗。"情真意切的申请,说明学生的思想在宝塔山下得到了升华。我为我们上海交大附中有这样一批优秀学生而感到骄傲。

走出窑洞,放眼望去,山上山下,座座窑洞闪烁着灯光。昨日,延安养育了一代人;今天,延安精神正激励着一代新人。

(载于《组织人事报》,1998年9月10日第8版)

党旗在七大会址飘扬

暑假,我和39名师生来到了革命圣地延安。我们先后参观了宝塔山、延水河、王家坪革命博物馆、枣园毛泽东旧居、延安大学、杨家岭中央办公厅楼以及南泥湾等革命旧址。令我们终生难忘的是,我们住进了当年中央领导同志住过的窑洞,有4名学生住在美国记者安娜·路易斯·斯特朗曾经住过的窑洞。

晚上,我逐个房间看望学生,他们有的在记日记,有的在写参观体会,有的在写或在修改入党申请书。看此情景,我心如奔腾的延河水。虽然考察日程仓促,但我们还是挤出时间第二天召开一次"在党旗下成长"的座谈会,让大家有一次畅谈来延安后的体会感想以及向党表露心声的机会。消息传出,群情激奋,师生们急切盼望着这一刻的来临。

终于,在杨家岭党的七大会址前,泥地的广场上,我们围成一圈席地而坐。大树下,鲜红的党旗迎风飘扬,十米外的七大会址墙上"中央大礼堂"几个大字在阳光下闪闪发光。主持会议的王老师话语一结束,15名师生抢着发言。当市三好学生邬亮发言结束后,突然跑到我面前,双手递交入党申请书时,会场上爆发出了热烈的掌声。紧接着,1位、2位,……14位同学纷纷走到我面前,递交了他们来延安后写成或修改好的入党申请报告。我的眼眶中充满着泪水,我双手一份一份接过,与每一位学生握手,并代表学校党组织表示最诚挚的欢迎。当地、外地的参观者将来自黄浦江畔的我们围了起来,有的鼓掌,有的伸出了大拇指,激动人心的场面持续了半个多小时,掌声在"七大"会址前久久回响。

夜深了,杨家岭是那么安静。我阅读着14位同学的入党申请书。那字里行间洋溢着对党的追求和向往。我的目光停留在市三好学生项珏那娟秀的文字上:"今天,我来到了革命老区延安,在宝塔山下,在中共七大会址前,我们师生举行这样一次意义不凡的座谈会,我的心情十分激动……我被这里独有的一种神圣氛围所感染,更加坚定了我加入中国共产党的决心,更加激励我为祖国不断努力奋斗。"情真意切的申请,说明学生的思想在宝塔山下得到了升华。我为我们上海交大附中有这样一批优秀学生而感到骄傲。

走出窑洞,放眼望去,山上山下,座座窑洞闪烁着灯光。昨日,延安养育了一代人;今天,延安精神正激励着一代新人。

(载于《上海交大报》,1998年11月20日第4版)

八上井冈山

2009年暑假,我又一次带领我校28位学生在井冈山学习考察。这是自1991年以来我第八次组织学生上井冈山。

八上井冈山,对一位一直在上海一所中学教书的老师来说,是不多见的,尤其是这一次,是在我退休5年后,因而我格外珍惜。2004年,当我第七次带学生到井冈山后就退休了,我一直期待着有第八次再带学生上井冈。正好,学校让我编写校史,就继续在学校工作,我想机会肯定会来的。

再上井冈山,重走红军路,我深爱着那片红色的土地。井冈山的茨坪、黄洋界、大小五井、红军医院、烈士纪念堂、井冈碑林、烈士雕塑园以及五龙潭、水口、挹翠湖、南山公园等早已深深印在我的脑海中。那满山苍松翠竹、石板山路;那清溪幽涧、彩虹瀑布,常常令我在梦中陶醉。更忘不了老区人民的纯朴、善良勤劳、富有创新精神。这一切,不时让我萌动再一次上井冈的愿望。学校决定今年暑假组织学生到井冈山、南昌学习考察,并与友好学校井冈山中学、南昌育才中学开展联谊活动,让我与这两所学校联系,因当年与两校缔结友好学校的具体工作都是我做的。两校师生知道我们要来,非常高兴,同时希望我跟学生一起来,我校领导同意,于是,我第八次上井冈的愿望得以实现。

在火车上,几位学生问我为什么一次又一次要组织学生到井冈山来?我告诉他们,来井冈山后,会体会到这里是中国革命的摇篮、体会到什么是农村包围城市,最后夺取全国胜利的中国特色革命道路。这里,有取之不尽的精神食粮——井冈山精神;这里,可以让人们的心灵得到净化;这里,能让人享受大自然的美。井冈山精神永远指引着我们前进。我校近二百位学生在高中时入党,其中三分之二来过井冈山。我个人来了八次,对同学来说都是第一次,为了让更多同学接受更好的教育,我愿意这样做。学生鼓掌。

5年不见,井冈山又发生了巨大的变化,2004年井冈山机场通航,2005年高速公路通到景区,2007年铁路投入运营。市区的楼宇更多了,商店里的人更多了,道路也更漂亮了,特别是井冈山革命博物馆已重建,那高大雄伟的建筑、那翔实的史料和实物、那当年恢宏的战争场景,让人身临其境成为爱国主义教育的最好场所。这里的每一寸土地都给我们启迪,让我们迈好今天的每一步。

那天，我忽然听到广播中正在播放新华社记者写井冈山的一篇通讯报道：题目是《道路信念核心——井冈山启示录》。文章一开头是："一条路，自井冈山延伸，蜿蜒曲折，在伟大理想和坚定信念的指引下，一步步走向胜利；一条路，在井冈山创建，前无古人，在解放思想、实事求是的探索中，走向农村包围城市，走向中国特色社会主义。"后面的三段内容分别是，"一条路：从农村包围城市到中国特色社会主义""一种信念：从打倒敌人到战胜金融危机""一个核心：从关心群众到以人为本"。人在井冈山上，听后感到特别亲切，学校组织学生来井冈山意义深远。

同学们参观了毛泽东旧居、红军医院、黄洋界保卫战遗址、井冈山革命博物馆、碑林、雕塑园等，又在烈士陵园举行了重温入团誓词仪式。在之后召开的"在党旗下成长"座谈会上，同学们踊跃发言，畅谈来井冈山后的感想体会。在鲜红的党旗下，6位同学当场递交了入党申请书，11位去年递交了入党申请书的同学更是心潮澎湃，决心要以实际行动争取早日成为青年共产主义者。那计划半小时的短会变成两小时向党表心声的会议，那激动人心的场面，让我热泪盈眶。我向同学们谈了八次来井冈山的感想，向同学们提出希望和要求，他们用最热烈的掌声肯定了我的讲话。

又要告别井冈山了，那天早上，我起得特别早，拿着相机，尽量多地把井冈山的山、水、人、物留在相机中。

登上大巴，打开车窗，我深深地吸了一口气，我要让井冈山的清新空气渗透到我身体的每一处，融入血液中。

汽车驶出井冈山市时，我遥看北山最高处上的纪念碑，碑上由邓小平题写的"井冈山革命纪念碑"几个大字，在阳光的照射下，闪耀着金光。1995年碑还没建，正在筹款，我和许多同学都向筹款箱中投了钱，虽然不多，但表达了浦江儿女对老区的一片深情。

我期待着第九次、第十次来井冈山。

（载于《上海交大报》，2009年9月21日第4版）

青山埋忠骨,精神育后人

深秋,安徽泾县,水西山。

我和学校的政治教师、班主任老师专程来到这里,瞻仰"皖南事变烈士陵园"。

大客车在陵园门口停下,我急切地第一个下了车。呈现在我们面前的是四座七米高的石阙。我不解其意,阅读资料后,方知它以数字寓意新四军的"四"和隐喻皖南事变悲壮惨烈的七天七夜。我抚摸着其中的一座石阙,电影上、小说中革命先烈的英雄形象在我头脑中反复涌现,我的心情是那样的沉重。望着陵园前山坡下的泾川河,清清的河水川流不息,那是后辈踏着烈士的足迹永远向前。要不是政教主任王老师叫我,我会久站在那儿。

进入陵园大门,我们沿着台阶踏步向上,在 30 米处,是一块不规则的小广场,正对面的挡土墙上,是叶飞同志的题词:"皖南事变烈士陵园",左侧是烈士群雕像,右边是长 50 米有 90 级台阶的神道,台阶分三个层次,喻意当年 9 000 名新四军将士分成三路纵队东进抗日。我们在叶飞题词前,在雕像前摄影留念,然后走入神道向上。神道两边是高地,人在其中,只见上升台阶、绿树和天空,与周围的世俗世界隔了开来。特殊的环境,使我们的情感在不断升华,进入了瞻仰和缅怀先烈的境界。

穿过神道,我站在主碑纪念广场中心。环顾四周,这是一个内径为 50 米,由纪念碑、纪念廊、凭吊广场、无名烈士墓组成的圆形广场。从山顶俯视,整个建筑组成了一个献给烈士们的巨大花圈。我从心底里钦佩泾县人民对先烈的崇敬缅怀而精心设计了这一充满革命浪漫主义精神的杰作,为人们创设了一个进行爱国主义教育的基地。在神道的中轴线上,是一块高 12.36 米,宽 27 米的黑色磨光花岗石碑,上有邓小平同志手书"皖南事变死难烈士永垂不朽"几个金色大字,在阳光照射下闪闪发光。望着简洁巨大的形体,我看到了先烈们磊落坦荡的胸怀、崇高伟大的献身精神。我走向纪念廊,那里有九根巨柱,其中只有两根是完整的,七根是高低不同的残柱,那是象征着当年 9 000 将士在遭到国民党突然袭击时英勇奋战、7 000 官兵壮烈牺牲。我逐根抚摸着摧折的柱子,眼眶中滚动着泪水。我对国民党顽固派的罪恶行径无比愤怒,而更加深切怀念阵亡的新四军将士。两根完整的柱子是突围出来的2 000健儿,在斗争中逐步成长为国家和民族的栋梁。

在纪念廊的另一头,是纪念碑文。我阅读着上面的文字:公元1940年10月,国民党顽固派发动第二次反共高潮。中国共产党为顾全团结抗日大局,决定将驻皖新四军移至长江以北。1941年1月4日,新四军军长叶挺、副军长项英,奉命率军部暨部队9 000余人,由泾县云岭出发,拟绕道苏南北移。7日,行至茂林地区,突遭国民党当局预伏的七个师八万余人的包围袭击。新四军被迫自卫。激战至14日,终因寡不敌众,弹尽粮绝,约2 000人相继突出重围,大部分壮烈牺牲或被俘。军长叶挺被扣押,政治部主任袁国平牺牲,副军长项英、副参谋长周子昆突围隐蔽中遇害。17日,蒋介石反诬新四军为"叛军",宣布取消其番号,声称将叶挺送交军事法庭审判。这就是震惊中外的皖南事变,中华民族解放斗争史上悲壮的一页。周恩来同志曾为此悲愤题词:"千古奇冤,江南一叶,同室操戈,相煎何急?!"

我迈着沉重的步子走进无名烈士墓室,在洁白的大理石棺前,我向长眠在地下的烈士深深三鞠躬。"青山埋忠骨,精神育后人。"我用相机摄下了江泽民总书记的这一题词,心潮起伏,思绪万千。今天,我们的国家已发生了巨大的变化,尤其是改革开放20年来,在邓小平同志理论指引下,取得了辉煌的成就。如果没有当年新四军将士的浴血奋斗,如果没有无数先烈抛头颅洒鲜血,我们也不可能取得今天的成果。我从心底里呼喊:死难烈士永垂不朽。

(载于《大江南北》,1999年第3期)

重温革命史，信念更坚定
——革命圣地井冈山巡礼

继 1994 年、1995 年我带领学生上井冈山考察后，去年暑假，我又一次带领 30 名师生前往井冈山。在井冈山期间，我们参观了当年黄洋界保卫战旧址、毛泽东旧居、井冈山博物馆、革命烈士雕塑园等，并在小井红军烈士墓前举行了祭扫仪式。学生受到了一次极为深刻的革命传统教育、党史教育。考察队中有 12 位同学没有递交过入党报告，这次在井冈山上，他们的思想得到了升华，全部递交了入党申请书。

在考察参观过程中，给我们留下最深印象的是参观井冈山革命博物馆和茨坪革命领袖旧居遗址群。"井冈山革命博物馆"是由朱德同志题写馆名的。这里，记载着毛泽东、朱德等老一辈无产阶级革命家，创建井冈山革命根据地的丰功伟绩。展厅内共分五大部分七个陈列室。第一部分是序厅，着重介绍了大革命失败后国内政治形势、湘赣边界、秋收起义及井冈山革命根据地的概况。第二部分是井冈山革命根据地的开创，展示了井冈山革命根据地的历史过程。第三部分是井冈山革命根据地的发展，展示了根据地进入全盛时期。第四部分是井冈山革命根据地的恢复时期，突出了"工农武装割据"思想的形成，为农村包围城市的革命根据地在理论上奠定了基础。第五部分是坚持井冈山的斗争。考察队员顺着参观的路线慢慢地前进着，时而凝视，时而记录。学生会主席项珏，在一只大南瓜前抄录着"红米饭，南瓜汤，秋茄子，味道香，餐餐吃得精打光。干稻草来软又黄，像金丝被儿盖身上，不怕北风和大雪，暖暖和和入梦乡"的红军歌谣。有的同学在一面紫色的红军军旗前久久停留。朱德的扁担引起了同学们的极大兴趣。1962 年朱老总在参观时，女儿朱敏很有兴趣地问："爸爸，是你用过的吗？"朱德移动了一下老花眼镜，再一次察看说："扁担上不是有'朱德记'三个字吗。""文革"中，林彪集团偷走了这根扁担，直到林彪反革命集团垮台后，才恢复了历史真貌。朱德的扁担生动地记载了当年红军的艰苦生活。望着朱德的扁担，考察队员看到了革命领袖伟大而平凡的事迹，看到了我党我军的光荣传统，明白了我军为什么在十分艰苦的情况下能无敌于天下的秘密所在。对于我们这些将在国家不同岗位上挑重担的年轻人来说，是值得永远记取、学习的榜样。

队伍在博物馆门口集合留影后,穿过挹翠湖公园的小堤,来到了茨坪革命旧居遗址群。这里,是毛泽东、朱德、彭德怀、陈毅等老一辈无产阶级革命家1927年至1929年在井冈山时期居住过的地方。

在旧居里,当年毛泽东、朱德使用过的床、草鞋、桌子、板凳、油灯、马灯、地图、砚台、毛笔、箩筐、扁担等陈列着,大家摸一下,坐一下,还把烧饭的锅盖揭起。看看锅里能烧多少红米饭。当大家在堂屋中看到当年领袖吃过的红米、南瓜、秋茄子时,引起了极大的兴趣,希望考察团也能吃一顿红米饭和南瓜汤。后来在井冈山中学的大力支持下,我们如愿以偿。

这里的军械处、公堂处、红军被服厂、教导处、湘赣边界前敌委员会、红四军军部仍以原样保留着。大家边看边记,要把这些珍贵的资料带回上海去,告诉更多的同学,告诉人们这里曾发生的一切。使红军精神在更多人们心中扎根。我们迈步在旧居群前,思绪万千,在当年如此艰苦的条件下,毛泽东等老一辈无产阶级革命家以坚定的革命信念,走出了一条具有中国特色的革命道路,星星之火,终成燎原之势,最后夺取了全国革命的胜利。

走出革命旧居群,我们来到了景色绮丽的南山公园。这是一座天然公园,从山下到山顶,要经过九道弯550个石阶。走上观景台眺望夕阳下的茨坪市,那高低错落、跌宕有致的山城尽收眼底,挹翠湖波光粼粼。远处,"井冈山革命烈士纪念碑"高高耸立在山顶上,邓小平同志题写的碑名在阳光下闪着金光。1995年,我校师生曾捐款为建造这座纪念碑献出了爱心。

我们为一个欣欣向荣的新型城市呈现在这块红色土地上而感到骄傲,随着改革开放的深入,明日的井冈山将更加妖娆。

(载于《大江南北》,2002年第6期)

拜谒列宁墓

2003年7月30日,我们这支由上海市部分重点中学党支部书记、校长及市党建研究会部分领导组成的考察队,一行16人,乘坐俄罗斯航空公司的飞机飞往莫斯科。

到达莫斯科的第二天上午,我们前往莫斯科红场瞻仰伟大的革命导师列宁的遗容。这是我们此次莫斯科之行最重要的一项活动。

我们早早来到了位于红场西北部的亚历山大花园。开放式的花园建于1820年至1823年,景色优美。人们有的在欣赏花草树木,有的在大树下看书、休息。我们直奔花园东南角的无名烈士墓而去。

无名烈士墓建于1967年,墓内安放着从克留科沃村的墓中移葬到这里的一名无名战士的遗骨。当年该村在莫斯科保卫战中是鏖战地,很多人英勇捐躯。墓前两名持枪战士守卫着。此时,正值一小时换岗的仪式,只见三名持枪战士从东边正步向西边走来,到达墓前,敬礼,换岗,整个过程约2分钟。无名烈士墓上放着鲜花。今天,这里已成为许多外国元首到访后献花之地。很多新婚夫妇也喜欢来这里致敬及拍照留念。墓前的火炬昼夜长明,象征着革命烈士英灵永存。我们透过跳动的火焰,心里默念:虽然你的名字不为人知,然而你的功勋永垂史册,你不仅是莫斯科人、俄罗斯人,也是我们中国人,全世界爱好和平的人共同学习的榜样,你的精神将激励后人。在墓前,我们向长眠在地下的红军战士默哀致意。

走过无名烈士墓,一列长长的队伍在向前移动着,那是去列宁墓的队伍。我们加入到了队伍之中,从人们不同的肤色中,我们看到了俄罗斯人、加拿大人、韩国人、非洲人——导游尤里娅告诉我们,每天都是这样,从早到晚排队去瞻仰列宁。我们为列宁现在仍然是世界人民崇敬的领袖而感到高兴。半个小时后,我们经过了两道电子检查关口后,进入了红场。

红场是莫斯科的中心,紧挨着克里姆林宫墙,南北长700米,东西宽130米,总面积9万余平方米。15世纪90年代这一带发生大火后,就在空旷的废墟上建成了这个广场,所以也称火烧广场。17世纪中叶开始称为红场,俄语中的"红色"含有"美丽"的意思,所以红场有着美丽广场的意思。之后,一直是商业中心,又是沙皇政府定时宣读诏书和举行凯旋检阅的地方。1917年十月革命成功后，也在此举行庆典活动。我们踩在当年铺设的石块上，地面凹凸不平。

列宁陵墓在红场的正中央，靠克里姆林宫墙一边。这是一座深红色的大理石建筑物，一半埋在地下，一半露出地面，外表是阶梯状的三个立方体。采用深红色和黑色大理石和花岗石建成，深红色代表革命旗帜的颜色，用以尊敬列宁，黑色代表人民的悼念之情。墓前刻有俄语"列宁"字样的石碑，重60吨。陵墓四周环绕着四季常青的枞树。列宁墓的结构与色调肃穆凝重，体积为5 800立方米，内部容积为2 400立方米。顶部是两级阶梯状的平顶，作为检阅平台，两侧是可容纳万人的观礼台。

我们怀着敬仰的心情进入墓室，昏暗的灯光一下子让人难以适应，给人一种肃穆之感。顺着台阶小心翼翼而下，出奇的静谧，可以听见鞋子在大理石地板上叩击出来的足音。四面壁角，站着威严挺立的卫兵。有人刚出声，就被卫兵用手指放在唇边发出的"嘘"声劝止。来到中央地下展厅，灯光明亮了许多。只见高高的台基上安放着一具水晶棺，棺内是列宁的遗体。他躺在棺内，脸部表情是那样安详、平静，他双手平放在脑前，左边手指伸得很直，右边手指稍拢，作半握状。我们沿着水晶棺移动，在中间位置，我们停了下来，向列宁同志深深一鞠躬。快出棺厅时，我两次回头，想多看一眼列宁的容貌。无奈，后面的队伍将我挤出了墓室。

走出墓室，阳光灿烂。沿着克里姆林宫的围墙，徐徐前行，观看着苏联建国英雄以及党和国家领导人的纪念碑。在一组历史人物雕像中，有斯大林、勃列日涅夫、契尔年科、捷尔任斯基、伏罗希洛夫、伏龙芝等。在斯大林雕像前，我们静立致哀。今天，在俄罗斯，斯大林的名字已很少被提及，原先以他名字命名的城市、街道等都已改名。雕像已不见，仅在红墙脚下还保存着，这个雕像是1961年竖立的。在斯大林去世后的1953年至1961年间，他的遗体曾与列宁遗体一起安放在列宁墓中。1961年被搬了出来，葬于雕像下面。对斯大林功过，历史会作出评价。尽管斯大林曾犯过这样或那样的错误，但在我心目中，他仍然是无产阶级革命领袖，是领导和指挥苏联红军战胜希特勒法西斯，并歼灭日本关东军的苏联大元帅，我仍崇敬他。红场既然容得下从此出发上前线反击德国法西斯的雄兵百万，也应容得下那些后来引起争议的伟大人物。

(载于《大江南北》，2004年第3期)

我愿做地上的泥土

——记穆汉祥烈士

清明那天,我来到了上海交通大学徐汇校区,站在青松翠柏丛中的穆汉祥、史霄雯烈士墓前,献上鲜花,静静默哀。

作为交大人,对这两位曾为中国人民的解放事业、为上海的解放英勇献身的烈士有一种无比崇敬的心情。正是他们那气壮山河的革命精神,激励着一代又一代交大人,激励着年轻的一代,实践着他们未竟的事业。

一

穆汉祥,回族人。老家在天津武清县穆庄。因家境贫寒,父亲年轻时背井离乡,外出做工谋生。先在武汉,后到重庆。穆汉祥是1924年6月14日在湖北汉阳出生的。

汉祥在穷苦的工人环境里长大,从小就很懂事,学习十分勤奋,从不让父母操心。他穿着打补丁的衣服上学,用的三角尺是父亲用铁皮剪成的。有钱人家的孩子嘲笑他,他不示弱,常挥舞小拳头表示反抗。

20世纪30年代,日本帝国主义强占中国半壁江山。汉祥目睹了日本飞机在重庆的狂轰滥炸,无辜百姓家破人亡,他对日本帝国主义的血腥暴行仇恨满胸膛,经常高唱《义勇军进行曲》《大刀进行曲》《游击队之歌》等歌曲。寒暑假回家,还和同学们一起创作抗日墙报、演唱抗日歌曲,向群众宣传抗日救国。

复旦中学毕业后,他考入了免费的可供膳食的中央工业专科职业学校电机科。为了日后报国,他学习更加勤奋刻苦,因而成绩十分优异。他还如饥似渴地阅读中外名著,如奥斯特洛夫斯基的《钢铁是怎样炼成的》、高尔基的《母亲》以及鲁迅的杂文。

中专毕业后,穆汉祥进了位于长寿县的26兵工厂,任技术员。他满怀信心,积极工作,认为可以运用学到的技术制造出杀伤力很强的炸药,供前方战士杀敌,打败日本帝国主义。不幸的是,一次他在排除一台进口喷灯机故障时被烧成重伤。工厂当局对此不闻不问,工人们只好将他送回家。

在家养伤期间,他思考了很多问题:为什么工人拼命干还是受苦受欺压?劳动者的前途在哪里?他打破了用技术救国的幻想。

一个月伤好以后,在父亲的支持下,他离开了兵工厂,于1945年夏天考上了当时在重庆九龙坡的国立交通大学电讯管理系。

抗战胜利后,交通大学决定迁回上海。1946年3月25日,穆汉祥怀着激动的心情前往上海,同去的有他的朋友周蔚芸、胡文经等人。

来到上海交大后,他住进了中院一楼左边的一间宿舍。当时的上海,街头到处叫卖着美国货,民族工商业纷纷破产倒闭,物价飞涨,工人店员失业,女大学生毕业沦为妓女,教员贫病交加投江自杀,而酒楼舞厅门口,珠光宝气的"高等华人"却在寻欢作乐。穆汉祥愤怒地说:"我恨不得把这些混账家伙像臭虫一样捻死。"内忧外患,民不聊生。他开始寻找"中国向何处去的答案"。经中共地下党和进步同学的帮助指点后,他如饥似渴地阅读毛泽东的《新民主主义论》《论联合政府》以及介绍马克思主义的进步书刊。他参加了学生进步社团组织的许多政治性集会,特别是在祭扫鲁迅墓时,听许广平介绍鲁迅的一生,深受感动。他在日记本上写下了鲁迅的名言"横眉冷对千夫指,俯首甘为孺子牛",以此作为座右铭。

1946年上半年,全国19个省受灾,灾情严重的湖南平均每天饿死600多人,而国民党政府为发动内战,根本不顾人民的死活,相反加紧横征暴敛。汉祥义愤填膺,与进步同学一起发起了救灾运动,并提出"救灾反内战"的口号。这是他进交大后参加的第一次政治斗争。在这场运动中,穆汉祥废寝忘食地刻钢板、写传单、印捐册,进行募捐。他还把省吃俭用的零用钱、卖掉几件衣服所换得的钱都捐了出来。

不久,他参加了"知行社"。该社是几个进步同学于1946年3月发起组成的,其宗旨是"即知即行,苦干实干"。

为了斗争的需要,他狂热地学习漫画、木刻,钻研怎样写好战斗诗文。他的略带斜形的圆头黑体字被同学们称为"穆体字",他写的"交大万岁"被贴在交大学生开出的火车头上。他那幅《向炮口要饭吃》的漫画今已收入介绍烈士的书籍中。他先后创作的《美国兵滚出去》《旧中国在灭亡,新中国在诞生》《到农村去》等大幅宣传画,鼓舞着人们去勇敢地战斗。

二

1946年五六月,"救灾反内战运动"高潮后,基督教青年会所属的学生救济会给交大一笔钱,用半工半读的形式救济贫困学生。交大决定办一个工作自助食堂、一个洗衣作坊和一所民办夜校。这几件事分别交给几位级长负责。工管系级长周蔚云和土木系级长何孝俅负责筹办夜校。当时这所夜校的校舍是华山路大门南侧竹篱笆围着的一个小院落,院内几间矮平房门窗残破不全,室内是坑坑洼洼的烂泥地,断了腿的凳子横七竖八。周蔚云一看心凉了半截,这怎么办校?她立即想到了好友穆汉祥。

汉祥一听办夜校,连声叫好,因为在他的心里,早就想让劳苦工人和他们的子弟能上学。他利用几个下午的课余时间,打扫院落,填平地面,擦洗门窗,请来学校的木工师傅修理好了门窗桌子板凳。院子门口挂上了"交大民众夜校"的标牌。不久,许多进步同学应邀来教书。很快,100多名失学青年和在工厂工作的工人报名入学。

开学在即,穆汉祥和周蔚云顶着初夏的骄阳,一趟一趟地到福州路的书店选择教材。他们步行去,步行回,将书扛在肩上,一路哼着歌。

在共同的学习生活和战斗中,两个青年人的手牵在了一起。汉祥热情踏实、生机勃勃,深深地吸引着小周,她说:"你的思想,你的心胸,像海一样广阔深沉,我叫你海吧。"汉祥说:"那我叫你风吧,风总是和海在一起,总是在海的胸怀中自由吹拂。"小周又说:"你为人老实,我觉得你应该永生,我叫你永生吧。"汉祥说:"你应该幸福,我叫你幸福吧。"1949年穆汉祥英勇牺牲后,蔚云在1949年6月9日出版的《交大生活》报上撰文悼念汉祥,文中说:"他不应该死,他还年青,我悲痛,但我更恨,恨我们的敌人。"穆汉祥、周蔚云利用周末和寒暑假搜集资料,自编教材,自己刻写,油印装订。学生不仅把穆汉祥看成是敬爱的老师,还把他当成知心朋友。不论思想上、生活上发生什么问题,都愿意和他商量。他总是认真地、耐心地和学生一起研究,帮他们出主意想办法。一个报童生病了,好几天没来上课,汉祥十分着急,把自己晚上教书得到的一点报酬,全部送到这个孩子家中。一个女工由于严重营养不良,眼睛几乎要失明了都无钱医治,汉祥知道后,虽然自己连理发的钱都没有,还是悄悄借了钱给她买了四瓶鱼肝油。一位仅13岁叫周伯钦的学生,老板发现他在交大夜校读书,为使他读不成书,将他调到远郊的一个分店。那天,泣不成声的他扑在穆老师的怀里,诉说着遭到的打击。汉祥拍案而起,用激昂的语调宣布,今天新课不上了,大家来说说,为什么这位正值读书年龄的小弟弟有书不能读?为什么老板害怕他读夜校?整个教室哗然了,大家你一言我一语,纷纷为这位同学打抱不平。穆汉祥因势利导,指出造成失学的社会原因是万恶的旧制度,要砸烂身上的枷锁就必须起来闹革命。

课后,他为这位同学写下了以下话语:"伯钦弟:求知识不一定要在学校里才能得到,只要你不中断地随时观察、随时怀疑、随时研讨地努力学习,在任何地方都可以求得学识的。记着,离开学校,不要忘记读书,以后永远都不要忘记读书求进步才对。穆汉祥12月16日。"这是目前发现的穆汉祥留存于世的唯一手迹。在穆汉祥牺牲55周年之时,周伯钦老人将那份手迹原件无偿地赠给了龙华烈士纪念馆。

交大夜校,在汉祥等同志的共同努力下,成为当时全市最好的夜校,培养了许多优秀的工人和干部。1947年7月,学生从最初的100人左右发展到450多人。

三

1947年7月,穆汉祥同志加入了中国共产党。入党后的穆汉祥更加努力学习革命理论,更加积极地投入革命斗争实践。

1948年1月下旬,同济大学开展争取学生自治会民主权利的斗争。交大地下党总支动员100名学生前往支援。穆汉祥头天夜里写大标语到天亮,第二天又不顾疲劳随大队出发游行。同济进京请愿队和各校支援队与军警对峙着。不久,军警向学生投掷砖石,企图驱散队伍,随即又组织军队冲向学生,并挥舞马刀乱砍。队伍前面的南洋女中学生处境极其危险,交大学生见状立即冲向第一线,奋力保护女中学生。穆汉祥冲上前去,拉住将要踏到学生身上的马的缰绳,却被马刀砍伤唇部,门牙被击落。同济学生调来一辆有篷卡车,将各校受伤的数十名同学送到同济医院附属中美医院救治。当周蔚云赶到医院看到脸上包着绷带,嘴里流着血的汉祥时,难过得哭了起来。汉祥忍着疼痛微笑着安慰她:"革命就是要流血牺牲的,难道流一点血就使你害怕了吗?"在医院里,他关心着学校的工作,他给"四〇社"写信:"争取民主的斗争中,多少朋友牺牲了生命,我流了点血,算不了什么,今后我们要更坚强地团结所有受苦难的人民,不幻想、不妥协,彻底地着实地消灭敌人,胜利才真正属于我们。"

1948年7月,敌人准备对交大进行大逮捕,一批学生自治会干事和进步同学被国民党特刑庭传讯。地下党组织决定将部分党员和进步同学秘密撤往解放区,其中有汉祥的女友小周。她考虑到在同济事件中,汉祥受伤,身份已暴露,建议汉祥一起撤离。但汉祥考虑到大批同志走后,留下的工作要有人担当,主动请求党组织批准自己留下。小周哽咽了,汉祥安慰她说:"我是学电讯的,解放后城市农村都需要发展电讯,我还要将我的知识贡献给人民。我们就分开这一段时间,胜利后永远不会再分开了。"小周离开上海去镇江那天,汉祥早早地等在火车站。他们相见时只装不认识,也不能言语,汉祥双目炯炯地看着小周安全地乘上火车离开上海。

1948年5月,汉祥担任了交大地下党组织委员,不久又负责学生自治会的工作,鼓舞留下来的同志和敌人作斗争。1949年初,交大地下党决定由穆汉祥筹备建立"新民主主义青年联合会"。他起草了"春风绿到江南岸"的建立宣言,号召同学"面对敌人疯狂的迫害,灵活、沉着、坚决地把斗争进行到底,准备迎接上海的解放"。2月,他又在夜校办起了《民众报》,报纸从3月1日至4月19日,出了15期及2期特刊,宣传报道工人的生活和斗争情况、解放战争进展信息,揭露国民党假和平真备战的真面目,介绍解放区进步作家的作品等。报纸在夜校及徐汇区工厂中广为传播,深受群众欢迎。

四

1949年,我军势如破竹南下,上海乃至全国胜利在望。蒋介石以"引退"为掩护,梦想苟延残喘、东山再起。一些学生不明真相,对国民党产生了幻想。为揭穿敌人假和平的阴谋,交大学生自治会决定召开"真假和平辩论会"。这时已调离地下党组织从事工运的穆汉祥被同学推选为正方主辩手,并得到组织同意。他对同学说:"辩论会后敌人会更注意我,我将转移到校外继续干。"

辩论会在上院114室举行。那天,盛况空前,室内挤得水泄不通。特务也混在其中。38级分支部书记以反方身份连珠炮似的提出主张和平的想法,他说:国民党在战场上吃了败仗,不老实也变得老实了,和谈是有希望的;先停战、后谈判;长江为界、南北分治等。穆汉祥一针见血地指出,我们要分清国民党当局到底搞的是真和平还是假和平?他们提出"和谈"的目的是什么?正方以抗战胜利后国共谈判,国民党撕毁协议发动内战为例,告诫人们不能迷惑而上当。汉祥以严密的逻辑、铁的事实和磅礴的气势压倒了对方对"和平"的幻想。会场响起了一阵阵掌声。穆汉祥又举了农夫与蛇的故事,说明不能与毒蛇和谈。他总结:"中国人民数十年的流血牺牲,才夺得了今天接近胜利的大好形势。一切阴谋诡计都无法挽救反动派的灭亡。我们应擦亮眼睛,坚定信心,坚决投入黎明前的最后战斗,迎接光辉灿烂的明天。"混入会场的特务慑于广大同学的高昂情绪,未敢轻举妄动。

会后,穆汉祥离开了交大,转入地区工作,担任中共徐汇地区分区委员,从事工人运动,组织工人协会及人民保安队,为迎接上海解放作准备。

1949年4月25日晚上,交大校园遭到大搜捕。26日凌晨,军警闯入穆汉祥寝室来抓他,结果扑了个空。两天后,交大被强制疏散,同学们纷纷整理行李准备迁到亲戚家去。穆汉祥粗粗理了一下东西,将书籍托室友保管。他离开交大后,住到虹桥路一家小工厂工人集体居住的小阁楼上。为保密,只能晚上去睡几个小时。白天工作间隙他无处休息,下雨天便在电车三等车厢里用雨衣蒙着头,从徐家汇到十六铺坐个来回,以此休息一个多小时。一次,在虹桥公墓谈完工作,接头的同志看他实在太困了,就让他在墓地睡觉,自己放哨。穆汉祥醒后,又继续去干下一项工作。他的生活十分清苦,每天不是吃阳春面就是吃黑面饼,但他总是乐呵呵的,从不叫苦。他在一张小卡片上写着:"我愿做地上的泥土,让人们践踏着走向光明的前方。"

4月30日下午,汉祥在虹桥路上跑了好多家工厂,逐一与他所联系的地下党员、工协会员以及人民保安队的负责人接上头并交代了任务。从他联系的最后一家工厂出来时,他舒了一口气,感到又饿又累,才想起已好几天没好好休息了,早上只吃了一副大饼油条。他边想边走进了一家小面馆,随便叫了碗阳春面。正吃着,忽然背后被人打了一下,回头一看,冷笑的正是交大校园里最凶恶的特务祝端。穆汉祥吃了一惊,猛地跳了起来,但迟了,前面还有两个穿长衫的特务拿着手枪。特务把穆汉祥劫持到伪警察分局刑讯。下午6点多钟,他被四五个便衣警察押离徐汇警察分局至上海市警察局。在福州路警察总司令部狱中,敌人对其严刑逼供,使用了老虎凳、中正棍、辣椒水等酷刑,连十个指甲都被残酷剥掉。但穆汉祥宁死不屈,义正词严地痛斥敌人:"反人民的政府一定要灭亡,未来是属于我们的,历史可以作证。"他还对看守人员晓以大义,做教育争取工作。他对难友说:"为了人民的解放,我们这一代人不能吝啬自己的鲜血。""我们虽然不能亲眼看到明天的新生活,但是却看到这所地狱的毁灭,我们死而无憾。"

1949年5月20日,在我军解放上海的隆隆炮声中,穆汉祥和另一难友史霄雯被蒙上眼睛,缚住双手,秘密押往宋公园(今闸北公园)。他俩并肩站着,挺起胸膛。穆汉祥大声高呼:"反动派,你们的末日到了!赶快放下武器吧!中国人民解放军万岁!中国共产党万岁!"刽子手们的枪响了,鲜血从他俩的头颅中喷出……

为了中国人民的解放事业,年仅25岁的穆汉祥,在离上海解放差6天的时候,献出了宝贵的生命。

5月29日,交大学生自治会的同学到专门收殓无名尸体的普善山庄去找认尸体,在几十个打开的棺木中,从门牙被打落以及身材、体态中认出了穆汉祥的遗体,运回交大埋葬在校园里,在主干道南侧建立了烈士墓。不久墓碑上刻上了陈毅市长的题词:"为人民利益而光荣就义,是值得永远纪念的。"

(载于《大江南北》,2006年第5期)

十上井冈山

期末考试结束的当天晚上,我就和我校20位师生乘火车前往革命圣地井冈山参观、学习、游览。

这是我从1991年起第十次带领学生上井冈山。2004年,我在《七上井冈山》一文最后一段写道:"我的第八次乃至第十次上井冈山的愿望一定会实现。"那一年,我退休,但学校返聘我工作至今,其间又两次与师生上井冈山。这次成行,终于圆了我十上井冈山的梦。

我对井冈山情有独钟。这里,被朱德同志誉为"天下第一山";这里,是中国革命的摇篮;这里,有无数可歌可泣的革命故事;这里,有着我们永远缅怀的长眠在地下的革命先烈;这里,有着激励后人去实现中国梦的井冈山精神。

列车经过一夜飞驰,终于抵达了新建的井冈山车站。当地的旅游巴士把我们带到井冈山的山门口,只见一面巨大的红旗屹立在山脚下。这面红旗是2007年为纪念井冈山革命根据地创建80周年而建的。它高19.27米,跨度27米,寓意井冈山革命根据地创建于1927年。上面书写着"井冈山"三个大字,左下方是镂空的五角星,镶嵌着镰刀和锤子。底座上镌刻着朱德同志的手书"天下第一山"。金色的大字在初升阳光照射下,折射着万道光芒,射向八百里井冈山,射向神州大地。

我边拍摄照片,边仔细看这尊美轮美奂的艺术作品,思绪万千。它像一块屹立不倒的巨石,象征着中华人民共和国在井冈山奠基;它像一团熊熊燃烧的火焰,象征着中国革命的星星之火从井冈山燎原;它像一面高高飘扬的旗帜,矗立在四面环山的平畴之上,刺向苍穹,昭示着中国革命从井冈山走向胜利!雕塑,给人以美感、给人以力量。

进了山门,汽车开始爬山越岭。大约40分钟后,我们来到了第一个参观点——小井红军医院。在小井,我们的心灵受到强烈的震撼。医院是1928年10月创建的,上下两层,共32间,全部由杉木建成。极其简陋的医疗设备,严重缺乏的药品,但当年受伤得病的红军战士仍以顽强的毅力与伤病作斗争。1929年1月底,敌人包围了医院,来不及转移的130多位伤病员被拉到一百米外的稻田里,被逼问大部队的去向。战士们没有一个屈服于敌人的淫威。

在机枪的扫射下全部壮烈牺牲。然后医院又被烧毁,今天我们看到的是1967年按原样重建的。我和同学们迈着沉重的步伐来到安葬烈士的墓前,列队向长眠于地下的先烈三鞠躬,然后绕着墓地走了一圈。我看到不少同学眼眶里滚动着泪珠。那一刻,也许来自黄浦江畔的年轻学子明白了今天的幸福生活是怎么来的。

来到了大井毛泽东故居,让我们重温了我党我军的一段历史。大井是毛泽东上井冈山后指挥红军斗争的第一站。这里,白墙青瓦,5个天井,44间房间。毛泽东在这里结交了当地的两支武装力量,为建立井冈山革命根据地奠定了基础。1929年2月,白屋被敌人烧毁,只留下半堵残墙。站在残墙前,我们想象着当年这里的战斗是多么惨烈。来到白屋后,两棵"感情树"枝繁叶茂。这两棵树曾被敌人烧死,后又活了过来,"文革"中又病死,改革开放后又奇迹般活了。大树死而复生,正象征着革命是摧不垮的,我们的事业是兴旺发达的。

参观黄洋界保卫战旧址,是一堂精彩的军事课。黄洋界保卫战是我军战争史上以少胜多的成功典范。我们跳进当年的战壕中,抚摸着那门令敌人魂飞魄散的迫击炮。岁月流逝,炮声的余音仿佛仍在重峦叠嶂间萦绕。不知哪位同学朗诵起了毛泽东的光辉诗篇:"黄洋界上炮声隆,报道敌军宵遁""过了黄洋界,险处不须看"。黄洋界,已成为对青少年教育的最佳基地之一。

每次到井冈山,都会向北山烈士陵园敬献花圈。那天下午,雨过天晴,我们抬着花圈拾级向半山腰的烈士纪念堂走去。在毛泽东手书"死难烈士万岁"的墙前,浦江儿女向在井冈山斗争时期牺牲的4万多名烈士鞠躬默哀。学生代表宣誓发言,表示一定会继承革命前辈的遗志,接好革命的班。

之后,参观碑林、雕塑园,最后登上北山最高峰,那里有1997年建成的井冈山革命烈士纪念碑。"山"字形的纪念碑,远看似一团火,象征"星星之火,可以燎原",近看如钢枪林立,蕴含枪杆子里面出政权。

登上大巴,要离开井冈山了。我打开车窗,遥看北山最高处的纪念碑,邓小平题写的"井冈山革命烈士纪念碑"几个大字,在阳光的照射下,闪耀着金光。这金光,更加坚定了我对党的信念,坚定了对实现中国梦的信心。

结束了十上井冈山之旅,在飞驰的列车上,我翻开了特意带去的2009年7月6日的《解放日报》,一篇文章的醒目标题映入眼帘:《道路·信念·核心——井冈山启示录》。我给学生们朗读起来:

"一条路,自井冈山延伸,蜿蜒曲折,在伟大理想和坚定信念的指引下,一步步走向胜利;一条路,在井冈山创建,前无古人,在解放思想、实事求是的探索中,走向农村包围城市,走向中国特色社会主义","再上井冈山,重走井冈路,抚今追昔,我们敬仰这片红土地……"掌声在车厢内响起,一股暖流从胸中涌起。

十上井冈山,十次生动的党课、十次心灵的洗礼、十次思想的升华、十次幸福的回味。

(载于《大江南北》,2013 年第 11 期)

南 湖 宣 誓

不久前,我和我校22位退休党员来到嘉兴南湖,参观南湖红船并举行党员宣誓。

我们排队等候渡船前往湖心岛,排在我们前面的是一百多位武警战士。我进入船舱后,只听到一声口令"全体起立",已经入座的武警战士"唰"地站起,又一声口令,战士们向船头走去,所有座位全部让给了我们及其他游客。浓浓的军民鱼水情在南湖小船上闪现,我不失时机地按动了相机的快门,留下这感人的一幕。

船行十来分钟后,靠上了湖心岛码头。我们鱼贯而上,向西南步行三四十米,就看到了停靠在堤岸旁的"一大"纪念船:那样的醒目、那样的安稳。我们隔水看船,看到船舱里的桌椅板凳、茶杯水壶,它向人们生动展现着中国共产党诞生的历史场景,叙述着中国共产党的成长、发展、壮大,告诫着全党和全国人民不忘初心、牢记使命、永远奋斗。

我们以红船为背景排成二列横队,我从包里拿出了从学校带来的鲜红党旗,由两名女同志展开在队伍前面。大家举起右手。此时,我站在队伍的右前方,开始领誓:我志愿加入中国共产党,拥护党的纲领……为共产主义奋斗终生……洪亮的宣誓声响彻南湖上空。我用余光环顾四周,只见不少游客在用手机或相机对我们这批年已七八十岁、最大的九十岁的老人不断拍摄,有的跷起了大拇指,有的在说,太庄严了,太感人了。当我们每人报着宣誓人自己的名字后,在场的游客响起了热烈的掌声。

宣誓获得了极大成功,我内心充满着喜悦。作为领誓人,我要把誓词背出来,但毕竟年岁大了,前背后忘记,于是我用零碎的时间逐句背,终于在来南湖前一个星期全部背出。那天,我领誓时十分流利、铿锵有力。后来一位老师问我,怎么你都记得住,我说功夫不负有心人。

南湖我已来过近30次。20世纪70年代起,我担任学校团委书记,80年代初起担任学校党支部书记,一直负责学校的德育工作。那些年,我几乎每年都要带学生或青年教师到南湖来参观,还经常上船参观。许多师生回去后纷纷递交了入党申请书,不少师生入了党。来南湖成为我校德育工作的传统项目。

这次宣誓,是我入党54年后的又一次,且在南湖红船旁,因而十分激动。回顾自己入党半个多世纪以来,在党的培养下,在红船精神激励下,从一名普通党员成长为党的一名基层干部。不忘初心,退休后,继续担任退休党支部书记,我尽心、尽力为党做着力所能及的工作。先后近30次组织党员参观了一大、二大会址,四大纪念馆,毛泽东、陈云故居,上海自然博物馆、四行仓库抗战纪念馆、国家会展中心、洋山深水港、华西村等。在一次次正能量的活动中,我校广大党员不忘初心,党员之树常青。而此次南湖红船旁的宣誓,更是让我们这批老党员的思想上升到一个新的境界。

　　宣誓仪式后,我们向烟雨楼走去,在烟雨楼二楼,倚栏远眺南湖景色,烟波渺渺,远岸高楼林立,美不胜收;近看红船堤岸,党旗飘扬,人头攒动,又有队伍在宣誓;环看全岛,亭台楼阁,石碑古诗,一片翠绿,令人心旷神怡。乘上回程渡船,船靠码头信步上岸。回眸南湖,红船依旧,时代变迁,精神永恒!

(载于《大江南北》,2018年第10期)

第六辑　旅游天地

被困华山顶

华山，以其奇险俊秀闻名于天下。1996年夏我们去延安考察，途经西安时，安排了游览华山。可以，万万没有想到，在华山顶上竟被困了近6个小时。

那日我们是冒雨前往华山的，也许一开始就预示了不顺利。由于连日下暴雨，去华山的许多路段变得坑坑洼洼。大客车在剧烈颠簸时，一块车窗玻璃突然被震碎，碎片将坐在靠窗穿裙子的小李双腿划出了道道口子，鲜血直流。她被这突如其来的飞来横祸吓得哭了，后经过治疗，大家又安慰了她，小李的情绪才稳定下来。大家想用雨伞将窗口封住，无奈窗子太大，雨水仍钻入车厢内。好在我们到达华山脚下时雨小了。

缆车将我们送到了华山北峰山顶，气温一下子降到了十几度，雨却比山下大多了，而且越下越大。我们拉住铁索越过了87度的陡坡，向华山玉女峰（中峰）冲去。不少人在山下花一元钱买的塑料雨披早已破裂，大家干脆将其扔掉，任凭雨水从头上浇下。登上中峰顶，华山那雄伟、挺拔、奇险、峻秀的景色尽收眼底。同学们在雨中欢呼雀跃，摄影留念。按照预定的时间，下午2点必须赶回北峰索道口，然后乘缆车下山，7点前赶回住宿的西安招待所。谁知雨水倾盆而下，小道变成了小河，蹚水而下。大家搀扶着足足花了一小时，才走完3.5公里这段艰难之路。

当我们到达北峰索道口时，大家都惊呆了：一部部缆车吊在半空中不动。一打听，早在两小时前因下暴雨变电站发生故障，正在抢修，何时通电不得而知。我们只好耐心地等待。时间在一分一秒地过去，半小时过去了，一小时过去了，索道口人越来越多。至4点时，已达200多人。人们不断地询问何时通电通车，却被告知不知道。大家要求与山下联系，回答是电话不通。天气越来越冷，肚子越来越饿，人群开始骚动，人们开始愤怒。

天色渐渐暗了下来，华山上大雨依然如注，湿透的衣服冒着热气，嘴唇发紫，浑身冷得起鸡皮疙瘩。男士将半干的外衣脱下披到了女士身上。一位同志特地去山顶旅店借来了4件棉大衣。年轻人只好三五成群围在一起，做跳格子游戏以取暖。

直到17点10分，才传来一声电铃声。来电了，6人一批上缆车。当最后一名游客跨入缆车门时,时针已指向了 19 点 10 分。20 点 10 分,饥寒交迫的我们全部到达山下。山下小商店生意突然火爆,各种食品很快进入大家的腹中。

(载于《新民晚报》,1996 年 8 月 24 日第 15 版)

大红枣儿甜又香

1997年暑假,我收到了延安杨家岭中学马娜同学托人带来的一大包产自延安枣园的红枣。品尝着大红枣,我不由得回忆起去年在延安考察时的情景。

去年暑假,我随学校优秀学生赴延安考察,杨家岭中学是我们延安考察单位之一。这是一所校舍十分破旧,仅有6个班级的初级中学,泥地的教室里是高低不平的课桌椅,屋漏使得墙壁斑斑点点。我问赵校长怎么不修一下,他难过地对我讲,学校每年经费仅6 000元,哪有钱维修。学校无理化生实验室、无图书馆,操场上也仅有一张用水泥砌成的乒乓台。更使我吃惊的是,全校222名学生中有一半以上交不起一学期30元的学费。听着这一切,我眼眶里滚动着泪花。当我校学生会主席莫亭亭等7名同学将210元钱交给赵校长,为7名困难学生交学费时,我决定回校后在师生中广泛宣传他们艰苦奋斗、勤俭办学的事迹,并开展帮困助学活动。

开学后,我们通过各种途径在校内介绍杨家岭中学。350多名学生报名要求与杨家岭中学的学生开展"一帮一"结对子活动。一周内全校同学凑了10 100元。我们挑选了218名优秀学生与对方学生结成对子。我同政教主任、团委书记、高三年级组长分别与一名学生挂钩,我结对的正是初三马娜同学。

马娜家住延安市郊,父母均是农民,她还有哥哥、姐姐。家境贫寒,一年的收粮仅能糊口,无其他任何收入。但她学习刻苦、成绩优异,为班级第一名,曾获全国奥林匹克英语竞赛二等奖,年年被评为三好学生、优秀团干部。我从心底里喜欢这个农村孩子,一年来我们相互通信,她定期向我汇报学习、生活情况,我勉励她更加勤奋学习,并多次寄去学习用品和几百元钱。我高兴地看到我校结对的师生同我一样,与杨家岭中学的同学保持着联系。

前两天,马娜以兴奋的心情来信告诉我,她以432分的成绩(高出录取分数线53分)进入了延安市卫校,我为她感到骄傲。

红枣,我每天品尝几个,大红枣儿甜又香。今年秋天,我校将组团前往杨家岭中学开展教学访问,我争取带队。马娜听到这消息后,已在倒计时等待着,到时我们将相会在宝塔山下,延水河边。

(载于《新民晚报》,1997年9月22日第18版)

漫步莱茵河畔

漫步莱茵河畔，任河水在脚下流淌，浪花轻轻地拍打着两岸，仿佛奏出阵阵美妙的乐曲。我久久地伫立在歌德和席勒的雕像前，脑中浮现出他们用毕生心血凝成的杰作《浮士德》和叙事诗《潜水者》。

望着高耸入云的科隆大教堂，看看每两分钟驶过一列火车的莱茵河铁路大桥，我心潮起伏，多么美丽的花园城市啊！然而五十多年前德国法西斯发动的侵略战争，也给德国人民带来了灾难。但是德意志人民痛定思痛，经过艰苦奋斗，才使之成为今天的欧洲强国。我钦佩德国人民的勤劳和智慧。

这时，我的思绪把我带回到了我们自己的祖国。我扪心自问，为了早日赶上并超过西方的发达国家，我们今天又应该做点什么？

（载于《新民晚报》，1998年4月7日B13版）

访 欧 抒 怀

1997年11月,深秋。

我随杨浦区教育局组织的访欧考察团,登上了新加坡航空公司的空中巴士——310型客机。暮色下,万米高空,我翻阅着进舱时航空小姐送的当天的《联合早报》。五个半小时后,已在狮城。步出樟宜机场候机大厅,换乘波音747-400型飞机,在轰鸣声中,我们又开始了更漫长的空中旅行。

当太阳从地平线上升起时,我的脚下已是德国的法兰克福。绿树拥抱中的城市,宁静、整洁,令人心旷神怡。美因河从市中心穿过,我站在美因大桥上,清清的河水在慢慢流动,游船激起浪花,拍打着两岸,奏出美妙的乐曲。我伫立在著名诗人和戏剧家歌德和席勒的雕像前,脑海中闪现着他们用毕生心血完成的杰作《浮士德》和叙事诗《潜水者》中的情节。花园似的城市处处给人以美的享受。

我漫步在莱茵河畔。战争,曾给这个国家以巨大的创伤,战后,德意志人民经过40多年的奋斗,使之成为欧洲的强国。望着高耸入云的科隆大教堂,我赞叹德意志民族的伟大,看着两分钟驶过一列火车的莱茵河铁路大桥,我钦佩德国人民的勤劳、智慧。踏上波恩大学前的大草坪,听着复旦大学的一位教师正在用中文给德国大学生讲课,我感到了中德两国人民的友谊永存。站在2米多高的贝多芬头像雕塑前,我仿佛听到了《命运交响曲》的雄壮旋律。

在去柏林的高速公路上,眼望窗外,那几何图形似的田野里,时而是一望无边的麦苗,或是碧绿的草地,时而又是金黄色的大片森林。每隔10公里左右,有乡村或小镇,那别墅式的建筑在万绿丛中显得格外迷人。世界一流的高速公路把城市、乡村连在了一起。置身于油画般的世界中,我的心陶醉了!

柏林,德国的首都。2000年,政府将从现在的波恩迁往那里。由于历史的原因,这个城市曾被分割成两个对立的世界。我站在作为历史遗迹保留下来的一段柏林墙边,感慨万千。当我们来到东柏林大广场时,一眼就看到了马克思、恩格斯高大的雕像,一些德国人、外国人在雕像前摄影留念。我快步走近,仰望伟人,热血沸腾,"英特纳雄耐尔就一定要实现",我轻声地哼唱着。汽车把我带到了德国的北部城市汉堡,荷兰的阿姆斯特丹、鹿特丹、海牙,比利时的布鲁塞尔以及卢森堡。那里的大海,那里的峡谷,那里的街市,那里的人们,令我怎么也看不够,我尽力把这一切收入到我的相机之中。

　　终于来到了向往已久的巴黎,我登上了雄伟的埃菲尔铁塔,参观了巴黎圣母院,走过了凯旋门,畅游了塞纳河,游览了台方斯新区,观赏了凡尔赛宫、卢浮宫内的世界艺术珍品。在拉雪兹神父公墓内的巴黎公社墙前,在国际歌作者鲍狄埃墓前,我深深一鞠躬。在玛丽桥下我祝我的学校事业兴旺,人才辈出,祝愿女儿幸福。我也去了英王妃最后晚餐的里茨酒店外的旺多姆广场,两次经过或许会被后人称为戴安娜隧道的那条路。

　　飞机从戴高乐机场起飞,载着我向东方飞去。

　　我不时把目光转向窗外,机下是法兰西、欧洲、亚洲的城市、乡村、高山、田野。我闭上眼睛,眼前浮现出中华大地的山山水水,也是那样的秀丽、迷人。

　　虹桥机场,华灯初放。出口处,我看见已有半个多月不见的母女俩正手持鲜花焦急地等着,我眼含热泪,大步向她们走去。

(载于《上海交大报》,1998年5月20日第4版)

游新昌大佛寺

从溪口出发，车行一小时，就来到了距新昌城西三里石城山上的大佛寺。

购票进入外山门，映入眼帘的是两面明镜似的"放生池"，池边垂柳摇曳多姿，路旁丹枫拔地参天。漫步在"放生池"鱼梁堤上，眺望池对岸的峭壁，但见九个大字，上方是"南无阿弥陀佛"，下边是"放生池"，每个字约3米高，系弘一法师手迹。环顾四周，满目翠绿，恬静安详，几缕山风，水面微澜；几声鸟鸣，恰似仙境，我心陶醉！进入二山门，古木掩映中，一座岩峰突兀而起。岩峰下，五重飞檐大殿倚崖而立，我仰望大殿，从上到下的每层插金匾额上分别有我国历代书法家颜真卿、俞曲园、赵朴初题写的"逍遥楼""弥洞天""三生圣迹""大雄宝殿""宝相庄严"等大字。进入殿内，猛一抬头，一尊高大无比的全身大佛突现眼前。只见它慈眉善目，娴雅端庄地坐在山崖边。

导游介绍，南齐永明年间，石窟千尺岩壁上，显有佛像之形，一名高僧见此大异，便发誓敬造大佛，就此依岩开凿，经过三代高僧之功力，历时三十春秋，于公元516年告成大业，那弥勒石佛加座高15.74米，其中头高4.8米，耳朵长2.8米，两膝相距10.6米，气势十分雄伟，石佛头高超过全身高的三分之一，按人体比例来看近乎严重失调，将会不伦不类、不人不佛，可是事实上，石佛不仅看起来端庄慈祥，优雅俊逸，而且其双眼似乎转动自如，不管你站在哪个角度仰视，都会有与它隐含微笑的目光相接之感。为证实导游所说，我跑前跑后，走左拐右观看，确是如此。大佛体态匀称，佛衣披于两肩，中胸袒露于外，衣着皱珠流畅飘逸，富有丝绸质感。古代雕塑艺术家如此高超的技艺令人叹服，况且新昌大佛开凿年代早于洛阳的龙门石窟，比四川乐山大佛还要早200余年，历史和规模在江南无可比拟，其精美的艺术成就国内罕见，难怪南朝著名文艺理论家刘勰赞曰："不世之宝，无等之业。"后人誉之为"江南第一大佛"。

（载于《上海交大报》，1999年12月10日第8版）

游 三 叠 泉

暑假,我随学校赴江西考察团去了一次庐山,给我印象最深的是游三叠泉。

人们常说,不到三叠泉不算到庐山。在学生们纷纷要求下,我们几个带队老师决定取消其他景点的活动,前往三叠泉。

不少学生问我去不去,我都表示坚定的态度,但他们开始为一位年近60岁的教师担心。我也知道其中的艰苦,因为9年前我与学生已经历过一次。

三叠泉是庐山最俊美的瀑布,它是由冰川巧夺天工地琢出山川台阶。泉源于大月山,其水从五老峰背面沿北崖口而出。崖口豁开像门,瀑布依着山势,分成三叠,又经过三级,形成"上级如飘雪托练,中级如碎玉摧水,下级如飞龙走潭"。落差一千多米的三叠泉由此得名。

要欣赏三叠泉的美景,必须从山顶往下走到瀑底,我们讲好不坐索道缆车,步行下去,步行回来。

走了一段不算太陡的路后,我已是大汗淋漓,两腿发酸。接下去的路是一条近75度,有三千多级台阶的石阶路。两边是峭壁,大部分地段没有扶手栏杆,最窄处仅能走一个人,使人望而生畏。我在几个男同学的搀扶下,咬紧牙关,终于到达了瀑底,重重地坐到一块石头上。

喘过气来,抬头仰望,忽见蓝天开口,银河水泻,如云喷薄,若珠滚抛,若玉碎溅,森涌沸垂,轰隆不绝。我走向学生群中,置身于绝妙的山水之中,尽情欢呼。几个男生竟扑到泉水中,让水任意击拍,一些女生也打起了水仗。水声、嬉闹声、山间的回音声,汇成了一曲雄壮的三叠泉歌。我突然意识到,这歌声中蕴含着这山、这水、这人的那股坚不可摧、勇往直前的力量。我担心回程时掉队,所以提前半个小时往回走,团委书记黎老师派了身体最棒的一位同学陪着我。

记得1993年时,几位女同学在往回走的半路上,力气耗尽,双脚抬不动而哭了,结果男生们将她们架到了山顶,而我却一口气冲上山顶。但这一次,体力已远不如当年,我不时停下来休息,山上抬轿子的人不断向我发出邀请,我则一一给予拒绝。一批又一批同学从我身边走过,每个人都叫着:"陈老师,加油!"有几个女同学累得不想走时,我说和你们一起走,于是她们继续往前冲。最后的一半路程我是被同学们架着往上走的,还剩下 20 米高的台阶时,我让学生放开我,开始向极限挑战。我向山顶冲去,当踏上最后一个台阶时,同学们向年长于他们 40 多岁的老教师欢呼。我也控制不住自己,泪如泉涌。

(载于《上海交大报》,2002 年 10 月 28 日第 4 版)

船在水中行　人在画中游

工作了一周,想调节一下紧张的生活节奏,与几个朋友商议,决定去浙江放松一下。听说,新开放了一个景点——浙东大峡谷,景色绝佳,何不前去一游,大家一致赞同。

找来浙江省地图,很快查到了大峡谷的位置。浙东大峡谷位于浙江省宁海县,属国家首批水利风景区——宁波天河生态风景区内,离宁波市105公里。

第一天晚上,我们住宿于宁波市。第二天早晨,我们的汽车从宁波驶上同三高速公路,50分钟后从标有"岔路"的道口下高速公路,沿着9公里长的山区公路向大峡谷驶去。不一会儿就到达了景点入口处。

大峡谷景区由两部分组成,前段是拦河筑坝后形成的水库。当地起名为白溪水库,又称飞龙湖。后段是人可行走的大松溪峡谷。要游大峡谷,必须先乘船进去。

我们乘上游船,导游葛小姐开始向游客作介绍。水库始建于1996年,完工于1998年,2000年10月18日开始蓄水。矩形的大坝长400米,高124.4米,顶部宽40米,其水源来自天台华凌山,经大峡谷流入。另外还有两条从山上下来的水流,形成了总长13.5公里,蓄水量为1.64亿立方米的巨大水库。水位离海平面165米,水深90米。水库发挥着防洪、发电、向宁波市供水的三大功能。

游船在碧绿的湖中行驶,只见奇峰多姿,山水相映,风光旖旎。看两岸,青山对峙,野鹭横飞,苍鹰翱翔。我们悠悠地品味着这山水相融的自然画卷,体会着"船在水中行,人在画中游"的奇妙感觉。突然,左岸边一块红、黄、蓝、绿、白等八种颜色组成的巨石,在阳光的照射下将湖水折射成五颜六色,使人仿佛进入了仙境,船上所有人惊叹不已。两分钟后,又见一座白色人行索道桥横跨在湖中,远远看去,似飞龙下凡,似当年红军强夺大渡河上的泸定桥。听介绍,此桥不久前刚建成,全长186米,宽2.4米,离水面20米。人可以从湖这边走到那边,在桥上观光,人会陶醉。我走到了船头甲板上,拿出相机,不停地按动快门。浪花飞溅,打湿了我的脸庞,打湿了我的衣服。此时,我兴奋的心情难以言表。

游船经过了九曲十八弯,停靠在码头上。我们迎着轰鸣的溪水声,沿着石阶而上。这是一条长3.5公里的峡谷,谷底碧水奔流,瀑布飞溅,溪中怪石遍布,奇峰耸立,河滩险绝。两岸山坡陡峭,竹木葱茏,群鸟翻飞。我们边走边看,尽量多地把山、水、景收入眼底。在七色潭中(溪底的石头有七种颜色),我们赤了脚泼水打闹,享受着大自然给人的快乐。

由于是新开景点,游人不多,我们庆幸选择了最佳的游览时机。那天下午,因水库要泄洪,许多景点还没游到,就半途而归,有点遗憾。

浙东大峡谷核心区内6曲溪、18雄峰、28水涧、72瀑布以及双峰原始森林公园等,要全部游到,细细品味,要3天左右时间。我想,总有一天我会将它一一游遍。

(载于《上海交大报》,2003年6月23日第4版)

宁夏沙坡头滑沙记

2005年暑假,我和女儿去了一次大西北的宁夏。在银川的外甥安排下,前往中卫市的沙坡头游玩。

外甥驾车,全家一行6人前往。车行两小时,即到达旅游地。哇!呈现在我们面前的是一片金黄色的大沙漠,似瀑布向黄河河岸倾泻而去,形成宽2千米、高200米的大沙坡。坡底至岸边是绿树成荫的微型公园,内有古钟一口,不时有人在撞击,那浑厚的钟声,响彻黄河两岸山谷之中。再外是黄河大堤,堤外即滚滚黄河,河面宽在千米以上。对岸则是一望无垠的、高高低低的沙漠山。"世界沙都""世界沙漠之祖",真是名不虚传。2004年被中央电视台评为"中国十佳最好玩的地方"之一。由于这里治沙成果显赫,2004年被联合国评为"全球环保500佳"。

我们决定滑坡而下。10岁的外甥孙干脆脱掉鞋子,很快脚被黄沙烫得哇哇叫,只得再穿起鞋。我们以坐、仰卧、侧身的姿势,双手像划船一样划沙,人慢慢向下移动。女儿为获取滑沙更大的乐趣,逐步移到坡度在75°以上的地方下滑。我向左右望去,一个又一个人影在黄色的沙坡中移动,有的在向下滑、有的在往上爬。男女老少、中外游客,各色衣服,构成了一幅十分壮观的沙漠油画。很快,我的鞋子里、裤子口袋里、摄影包里灌满了沙子。我们滑滑、停停,一路嬉笑,有惊无险,享受刺激。

也许是昨天刚下过雨,今天又是多云,所以我们在下滑时,只是偶尔听到沙子下面发出的"嗡、嗡"声。而在天晴时,其声会如雷,这就是闻名中外的"沙坡鸣钟"。滑到坡底,我们在绿地公园休息,再乘"羊皮筏子"漂流黄河后,就开始返回沙坡山顶。考虑到上山要比下滑时难度大得多,我们选择了斜线而上。我往上跨一步沙子和人会下滑半步。我一步一歇,步步喘大气。走了一半路程,已是全身湿透。亲戚中几个女的不时坐下来休息,倒是外甥孙像猴似的,一下子蹿到了山顶。我还不断拍摄照片,所以更是吃力。经过半个小时的攀登,终于到达了山顶。我用矿泉水瓶装了一瓶金色的沙子,带回了上海。

我远眺四周,大漠、黄河、沙山、水稻、玉米、铁路,如诗如画。我竟然脱口而出:塞上江南,我爱你!

(载于《新闻晨报》,2005年9月9日 B17版)

东方金字塔

还在读中学时,就知道我国历史上有一个党项族创建的西夏国。风雨西夏,党项悲歌。

西夏王国9个皇帝的陵墓都在贺兰山下。那独特的坟墓陵台,状似巨大的窝头,被国外誉为"东方金字塔"。亲临其境,体会一下西夏文化,看一看这神秘的陵塔,已是多年的夙愿。今年暑假,应家在银川外甥一家盛邀,我和女儿来到了祖国的大西北,终于如愿以偿。

那天下午,外甥亲自驾车将我们送到离银川市35公里、位于贺兰山中段东麓的西夏王陵。购票进入陵区,乘上电瓶车,先到西夏博物馆。这幢占地5 300平方米、西夏佛塔密檐式两层楼房,位于陵区东侧,具有浓郁民族建筑风格。进入馆内,先看大型王陵沙盘模型,再看各个展室。我在引言前久久伫立,唐末夏洲党项首领拓跋思恭,率部参与平定黄巢起义,因功被唐王朝封夏国公,授定难军节度使,赐李姓。从此以夏、绥、银、宥、静五洲之地不断向西开拓。公元1038年,嵬名元昊称帝,自号"大白高国"。仿唐宋官制律令、设军司。传十主,历190年,于公元1227年为蒙古所灭。短短的文字,把我带到那动荡的年代。在讲解员的引领下,我们在"西夏历史文化展""西夏研究成果展"中,看到了大量的文物、图画、照片,其中有人像碑座、瓷器、钱币、佛经、官印等。西夏历史文化的内涵、西夏艺术的精华在这里揭示和展现,特别是民族文化、佛教文化、党项族文化三者结合形成的独特文化让我大开眼界,领略了西夏王国往日的辉煌和灿烂。

走出展馆,我们直奔三号陵墓区。这是9个陵区中规模最大、保存最完好的一座,是开国元勋李昊之陵。笔直开阔的墓区大道、夕阳下金黄色的陵区、远处清晰的贺兰山脉,让人心旷神怡。那形似窝窝头的灵台,几公里外都能看到,这就是东方金字塔。

西夏陵是西夏王朝的皇家陵园,东西宽4.5公里、南北长10公里,在方圆50平方公里内有9座帝王陵墓以及253位宗室、王公大臣的陪葬墓。三号陵区15万平方米,外围建四座角台,城内建左右对称的鹊台、碑亭。主体建筑为平面连接成"凸"字形的月城和陵城。陵城内营造献殿、墓道、陵塔。墓室位于陵塔前的地下。

一路上,我将每块碑的文字说明收入相机中,以便日后观看。其中有:碑亭、月城、石像生、南门、陵城、墓道、陵塔等。西夏王陵标志性的建筑是陵塔,其塔碑写着:陵塔,陵园主体建筑。原为圆形密檐塔,塔身黄土夯筑,其外木构建筑支撑形成七级浮屠。基础直径36米,现存高度24米。塔式陵台充分反映了西夏笃信佛教的宗教信仰。

我们纷纷以陵塔为背景,将东方金字塔留在镜头里、更留在心里。

我们漫步在陵区小道上,攀登在断墙土包上,欣赏着西夏人留下的杰作。尽管地面建筑大都已被破坏,但遗迹仍显示着历史的沧桑。我曾到过不少帝王陵园,相比之下,这里没有秦陵的铺张、没有唐陵的华彩、没有明陵的气派、没有宋陵的考究,却更表现出一股磅礴的气派。在精确的坐标图上,人们惊奇地发现,9座帝王陵组成了一个北斗星图案,陪葬墓也都是按星象排列。贺兰山有过山洪暴发,王陵却从未受到过冲击。我深感西夏人是多么的伟大。西夏王陵已成为人们领略西夏文化、寻古探幽的旅游胜地,成为国家重点风景名胜区,更是进行爱国主义教育的基地。正如朱镕基同志1999年10月28日视察时说的:看了西夏陵,使我受到了一次深刻的爱国主义教育。

离开陵区时,我不时回头,那高高的东方金字塔,在夕阳照射下,显得格外壮丽。我将相机的镜头换上长焦镜,再次摄下西北大地上这"神秘的奇迹"。

(载于《青年报》,2005年9月30日B16版)

青铜峡一百零八塔

暑假期间,我和女儿去了一次祖国大西北的宁夏。在银川工作的外甥,特意安排我们去游览驰名中外的一百零八塔。

那天,天高气爽。我们的轿车行驶三刻钟就到了离银川市 60 公里的青铜峡市,再经过 15 分钟山路,来到了一百零八塔景区。

一位来自成都某大学,学旅游专业的大学生小刘,正利用暑期在这里实践,他热情地为我们当导游。我们边走边看边听他介绍。

一百零八塔是我国现存大型藏传佛教喇嘛塔群,在青铜峡市南 20 公里处的青铜峡水库西岸的崖壁下。坐西向东,背山临水。塔随山坡建在 12 个平台上,自上而下按 1、3、3、5、5、7、9、11、13、15、17、19 的奇数排列成 12 行,共 108 个。塔形制有四种,分别为十字折角形覆钵式,八角形束腰须弥座圆筒状塔,八角形腹式塔等。塔群排列整齐,呈等边三角形。风和日丽,群塔倒映在金光闪闪的湖中,景色奇特,幽雅明丽。

我们顺着左边的台阶拾级而上。导游说,佛经上认为,人生有 108 种苦难和烦恼,为消除这些烦恼,来这里的人一个一个摸过去,因为摸一个就消除一个烦恼。几百年来这些塔已被摸得面目全非,直到 1988 年,此塔列为国家重点文物保护单位,才禁止人们抚摸,并用栏杆围起。到达坡顶,发现最上面一个仍然开放,我们纷纷抚摸,再围着塔按顺时针方向转三圈,就跟摸 108 个塔的意义一样了。

我再问导游,为什么要用 108 这个数?他说,佛教里的数字都有一定的含义,如诵经 108 遍,贯珠 108 颗粒,晓钟 108 声,佛扣头 108 下,上台阶 108 级。这里的一百零八塔也是按照佛教经文的要求而为。他继续说,此塔原型在古印度 stupa,传入中国后形成单独系统。他的介绍,让我增加了不少宗教方面的知识。

我对塔的结构仔细观看,所有的塔都有塔座、塔身、塔刹。塔刹又分为华盖、相轮、宝顶三部分。塔群初建于西夏,这从展览室中陈列的 1987 年维修时,出土的砖雕佛像、彩绘泥塑像、泥塔模、西夏文经页等一批珍贵文物中得到证实。这些塔原先是用土坯砌筑成十字折角座覆钵式塔,外施彩绘。清朝初年,才在外层上用青砖包砌。群塔高约 2.5 至 3 米之间,而最高处的塔高 5 米有 36 个面。

我从下往上看,一个又一个塔尖直指蓝天;再从上往下看,一个又一个古塔镇守着黄河(一百零八塔有镇水之传说)。我感慨万千,在祖国的大西北,我们的先人有如此杰作,文明古国、灿烂文化在这里展现。我站在山坡最高处,滔滔黄河从塔下向北流去。远处拦河大坝将河水截住,建成了青铜峡水电站。我用相机的长焦镜将大坝拉近,雄伟的大坝长 738 米,高 602 米。听介绍,8 台机组总装机容量 272 万千瓦,每年发电 128 亿度,银川有塞上江南之称,其水皆由此引出。

那天,游人不是很多,可能是没有自备车的都要从水库摆渡过去,很是不便。好在青铜峡市至一百零八塔景区的山间公路正在修建,届时,一定会有更多的人看到祖国的这一文化瑰宝。

(载于《上海交大报》,2005 年 10 月 31 日第 4 版)

东方好莱坞

2005年暑假期间,我和女儿去了一次宁夏。7月31日,天气晴朗,家住银川的外甥亲自驾车,带上全家及我们父女俩,来到离银川西北30公里的镇北堡中国西部影城参观。

车到城堡,极目四望,眼前除了蓝天,便是纯黄的石、土、树,给人一种荒凉之感。进入大门,迎面便是一块镶嵌在一段颓垣断壁上的黑色大理石标牌,上有中、英、法、德、西班牙、阿拉伯、日七种文字镌刻的标题——中国电影从这里走向世界。右边是第十三届中国金鸡百花电影节留念石碑,白色的大理石上刻着谢晋、张瑞芳、倪萍、葛优等150多位影视明星的亲笔签名。

镇北堡西部影城是著名作家张贤亮创办的,在20世纪80年代初才介绍给电影界。我们随着热心的导游小姐,一路参观、一路听她介绍。中国电影从这里走向世界,是因为这里拍摄的《牧马人》《黄河谣》《红高粱》三部影片在20世纪80年代获国际性电影节大奖。从此后,中国电影开始走向世界市场。从"文革"后最早的《牧马人》起,这里已拍摄了上百部影片和电视剧。谁会想到,一座被遗弃于西部荒漠的明代古堡,却在数百年后闪烁出耀眼的火花。我们看着当年拍摄《牧马人》的场景,朱时茂、丛珊从这里脱颖而出,姜文穿着大裆裤伸手摘走了"百花奖",巩俐坐着"我奶奶"的轿子颠进了世界影星行列,葛优首先是在这里亮相,刘晓庆、斯琴高娃、林青霞、周星驰、赵雅芝等影视明星都在此留下了他们的身影和足迹。"东方好莱坞"之称,已传遍神州、传向海外。

我们漫步在清城一条街上,这里已成为中国西部电影、电视剧不可缺少的背景。当年拍摄《双旗镇刀客》《老人与狗》《大话西游》等电影的实物、布景、道具原封不动保存着。我们不时地抚摸这、放下那,凳子上坐一下,车轮上踩一下,还拿起"红高粱"酒罐放到嘴边。我们来到电影《红高粱》最美的场景之地——月亮门前,导游说,傍晚时分,一轮明月高高地悬在空中,高耸的"月亮门"孤独而壮丽,在晚风中岿然不动。"十八里坡"的"月亮门"是《红高粱》形象化的主题思想,是20世纪30年代中华民族抗日精神的表象。我以"月亮门"为背景,让女儿摄下这难忘的一刻。《妹妹你大胆地往前走》的歌声似在耳边回荡。

在三个多小时中,我们在"当铺"前、"药店"前,在"车马店""金银店""都督府""牛府""新龙门客栈"……留下了一张又一张照片。我们似乎置身于一部又一部电影的镜头里,享受着电影带来的快乐。

  在参观中,我仔细看、仔细听,终于对镇北堡古城有了一点了解。古堡是由两座城堡组成,一南一北,均坐西朝东。城堡建于明朝弘治年间,传说主持此工程的韩玉将军请"阴阳先生"做参谋,此人在荒漠上脚一跺,说:"此处乃风水宝地,必出帝王将相!"韩大喜,即令动工,命名"镇北堡",有镇守北疆之意。清乾隆年间,城堡倒于地震,清官员仍信此传说,在旁边又建新堡,仍称"镇北堡"。两城堡是典型的中亚西亚地区的"覆土建筑",古朴别致,雄伟苍劲。土墙历经数百年的风霜雨雪,墙面的自然径流形成任何人工无法修饰出的"花纹"。

  1961年,在附近南梁农场劳动的作家张贤亮发现它具有一种衰而不败的雄浑气势,以及发自黄土地深处的顽强生命力。1979年,他平反后,即将镇北堡写进了小说《绿化树》。后来,他把镇北堡介绍给了电影界,并创办了今天这里的华夏西部影视城。

  要离开影视城了,我让车子在大门口停下。我跳下汽车,将张贤亮刻在门柱上的手书"西部影城""中国一绝"收入镜头之中。西部影城在中国众多的影视城中,以其古朴、原始、粗犷、荒凉、民间化为特色,在此拍摄的影片之多、升起明星之多、获得国内外影视大奖之多,皆为中国各地影城之冠。此时,我对张贤亮的"中国一绝"有了深深的体会。

  中国西部影城目前已成为国家级AAAA旅游胜地,被影视界和广大游客公认为最优的影视拍摄基地及旅游区之一。吴邦国、李岚清、钱其琛、姜春云、王兆国等中央领导都曾来这里参观过。我想,随着西部的开发,随着宁夏交通的发展,一定会有越来越多的人来这里体会"荒凉",感受东方好莱坞。

(载于《上海交大报》,2005年12月19日第4版)

巴蜀乌木第一奇

今年暑假,附中组织教工到四川旅游,在去峨眉山的途中,参观了被称为"巴蜀第一奇"的乌木博物馆。此博物馆是 2000 年 12 月 25 日挂牌对外开放的。

进入大门,博物馆内的讲解员迎面而来。她热情地开始向我们介绍乌木的知识以及博物馆的情况。由于是第一次接触乌木,所以我十分认真地听讲,并不时做着笔记。乌木,川人俗称,学名阴沉木,是成都本土文化具有代表性的物品,堪称"川西一绝"。乌木是 3 000 年至 5 000 多年前因地层变动或洪水冲击等自然因素,使许多树木深埋于川西坝的河床下形成的。乌木一般通体乌黑,也有外黑内红、色彩渐变的。其原生树种多为麻柳、红椿、香樟、楠木、马桑等,深埋于成都平原水泽之地,岁月鬼斧神工在它们身上刻下各种印迹,形成莫辨原材的植物"木乃伊",其碳化过程甚是奇特:既未成煤,又非泥炭,为可燃可塑的坚硬物质。其色彩丰富悦目,或乌黑透亮,或灰褐如云,或红似花岗,或灿若黄金,是制作乌木雕塑的宝贵材料,也是加工极品木家具的上选之材。其用途的广泛和属性的奇特,被海外誉为"东方神木"。乌木出土,绝无虫蛀,世说其千年不朽。故有"家有乌木一方,胜过财宝一箱""黄金万两送地府,换来乌木祭天灵"的说法,哪怕家藏一枚乌木棋子,也甚为珍爱,并被人们视为辟邪之物。

讲解员指着门前的一幅叫《太阳神》的巨型乌木作品,向我们作了重点介绍。它完整地保留着盘根错节的天然放射形态原貌,凸显出其焰火腾天、光芒四射的强大艺术魅力。树龄在 7 300 年以上。那是一个巨大的树根,高、宽均 7 米,树心内直径 2.6 米,是镇馆之宝。其根部呈放射状,犹如太阳的光芒。在《太阳神》中间,设计有一颗直径约 1 米的鎏金球体,球体正面有浅浮雕包含台湾、香港、澳门的全国地形图,在地形图上标示"万根同心"字样。《太阳神》中的金球,寓意人类共有一个地球,主张人类为了自身可持续发展,必须重视环保文化;包含台湾、香港、澳门的全国地形图,寓意 21 世纪中华民族将完成祖国统一大业,走向繁荣昌盛;"万根同心"四字点明了《太阳神》的主题,将时代精神提升到了新的高度。此树是五六年前在新津一座桥边,挖河沙时发现的。用时 3 年才把这件乌木搬运上来。第一年,先修路,挖掘时涨水了;第二年又挖,已拉上一半时又涨水了;直到第 3 年总算拉上来了。我用手抚摸着《太阳神》,被这神奇的作品所醉。

我们向馆内深处走去,在一件名为《和平》的作品前驻足欣赏。树龄约在4 000年以上,她的神态造型明显地彰显企盼人类"和平"的思想,它非天然作品,而是表现古代川蜀先民和平思想的古代雕塑作品。经过地狱的洗礼,于今风骨傲出。这似乎有些神话色彩,但从另一个侧面,反映了乌木山子为时代艺术带来的清新空气。被美术界称为人类艺术史未曾有过的艺术形式——乌木山子,以其震撼人心的巨大魅力,被一些中外艺术家称为21世纪革命的艺术。我们在《红楼梦》《西游记》的珍品前观看。这两件作品工程浩大、人物繁多、十分细腻、栩栩如生,让人大为惊叹。

馆内的展品琳琅满目,有上千件之多。听介绍,目前有特级作品3件,二级作品356件,三级作品700余件。馆藏艺术品中大型作品有的长达十多米,重达10余吨,小型精品有的仅数百克。馆藏艺术品分自然人文两大类型,包括山林、动物、人物、民俗用品、天品(饰品)等6大展览单元,共同构筑成一条时光隧道,使观众品味历史,感受洪荒,领悟人类与自然的息息相关、亦已亦人、共生共存的亘古真理。乌木窗口的陈列规模及形式,均为世界仅有。系今人感受新艺术,探索新艺术的一座丰碑。

乌木是一种不可再生资源,城市建设至一定阶段,只要不再挖掘,所有乌木将永远沉睡地下,成为绝品。因此,乌木博物馆很可能成为世界唯一的博物馆,成为解读川西本土文化一个不可替代的标本。

望着这珍贵的展品,我们要感谢一个人,他就是中国台湾巨商卢泓杰。卢泓杰从小喜爱艺术,尤对天然的石头、木头情有独钟。是台湾房地产界赫赫有名的大亨,20多岁时就拥有了几千万资产。1988年,25岁的卢泓杰首次踏上海峡对岸的土地,在福建沿海一带买了一些工艺品到台湾出售。他发现,自然材质的作品卖价很高,从经济和艺术角度,卢泓杰迷上了大自然造化的杰作。1990年,他再次来到成都遇见了有共同爱好的女孩罗艳,并喜结连理。

1991年的一个周日,卢泓杰和员工到金堂休假。在河边,他发现一根大木头暴露于河坝之上,在阳光下乌黑发亮,其形状之奇异,树干之长,让"有点艺术感觉"的他为之一震。"这木头很不错。"卢泓杰叫人将它抬上车,回去精工打磨后发现效果不错。他妻子高龄86岁的奶奶惊叹道:"这是乌木!"卢泓杰惭愧于自己对乌木认识的浅薄,开始查阅与乌木相关的资料。经多方考察论证,他决心搜集乌木并进行制作。

1993年有人在广汉鸭子河挖沙时遇到乌木,当地人无法将其搬运出来,便想掩埋。朋友将信息传递给卢泓杰,他雇了3辆吊车,在河中立起脚架,带10多个人潜水,用了两天,"尖山"终于冒出水面,原来是"金丝楠木"演变的乌木。听老人讲:古时这种木材只有皇宫才能使用,目前该树已经绝种。出水后的乌木亮得令人瞠目结舌,其纹路呈波浪状,有人建议卢泓杰为其取名"富士山",他断然否决。乌木的根在中国,在四川,怎么能取这个名字。经一年的加工,这件根宽4米、干径2.5米、高3米的作品终于完成。一位收藏家见到该作品,颇有"魂魄被吸引住的感觉",他对卢泓杰说:"乌木的魂被你收藏了。"

乌木创建了世界的唯一,在2000年成都中国西部论坛上,卢泓杰提供了5件乌木雕塑在会场展出,被誉为"巴蜀第一奇"。2000年7月26日,在首届世界华人艺术展上,乌木艺术品《福临门》《东方维纳斯》获金奖。

对于很有商业头脑的卢泓杰来说,他曾面临很多挣钱的机会:《太阳神》曾经有人出价1 200万元,而一个日本访问团更是要求"只要你出个价,就可以成交";在新津挖出的一根乌木,有集团立即出价100万元;北京某集团要求将乌木博物馆迁移到北京,只要一答应就先打300万活动经费来,其他分成再议。这些机会都被卢泓杰拒绝了,原因很简单:乌木是不可再生的宝贵文化遗产,是属于成都的,不能随便卖给别人。

短短的一个小时参观结束了,我为成都、为我们的国家拥有如此珍贵的宝物而感到自豪,更为台湾商人因对乌木的迷恋而投资3 000多万元建造了世界上唯一一座民间乌木艺术博物馆而钦佩!我感慨,一个台湾商人做出如此重大的举措,体现了台湾人民对祖国的热爱、对祖国文化的热爱!

走出博物馆,我感到收获了许多,感悟了许多。个人财富的积累是艰难的,而个人将财富用于社会财富的积累,则需要有多么高的思想境界。创富的态度不仅仅是针对个人财富,社会财富的增加将有益于我们的子孙后代。我们要向卢泓杰学习,为保护祖国文化遗产作贡献,为社会、历史的发展作贡献!

(载于《上海交大报》,2007年9月10日第4版)

漫步金鸡湖畔

2008年11月19日,阳光灿烂秋风微微。我和我校退休党员一行18人,乘坐学校大客车,前往苏州工业园区内的金鸡湖游览。

当大巴停在苏州科技文化艺术中心外面时,我们立即被这里的美丽景色所吸引。中心位于金鸡湖畔的文化水廊景区,临水而筑。地块呈椭圆形,伸入湖面之中。建筑外形像"新月牙"状。更让人惊奇的是中心外墙被网状钢结构包围着,其结构与北京"鸟巢"十分相似,在阳光照射下,闪烁着耀眼的银光。苏州人称它为"苏州鸟巢"。"在我们上海的附近竟有如此美的艺术殿堂。""太漂亮了!"大家不时发出赞叹声。

经与中心工作人员联系后,我们从北门步入了约15万平方米由法国设计大师保罗·安德鲁主持设计的宏伟建筑内,开始漫步在上下二层的长廊中。观看着两边的大剧院、演艺餐厅、电影城、IMAX影厅、商业中心、艺术大堂、科技展馆等。豪华、现代、整洁、漂亮,给人以美的享受。在二楼大厅中央工作台周围,贴满了来自国内外著名文艺团体演出的海报,表明这里已成为世界级演艺界交流的平台,演出的规格、水平极高。这里又是电影"金鸡奖"的评审基地。

走出东门,来到室外,漫步湖畔。眼前是烟波浩渺的金鸡湖,湖水清澈透底,波光粼粼。湖边立着一排拿着乐器正在演奏的人体雕塑,园林呈现出金黄色、粉红色、深绿色……空气中散发着淡淡清香。中心背面,只见天蓝色的巨大球形建筑似珍珠坐落在景区内。整个中心是"一段墙壁、一座园林、一颗珍珠",体现了苏州传统元素与现代建筑的融合。它与环金鸡湖景观融为一体,成为苏州最具标志性的文化精品工程、标志性建筑。身临世外桃源,令人心旷神怡。

湖边有三所幼儿园的小朋友在老师的带领下做着游戏。天真可爱的笑脸让所有路过的人都会停下脚步,驻足观看。我不失时机,用相机摄下了阳光下的祖国的花朵。

这是一片文化艺术的土壤,让人体会到了对时尚、生活哲学、艺术、饮食的追求。更让人感到生活加入了文化的感觉、艺术的触觉、美食的味觉,创造着新的文化潮流。

下午,跨越金鸡湖大桥,来到了湖西岸的湖滨大道。徜徉湖畔,远眺绿色中的高楼大厦、湖中的小岛，近看岸边的游艇俱乐部、码头、艺廊、小木屋，眼望大片的绿色草坪，闻着花草芳香，手划湖中之水，我们陶醉在这靓丽的景色之中。

大家又在2001年6月8日由李岚清副总理、新加坡李光耀资政揭幕的雕塑《圆融》前摄影留念。《圆融》由新加坡著名雕塑家孙宇立先生设计，高12米，由两个动态扭转的圆紧密相叠而成。圆的上方是正方形的孔，下方是正方形的基座。雕塑寓含着中新双方密切合作，相辅相成，相互交融的深意。方圆正合，通融变达。圆融是一种精神，追求的是科学人文、全球经济一体化与苏州经济国际化，是世界多元文化与苏州吴文化的相融交汇。圆融是历史的眼睛，它见证着园区不断超越、不断完善的进取历程。外圆内方、进退有据、博采众长、自成系统的雕塑时刻向世人昭示了兼容并蓄、和谐为本的独特情怀。

金鸡湖景观是由美国易道公司整体规划设计的，今天已成为苏州标志性的城区，是人们休闲娱乐购物的好去处。

苏州人正在追求一种新的生活品质、正在创造着璀璨的人生。这里让人们看到了21世纪苏州的"人间天堂"，看到了改革开放30年来在苏州发生的巨大变化。

夕阳西下，晚霞灿烂。经过一天的休闲活动，带着丰收的喜悦，我们离开这块秀美的土地，踏上了返沪的路程。

（载于《上海交大报》，2008年12月1日第4版）

天　　梯

那年暑期,我与学校29位老师到张家界旅游。海拔1 518.6米的天门山,孤峰高耸、气势磅礴。悬于千寻素壁上的天然穿山溶洞天门洞,更是奇绝天下的胜景。用长焦镜将天门洞拉近,可以看到洞的下方是一条长长的台阶,各种肤色的游客上上下下。导游告诉我,那条路有999级台阶,被称为"天梯"。

中巴将我们送到天门洞脚下。天梯下的墙上,"上天梯"三个金色大字在阳光下闪着金光,左侧小字是"莫谓山高空仰止,此中真有上天梯"的诗句。

抬头仰望,天门洞就在头顶上。面对又高又长的天梯,望着远处天梯上显得很小的一个个游客,不少人望而却步,70岁的我下决心攀上顶峰。我和三位老师一起,走在队伍的最前面,踏上天梯,跨越一个又一个台阶,向山顶攀登。

天梯有5个缓坡,4个陡坡,折合九九之意。它告诉人们,人生之路跌宕起伏,历经坎坷方可成器。我们时而慢步,时而快行,互相鼓励,互相加油。一路上,看到左右两侧有5个平台,便作短暂休息。后来问导游,方知平台分别叫"有余""琴瑟""长生""青云""如意",代表财、喜、寿、禄、福。

还剩200级台阶时,我把背包、相机交给了一位老师。喝水、深呼吸、一鼓作气,向顶峰冲去。当我跨上最后一个台阶,三位同行的老师给了我热烈的掌声。

休息片刻,环顾四周。山洞拔地依天,南北对穿,气象雄伟。洞高131.5米,宽57米,深60米,宛如一道通天的门户,故称天门洞。洞内雾气缥缈,洞顶壁上,淅淅沥沥的细雨从天而降,不住地滴在游客身上。地上有一池子,两侧写着"梅花雨"三个字。向洞的两头俯瞰,脚下的山峰都低于此洞。忽然记起,曾在电视中看到俄、美等国的飞行员驾机穿越此洞,创造吉尼斯纪录的情景。又见洞的南部顶上,一排龙竹下垂如帘,随风而啸。沿999级天梯下山的途中,我们以山洞为背景拍照。山脚下一块巨石边,石上文字是元代诗人张兑所题:天门洞开云气通,江东峨眉皆下风。

再次仰望天梯,人流依然如潮。

(载于《上海老年报》,2015年2月10日第5版)

若留一二有用事业

　　张謇似官而非官,似商而非商,既无大权,也无巨富,但政治和社会声望极高,被人们称为"绅商"。张謇的思想、行为和开创的事业,浓缩了中国早期现代化过程中遇到的矛盾和挫折,体现了中华民族自强不息、百折不挠的民族精神,为我国工业、教育、社会公益、慈善等事业的发展留下了丰富的物质和精神财富。他是一部史诗,一首战歌,一块基石,一股激流,激励着今天的人们为实现中国梦而努力。

　　近日,我走进了位于海门常乐镇状元街东首的张謇纪念馆。纪念馆坐落在占地33亩江南园林式的花园内。园内一株1762年种植的古银杏树直耸云天,枝繁叶茂,诉说着历史的厚重。

　　我在张謇与孙中山互赠的照片前驻足良久。孙中山题写了"季直先生惠存",张写着:"中山总统赐存"。可见他俩的关系不一般。而另一张照片更让我肃然起敬,那是他生命结束前的最后一张工作照。背景是滔滔长江,江畔工人正在筑堤。1926年8月1日,已感身体不适的他弓着身体,双手拄着拐杖,冒着酷暑视察工程。终因劳累过度身体不支病倒,23天后不幸病逝。他为了国计民生,鞠躬尽瘁,死而后已。

　　三组栩栩如生的雕像,让我对张謇的伟大有了更深的了解。《教子拾金不昧》是张謇目睹父亲拾到他人钱包后归还失主的故事,反映了张謇从小受到良好家庭教育,昭示当今人们家教是多么重要。《夜读三更》定格了少年张謇刻苦学习的情景,他在42岁时高中状元。一个人的成功背后要经历无数的艰辛,给人启迪,催人奋进。《状元鬻字》,是讲他为慈善事业卖字的景象。张謇一生创办了许多慈善公益事业,同时代无人可与他比。庞大的支出使他不得不刊登卖字启事来筹措资金。他从小练书法,楷、隶、行、草兼擅,沉稳深秀,自有一种独特的挺秀之美。他从54岁起持续卖了18年字,全部用于慈善,直至死前一年。三组雕像,刻画的虽然是瞬间,但留给人们的记忆是永恒的。

　　张謇目睹列强入侵,国是日非,毅然弃官,全力投入实业教育救国之路。他创办了20多家企业,其中最出名的是大生纱厂和颐生酒厂。颐生酒在1904年获得日本大阪万国博览奖,1906年又在意大利博览会上获金奖。他还创办了

370多所学校,其中有复旦公学、医学和纺织专门学校(扬州大学和南通大学前身)、江苏省立水产学校(今上海海洋大学)。在他的支持下,同济医工学堂(同济大学前身)在吴淞复校。我看到馆内有一幅他在通州师范开学典礼上演讲的油画,气势宏大,感人至深。他说:"师范是教育之母""家可毁,不败师范"。

"天之生人也,与草木无异,若留一二有用事业,与草木同生,即不与草木同腐。"张謇的话耳边犹响。

(载于《新民晚报》,2015年12月5日C14版)

漫 步 华 政

五一假期中的第二天下午,我前往位于苏州河畔的百年老校——华东政法大学参观游览。漫步在花园般的校园内,呼吸着清新的空气,欣觉着百年建筑,熏陶着百年文化,接受着爱国主义教育——这是最时尚的休闲方式了。

跨入万航渡路校门,仿佛来到了一座美丽的公园。主干道两旁高大的法国梧桐,将道路营造成林荫大道。幽静的校园,让我一下子远离了世俗喧嚣,回归到淳朴宁静的世界之中。拿出纸和笔,向校园深处漫步而去,开始领略、记录一百多年前圣约翰大学,今天的华东政法大学的百年风采。

路右侧的一幢楼让我停住了脚步。这栋叫"交谊楼"的两层楼建筑,是1919年圣约翰大学建校40周年时,该校同学会和校友为纪念校长卜舫济夫人黄素娥女士发起捐银而建。该楼曾经有过红色传奇故事。1949年5月下旬,陈毅选择了这幢楼为解放上海的第一宿营地。5月26日凌晨,陈老总进驻该楼,与魏文伯、舒同等领导在二楼小交易厅打地铺休息,随行人员在大交易厅休息。东方微白之时,陈毅步出交谊楼,行至大草坪,与值勤的该校学生党员交谈。上午,陈毅一行乘车到苏州河南岸视察,下午转移至三井花园,开始接管上海工作。陈老总还在这里定下了三野"入城三大公约十项守则"。5月27日,上海解放。第一次了解这段历史,这是来华政,意想不到的收获。

交谊楼对面就是陈毅与学生交谈的4号楼大草坪。1979年,华政第二次复校时,办学条件异常艰苦,学校党政工团领导决定以师生为先,先建图书馆及教学楼,并把现有的办公室全部让给教研室老师使用,在大草坪上搭建了临时帐篷作为办公室。帐篷内空间狭小,冬冷夏热,光线昏暗,但大家无怨言,以苦为乐。帐篷办公延续了数年。自强不息、艰苦奋斗的"帐篷精神"由此诞生。

漫步到苏州河畔,沿着900多米华政滨河步道前行,一侧是齐腰高的河堤,堤外是清澈的河水,波光粼粼,一侧是因地制宜,巧妙布局的"一带十景"景观小品,有思孟园、格致园、倚竹院、桃李园等。缓坡草坪,鲜花盛开,令人心旷神怡。苏州河在这里形成了一个U字形大湾,苏河将华政紧紧拥抱在其中。我突然觉得这里像浦东陆家嘴地形的缩小版,华政就在尖尖的角上,成为绝美的一景。

过桥,重回南部校区,继续一路观景。此时,参观者及游客比我来时多了许多,听着他们的欢声笑语,看着他们拍摄一幢幢百年建筑的情景,更看到有家长在给小孩讲着这里发生的故事,到处充满着温馨的气氛。

百年校园、百年建筑、百年古树、百年风华,一块革命传统教育的红色土地。带着满满的收获,漫步跨出校门。

(载于《新民晚报》,2023年5月30日第14版)

漫步万象天地

4月初的一个下午,我前往位于苏州河北岸的万象天地一游。这里于2022年10月启幕,有地面公园4万多平方米,地下商场6万多平方米。在3个小时内,我漫步在地面绿地、地下商场、空中连廊,感受着春的气息和时尚的生活氛围。

一进入万象天地,迎面是建于1932年,充满海派风情的石库门建筑慎余里。穿梭在修旧如旧的8幢两层楼建筑构成的弄堂里,仿佛亲身体验着这富有历史韵味的高品质城市公共空间,我看到了上海历史的脉络,感受到了它的发展进程。大部分楼栋没有开张营业,只有7幢、8幢开了服装店、化妆品店、咖啡店。2幢的"采艺术空间"室内,正在举办"羽化"绘画摄影展,由日本、西班牙、美国、中国7位艺术家提供了《幻境》《苏州河》等30多件作品。

登上285米长的空中连廊,从西向东漫步,两边景色如画,到达尽头,看到了百年天后宫。这幢建于1884年的两层古建筑,是上海历史上规模最大、形制最全、规格最高的妈祖庙,今天已成为上海民间风俗、社会文化生活的见证和城市发展的重要地标,成为带有文旅综合应用功能的公共场所。遗憾的是那天没有开放,只能欣赏其外观。

下到地下一层、二层,漫步在店家内外,让我不断惊叹。这里有140多种新锐时尚的商品,近70%是全国首店、上海首家以及区域首进的重磅店。还有滑板、滑雪、空中瑜伽、飞盘露营等体育健身活动场所。我伫立在"宠物生活体验馆"前,玻璃房内名种猫犬对着游客睁大着双眼,看标价,大多在万元以上,最高的一只犬高达18 000元,令我咋舌。

回到地面,看到高18米的大长腿雕塑,一小男孩背着大象书包,其左脚跨在地面草坪上,右脚蹬在B2层石墩上,这一雕塑的名字叫作"迈上"! 充满童趣。另一雕塑"大象亲子乐团",两只以喇叭与低音元素创作的大象互相对望,母象位于地面层,小象位于B2层,它们虽然相隔两处,却形成一条无形的弧线,与建筑的弧形相映成趣,充满诗意地把两个楼层连接了起来。这两件作品,寓意着携手迈上新台阶,创造新景象,让艺术美学走进社群。

逛得累了,来到苏州河畔,坐在绿地旁石凳上休息。河水清清,波光粼粼。一艘游船驶过,船上、岸边游客互相挥手致意,此时此景,让人暖心。

(载于《上海老年报》,2023年4月25日第5版)

穿越天山之路

应我的学生、在乌鲁木齐工作的小张之邀,2006年暑假,我和女儿在新疆度过了难忘的10天旅游生活。特别是7月29日,我们从那拉提草原返回乌鲁木齐市,小张提议不走高速公路,而是穿越天山公路。他说,这条路,旅行社是不走的,我们一路上可以尽心地欣赏绝美的景色,可以到唐布拉草原一游。另一方面我们能遇到当年修建这条公路的老兵车队,他们也是来此祭奠牺牲在这里的战友的,是为回忆那段艰苦的岁月,此事媒体已作了报道。我们还能在烈士墓前接受一次革命传统教育。对小张的建议我们十分赞同。

小轿车沿盘山公路向天山深处行驶。天山的山、水、树、木、花、草、雪,令我们陶醉,我不时将大自然的美景收入相机中。而此时,我十分注意对面驶来的汽车,渴望一睹当年修建这条公路老兵的风采,想早一点到烈士墓地,向那些长眠于天山的筑路英雄致敬。

终于,前方传来了汽车的喇叭声。我打开车窗,只见6辆面包车徐徐而来,每辆车的车厢外都写着"老兵重回天山路,军民共铸新辉煌"的大字。我挥动双手,向这些老战士致意。他们都是50岁左右的人了,而20多年前,他们只有20来岁,他们把最宝贵的青春年华献给了天山,修建成了这条难以想象的山间公路,锻造了天山精神。小张告诉我,他们是从乌鲁木齐方向的独山子过来的,已在烈士墓进行了祭奠活动,现在是去那拉提。

很快,我们也来到了位于青山绿水处的乔尔玛烈士墓地。我急速跳下车,直奔墓碑而去。只见碑门两侧柱子上分别写着:英名流芳百世,伟业光照千秋。抬头望去,30多米高的纪念碑直插云天,顶端的红五星在阳光的照射下闪着光芒;碑座下摆满了刚才老兵们以及当地党政部门敬献的花圈;碑的正面写着红色的大字:为独库公路工程献出生命的同志永垂不朽;碑的反面,上下部分别是用汉文、维吾尔文撰写的碑文;反面碑座上镌刻着128位烈士的英名:姚虎成、李善国……

碑文写道:

横亘天山的独库公路,全长五百六十二点七四公里。一九七四年开始修筑,一九八三年全线通车。该项工程宏伟,任务艰巨,为我国公路史上所罕见。中国人民解放军一二九部队、三六一〇五部队、三六一三五部队、自治区交通厅桥工队担负和参加了修筑公路的光荣任务……用鲜血和生命开辟天山坦途,为开发新疆,造福人民献出宝贵的生命……

我绕着纪念碑走了一圈,在碑的正面,向烈士们深深一鞠躬。尽管长眠在这里的烈士过去我们从未听说过,更互不相识,但他们个个在我心中都是那么崇高。正是他们以及今天还活着、现在全国各地工作的战友们的不畏艰险,共同奋斗,才有了这条天山公路。

要离开乔尔玛了,我不时地回过头来,多看一眼那高耸云天的纪念碑,将它深深地留在脑海里。在以后的路程中,我越加注意这条天山上的路。路面只能容两辆车并行,路的一侧常常是如刀劈斧削的山崖,且不断有急转弯。从车窗往外看,陡峭直立的乱石深渊令人感到头晕目眩。我不时提醒小张,小心!宁可开得慢些。他告诉我:这是今年第二次走这条路了,前一次是高中同班几个同学来时,他也带他们走这条路,2005 年、2004 年也走过。看着他高超的车技,我紧张的心情才逐渐平静下来。汽车在大山中行驶,险坡一个接一个,似乎有一种走不出大山的感觉,小张总是告诉我,快出山了。

小张边开车边向我们介绍起天山公路的由来。天山公路,又称独库公路,1974 年 4 月 21 日经国务院、中央军委批准后,在当地少数民族人民支持下,于当年 8 月开工。中国人民解放军一万五千名指战员以血肉之躯向崇山峻岭开战。它是一条连接南北疆的大通道,同时,又是一条为战备而修建的国防公路(217 国道)。它穿越天山腹地,翻过 4 座 3 000 米以上的达坂和好几座素有"天堑"之称的"老虎口"。公路全长 562.74 公里,总投资 3.5 亿人民币。从起点站独山子到 200 公里处,汇聚了人们所能想象的所有凶险,被人们称为"地质灾害博物馆"。但战士们咬牙接受了"不可能完成的任务",前面的战友牺牲了,后面的擦干眼泪再战。顽强的意志和坚定的信念,终于战胜了一切困难。

1978 年,在海拔 3 800 米修建冰达坂一号隧道口时,发生的一次雪崩中,吞噬了当时担任营长的姚虎成。姚牺牲后,被中央军委授予"雷锋式的好干部"荣誉称号。后来,又以他为原型拍摄了电影《天山行》。在蒙古语"此路不通"的玉希莫勒盖隧道,全长 1 150 米,先后修了 10 年,牺牲了 20 多名干部战士。其中,1983 年 7 月 19 日,在隧道 308 米处,发生塌方,三团一营一连二排排长石搏涛正带领一个班的战士对这条难啃的隧道攻坚。灾难来临的一刹那,石排长把一个又一个战友推了出去,而他自己却再也没有站起来,牺牲时年仅 23 岁。一位叫周开成的战士,在排除哑炮时让所有在场的战士躲开,结果,他的双眼被炸瞎。退伍时,团长问他:"有什么要求尽管提吧!"他说:"我眼睛不行了,走路不方便,部队能不能给我两双军用胶鞋?"这就是他的唯一要求。当我们的车子将经过长约49公里的冰山路，要翻过3座冰达坂、两个老虎口时，小张更是激动地对我们说：当时，这里安排了一个团4 000多人，日夜奋战，由于难度极大，修了好多年才完成，付出了沉重的代价，牺牲指战员100多人。听着这些故事，我的眼眶里噙满泪水。

此时，小张给我看他笔记本上抄录的一个叫董新军战士的一首《无题的诗》："人说他土，人说他黑，当兵雨打风吹；人说他苦，人说他累，当兵几年不回；我不理会，我不后悔，我爱他的红帽徽；我不责备，我不怪罪，我爱他的军装美；他苦，人民得甜，他累，人民安睡；没有当兵几年不回，祖国的边陲谁保卫？浴血洒满天山，捐躯为谁？为国威军威振奋。"读着这首诗，我似乎听到了所有天山筑路战士的心声，看到了他们博大的胸怀。

经过了十多个小时的颠簸，晚上八点多回到了乌鲁木齐。我躺在宾馆的沙发上，回忆着白天经历的一切，体会着天山精神。这种精神，表现在战士们心系国防、情为人民、忠于职守、甘愿奉献青春年华的高贵品质；表现在他们敢于牺牲、敢于胜利、敢于和一切艰难险阻挑战的战斗意志；表现在他们无私无畏、关爱战友、危险留给自己而无怨无悔的牺牲精神。我在想，是什么让这些天山老兵具有这样的精神？那是他们对事业、对新疆、对祖国的忠诚。忠诚，正是天山精神的动力源泉。

一群人，穿越时空，精神永在。一条路，横跨天山，深入民心。

当年勇士们用生命、鲜血和汗水筑成的天山公路，正在为祖国边疆的发展发挥着越来越大的作用。

（载于《大江南北》，2007年第1期）

走进天后宫

一个星期天下午,阳光灿烂,凉风习习。我在女儿及外孙女的陪同下,前往苏州河畔的万象天地观光游览。

走进万象天地,首先映入我眼帘的是建于1932年充满海派风情的石库门建筑慎余里,修旧如旧的老建筑,让人看到了上海历史的脉络,更让人欣喜的是,这里为市民打造了富有历史韵味的高品质城市公共空间,让人流连于古今,体会上海文化的乡愁与传承。我们坐在绿草如茵的草地椅子上,品尝着从旁边售货亭购来的咖啡、巧克力饮料。那天,游人如织,人们脸上都洋溢着笑容,享受着苏河湾畔美好时光。

走过空中连桥,来到万象天地东南角的百年天后宫。我站在天后宫60米开外的广场草坪上,眺望这幢建于1884年的典型两层江南古建筑。这是上海历史上规模最大、形制最全、规格最高的妈祖庙。今天,已成为上海民间风俗、社会文化生活的见证和城市发展的重要地标。天后宫原建于河南北路,当年占地4亩,呈中轴对称格局,由南向北进入。内部分别有头门、戏楼、看楼、钟亭、鼓亭、大殿、寝宫楼,院中置有香炉,曾经香火鼎盛,吸引着四海来客,也一度成为中国外交官员进出国门的驿站。20世纪初,曾为租界华人聚会,学校,难民所。解放后,已无香火,戏台、看楼成为居民楼。1978年,因道路拓宽,被保护性拆除,2016年在现址重建。

我们从正门进入天后宫,这里正在举办"春风纪行"画展,楼下、楼上的墙上,挂着几十幅画家的作品,这些画,让百年古建与海派艺术在此交汇,给前来参观的市民用艺术治愈身心,在明快的色彩和温暖的笔触中享受画中之美。我边走边看,女儿不时将画收入手机中,外孙女在二楼走道布置的花束门帘中摆造型留念。

在西二楼,对着戏台的窗正开着,我用手机进行拍摄。这个戏台上,曾发生过轰动上海的革命事件:1924年10月10日,上海大学社会学系20岁的学生党员黄仁在天后宫参加反对国民党右派及反动军阀的集会斗争,散发"打倒一切帝国主义""打倒一切军阀"的传单,不料被国民党雇用的流氓、警察用木棒铁棍打伤,并将他从7尺高的戏台上推了下去,他的脑部、胸部严重受伤,昏迷不醒,在宝隆医院光荣牺牲。血案引起上海及全国人民的愤怒,上大向全国发表通电,在陈望道主持下,举行了隆重的追悼大会,瞿秋白、恽代英等先后发表演说,《向导》《中国青年》《民国日报》等纷纷刊文声援,谴责国民党右派的暴行。后来,一大批觉醒青年纷纷走上革命道路。天后宫的这段历史,将被后人永记,也为这座百年庙宇增添了革命色彩。我作为上大的校友,为有黄仁这样一位学长、革命先烈感到骄傲。

走出天后宫,夕阳西下,万象天地一片金光。我沿着河畔步道漫步回家,微风拂面,令人心旷神怡。那天下午,是一次参观游览,更是一次学习优秀传统文化、继承革命传统的活动,我的心再次受到了洗礼。

(载于《上海大学学报》,2024年1月26日第4版)

第七辑　友好学校

上海交大附中、江西育才中学结成友好学校

本报讯 上海交通大学附中日前与江西私立育才中学结成友好学校,并向育才赠送了数台电脑和打印机,两校互派了教师学习考察,就共同关心的教育科研和发展老区教育事业等问题进行了交流。

江西私立育才中学是江西省第一所全日制私立完全中学。该校与上海交大附中结为友好学校后,除了教育交流组织师生友好往来外,还将为交大附中进行革命传统教育提供方便,交大附中则为该校培训学校管理人员和师资。两校各有5个班级还结成了兄弟班级,相互通信,交流思想、学习和生活情况。

(载于《文汇报》,1993年12月15日第3版)

以实际行动支援老区教育事业

1993年12月3日，交大附中党总支书记兼副校长陈德良、教务主任潘志强、总务主任易湘普和计算机教师胡志洪组成考察访问小组，前往江西省私立育才中学作为期两天的考察访问，并向该校赠送苹果二型微机四台，打印机二台。

江西私立育才中学是江西第一所私立完中，创建于去年。一年来，学校克服了人们难以想象的困难，取得了教育、教学上的丰硕成果，受到了江西省、南昌市领导的充分肯定，赢得了社会各界的好评。11月上旬，该校何静校长随江西省教育考察小组来沪考察访问。其间，何校长与附中许镇国校长等领导进行了广泛的讨论，就教育、教学的交流，师生互访等，达成了共识。附中将为他们培训管理人才和师资，育才中学为附中进行革命传统教育提供方便。11月12日，许校长在江西省驻沪办事处与何静校长签订了两校建立友好学校的协议。

附中考察访问小组在江西期间，受到了育才中学全体师生的热烈欢迎。江西省教委负责人、省政府办公厅科教处的领导接见了小组成员，他们对交大附中以实际行动支援老区教育表示感谢，并出席了赠机仪式。江西日报、江西人民广播电台、经济晚报、南昌人民广播电台、南昌电视台、南昌有线电视台等六家新闻单位记者前往育才中学采访，报道了交大附中访问该校以及赠机仪式。

考察小组与育才中学领导进行了多次座谈，参观了他们的教学设施、学生寝室，听了数学、外语课。并向全校同学作报告，介绍了交大附中概况、团委学生会工作、学生学习生活等情况，还介绍了改革开放中的上海发生的巨大变化，报告在学生中引起了强烈反响。

为了进一步加深两校之间的友谊，育才中学5个班级分别给交大附中5个班级写了热情洋溢的信，希望建立兄弟班级，附中交大预科班等收到这些信件后十分高兴地回了信，并已开始交流学习、工作、生活等情况。

(载于《上海交大报》，1993年12月20日第3版)

附中与江西育才中学联合组团考察井冈山

7月3日至15日,附中56名师生与江西育才中学23名师生组成的赴井冈山联合考察团一起前往井冈山考察,寻访当年红军的足迹。

考察团在南昌参观了八一起义纪念馆、八一广场纪念塔。在井冈山地区先后参观了大井毛泽东等老一辈革命家的故居、井冈山博物馆、小井红军医院、宁冈红军会师广场、茅坪八角楼、黄洋界保卫战旧址、红军洞等。走了当年红军走过的崎岖小道,听了老红军传统报告,吃了当年红军吃过的红米饭南瓜汤。为了表达对先烈的崇敬心情,考察团在烈士纪念堂举行了隆重的敬献花圈仪式,一批新团员还举行了入团宣誓仪式。

这次考察,是附中进行爱国主义教育的继续和延伸,是一次在新形势下开展德育工作的有效途径,也是附中与育才中学进一步加深友谊的活动。同学们在考察过程中,了解了红军艰苦斗争的历史和井冈山革命精神,表示一定要学习井冈山军民对革命抱有必胜的坚定信念,坚持理论联系实际和实事求是的精神,艰苦创业和艰苦奋斗的精神以及无私奉献的精神。

(载于《上海交大报》,1994年4月9日第12版)

思想在这里得到升华

1995年7月10日,由我校39名师生和上海武警总队二支队3名战士组成的"赴井冈山联合考察团",踏上了寻访当年红军革命之路的征程。

考察团在井冈山期间,参观考察了大部分革命遗址:在大井,毛泽东、朱德和陈毅等同志的旧居中,考察队员通过大量的图片、照片和实物,了解了毛泽东在大革命失败后建立井冈山革命根据地,走以农村包围城市,武装夺取政权道路的历史;在小井埋葬着100多位被国民党集体枪杀的红军烈士墓前,在茨坪革命烈士纪念堂,考察队员向烈士们敬献了鲜花和花圈,表达了继承烈士遗志,像先辈那样为共产主义事业奋斗终生的决心;在雕塑园,同学们在苍松翠柏间仔细观看着神态逼真栩栩如生的当年井冈山斗争时期的主要领导人塑像以及刻在底座的事迹材料;在黄洋界保卫战旧址,考察队员们仿佛听到了"黄洋界上炮声隆,报道敌军宵遁"的声音。当我们步入由朱德同志题写的"井冈山革命博物馆"的大门后,根据地开创、发展、恢复等大量珍贵资料和实物呈现在我们面前,大家认真看,认真记,真恨不得全部刻印进脑子里。在茨坪领袖旧居,同学们抚摸着当年红军战士使用过的凳子、桌子、锅、碗、缸、勺;在红军游击洞,大家争相坐一下当年彭德怀召开军事会议坐过的石头。当考察队员走在一条红军曾经走过的山路上时,同学们不时摔倒,有的连滚带爬往山下冲,有的手脚被两边的刺人藤划出道道血印,有的摔破了皮流出了鲜血,到达山脚下时,几乎人人成了泥人,此时,同学们才真正体会到当年红军战士的艰苦战斗生活。在伸手不见五指的700米长的井冈隧道里,考察队员们高唱着"红军不怕远征难""红星照我去战斗"等歌曲前进。

14日晚上,考察团举行了"在党旗下成长"的座谈会,24位学生、战士相继发言,畅谈来到井冈山后的感想体会。8位同学当即向带队的校党总支书记递交了入党申请书。

在寻访革命者足迹的过程中,考察团注意让学生同时领略革命圣地的秀丽风光,进而激发对伟大祖国的热爱。今日井冈山,早已不见硝烟弥漫的烽火,听不到黄洋界上的隆隆炮声,展现在我们面前的是"绿岭千重望眼迷,奇峰挺立与云齐,炎热之夏为凉岛,旅游度假胜匡庐"的迷人景色。当同学们来到五指峰下的水口瀑布时,只见浪花喷玉、水雾弥漫,阳光从山顶和林间照射过来,折射出道道弧形七色彩带,整个峡谷成了绮丽的彩虹之峡。同学们欢呼雀跃,按动相机快门,留下美好的回忆。在井冈山胜境龙潭,那奇峰峭壁,飞瀑流泉,碧潭幽谷,奇花异树,使同学们陶醉,难怪同学们面向高山深谷高呼:"祖国万岁!"

为了长期地更有效地开展爱国主义教育活动,考察团在井冈山中学的大力支持下,举行了"上海交大附中爱国主义教育井冈山基地"挂牌仪式,从而使我校在革命老区拥有了一个开展爱国主义教育、进行共产主义理想信念教育的最好基地。

(载于《文汇报》,1995年8月2日第7版)

附中与武警二支队联合赴井冈山考察记

1995年7月10日,附中39名师生和上海武警总队二支队3名战士组成的"赴井冈山联合考察团",踏上了寻访当年红军革命之路。他们在英雄城市南昌参观了"八一"起义纪念馆。后又到达了革命圣地井冈山,开始寻找和感受井冈山精神。

考察团在井冈山期间,参观考察了绝大部分革命遗址,毛泽东、朱德、陈毅等同志的旧居。在红军烈士墓前,徐晓鸿、王婷同学满含热泪,代表全体考察团向死难烈士敬献了鲜花,并表达了将继承烈士遗志,牢记历史责任,今日努力学习,明白在建设老区,建设四化事业中做贡献的决心。在参观中,大家认真看、认真记。在茨坪领袖旧居,同学们抚摸着当年红军战士使用过的凳子、桌子、锅、碗、缸、勺;在红军游击洞,大家争相坐一下当年彭德怀坐过的石头。考察团在考察期间还举行了"在党旗下成长"的座谈会,丁宏、陈文宇等24位同学及武警战士相继发言,畅谈了参观井冈山的感想体会。董翔等8位同学当即把在井冈山考察时写的入党申请书交给了带队的校党总支书记。

交大附中为了长期地更有效地开展爱国主义教育活动,考察团在井冈山中学的大力支持下,举行了"上海交大附中爱国主义教育井冈山基地"挂牌仪式,从而使交大附中在革命老区拥有了一块开展爱国主义教育、进行共产主义理想信念教育的最好基地。

(载于《上海交大报》,1995年9月10日第1版)

宝塔山下忆传统
延水河畔表决心

陈德良　胡杰

今年是红军长征胜利 60 周年，又是建党 75 周年。在军民共建中闯出新路子的交大附中和武警二支队，继去年联合组队赴井冈山考察之后，今年暑假再次联合组队赴革命圣地延安考察。

步入王家坪革命旧址，考察队员看到的是简陋的军委礼堂、俭朴的会议室，这里曾是军委和总部首长商量军机大事的地方。

枣园，是风景秀丽的果园。依山修建的五个院落分别住过毛泽东、朱德、周恩来、刘少奇、任弼时、张闻天、彭德怀。在沉沉黑夜里，那透过窗户的七盏灯，曾被延安人民称为真正的"北斗星"。在杨家岭，大家坐在当年党的"七大"代表坐过的木凳上，回忆着过去从书本上了解的党的"七大"的情况。

在窑洞门前，停放着一辆辆小纺车，当年的延安，千万架纺车摇出了一个丰衣足食的新天地，谱写了一曲自力更生、艰苦奋斗的交响曲。

访问杨家岭中学，使大家受到了极大的震撼。全校 6 个班级 200 名学生中，有近一半学生因家境困难而交不起每学期 30 元的学费。无图书馆、无体育设施、更无理化生实验室，泥地的教室里无像样的桌子凳子，屋漏也无钱修理，全校一学期办学经费不足 6 000 元。但该校师生奋发图强，培养出了一批又一批合格学生，学校多次评为延安市先进学校。与杨家岭中学师生交谈，大家深切体会到了什么是延安人民的素质。当场，莫亭亭、应郦珠等 7 位同学每人拿出了 30 元交到校长手里，资助 7 名学生下学期交学费。团支部书记马接力表示：大学毕业后，将第一个月的工资寄给杨家岭中学。交大附中的领导也表示，下学期将在学生中广为发动，把希望工程具体化，开展两校学生间的一对一结对子活动，并将承担杨家岭中学每一个学生的学费。

（载于《上海交大报》，1996 年 9 月 10 日第 3 版）

献出一份关爱，体验逆境成才

陈德良　胡杰

给老区的贫困孩子一份关爱，为"糖水"中泡大的都市学生提供一份艰苦奋斗教育的"活教材"。今天，上海交大附中与杨家岭中学缔结为友好学校。

1996年暑假，交大附中49名师生赴革命圣地延安考察时，特意参观了与党的七大会址一墙之隔的杨家岭中学。这里的办学条件十分艰苦，没有像样的课桌椅，全校5个班级200多名学生中，有一半人交不起一学期30元的学费。在此困难情况下，杨家岭中学一批又一批学生在逆境中成才，学校被评为延安市先进学校。

交大附中学生目睹此景，心灵受到极大震撼。高三(8)班莫亭亭等7位女生当场将210元钱交到杨家岭中学校长的手中，表示替7名家境困难的同学支付下学期的学费。

（载于《新民晚报》，1996年11月28日第2版）

帮学,上海延安一线牵

近日,革命老区延安杨家岭中学的师生为交大附中师生送来一台家乡戏。延安学生表演的歌剧《兄妹开荒》、舞蹈《南泥湾》、陕北腰鼓等,赢得上海学生阵阵掌声。

1996年暑假,交大附中的三好学生、优秀学生干部在革命圣地考察期间,走访了延安杨家岭中学。这是一所办学条件十分艰苦的学校,全校222名学生大都来自农村,一半以上学生交不起一学期30元的学费。交大附中学生会主席莫亭亭等7位女同学当即拿出了210元钱,为7名家庭困难的学生交了下学期学费。开学后,交大附中师生在校内广泛宣传杨家岭中学艰苦创业和学生逆境成才的感人事迹。学校党团组织又挑选了218名学生、4位老师与杨家岭中学的每一位学生开展"一帮一"结对子活动。不久,杨家岭中学师生代表来到交大附中,两校举行了缔结友好学校的仪式。师生自发捐助10 200元作为杨家岭中学学生的学费带往延安。从此,黄浦江、宝塔山之间牵起了一条红线。

杨家岭中学的师生希望到上海看看,但因经费原因他们从未直接提出。于是,交大附中的师生在今年4月份就作出了师生出资邀请他们来上海参观考察的决定,消息传出后,很快,7 040元钱汇总到了团委。7月下旬,杨家岭中学师生到达上海后,高二(10)班班长董力把近几年来积攒的1 000元压岁钱交到了带队的罗全梅老师手中,杨家岭中学师生感动得流下了眼泪。

(载于《解放日报》,1997年8月7日第3版)

在澳门唱革命歌曲

1999年9月下旬,我随上海市教委组织的赴澳门教育代表团,在澳门进行了为期一周的考察学习,同时慰问在澳门濠江中学任教的上海教师。其间,正逢中秋佳节,我们度过了难忘的中秋之夜。

那天晚上,我们应澳门濠江中学邀请,参加了该校在富豪大酒店举行的迎中秋庆国庆联欢晚会。当欢快的乐曲声响起时,濠江中学86岁高龄的杜岚校长踏着音乐的节奏翩翩起舞。舞毕,又走到话筒前,连唱了《走西口》等三首陕北民歌,全场响起了一阵又一阵热烈掌声。这位老校长,我是在今年中央电视台春节联欢晚会电视实况转播中认识她的。1949年10月1日,就是她冒着极大的危险,在校门口升起了五星红旗,这是澳门升起的第一面五星红旗。据介绍,这面珍贵的红旗最终将收藏到中国革命历史博物馆中。今年10月1日,她又将在校门升起由天安门国旗班不久前赠送的、在天安门广场飘扬过的五星红旗。看着老校长优美的舞姿,听着她高亢的歌声,我从心底里钦佩这位来自陕北农村、在濠江中学从教了六十年的老校长。

濠江中学的老师一批又一批地走到话筒前,他们唱起了《歌唱祖国》《英雄儿女》《南泥湾》《长征组歌》等歌曲。在"上海代表团来一个"的拉歌声中,我们代表团一行6人加上在濠江任教的5位上海教师走到台前,在挑选歌曲时,该校尤副校长提议:澳门即将回归,祖国五十年成就辉煌,这是党领导的结果,你们就唱《没有共产党就没有新中国》吧!我们立即表示同意。我们放开嗓子连唱了两遍,歌声响彻了大厅,传向澳门的夜空。

晚会在继续,濠江中学100多名老师包括退休老师人人上台演唱,他们选唱的绝大部分是革命歌曲。在这里任教了三年的我校史立明老师向我介绍,在纪念抗日战争胜利五十周年时,濠江中学举行了规模空前的抗日歌曲演唱会。《游击队歌》《大刀向鬼子们的头上砍去》等歌曲,极大地激发了学生的民族爱国热情。学校还编印了抗日歌曲集发给每个学生。难怪有人说,濠江中学是澳门的解放区。记得我在参观该校时,校学生合唱队正在排练迎回归的节目,他们高唱着《歌唱祖国》,我在学生队伍旁边,情不自禁地跟着唱了起来。我强烈感受到了澳门同胞回归心、爱国情。

那一夜,我的心久久不能平静,因为这是我多年来在各种场合听到的革命歌曲最多的一次,而且自己也在澳门即将回归之前,在澳门高歌一曲。

(载于《上海交大报》,1999年10月10日第4版)

他为澳门教育辛勤耕耘

在澳门即将回归之时,我随上海市教委教育代表团赴澳门,考察澳门的教育,并慰问在澳门濠江中学任教的5位上海教师。我有幸与我校在濠江中学任教的民进会员、数学教研组副组长史立明相聚了7天。

1996年,史老师受国家教委、上海市教委以及我校委派,前往澳门濠江中学任教。

赴澳门任教,第一个难关是语言障碍。澳门的老师和同学大多是用粤语教学的,史老师不会讲粤语。他第一次上讲台,学生根本听不懂他讲的普通话,教与学很难进行。他只得用板书来讲课,但速度太慢了,完不成教学进度。于是,他下决心攻克语言关。他利用各种机会,向当地老师学,向同学学,听广播学,看电视学。功夫不负有心人,很快,他能与学生简单地进行会话了。三个月以后,史老师讲的粤语水平已成为同去老师中的佼佼者。这次我问他怎么会学得这么好,他告诉我,他是把学会广东话作为政治任务来完成的,不会粤语,一切都是零。有时为了咬准一个字音,要练十几遍甚至几十遍。

史老师在澳门的工作量之大、节奏之快我们在内地是无法想象的。这次我亲耳听到,亲眼看到史老师那种勇挑重担、以顽强毅力完成学校交给的各项任务的事迹。他每周要上24节课,又是高二、高三跨两头任课,还要承担选修课18个新教案,还担任备课组长。更使我感叹的是,他在一年多的时间内,要在总校上初中数学课,到分校上高中数学课。总校在澳门半岛,分校在氹仔岛。于是,每周有4天,他必须利用中午休息的时间,自己乘巴士从总校赶到分校。这一年多,不管刮风下雨还是烈日当头,他从未迟到过一次。他每晚备课,批改作业到深夜十二点多。他告诉我,那一阵子,压力加上劳累精神上经常处于崩溃状态,但一想自己是代表内地来的,代表着上海教师的形象,也想到了要为交大附中争光,所以总是咬紧牙关,终于坚持了下来。

濠江中学的学生来自"草根阶层"。学生的层次严重参差不齐,给教学增加了相当的难度。史老师教惯了上海市重点中学的学生,刚到濠江,很不适应。但他很快在实践中摸索,改进教学策略和教学方法,他还通过建立班委值日制度,增强学生的集体荣誉感。并以1949年10月1日濠江中学升起了澳门第一面五星红旗这件事为起点,对学生进行爱国主义教育。他在严格要求学生的同时,面向全体学生,深入浅出、启发引导、放慢节奏、增加板书、课后练习、个别辅导,从而极大地调动了学生学习的积极性,每位同学的成绩都不断上升,他的教学受到了学生的欢迎。一位叫吴绮霞的初三学生在给史老师的新年贺卡中写道:你的教学方法很好,有缘的话,高中的数学也是你教就太好了。

史立明老师在教学中积极开展教学科研活动。由于澳门没有统一的中学教学大纲,学校自编的高中教学教材集内地、港台教材之大成,内容繁杂庞大,要求较高,但无配套的教学参考书。史老师作为备课组长,在认真钻研教材的基础上重新制订教学计划,编写重点章节的教材分析,并根据"整齐班""普通班"学生的实际情况,做好教材的分流工作,提供给备课组全体教师作参考。他还为每个单元编写统一的复习练习题,这在一定程度上改变了以往任课教师各自为政,无统一教学要求的状况。他以谦虚、谨慎的态度向当地教师介绍内地,特别是上海数学教改的情况,还与其他老师一起编辑出版了两本数学教学参考书。他告诉我,正在编辑第三本,不久将正式出版。

(载于《民进申城月报》,1999年12月31日第4版)

牵 手
——上海交大附中与江西育才中学互访交流活动侧记

陈德良　施翎

2000年5月20日晚,在上海火车站入口处,上海交通大学附属中学政教主任胡杰老师满怀深情地与江西育才中学13位同学一一握手告别并挥手相约,明年暑假井冈山再见。这批来自革命老区的孩子含着泪水,一步一回头向站台上的列车走去。这是交大附中与江西育才中学坚持了8年的学生互访交流活动中的感人一幕。他们刚刚结束了在交大附中一周的学习生活。

就在一个星期前,交大附中10名学生也去了该校,与老区学生住一个寝室,同吃一桌饭菜,同桌上课学习。短短的一周结下了深厚的友谊。

育才中学创建于1993年,坐落在英雄城市南昌的郊区。这是一所办学条件十分艰苦的私立学校。学生来自江西全省,大部分是来自革命老区的贫困孩子。当时的何静校长变卖了所有的家产,全部用于开办学校。

办学条件优越的交大附中,要寻找实施素质教育有效载体,1993年他们与赣江边上的育才中学,缔结为友好学校。

8年来,两校师生代表每年都有互访,同学之间更是鸿雁传书、互相学习、共同进步,交大附中曾向育才中学赠送微机、语音设备、课桌椅等,还派骨干教师去讲学。从去年起,两校各派代表到对方学校学习生活一周,开创了两校在实施素质教育中新的格局。学生的思想也在友好往来中,得到了升华。

(载于《劳动报》,2000年5月29日第2版)

伴随一生的涵养

——写在高桥中学百年校庆之际

我的母校高桥中学昨天欢度 100 周年校庆。高桥中学的前身是由李平书于 1911 年迁办的"宝界小学堂"。1946 年 3 月正式成立上海市高桥中学,并位列上海 18 所市立中学之一。新中国成立后,陈毅市长亲自签发第一任校长——著名史学家程应镠的委任状。

我是 1957 年考入高桥中学的。初中毕业后,考入交大预科。半个多世纪来,就再也没有回过母校,但思念之情从未断过。今年暑假,回老家高桥乡下探亲,决定到母校看看。

那天下午,阳光灿烂。我和弟弟一起从高桥古镇的西街走到北街,街尽头,是高桥中学的正门。只见大门右侧的矮墙上,"上海市高桥中学"几个金色大字在阳光下闪闪发光,左上方是校标。走进校门,迎面是一块刻着一个红色大字"涵"的巨石,这是 2010 届毕业生立的。它蕴含着同学们对母校的深情,折射着高桥中学学子的涵养。在一片茂密的树林中,一块"永乐御碑"十分醒目。旁边小山坡上是一个亭子,亭子中间是一块刻有碑文的石碑。碑文是明永乐十年(1412 年)明成祖朱棣亲撰。此碑开始在宝山,被江水冲毁过几次,1928 年移至"高桥公园"(今高桥中学);1984 年才移到这里。这是为纪念高桥镇修筑我国历史上第一座大型灯塔所御制的碑文。为郑和舟师进出长江口、折南入海航行标志。碑正中上方有"御制"两字,双龙盘旋左右。刻工精巧、形态逼真、甚可珍爱。

漫步在花园似的校园内,在"宝界桥""越秀桥""存心桥"上逗留,在"求是楼"前驻足,在"岛亭"内小息,回忆 50 年前的情景。老建筑已基本没有了,代之而起的是漂亮的教学大楼、学生公寓,设施先进的体育馆、师生餐厅等。

走到校门口的另一块大石头前,上书"为学以理,积学精业"八个大字,这是母校的办学思想。母校历经一个世纪的风雨洗礼,形成了悠久深厚的历史人文传统,取得了卓尔不凡的办学业绩。

(载于《新民晚报》,2011 年 12 月 19 日 A22 版)

第八辑　师生情谊

我当学生证婚人

退休后,我先后为7位学生当过证婚人。每次,除精心撰写证婚词外,还用几天时间将其背出,然后在婚礼上声情并茂脱稿朗诵。每次,都博得到场宾客如潮掌声。尤其是其中3次,常在我脑海中浮现。

来自奉贤农村的小朱,在校时是团委宣传委员,与我接触频繁,师生情谊很深。高中毕业直升交大,后选派新加坡留学,毕业后在该国工作多年,回国后在一家外企公司工作。结婚时,他请我当证婚人。那天,他单位来了不少美国、德国、日本朋友,还有他几十位大学的老师和同学。面对200多位中外来宾,我从容地演讲着证婚词,5分钟内,多次被掌声打断。能在外国人面前展示新郎母校老师的水平和风采,我十分激动、骄傲。今年春节前夕,又和小朱相聚,回忆起16年前在瑞金宾馆那场婚礼情景,恍惚在昨天。

珺在校时是普通的一个女孩,她父亲也是我校老三届校友,与我一直有联系。一天,他找到我,说女儿要结婚了,想请作为母校老领导的我当证婚人,我感到十分荣幸。他还告诉我,女婿是韩国人,他们是在中欧工商管理学院读书时相爱结合的,其父是韩国退休将军,届时将从首尔乘机来沪参加儿子婚礼。接受任务后,我除写了"浦汉两江汇大海,中韩友谊结硕果"的证婚词外,还准备了送给小伙父亲的礼品。那天,是五一国际劳动节,上午,我早早来到位于长乐路上藏乐坊花园婚礼会场,不想到将军以及他的家人、亲戚比我早到。婚礼主持人把我介绍给将军后,我从包中拿出我校教师佩戴的红色校徽、校庆50周年纪念章、纪念茶杯,以及即将举行的上海世博会定制的,51届世博会举办地标性建筑图案的51枚电话纪念卡等。通过翻译,我一一将礼物作了说明。将军十分惊喜,只见他从手腕上脱下手表作为回赠礼物送给我,并说,这是我们总统李明博送给他的,现转送给你。我一看如此珍贵的手表,就说,心意领了,表不能收。但他执意要送,说这是他的一片心意,可以见证中韩两国人民的传统友谊。于是,我收下了这块刻有李明博签名、标有韩国第17任总统字样的手表。参加珺的婚礼,意外地得到了来自韩国的礼物,幸福满满。

学生珏入校不久,我在查看新生干部登记表时,发现她家在离我家不远处的一条小马路上,仅5分钟的路程。那年春节我上门家访,从此,我和珏以及她的父母成了常来常往的好朋友。珏多次参加我带队的赴井冈山、延安等地考察,也曾为她办理赴香港、台湾与我校结为友好学校的交流访问手续。作为学生会主席,她常来我办公室商量学生会工作,毕业前夕,我又成为她的入党介绍人。她结婚时,很自然地叫我当她的证婚人。我将最美好的字句写入证婚词中,特别是最后,用了4句"今夜无眠"的排比句,逐句展开,将婚礼推向了高潮,热烈的掌声在举办婚礼的锦江宾馆上空久久回响。事后,我得知,珏夫君单位的领导听我演讲后,不敢上台致辞了,后在大家的鼓励下,才发了言。可见我当证婚人的成功。

  这些学生,我都没有当过他们的班主任,他们让我做证婚人,其原因可能是我平时能与学生打成一片,似自己的孩子一样关心他们成长,才有今天的结果。

民主党派成员心向学生
——交大附中教师精神可贵备受赞赏

陈培余　陈德良

本报讯　上海交大附中民盟、民进民主党派成员,大多在教学第一线上挑大梁。他们说:"我们一定要对学生全面负责,宁可自己苦些累些。"学生们称赞这些先生的精神甚是难能可贵!

这所市重点中学共有民主党派成员22名,其中特级教师2名,占全校特级教师总数的三分之二;高级教师13名,占全校高级教师总数的一半;一人获全国劳动模范称号。这些教师中,有一人担任了副校长,一人担任了教导处副主任,还有担任教研组长或其他教学领导职务的。不管是当领导还是当教师,他们都表现出了对学生全面负责的精神。宝山区人民代表黄华老师,在参加人代会期间考虑到学生掌握知识的连续性和对教师教学法的适应性,主动不要求别人代课,白天到区里开会,晚上赶到学校把耽误的课补上。年届76岁高龄的返聘老教师、民盟盟员何慈洪老师,不仅承担了安排的教学任务,而且还利用课余时间组织学生进行英文打字培训,常年如此。特级教师、民盟盟员沈衡仲老师,经过长期摸索创造的语文练习教学法,已经形成了交大附中的语文教学特色,这不但使全体学生的语文写作水平大面积提高,而且涌现出了一批写作尖子。前年和去年的华东六省一市作文比赛,交大附中分别荣获唯一的团体奖和一、二、三等奖;今年的上海市高三学生作文比赛,该校5名学生荣获一等奖。沈老师已经把他数十年积累的教学经验攒书出版,在中学语文教师中颇得口碑。

(载于《联合时报》,1989年5月26日第1版)

阵阵暖流涌向漱舟姑娘

昨天上午,长宁区邮局残疾职工顾荣华坐着手摇三轮车,行驶4个多小时,找到地处北郊的上海交大附中,为沈漱舟同学捐上50元,同时向班主任秦伟老师赠送了封有1992至1993年全套邮票的集邮册。他动情地说:"我是一名残疾人,深知来自这样家庭孩子成长之不易,秦老师如此关心残疾人子弟,令人钦佩。"

这仅是无数个动人场景中的一个小镜头。

女学生沈漱舟的不幸身世经报纸、电视披露后,在春寒料峭中的申城激起阵阵爱的暖流……

市教育工会副主席、上海交通大学工会主席季学玉代表学校中小幼教师奖励基金会递上第一笔捐款;首笔个人捐款来自杨浦区中原小学一(4)班学生杨亦枫,他请父亲捎来50元压岁钱;长宁区虹城酒家是第一家集体捐款单位,职工们募集了2000元,酒家杨尧勇经理另附上500元,他们在5月26日这天将为沈漱舟举行生日晚会,届时派车接来沈母参加;年逾七旬的国棉29厂退休工人王爱珍派女婿送来1000元存款;上海外贸学院学生会主席顾清用假期打工款购买了营养品,并另附50元托人送来;曹杨二中高二年级学生募捐400余元;正在苏州工作的英国华侨王康狄特地驾车赶到上海,送上捐款1000元,并表示今后继续关心她的学习;在沪的港商奚志伟派代表送来2000元,另外每月寄100元用作生活费用。在捐款者中,还有上海外语学院罗佩明校长,收入并不高的普通工人肖龙祥及许多不愿留下姓名者。

附中的师生们想得更周到。学校决定,沈漱舟在校的一日三餐全部免费,同学们给她送来了衣服、学习参考书等用品,她所在的高二(1)班成立了"沈漱舟助学基金",还将去松江看望她的母亲。

据悉,毗邻交大附中的江湾乡敬老院决定将沈漱舟的母亲从松江接来,便于母女俩经常相见,并邀请有关医院继续治病;上海交大党委书记王宗光表示,欢迎沈漱舟同学明年报考交大,如一旦合格录取,学校将为她学习生活提供最大方便。

记者今天上午拨通了交大附中的电话,许镇国校长证实,目前全部捐赠暂由其班主任保管,捐赠实物已转交沈漱舟。对于发生的一切,沈漱舟在激动的同时,仍保持清醒的头脑,她说:"继续保持过去的生活本色,勤奋学习,报答社会的关怀。"

(载于《新民晚报》,1994年3月3日第3版)

我校领导亲切关怀
附中学生沈漱舟

上海交大附中高二(1)班沈漱舟同学的事迹在《新民晚报》和上海电视台纪录片编辑室报道后,在社会上引起了巨大的反响,社会各界人士向这位从小在贫困中长大、学习成绩优异的女学生纷纷伸出了援助之手。我校党政领导也对附中这位优秀学生表示了亲切的慰问,并给予帮助。

沈漱舟同学生在一个盲人家庭,3岁起就开始帮父母做家务,10岁时父母离异后,她与母亲相依为命,13岁时母亲瘫痪后,她开始承担全部家务和照料母亲。去年她家房子动迁,她住到学校而母亲则住进了远在松江的上海第四福利院。母女俩靠社会救济生活。沈漱舟在极其艰苦的家庭中长大,她勇于向生活挑战,做生活的强者,学习成绩始终优异,上学期大考成绩全班第一、年级第三。

3月1日,上海交通大学党委书记王宗光打电话到附中,表示只要沈漱舟同学继续保持这么好的成绩,高中毕业后可以直升交大继续深造,青铜公司总经理盛宗毅说,小沈一旦进入交大,她的一切费用由青铜公司给予解决。

上海交大工会主席季学玉同志在电视播放的当天晚上,拨通了附中校长许镇国的电话,请许校长转达他对沈漱舟同学的慰问,并从交大中小幼奖励基金中提出500元资助小沈。动力机械工程系党总支书记徐大中对沈漱舟同学的不幸待遇深表同情,他让正在附中高二(4)班读书的徐晓红给小沈带去了新买的一套内衣和学习用品。上海交大副校长张定海及爱人朱老师托人给小沈送去了近20件衣服,并转告小沈要继续努力学习,如进交大将给予最大的帮助。张副校长还希望附中能多出一些像小沈班主任秦伟这样的教师,虽然年轻,但有一颗慈母般的心。

3月5日下午,上海交大副校长谢绳武、白同朔,工会主席季学玉在交大总办公厅会议室,亲切接见了沈漱舟,同时举行了交大中小幼奖励基金对小沈的捐款仪式。几位领导对小沈身处逆境顽强拼搏立志成才的精神给予赞扬,鼓励她继续努力,将来到交大深造。沈漱舟对领导的关心鼓励表示感谢。她说,作为交大附中的一名学生,高中毕业后理所当然希望进入交大读书,自己将不负大学部领导的期望,为附中争光,为交大争光。

(载于《上海交大报》,1994年4月10日第3版)

特困生沈漱舟直升交大

在逆境中成才的上海交大附中高三特困学生沈漱舟,日前接到上海交通大学颁发的直升录取通知书,她将于近期提前进入这所名牌大学深造。

去年2月28日本报与上海电视台报道了沈漱舟的事迹后,在社会上引起巨大反响。一年多来,人们以各种形式,向这位盲人的女儿送上关怀和温暖。长宁区市政建设开发总公司经过多方努力,于1994年6月在上海影城附近为沈漱舟家庭解决了一套两室的新公房,使小沈终于有了自己的家。

为了感谢学校、社会对她的关心,沈漱舟学习更加勤奋,成绩始终保持优良。她还向福利院、贫困地区捐赠3 000元,并为校帮困助学金捐赠1 500元。

(载于《新民晚报》,1995年4月26日第3版)

青春创造奉献
——附中学生与全国劳模包起帆座谈

陈德良　徐晓鸿

1995年12月12日下午,全国劳动模范、抓斗大王包起帆向附中师生作完报告后,即与附中32名优秀学生、入党积极分子进行了一个多小时的座谈。

同学们争相就青年人的出国、怎样处理好学习与工作关系、当代青年应具备怎样的素质、如何对待热门专业、怎样为自己设计成才之路等请包起帆同志谈谈自己的看法。包起帆以独到的见解对上述问题做了回答,尤其是对当代青年应具有的素质提出了四点看法。他认为每一个人首先要有报效祖国,全心全意为人民服务的意识,在任何工作岗位上都要有这个心态;二是要有为祖国服务的本领,要有过硬的专业知识;三是要融合于集体之中,要学会处理好个人和集体的关系,要有一种为别人作奉献的精神,个人主义者不是现代化建设所需要的人才;四是要有一种非常健康的生理、心理状态。

当包起帆知道附中正在开展"交大附中学生形象"讨论时,他认为,作为交大附中的学生首先应该朝气蓬勃,思想活跃,其次能全身心投入学习,最后是生理和心理都是十分健康的。交大附中的学生要有追求卓越、追求优秀的心态,这种心态是你们内在的需要,是长期受党、受老师教育的必然结果。

这是一次终生难忘的座谈会。正如高二(1)班的苏彤所说的:如果说我尚在马克思主义真理的道路上摸索的话,今天包起帆的一番教诲,无疑是点亮我前进路上的一盏指路明灯。

(载于《上海交大报》,1995年12月19日第3版)

家 访

长期以来，我分管学生的思想政治工作，一直把对学生家访列入自己工作范围。直至如今担任党总支书记、副校长后，仍不改走访学生家庭的习惯。在多次的家访中，我被母女争相入党的事迹所感动；看到学生家中住房十分困难，破例同意学生暑假住到学校；在崇明岛，因赶不上回吴淞的轮船而住宿于学生家中。每次家访，都会给我留下回忆，留下一个又一个难忘的故事。

不久前，我和学生工作党支部书记王老师、团委书记胡老师一起远赴南汇农村，走访了团委干部陈红的家。当我们快到村口时，就见小陈奔了过来。她说自己昨晚就没睡好觉，今天已等了两个多小时。她把我们迎进了家里，小陈父母让我们围坐在大方台边，台上放满了农村的土特产，一一让我们品尝。左邻右舍听说上海交大附中的校长来家访，也纷纷涌入她家的天井中，人们向屋内的我们张望着、议论着。小陈父亲非常激动地说："真没想到女儿学校的领导会来家访，这不仅是对我们女儿的关心，更反映了你们的教育思想。让孩子住读在学校，我们是一百个放心。"我告诉他们：陈红是校团委委员，学生自律委员会会长。学习刻苦，成绩优秀，工作踏实，是上海市的三好学生，她负责的学生自律委员会被评为上海市金爱心集体。她还将获得的800元胡楚南奖学金一分为三，一份寄给了与我校结为友好学校的延安杨家岭中学，一份给了自己所在的班级，一份留给了自律委员会。听着我的介绍，他们先是感到惊讶，女儿怎么从没提起过，而后表示完全支持女儿的行动。正当我讲得起劲时，突然感到有东西在往我腿上爬，我一阵惊吓，不由自主地站了起来，全屋人不知我发生了什么事，一看，原来是他家的小花狗在狂欢，全屋人都笑了，我镇静下来后，也加入了笑的行列。临走时，全家人硬是将我们送到了村口。小陈将一封信交给我，我拆开一看，娟秀的字体"入党申请书"映入我的眼中，我感到极大的欣慰。

（载于《新民晚报》，1998年5月18日第29版）

孩子们的"大姐姐"

章月娥，上海交大附中青年女教师，1998年度交大优秀共产党员。

章老师来自江苏吴江，一个典型的鱼米之乡。人如其名，章老师长得秀气文静，乍一眼看去，还像个学生。让人无法和"优秀班主任"这个头衔联系起来。

但事实毕竟是事实，章老师不但是班主任，而且做的是最难当的高三毕业班班主任，一带就是三届。由她带的班级有的被评为区先进集体，有的被评为校先进集体，业绩辉煌。

是不是有什么秘诀？章老师有些不好意思。她微微一笑说："我喜欢跟孩子们在一起，他们把我当作知心大姐姐。"

"大姐姐"，一个多亲切的词儿，章老师以这样一种身份生活在孩子们当中，与他们打成一片。劳动时，"大姐姐"和学生们在一起植树、挑土、浇水，军训时，"大姐姐"和学生们同样在烈日下挥汗如雨；娱乐时，又是"大姐姐"，和孩子们一起，又唱又跳，快乐无比。

男孩子们调皮、爱玩，课余时间玩不够，便利用晚上睡觉时间。有一次，章老师值夜，推门进屋，发现孩子们端端正正坐在桌子前，神情紧张。虽然桌上什么都没有，但章老师点了点人数，立刻心知肚明："孩子们在下四国大战。"她微微一笑，把手一伸："马上上床睡觉，明天早上到我这儿来领棋。"孩子们知道瞒不过，乖乖地交出了陆战棋。孩子们并不害怕棋会被没收，因为他们知道章老师肯定会在一个合适的机会把棋还给他们。

章老师有个学生叫毛妮娜，小毛家在江苏沛县大屯煤矿，她和弟弟在上海读书。小毛家里经济条件困难，在附中读书第一年就未出过校门，星期六星期天也是埋头苦读。章老师得知小毛这种情况，在周末休息时，便把小毛拉到自己宿舍，改善伙食和小毛谈心，鼓励她多与外界接触。小毛后来考上了交大，还经常回去看望章老师，她说："我看姐姐来着。"

"和孩子们在一起我很开心。"章老师说，在我眼里，他们没有一个坏孩子。

（载于《上海交大报》，1998年12月10日第4版）

既是大哥哥,更是引路人

陈德良　胡杰

2000年4月4日,上海交通大学10名优秀本科生、硕士研究生受聘担任附中高一年级各班校外辅导员,当他们从附中领导手中接过聘书时,在场的附中同学情不自禁鼓起了掌。一位同学告诉记者,有交大的大哥哥、大姐姐们引路,我们的高中生活必定过得更有意义。

近年来,交大与交大附中双方互动全面推进大中学校的素质教育,积极探索着大中学校德育教育衔接的有效途径。1994年,交大团委以秦鸿钧烈士的名字命名了附中97届理科班团支部为"秦鸿钧团支部";1998年得到市委书记黄菊亲自回信勉励的交大"邓研会"优秀学生徐骎正是该班的首任团支部书记,并在附中发展入党。此后的几年中,双方在德育教育的各个领域开展了广泛合作,交大"邓研会"在附中设立了分会,附中学生会主席项珏同学还被评为1999年上海交大学生学邓选十大标兵之一。近年来附中有42名学生党员直升或者考入交大。

据了解,为进一步推动双方的素质教育,除聘任10名交大同学担任附中校外辅导员外,交大附中以后将组织每届学生前往交大,参观国家重点实验室、包兆龙图书馆、校史陈列室等。聘请交大老同志、"两弹一星"参研人员、著名运动员、劳模、两院院士为学校德育讲师团成员,与大学生座谈交流人生理想信念,开展文艺体育活动,在烈士墓前举行入党宣誓仪式、成人仪式等。

(载于《上海交大报》,2000年4月10日第3版)

爱心，比灵芝更珍贵

预备班学生陈灵芝车祸受伤，需要数万元的医疗费，家里人一筹莫展。学校的师生们闻讯，纷纷献出了一份爱心。日前，上海交大飞达中学校长干蜓将全校师生捐赠的2.1万余元钱交到陈灵芝父母手中，陈家三口感动得热泪盈眶。

陈灵芝在交大飞达中学住读，2001年12月14日是周末，陈灵芝由母亲用自行车接回家。途经三门路逸仙路时，由于雨天路滑，自行车被右转弯的集装箱卡车撞倒，陈灵芝被撞出5米多远，昏迷不醒。经诊断，陈灵芝的手脚和下半身多处骨折，还有大量的内出血。面对突如其来的车祸，面对5万元的手术费以及今后巨额的治疗费，陈灵芝的父母几乎要承受不住了。

消息传到学校，干蜓校长等立即前往长海医院探望，并利用升旗仪式的机会举行了"助同学，献爱心"的活动，同时以此为契机对学生进行具体、形象、生动的公民道德教育。活动中，全校17个班级的代表以及教师代表将装满钱款的信封投入到"爱心"箱，捐款数达到了21 173元。陈灵芝感激地表示，要争取早日回到同学中间，自己今后也要做一个充满爱心的人。

（载于《劳动报》，2001年12月26日第6版）

小小爱心箱　涓涓注深情

在对学生进行《公民道德建设实践纲要》教育时,上海交大飞达中学日前利用升旗仪式的机会,举行了"助同学、献爱心"的活动。全校17个班级的代表以及教师代表将装满钱款的信封投入到"爱心"箱内,资助因车祸受重伤正在长海医院的该校预备(1)班陈灵芝同学的治疗费用,捐款数达21 173元。

2001年12月14日,住读于学校的陈灵芝同学周末放学后,由其母亲用自行车接回家。当途经三门路逸仙路口时,自行车被右转弯的集装箱卡车撞倒,陈灵芝被撞出5米多远,鲜血直流,当场昏迷过去。司机立即将其送往医院。经诊断,陈灵芝手、脚、下半身等多处骨折,并大量内出血。医生对其进行了三次大手术,输血4 000 CC,才保住了生命。面对突如其来的车祸,面对5万元的手术费以及接下去还需要的几万元的治疗费,家长的精神几近崩溃。

不幸的消息传到学校,师生为之震惊。干蜓校长等立即前往医院探望,并组织全校师生开展献爱心活动。同时以此事为契机,对学生进行具体、形象、生动的公民道德教育,让学生从小学会关心人、爱护人。个人捐款最多的初三(2)班强正同学说:当同学受伤需要帮助时,我就想到要伸出援助之手。当我将平时省下的500元钱要捐出去的事告诉父母时,他们积极支持了我。

日前,学校领导和师生代表前往医院探望该生。当陈灵芝的父母从干校长手中接过凝聚着全校师生爱心的2万多元钱时,眼含热泪一再表示感谢。陈灵芝同学表示,要以顽强的毅力配合医生治伤,争取早日回到同学中间。

(载于《文汇报》,2001年12月27日第6版)

社区学校小园丁

日前,宝山区高境镇逸仙二村第五居委会干部,将一面绣有"新时代的学生,社区学校小园丁"的锦旗送到交大附中,感谢该校高二(8)班的学生在一年多的时间内为小区居民服务,称赞他们是可爱的上海人,可爱的中学生。

在为他人的服务中,也创造着自身的价值。一年来,高二(8)班同学轮流到社区为居民服务,每周日下午有一个小组前往高境镇逸仙二村第五居委会为民服务。从开始的打扫卫生帮做家务转到目前的知识服务,创设了英语角,为老人、小学生、初中生辅导英语。同学们自己购买了书籍、碟片,每次都精心备课。一次,由于房子没空,数九寒天就在室外进行,只来了几个"学生",同学们仍热心辅导。有许多同学家住远郊,也从未迟到过。在大家努力下,一些老年人已能用英语进行简单会话,低年级学生的外语成绩也明显上升。

高二(8)班在为别人带去快乐的时候,也为自己打造出了一片蔚蓝。班级被评为市优秀集体,其成绩历历可数:从一开始班级成绩在全年级列倒数第一,到高一期中考试英文成绩名列年级前茅,军训会操获得第一名;在创建文明班活动中,成为首批"免检文明班",形成"人人为集体做好事,个个为他人着想"的氛围。

(载于《青年报学生导报》,2003年6月16日P5版)

相约在金陵

上海交大附中高二(9)班将利用双休日前往南京参观考察。团支部书记苑苑兴高采烈地来到办公室,邀请我一同前往。我感到很为难,因为在这之前我正好带着15名退休教师在南京活动。答应他们,那就意味着天黑回沪后的第二天清早5点又要赶到学校陪学生再赴南京。连续的奔波,对已是60岁的我来说恐怕承受不了。"你不要回来,在南京等我们!"苑苑脱口而出。从没想到学生竟有如此良策。望着她期待的目光,我告诉她:"一切要看老教师们的身体状况,即使有一个不适,带队的我必须回上海把他送回家中。但愿老师们一切顺利,届时我才会考虑你的建议。"

9班是我退休前任教的最后班级之一,且最后一堂课是在该班上的。我对这个上海市先进集体中的每位同学怀有深厚的感情。从内心讲我十分愿意与他们在南京一起活动。

那天中午,退休教师返沪的中巴快出南京城时,我跳下了车。立即打电话给苑苑,告诉她我已留了下来,明天中午在入城口迎接你们。手机中传来了远在上海的她激动的感谢声。

在陌生的城市,独自过一天流浪生活,这是我人生中的第一次。因为在几十年中,最少也是2个人外出活动的。我乘车前往中央门,预订了学生住宿地省军区招待所,安排了学生用餐,并精心策划了2天的活动内容,行走路线及时间安排。

第二天早上,我早早起了床,计算着同学们从上海出发,三个半小时后才能入城。我看着地图,从中央门出发,向着沪宁高速公路的终点——中山门而去。我边走边欣赏着古都石头城的美丽景色,并不断用手机与疾驶而来的同学们保持联系。快到中山门时,我加快了脚步,提前10分钟到达了城门下。

校车终于出现在我视线中,我热血沸腾,举起双手,使劲挥动。车上的欢呼声由远而近。大巴在我身边停下,班主任小沈、团支部书记苑苑跳下车来,三双手紧紧握在了一起。我眼含着泪花,跳上校车,向同学们招手致意。如雷般的掌声传出车窗,回荡在石头城上空。我终于回到了集体中。

在以后的2天中,我与同学们一起参观了中山陵、明孝陵、雨花台、侵华日军大屠杀纪念馆……游览了玄武湖、夫子庙、总统府,尽管我昨天、前天刚去过,十分劳累,但看到同学们开心的笑容,我充满着幸福感。

  作为教师,作为学校领导,对学生的培养教育是具体的、生动的、形象的,学生往往会从一个人,一件事中受到教育,甚至影响一生。这次金陵之行,我特意留在另一个陌生的城市,而且在城门口迎接学生,对他们来说是难忘的。从学生事后写的感想体会中,他们受到了很多的启迪,我想,教育的成功就在于此。

(载于《上海交大报》,2004 年 5 月 31 日第 4 版)

校友为我出书

我一生在上海交大附中工作,其中 21 年担任校级领导。5 年前,一位校友建议我将几十年来在工作中积累的经验、感想、体会等写出来,编辑成书。由于工作繁忙,此事一直未做成。从领导岗位上退下来后,我开始筹备建校 50 周年庆典活动。在整理学校大量的文件、资料过程中,我发现自己 20 多年来,仅发表在报纸杂志上的论文、通讯散文等就有 30 多万字,还在校刊上发表了几十万字的文章和更多的演讲稿。于是,我决定从中精选一部分,联系出版社出书,作为退休前留给学校的一份礼物,也为校庆增添气氛。

经过几个月的努力,书稿终于送到了出版社。但我立即碰到了出书需要一大笔费用的难题。正当我左右为难之时,几个校友知道了我的窘况。他们提出建议,一切费用由校友来承担。于是,他们开始串联,与一些校友联系,拨通了一个又一个校友的电话。令我十分感动的是,每一个校友都在第一时间表示将给予全力支持。"滴水之恩,当涌泉相报",电话中传来亲切的话语。他们表示,毕业离校后,一直想为老师做点事,正好这是一次机会。于是,他们有的当天就将钱款送到我家中;有的第二天送到办公室;有的放下电话就去邮局汇款;有的去银行转账;有的用特快专递送到学校;有的让家长送到学校。一位在美国斯坦福大学攻读 NBA 的校友委托国内同事办理。结果在 40 多位校友的帮助下,难题很快解决了。

让我最为感动的是,正在交大读四年级的项珏同学,将暑假勤工俭学得来的 1 500 元寄给了我。在校的高二(9)班同学得知此事,专门召开了"献给老师的爱"主题班会,他们将节省下来的 493.50 元交到我手中。我热泪盈眶,因为这是金钱买不到的。

手捧着散发油墨清香的新书,我感慨万千。

学生为老师出书,其价值已远远超出了一本书的本身。它让我再一次感受到教师这个职业是太阳底下最光辉的职业,当一名教师是最幸福的。

(载于《新民晚报》,2004 年 6 月 17 日第 39 版)

古丽努儿·阿扎提

2006年暑假,在我和女儿新疆之旅中,有一个在伊宁和乌鲁木齐两次和我相遇的女孩让我难以忘怀。她就是我校今年刚毕业的新疆内地高中班的古丽努儿·阿扎提。

古丽是个十分美丽、大方的维吾尔族姑娘,尽管我与她的接触不多,但对她的印象很深。2002年她和她的同学从新疆来到上海,来到我们上海交大附中读书。他们这个班简称内高班。我曾到火车站迎接他们,到他们班上作过几次报告。她学习十分刻苦努力、成绩优异,德、智、体全面发展。从高二起就插入汉族学生的班级学习。她政治上积极要求上进,参加了党章学习小组,并递交了入党申请书。学校党组织根据她4年(第一年为预科班)中的一贯表现,于今年高考后的6月12日发展其入党。那天,我为他们摄影。6月14日古丽宣读入党志愿书的照片被刊登在《新民晚报》第5版上,照片新闻的标题为:新疆班学生入党了。文中特别提到了古丽的名字。报纸出版的当天,她已乘上了回乌鲁木齐的火车。我发手机短信告诉了护送他们回疆的孙国保老师,孙老师立即把这一喜讯转告了古丽,古丽十分激动。表示感谢学校党组织,感谢老师。

我赴疆前,向孙老师要了古丽和班上另一位党员朱丽杜孜的家中电话,希望在乌鲁木齐能和她们见面。出发前一天,我与她们通电话,结果两人都去外地了,她们的家人告诉我,古丽去了伊宁、朱丽去了阿尔泰,月底会回来。他们会把我到新疆来的消息告诉两个孩子。我算了一下时间,可以在8月初在乌鲁木齐见到他们。到达乌市后的晚上,我把明天去伊宁的信息告知古丽的爸爸,问古丽是否还在伊宁,他说还在,我马上说,明天争取在伊宁与古丽见面,叫她明天下午与我手机联系。

第二天下午,我们在霍尔果斯口岸参观时,古丽发来了短信,问我在哪里?是否可以过来?听得出她非常兴奋,因为在祖国的边境城市能和母校的老师相见。我回信息,晚上到伊宁市后再告诉见面的地点。

晚上8点多,我们到达伊宁后。在伊宁最好的一家饭店——金物源饭店用晚餐。席间,古丽来了电话,我立即告诉她我们所在饭店的地址,她说马上由在伊宁的表哥陪同前来看我,我说太好了。

不到二十分钟,古丽来到了我的面前。由于我在她来到之前已做了介绍,大家看到这位即将是北京大学的学生、十分漂亮的维吾尔族姑娘时,都投以钦佩的眼光,并夸奖我们交大附中培养了众多的优秀人才。我把上海带来的刊登她照片的那张《新民晚报》、她在入党审批会上的二十多张照片以及我赠送给她的一条项链交到她的手上,我看到古丽的眼中滚动着泪水。我们在大堂里亲切交谈,并合影留念。我们相约,等我们从喀纳斯回来后,在乌鲁木齐再相聚,届时会叫上朱丽。

当我们从喀纳斯返回乌市后不久,古丽就发来短信,询问何时、在何处碰头,我告诉她,因我们晚上要住到南山别墅去,改在明天。

第二天上午,我们终于在乌鲁木齐市中心的国际大巴扎见面,朱丽先到,她先陪我女儿在商场里购物。古丽来后继续。商场里的营业员看到有两个当地的姑娘陪着从内地来的客人来购物,于是都以最低价出售。女儿买到了价廉物美的商品,包括工艺品。古丽还为教她语文的李德芹老师买了一条围巾,让我转交,我说,李老师一定会非常高兴,会永远记住你。我感到这孩子是这么懂事,是那么可爱。中午两个孩子一定要请我们吃饭,我说,老师怎么可以让学生请客呢?结果,我们在大巴扎清真饭店吃饭时,还是由在乌市工作的校友付的钱。下午,我们在商场凉亭里品尝冷饮,畅谈交大附中的过去、现在、将来,畅谈来疆后的感想。

下午5时要离开乌鲁木齐了,我说,真有点依依不舍,古丽说,正因为有依依不舍,你下次才会再来。我说,但愿几年后你们大学毕业回新疆工作后,把校友都召集起来,成立交大附中校友会新疆校友联谊会,到时,我再来。她说,期待着那一天的到来。我希望她写一篇文章,抒发自己对交大附中的感想,她表示会尽早完成。我们乘上轿车,先送朱丽回家。古丽坚持要送到机场,她说自己家就在机场旁边。

机场外,师生相别,古丽主动和我热烈拥抱。

在候机大厅,我向古丽发短信向她表示衷心的感谢。她立即回复:"应该说谢谢的是我啊!谢谢老师的教导、学校的培养!您能喜欢我们的新疆,我也好开心!欢迎您再来玩哦!祝你们一路顺风。"读着她的短信,我心难以平静。多么可爱的一位学生!

20时35分,飞机冲出乌鲁木齐机场跑道,向祖国的东南方飞去。我仿佛看到古丽在挥动双手,向我作再一次告别。我祝愿这位维吾尔族的少女在以后的人生道路上,不断取得辉煌的成就!

(载于《上海交大报》,2006年11月27日第4版)

组织学生参加"我的中国心"征文活动

上海交大附中语文教研组的老师看到《大江南北》"我的中国心"征文活动启事后,决定组织高一高二全体学生参加。老师们一致认为,征文活动立意很高、目的明确、主题鲜明,组织学生参加征文活动将有力地推动学生的理想情操教育,并且可以提高学生的写作水平,丰富今年的寒假生活。使同学们加深对民族精神、时代精神的理解,分清什么是荣辱、是非善恶,从而成为具有高尚情操的一代新人。对校园文化建设、精神文明建设也将起到积极的推动作用。

学校在放寒假前,由语文老师对同学们做了宣传动员,讲明参加征文活动的目的、意义,并将刊登在杂志上的征文启事印发给每一个同学。高一同学作为寒假作业,高二同学作为结合学校理想教育、年级德育目标的内容,完成这次征文。

老师的布置,得到了同学们的积极响应。本学期开学第一天,高一同学们就将这份"特殊"的寒假作业交到了老师手中。老师在认真批改后,将从中选出优秀文章,推荐给《大江南北》。据了解,一些同学已经将稿件直接寄给杂志社。

上海交大附中领导和老师认为,作为学校的教育工作者,要善于捕捉能对学生进行具体形象生动的爱国主义教育、理想信念教育、道德品质教育的最佳时机和最好形式,才能取得教育的效果。《大江南北》提供了这样一个契机,丰富了学校德育工作的内容,同学们的思想得到了一次升华。

(载于《大江南北之友》,2007 年 3 月 2 日)

交大附中春节不忘老教师

本报讯 春节来临之际,上海交大附中领导以及校友会负责人走访了该校德高望重的21位老教师,并送上慰问金。

交大附中前身为1954年创建的上海市工农速成中学。21位老师从建校初期起就开始执教,随后学校虽六次更名,三迁校址,但他们一直在该校从教,把毕生精力献给了这所学校,成为一批批莘莘学子心目中最崇敬的老师。

2004年,该校成立了校友会,积极为广大校友和教师、特别是退休教师服务。组织校友经常上门慰问老教师,汇报自己的成长经历和取得的成绩。校友会还向60位退休教师以及在校的35位特级、高级教师每人提供了价值千元的某著名医院的体检卡。90高龄的上海市首批语文特级教师沈衡仲知道校友会要来慰问,特地起了个早在家等候,一直到中午12时才见到学校来的老师,其激动的心情难以言表。一位生病住院、已不能说话的老师,当从校友会负责人手中接过慰问信和慰问款时,眼眶里流出了激动的泪水。

(载于《劳动报》,2008年1月27日第7版)

交大附中新疆班同学获 JY 奖学金

本报讯 由美国 JY 建筑规划设计事务所在上海交大附中新疆高中班设立的"JY 奖学金"昨天举行首次颁奖，米热班·依马木等 48 位同学获奖。

美国 JY 建筑规划设计事务所致力于规划、建筑、景观等多个领域，以丰富的国际经验和高水准的专业素养在大型规划设计、高标准办公楼和高端住宅设计方面表现突出，在行业内有着较高的知名度和美誉度。其总裁俞锦杰是交大附中的校友，当他得知母校为发展民族教育、培养少数民族优秀学生举办了新疆高中班后，决定出资设立奖学金，以鼓励来自天山南北的学子更加努力学习，早日成才，并为边疆建设、支援西部大开发做出自己的贡献。

（载于《劳动报》，2009 年 3 月 7 日第 7 版）

三代交中情

深秋的一个假日早晨，我早早赶往学校，只见校门口巨大的广告牌上写着"欢迎回家"四个大字，让人备感温馨。

这是上海交大附中在走过了六十年的历程之后，五千多位海内外的校友相聚于此。

进入校门，我作为校友又是该校的退休教师、原领导，在签到墙上签下了第一个名字。在校学生志愿者给我戴上了黄色的丝绸围巾，顿时一股暖流涌向全身。我看到后面进校门的比我高几届的校友，在戴上围巾的一瞬间，眼含着热泪。学校将校友分成三个历史时期，分别是20世纪五六十年代、七八十年代、九十年代后，围巾也就分成黄、橙、玫三种颜色。当一批又一批校友戴上围巾后，校园里出现了一道靓丽的风景线。道路一侧，56幅展板展示着历届学生的毕业集体照，老照片吸引着每一位校友，大家纷纷寻找着当年的你、我、他，对着十年、二十年，乃至五十年前自己的倩影，感慨万千。

突然，我听到有人叫着："陈老师！"回头一看，原来是1960年毕业、后来在交大担任过校领导的一位校友。她的女儿是1988年毕业的，而她的外孙女则今年刚毕业，一家三代都是附中毕业的，我不由脱口而出：真是一甲子、三代人、交中情！

新疆班学生为我们带来了歌舞表演，鲜艳的民族服装，优美的舞姿博得全场热烈的掌声。我庆幸，当年我作为校领导之一接受市里的任务开办了新疆班。新疆学子的到来，为学校增添了勃勃生机，他们天生的能歌善舞使校园的文化氛围更加浓厚。

现任校长徐向东对大家说：尽管三迁校址，六易其名，但"求实、求高、求新"的学校精神始终没有变，形成了"思源致远，创生卓越"的办学理念，诞生了以沈蘅仲为代表的上海市第一批特级教师团队，培养了二万三千多名学子……此时，我看到了大屏幕上沈蘅仲老师的画面，那是我两周前和学校拍摄组一起到他家拍摄的。97岁高龄的沈老向全体校友和在校师生致意问候，慈祥的面容，洪亮的声音，全场掌声雷动。我眼含泪水。

作为十位老教师代表之一，我上台接受校友的献花，而台下的老教师接受坐在身边校友的献花。给我献花的是从美国特意赶回的09届一位校友,我和他紧紧拥抱。

随后是舞剧《致青春》,将风雨历程、师生情谊精彩地展现在大家面前。我陶醉在剧情之中。1960年我初中毕业考了当时的交大预科,后来留校,亲眼见证了学校的发展史。因为其中的许多人和事我都亲历过,我更加发自内心地为师生的表演大声喝彩。

步出会场,一批又一批校友向我围过来,握手、交谈、合影。我急速步向老三届、七九届等分会场,再走到我当年自己班级同学之中。太多的交谈,太多的拍照留念,我吃上午饭时已是下午2点。

来到校门口,见到高3米、宽5米的签名墙上已全部是校友的签名,我的名字早已淹没在重重叠叠的名字下面。我哼着校歌,走出校门,去参加七七届在校外举行的有一百五十多名师生参加的另一场聚会。

(载于《新民晚报》,2014年12月4日A28版)

学生不忘师恩为退休老师订报

编辑同志：

最近，上海交大附中1984年毕业的学生们为30位当年的老师订阅了2015年全年的《上海老年报》。这是该届学生在他们高中毕业30年之际向老师献上的一份爱心。

这一届的学生没有忘记当年辛勤培养过自己的老师们。同学们带着鲜花、贺卡、慰问金到每一位老师家中探望，与老师畅叙师生情谊，回忆当年的逸闻趣事。

当来到近一年身体欠佳，已84岁的老校长胡益培家中时，老校长手捧收到的鲜花，激动得泪如泉涌，让在场的学生也为之动容。

已97岁高龄的上海市第一批语文特级教师沈蘅仲在电话中得知学生们为他订阅《上海老年报》的消息十分高兴，要求学校代他向84届学生表示衷心的感谢。他说，学生送的报纸让自己感受到做一名教师是多么的光荣和幸福。

（载于《上海老年报》，2014年12月25日第3版）

学生把我当"校工"

开学了,不由得想起31年前开学那天,我在公交车站迎接新同学的情景。

那天上午,天气晴朗。交大附中是寄宿制中学,学生来报到,都是大包、小包。我便组织了一批老师和学生干部到车站迎接新生。从车站到学校要走四百多米路,于是学生的行李大多由家长提着。

突然,我看到从51路公交车上走下一位扎着马尾辫的小女孩,提着一堆行李,身边没有大人陪伴。看她吃力的样子,我立即走上前去帮她提起最重的一件行李,她见我胸前的红色校徽,说了声"谢谢师傅"。我们一起向学校走去,一路上,我们一问一答,知道她叫顾清,今年15岁,家住长宁区天山新村,考上交大附中十分高兴,考前只是想学校在徐家汇,离家不很远,不料学校是在市郊的高境庙,花了一个半小时,倒了两辆公交车才到了江湾公交车站。我问她怎么家长没有来送你,她说,爸爸因出差到外地去了,妈妈上班又请不出假,于是,只得靠自己,好在自己平时独立生活能力较强,父母也就放心让她一个人来了。一席话,让我大概了解了这个有独立生活能力的孩子。

走进学校,我在学生分班及寝室安排的名字板上,找到了她所在的班级及寝室,送到寝室,已有先来的学生在整理床铺内务。看着大家手忙脚乱的样子,我不时提议东西该怎么放,蚊帐怎么挂等。对大家提出的问题,我有问必答。也许是我的皮肤黝黑,穿着白衬衫模样普通得不能再普通,他们认定我是学校的校工,不断地说着"谢谢师傅"。更有一位家长说,学校后勤工人都这么好,那教师就更不用说了。我听后微笑着。看着顾清很快把自己的一切安排完毕,就向她告别,并祝她在高中三年学习、生活顺利,全面发展,争取优异成绩。

当天下午,欢迎新生大会在学校阶梯教室举行,我作为学校的党总支书记兼副校长向新生做报告,我的眼角看到了顾清和她同寝室的同学,只见她们个个露出了惊讶的目光。会上,我简要介绍着自己也是这所学校63届的校友,介绍着学校的历史,对新生提出了要学会自信、自律、自理、自强。

师生真是有缘,教务处安排我到顾清班级上政治课。在后来的军训、学农劳动、教学等活动中,对她有了进一步的了解。她在出色完成学业的前提下积极参加学校各项活动,加入了学校党章学习小组,创办了《向往》报纸,被评为上海市三好学生,高中毕业前,我成了她的入党介绍人,她加入了中国共产党。如今,这位当年把我当"校工"的学生,已是国家会展中心一个部门的负责人。不久前,她接待了母校二十多位老师到会展中心参观,讲起30多年前发生的这件事时,依然恍若昨天。

(载于《新民晚报》,2018年9月3日第17版)

最爱看《上海老年报》

编辑同志：

从2015年起，我们上海交大附中的30位退休老师就开始阅读《上海老年报》。这是由我校84届毕业生为感恩教授过他们的老师订阅的。

今年11月初，学生代表委托我代办续订手续，继续出资为老师们订阅2019年度的《上海老年报》。

《上海老年报》是一张深受我校退休教师欢迎的报纸，丰富的内容集思想性、知识性、趣味性、娱乐性于一体，很适合老年人的口味。每周三期的报纸一到手，大家就迫不及待地翻阅起来。版面图文并茂，内容精彩，文字简练，让人不出家门就能了解天下事。尤其是专栏版面，如《读者之声》《休闲》《文史》《健康养生》《旅游》《红枫》等，特别吸引大家的眼球，给人知识，给人启迪，给人力量，给人快乐！我还将一些文章剪贴成册，便于常常翻阅。《上海老年报》充实了我的退休生活，已成为我不可或缺的精神食粮。

我家订阅了11份报纸、4份杂志，在众多的报刊中，我最爱看的还是《上海老年报》，今借贵报一角，由衷地说一声：谢谢《上海老年报》！

（载于《上海老年报》，2018年12月20日第3版）

一枚二十大首日封

在党的二十大召开期间,我收到了一枚从北京人民大会堂寄出的二十大首日封。这是由出席二十大代表、附中1986年毕业,现在上海市总工会工作的黄红校友寄来的。

这是一枚为二十大召开定制的信封。信封的左下方是雄伟的人民大会堂外景,左上方是淡淡的人民大会堂大礼堂顶灯图案。信封上,三行娟秀的钢笔字分别写着我家的地址、我的名字及她的签名。信封的右上角是两枚大会开幕当天发行的二十大纪念邮票,两枚邮票中间下方是紫红色的邮戳,上有"中国共产党第二十次全国代表大会,2022.10.16中国"的文字。信封的中间盖有"北京2022.10.16.20人民大会堂15"的黑体字邮戳。整个信封给人以美的感觉,让人爱不释手。

这枚首日封,让我这个入党58年的老党员激动不已,不由自主地回忆起入党半个多世纪以来在部队、在学校、在社区经历的许多人和事,回顾着为党做出的贡献。我为自己是伟大的中国共产党队伍中的一员感到自豪。

这枚首日封,是对我的激励期望、更是动力。我暗暗下着决心,要在二十大精神指引下,不忘初心,继续奋斗,永葆共产党员本,把目前担任的退休党支部书记工作做好,把负责校友的工作做好。我坚定,生命不息,为党工作不止。

手捧这枚首日封,感谢校友在二十大开幕的当天,特意从北京人民大会堂寄出,意义深远。这是学生对母校的一片深情,是浓浓的师生情谊,我又一次体会到当老师是多么的幸福!我将永远珍藏这枚首日封。

(载于《上海交大报》,2022年12月19日第4版)

师爱在教育工作中的作用

吴贵林　陈德良

长期的教育实践使我们认识到,德育离不开师爱,德育寓于师爱之中,教师热爱学生是学校开展德育工作的前提条件。没有师爱,就没有教育,也就没有德育。

一、师爱是开展德育工作的前提和基础

所谓师爱,是指教师在教书育人的过程中所表现出来的一种对学生的关心、真诚、热情、尊重、理解、信任和严格要求等师德行为。它是一种热情,是教师发自内心深处的一种崇高的道德感情,是教师职业责任感的外在表现。

师爱是一股巨大的教育力量和极其重要的教育手段。"教员贵在有赤子之忱"。教师对学生有深厚的感情,学生才会"亲其师"而"信其道"。高尔基说得更明白:"谁爱孩子,孩子就爱他,只有爱孩子的人,他才可以教育孩子。"因为只有当孩子明确意识到教师对他们的感情是真诚的,是为了自己的成长进步,是反映了社会对他的肯定时,他才会接受你的教育,从而产生良好的教育效果。我们常常遇到这种情况,一个被教师热爱的学生,由于感受到社会对他的肯定,经常是充满信心,朝气蓬勃,积极向上。相反,一个被老师嫌弃的学生,则往往会从中感到社会的否定与排斥,产生一种自暴自弃,消极悲观,不思上进,甚至走向反面。这说明师爱能转化为学生内部的心理动力,影响着学生的道德品质的形成。

德育的重要环节是培养学生的道德情感,道德情感是学生心理上对某种道德义务所产生的爱憎好恶的感情,是一种内在的激励力量。广大同学只有在高尚的道德情感下,才能选择正确的道德行为和履行道德义务。顾炎武《日知录》中说:"师待生徒,若保赤子。"不少教师经常在思想上、学习上、生活上关心学生,这对学生高尚道德情感的形成是有益的。

师生关系是教育工作中最活跃、最本质的因素。师爱在教师和学生之间架起了一座信任的桥梁,它沟通了师生之间的思想、协调着师生之间的关系。"和

易以思",这正是开展德育工作的前提和基础。

二、师爱体现在对学生的关心、尊重和严格要求

作为一名教师,热爱学生首先表现在关心了解学生。有个来自郊县的女同学学习成绩一贯名列前茅,可是不知为什么在高二下学期突然变得情绪沮丧,沉闷寡言,学习成绩直线下降。班主任就主动关心她,通过几次三番推心置腹的谈话,她终于打开了话匣子。原来其父母正在闹离婚,家中吵得不可开交。儿女是联系父母双方的纽带,老师指导她给母亲写了一封题为"妈妈回来吧"的长信。暑假期间班主任冒着暑热赶到南汇对她的父母做工作,促进了家庭危机的缓解,使一个濒临解体的家庭又重新团聚。这个女同学也解除了心头之忧,集中精力投身学习,后来以优异的学习成绩考入交通大学。

事后她给老师来信说:"您是我唯一的愿意和盘托出心事的老师,甚至在同学和母亲面前,我都未显露真正的内心世界,而您在我最需要人关心的时候对我说:跟老师没有什么好隐瞒的。……我更难忘在我哭泣时您给予我的慈父般的关怀,所以我愿永远对您真诚,这是我的心里话。"事实说明在关心了解学生基础上的教育往往是成功的。

热爱学生就是要尊重、信任学生。

热爱学生必须尊重学生。当今的中学生都有较强的自尊心,他们希望得到家长、老师的尊重、信任和鼓励,教师尊重学生的自尊心,就能使他们更好地体会到老师对他们的爱,更加容易接受教师的教育。并且自觉地去克服自身的缺点。苏霍姆林斯基说过:"教育技巧的全部诀窍,就在于抓住儿童这种上进性。如果不去加强并发展儿童个人的自尊感,就不能形成他们的道德面貌。"所以,他十分强调尊重学生,使每个学生都抬起头来走路,而不去挫伤学生心灵最敏感的角落——人的自尊心。我们曾对一个犯过严重错误、被公安机关拘审过的学生,不是歧视,不是在其他学生面前出他的丑,而是满腔热情地个别教育帮助他,并教育班上同学正确对待他的错误,终于使他抬起了头,把精力投入到学习之中,最后他考取了上海农业学院。他在入大学后给我们的来信中说:"在我犯了严重错误后,老师您没有抛弃我,没有让我在大庭广众下出丑,而是尊重我的人格,鼓励我,使我有了改正错误的决心,才有了我今天的一切。"

尊重学生要求教师对学生友好平等,不粗暴压制,不能以高高在上的态度、家长式的作风对学生专断蛮横、发号施令,更不能体罚学生,因为这些做法都可能泯灭学生的自尊心和自信心。尊重、信任学生还要求我们尊重和发展学生的

个性。学生都有自己的个性,他们在认识、情感、意志、行为上各有差异,教师在教育时必须因材施教,因势利导,容许、照顾和发展学生的特长、优势、志趣、爱好和独立性。苏联教育家赞可夫认为只有"当教师把每一个学生都理解他是一个具有个人特点的、具有自己的志向,自己的智慧和性格结构的人的时候,……才能有助于教师去热爱儿童和尊重儿童"。尊重儿童和发展学生的个性既是社会主义事业要求在师爱中的体现,也是教育规律的要求。四化建设需要多种多样的人才,学生的个性、特点、兴趣爱好本身是不一的,我们只有发挥学生的某一长处,顺应其天性,提供可能多的条件,促使其更快成长。

信任,是教育学生的一种巨大力量,因为它可以增强学生的自信心和克服困难的毅力,激发他们积极上进,甚至可以促进后进的或犯了错误的学生转变。我们经常在教育学生的过程中,把学生的检讨书退还本人,因为我们相信这些学生能改正错误。我校党章学习小组的一位同学曾多次被评三好学生,在她担任了学生会干部后开始谈恋爱,在师生中造成极坏的影响。我们没有立即宣布她退出党章学习小组,而是启发她如何正确对待高中阶段的学习、生活、男女同学之间的关系等,终于使她认识到问题的严重性,改正了错误。在学代会上,她以较高的票数再次当选学生会文娱部长。

严格要求学生是师爱的另一个重要内容。严是爱的特殊表现,是教师高度责任感的体现,教师光有一颗热爱学生的心还不够,还要在思想上、学习上严格要求他们,不迁就、不放松。没有严格的要求,也就没有教育。

爱是一种最伟大的感情,它总是在创造奇迹。师爱,作为人际爱的一种特殊形式,在当今开展德育工作中越来越体现它的重要性,它将直接影响我们的教育事业兴衰成败。

(载于《中学教育》,1992年4月第4期)

戈 壁 红 柳

2008年2月27日下午,上海交大附中78届校友、原校学生会主席,现任新疆荣昌信息系统工程有限公司董事长张曰梁来到我的办公室看望我。

我们的交谈从新疆的红柳谈起。我说,在新疆看到红柳就特别喜欢,所以回来后就写了一篇散文《戈壁红柳》。曰梁说:"自己虽然会时常思念故乡的广玉兰,但更爱戈壁滩的灵魂——红柳。因为它以顽强的生命力长在荒凉贫瘠的大漠之中,粉红色的叶子很美。"他告诉我:"自己现在是新疆人的女婿,对第二故乡情已重于对第一故乡情。"

迷恋新疆的亲情

曰梁告诉我:"20多年前,从上海华东理工大学毕业后,不知不觉站在人生第一个十字路口:是去加拿大读研,还是去新疆寻找工作?就在难下决心之时,出国求学之路被高昂的经费挡住,再加上几位挚友的盛情相邀,我选择去了新疆。"

曰梁到新疆后,他的第一份工作是替厂家销售通信器材。从营销到安装,从室内到野外,从业务员到经理,各个岗位各个层面都摸爬滚打了一遍。那时,新疆的路况很差、班车少,路途遥远,气候恶劣,跑销售如同"西天取经"太艰难了。挨饿、挨冻、晚点、熬夜是家常便饭。有一次他从乌鲁木齐到和田,路程2 100多公里,经历千辛万苦,只销出一台设备。

后来又搞通信线路,在野外施工,那工作更加艰辛:风餐露宿、忽雨忽雪、深山老林、冰天雪地,总之什么苦他都能吃。即使在当了企业领导后,仍然坚持到野外现场。多年之后,方知患上了糖尿病,但他不后悔。

他说:"许多人在创业时,因受种种挫折而沉沦颓丧,一蹶不振,而我没有,为什么?因为,我在困境中有了爱情,与新疆汉族姑娘结了婚,可以说是亲情加上爱情,使我从盲目地迷恋新疆,到真诚地热爱新疆,这也算是一大进步吧。"

奋斗十年的激情

"从 2001 年起，新疆的电信业进入了史无前例的发展时期。我们企业转为电信业的监理。"他说，"监理是通信工程建设中与设计、施工、生产厂家并列的四大环节之一，其技术含量高、质量责任重、业务覆盖面大，尤其是生产监制任务很艰巨。"曰梁他们这项工作做得很好，全区共 13 个州，他们的业务覆盖了 10 个州；在"十五"期间行业综合评比中，他们的业务量为第二三名，质量保持第一名，在行业中有较高的知名度。

在市场经济中，曰梁很善于抓机遇，他认为搞通信工程只是奋斗的第一阶段，旅游和投资才是重要阶段和高峰。

在 2001 年，他约了几个朋友到四川、重庆、云南和上海，成立了新疆首德投资有限公司，第一个项目是选择吐鲁番的葡萄沟，建一个维吾尔族风情的民俗村景点。作了一个月的旅游业考察。之后，他们作出一项大胆的决策，对该项目投资 200 万元

由于定位准确，以民族民俗为核心，配上一台优美的文艺演出，加上一道维吾尔族的餐宴，给游客们一道丰盛的精神大餐，受到四方游客的青睐。

2003 年，他们以民营企业的身份投资参与政府建设的亚洲大陆中心景区（简称"亚心"）。政府以土地入股，占地四平方公里，总投资 3.8 亿元。现已建成了通向景区的等级公路，20 多米高的雄鹰展翅网架结构大门，亚洲大陆地理中心标志塔，天圆地方的亚洲中心和平广场，集中展示亚洲 49 国历史、文化、宗教及国旗、国徽等概况。还有石雕和玻璃钢雕塑图腾，可谓万国风情的浓缩。

他说："我们帮助乌鲁木齐市政府打造了城市品牌，加快'亚心之都'的建设，提高国际知名度。现在，'亚心'已成为乌鲁木齐市的名片，'亚心塔'已经是乌鲁木齐的新地标。"

"经过多年的探索和实践，我们的团队囊括了一批集创意、策划、融资、建设、运营管理为一体的各方面优秀人才。在此基础上，2006 年创办了新疆华邦旅游投资有限公司，并在有'空中草原'之称的那拉提景区投资建设了'伊犁草原部落'景点。"曰梁颇为自豪地说。

那拉提景区是一个哈萨克族特色的民族风情园。以西汉时期"解忧公主西嫁乌孙国"为故事背景，再现了西域乌孙王迎娶解忧公主的情景，颂扬了民族大团结的精神。项目分为三期，目前已完成一、二期，并已试运营，取得了良好的社会效应。当地的哈萨克人对深入挖掘了他们的民族文化表示由衷的感谢！

我对曰梁的成功感到特别高兴,同时对他在新疆创业和发展有了更深的理解,他在新疆的十年是激情燃烧的十年。

在追求事业的高度时,他感到自己知识和能力的匮乏,于是,参加了清华大学 MBA 工商管理研修班的学习,给自己充电。

如今他又形成了新的思路,参与了联合开发丝绸之路。

我想,人们敬佩红柳,是在于它不向大自然索要什么,只是在默默地奉献,为大自然创造出绿色的屏障。我面前的曰梁不就是戈壁上的红柳吗?

(载于《大江南北》,2009 年第 4 期)

我的大学语文老师

2023年六一儿童节前夕,我与大学同学相聚,庆贺包括我在内的4位同学八十生日。选择这个日子,特别有意义,大家希望我们4个杖朝老人返老还童。

当年的班主任及语文老师应邀参加。那天,我坐在语文老师旁边,两人侃侃而谈,老师精神矍铄,讲话热情洋溢,精气神特足,哪里是一位88岁属鼠的耄耋老人?

我们这个班是原上海工业大学于1984年开办的政工班,32名同学来自本市一些单位的在职干部或后备干部,年龄最大的40岁,最小的20岁刚出头。学校对这个班十分重视,钱伟长校长、徐匡迪常务副校长亲自过问关心我班情况,配备了最优秀的教师到班任教,毕业时,钱校长等校领导还与全班同学合影留念呢。

在众多的教师中,给我留下印象最深刻的是语文老师。他叫贾云晞,年近五十岁的他,科班出身于华东师大中文系,中等个子,宽宽的肩膀,典型的国字脸,炯炯有神的双眼,给人刚毅、慈祥之感,经常听人说,他很像电影演员李默然。他第一次走进我们课堂,就拿起粉笔在黑板上写上"青年是我友,青年是我师"十个大字,洋洋洒洒,刚劲有力,这种亦师亦友、平易近人的风范,像一股清风吹进我们的心田,很快与我们这批大年龄的学生相处融洽。尔后,他叫我们的名字时,往往像家里人一样舍姓呼名,听来无比亲切,我们同学视他为兄长,更是知心的朋友。

开学不久,贾老师布置作业,要求每人写一篇进入大学后的感想。我以《新的起点》为题,叙说了我高中读的是交大预科,校址在延长路149号,当时交大一年级分部也在这里,后来我投笔从戎,交大分部也迁回华山路本部,市里将校园划归了上工大。我退伍后回到母校交大附中工作,想不到1984年被选送到上工大读大学。一个大轮回,延长路149号校园标志性的绿茵茵大草坪,又一次张开那宽大的胸怀拥抱着我。我漫步在校园各个角落,抚摸着教学大楼正门浅灰色大理石门柱,走进当年的教室,徜徉在树荫深处,跑步在大操场……触景生情,一口气写下了此文,表达了一个退伍战士卸甲不卸志,重回校园刻苦学习报效祖国的决心。贾老师看了此文,欣然提笔批语:"童心未泯,朴实无华,情透纸背,生活如花。"并在课堂上作为范文让我朗诵,之后,他又将文章推荐给校报,很快被录用。一篇手写的作文变成规范的印刷体,带着油墨的芳香,让我沉浸在这位大学语文老师渴望学生早日成才的深情厚谊之中,这对我后来喜欢写作产生了深远的影响。随着时间的推移,我们的师生关系上升到了亲密的朋友关系。

上贾老师的课是一种享受,他坚持以"青年是我友,青年是我师"为宗旨,视"学生为课堂主体",将学生优秀作品作为"鲜活教材",用师生互动、学生演讲讨论代替教师满堂灌,以"授人以鱼不如授人以渔"为教学重点,强调辩证思维,反思自己经验教训,客观观察评价生活,掌握遣词造句分寸,等等。他的这些教育理念,让我们受益终生。

毕业前夕,贾老师与我作了一次长谈,希望我回单位后常练笔,善于发现生活中的闪光点,用文字去赞美新时代、新生活、新人生。

几十年来,我努力实践着贾老师提出的希望和要求,并不断向老师汇报自己的成果。我先后由出版社出版了 5 本书,计 132 万多字,在市级报刊上发表了 370 多篇论文、报道、散文等。从 2004 年起,受学校委托创办主编校友报,至今出版 75 期,我在该报上撰文 300 多篇。我把人间流淌着的真善美,社会沧桑巨变,写成故事展现在人们眼前:苏州河上的龙舟比赛,苏河湾的商厦和步道,校园生活和师生情谊,甚至窗台上的盆栽、读小学外孙女的作业,都成为我沃土笔耕的素材。贾老师每次都是如获至宝,衷心点赞,最近的一次评价是:"字里行间融主旋律与市井味、烟火气于一体,家国情怀,真情实感,亲切有趣,感人至深。"老师的评价,激励我笔耕不辍。

不久前,在纪念建党 102 周年我校退休党支部召开的座谈会上,我作了"党在我心中"的发言。会后,我将发言稿发往"大学师生友"微信群,贾老师立即在微信群里当众热烈点赞,又在个人微信里指出了我有两处表述需要推敲,这让我再次感动,毕业已 37 年,仍然能得到当年老师的指导,可见师生情谊之深!

又一届教师节即将来临,衷心祝福贾老师健康长寿,开心每一天!

第九辑　晚霞灿烂

拜访程开甲院士

前阵子，在电视里看到了中央军委主席习近平亲自为获得"八一勋章""忠诚奉献、科技报国"的"两弹一星"元勋程开甲院士颁授勋章和证书的场景，心情久久不能平静。此前，我曾前往程老家拜访，老人家身体特好，健步如飞，思路敏捷，还为我们弹了一首钢琴曲。而这次，99岁的他坐在轮椅上出席颁奖仪式，看上去精神矍铄，尤其是向习主席行军礼时还是那样有力。

拜访程老是由我们上海交大附中1958届校友周新嵩联系的，老周长期在程老部下从事核试验工作，与老领导关系很好，几十年来两人一直保持着联系，每年春节，老周等一批战友都会到老首长家里拜年。多年来，老周一直想请程老为母校题字，这次请求后，他欣然同意。之后程老两次为我校题字，第一次书写了"高境校园，人才摇篮"；第二次书写了"梦想起飞的地方"。为感谢程老对我校的关心，学校派我前往北京，当面向程老表示感谢。

那天下午，我在周新嵩陪同下来到程老家时，他的家人已在门口等候并将我们引入书房。程老立即从座椅上起身相迎，与我们热情握手。

环顾四周，书房整齐雅洁。墙的一边是一排落地书橱，里面存放着大量科技方面的书。一套《辞海》在书橱的中间随手可取。一张程老2003年9月写的字幅贴在玻璃内侧，上书："顺其自然，坚持活动，心情平和，快乐人生。"这16个字反映着程老良好的心态和生活习惯。墙的另一面，是程老身着将军服的照片。下面是一张沙发，一架钢琴在墙的一角。

我向老人做了自我介绍，当他看到我校84岁退休教师吴士昌特意为他篆刻的姓名及两枚刻着"两弹元勋""功高德劭"的印章时，笑容可掬地一再要我代他向吴老师表示感谢。我又将我校红色的教工校徽赠送给他，老人一看更是欣喜万分，连声说："我也是交大附中的老师了！"并让我将校徽给他别到上衣上。别好后，他拉着我合影。

也许是戴上校徽后勾起了程老对学校生活的回忆，他忽然站起身来走向钢琴说："我给你们弹一首钢琴曲吧！"只见程老坐到琴凳上，熟练地打开琴盖，灵活的手指按动着一个又一个琴键，雄壮的乐曲在屋内久久回荡，传向室外、传向天空。一曲终了，我们大为惊叹，不由自主地热烈鼓掌；那是一首《毕业歌》。

之后，他兴奋地向我们介绍了踏入"死亡之海罗布泊"的经历，将一生中最美好的20多年时光献给茫茫戈壁，何等的情怀。

造访一个多小时后，我们起身向程老告辞。走过室外走廊时，程老指着挂在墙上的一张照片说，这是在纪念第一颗原子弹爆炸成功四十周年纪念会上拍摄的集体照，其中包括基地第一任到第六任司令员。程老指着照片中的自己说，这张照片十分珍贵。我感慨万千，正是照片上的这些科学家、工作人员的艰苦努力和牺牲精神，才铸就了我国的核盾牌，使"两弹一星"获得了巨大成功。

程老坚持送我们到下楼梯口处，我再次向他告别，我从心底里祝愿程老健康长寿。

(载于《新民晚报》，2017年10月5日第11版)

新 的 起 点

手拿着上海工业大学干部专修政工班的录取通知书,我的心情久久不能平静。多少年来,我向往着到大学进修学习,在经过了已记不清有多少个日日夜夜的奋战之后,终于实现了这个愿望。最使我激动的是:24 年前,我在交大预科读书,当时的校址就是现在的上海工大。今天,重回故地读大学,我感到自己的历程真像诗歌一般美。

报到那天,我漫步在校园内。多年的小树已长成粗壮大树,路边的小草在向我点头微笑。我急切地来到上过课的教室、住过的宿舍;继而踏上教学大楼、南大楼北大楼的楼梯,在图书馆、操场、大草坪,我停留了许久,青年时代的学习生活情景一幕又一幕地映在我的脑海里。望着那新建的教学大楼、实验楼、外国留学生楼、校门……"校园比过去美多了!"我情不自禁地说出了口。我爱工大的校园,我最珍惜党把我送到这么好的学习环境中学习的机会,开学典礼上,校领导对新生提出了殷切的期望和要求,我受到了极大的鼓舞。我年已四十,今后的两年,学习中的困难是可想而知的,但"咬定青山不放松",我将努力去克服一切困难,争取以优异的成绩完成党交给我的学习任务。

(载于《上海工业大学报》,1984 年 9 月 28 日第 4 版)

祖国在我心中
——为了祖国我奉献着自己的一切

从我刚懂事的时候起,祖国就在我心中扎下了根。

土改时,我家分到了房子和土地。我看到母亲那双长满老茧的双手刨起一把泥土,热泪盈眶。我问她怎么哭了?母亲对我说:"孩子,这是共产党、新中国给我们家的土地,你长大了一定要好好做事,来报答党和国家。"我听了,一个劲儿地点头。

祖国在我心中,我在祖国的阳光下健康成长。为了长大后报效祖国,"好好学习,天天向上"成了我的座右铭。小学时的聪明,初中时的勤奋,我终于在初中毕业后考上了市属重点中学,一个农村的少年坐到了大城市学校的教室里。

祖国在我心中,使我比同龄人更早地走上了革命的道路。正当我充满理想,向高等学府的目标冲刺之时,祖国向我发出了召唤:希望我从军去保卫我们伟大的祖国。面对祖国的挑选,我毫不犹豫,并顺利地通过了一道道关口,终于脱下了学生装,穿上了橄榄绿。母亲从乡下赶来,痛哭流涕,不让我去。我对母亲说:"你不是叫我长大后报效祖国吗?参军,不就是我的实际行动吗!"母亲被我说服了。一星期后,列车把十七岁的我送到了祖国的海防前线。

我在革命的大熔炉里锤炼成长,我为祖国放哨站岗。

20世纪60年代的第二春,台湾海峡形势突变,国民党反动派策划反攻大陆。我用鲜血写下了在战场上杀敌立功的决心;我向远在上海的母亲发出了"为了祖国的安宁,为了人民的幸福,准备牺牲""再见吧,妈妈"的信件。我度过了今生难忘的七天七夜战壕生活。祖国的强大、军民筑成的钢铁长城,彻底粉碎了敌人的阴谋。在这场斗争中,我成了一名光荣的中国共产党党员。

祖国在我心中,我在祖国对我的一次次生与死的考验面前毫不畏惧,勇往直前。每当连队实弹演习后,必须排除没有爆炸的手榴弹,在手榴弹随时都可能爆炸、随时都可以使人粉身碎骨的情况下,我想到的是祖国,想到的是战友的生命,想到的是山区老百姓的人身安全,因而每次争着去清除。胆大心细,终于一次次把没爆炸的手榴弹的引爆装置拆了下来完成任务后,我唱着《打靶归来》返回营房。我从部队复员后回到了母校工作,我成了一名培养祖国花朵的园丁,为了祖国的明天,我以满腔的热血投身于学校的教育工作之中,我与其他同志一起,建立德育讲师团,成立了学生自律委员会……在培养具有坚定共产主义信念、培养学生自治、自理、自理能力方面取得了较好成绩,在工作中不断总结经验,将实践上升到理论,不少论文先后发表在《解放日报》《文汇报》《上海教育》等报刊上。

祖国在我心中,祖国给了我战胜病魔的勇气和力量。

当我被推上学校党的领导岗位后,我努力做到廉政勤政。1991年2月的最后一天,抱病外出工作后的回校路上,我因胆囊剧痛而倒在车站上。当我躺在医院的病床上时,医生告知必须立即开刀,我想到的是刚开学,想到的是新校长刚调来有多少工作需要配合,希望医生采取保守治疗,经过再三的央求,我的愿望得到了满足。在25 000 CC盐水注入我的血管同时,我完成了党总支一学期工作计划的起草,与一百多名师生作了交谈。出院后,我放弃了病假,第三天就赶到了学校。

祖国在我心中,使我对师生充满着一片爱心。

多年来,我利用节假日走访老师、学生干部家庭。当有的老师家属生病住院经济困难时,我一方面让组织上给予补助,并自己拿出三个月的津贴以"共产党员"的名义送到他抽屉中。当语文教研组在参加交大《祖国在我心中》征文中获得优异成绩时,我拿出一笔奖金送给了语文组作为举办竞赛的费用。为了支持学生工作,我还将近年来发给干部的奖金买了放像机送给了团委。每当我看到师生在祖国的阳光下那一张张欢笑的脸庞时,我都会感到巨大的幸福。

忆昨天,看今朝,我所做的点点滴滴,都是为了祖国美好的明天。

祖国永远在我心中。

我将为祖国继续奉献自己的一切。

(载于《上海交大报》,1991年12月30日第2版)

注:本文在交大党委宣传部、学指委、团委、动力机械工程系、上海交大报联合主办的第二届"祖国在我心中"征文中,获一等奖,第一名。

晚霞灿烂

傍晚，我登上了上海交大附中教学楼的顶层平台。环顾四周，校园是那样的美丽。眺望天空，晚霞灿烂。

我思绪万千，心潮澎湃。我在这片土地上已耕耘了 36 年，洒下了不知多少汗水。我对这里的一切是那样的熟悉。

今天，我已从学校的领导岗位上退了下来。这是人生发展的必然，这是学校发展的必然。我感到高兴，因为事业有了后来人。

今天，我仍然是一名共产党员。党员是没有退居二线的，他永远要在群众中起先锋模范作用，直至生命的终点。

今天，我仍然是一名教师。作为教师依然是那么神圣，那么光荣。燃烧了大部分的红烛，继续燃烧着，照亮着别人。我愿将几十年的教育经验融入今天的时代之中，再学习、再探索、再结硕果。

生命之树常青，党员之树常青，教师之树常青。这是我今后人生的信念。正是在这一信念下，我开始了今天怎样做党员教师的生涯。

少了一份具体的工作，多了一点思索的时间，有了回顾总结的机会。

当历史翻过这一页时，我发现从事了几十年的工作有众多成功的经验，也有不少失败的教训。也许我将继续在这方面努力。前人总得给后人留下点东西。

作为一名党员教师，我以满腔的热忱帮助青年教师成长。为他们的工作出谋划策，为他们的成长创造条件。我想党员教师要有为青年教师当人梯的精神。

当一个人在某一方面的工作形成特点之后，人们是不会遗忘的。今天，我仍然受到学生党章学习小组、"邓读会"以及一些班级的邀请，做政治学习辅导、宣讲时事形势，尽管这些活动大多在业余时间进行，但我把它作为分内之事，尽力加以做好。

随着教改的深入，一项新的工作摆在广大教师面前，那就是开展研究性的教与学活动。作为党员教师，理应走在前面。于是我和其他几位党员教师一起率先在政治学科中探索实施研究性教学，在取得初步成效时，又撰写了这方面的论文。当学校提出教育科研时，我申报了两项研究专题，并开始撰写对学生进行思想道德教育的校本教材。

今天的我,还承担着高一理科班的政治课教学任务。对这批学习尖子,如何提高他们的政治思想觉悟,提高他们的理论水平、道德水平,已成为我研究德育工作的新课题。我坚信自己,会取得成功。

这就是今天的我,一个仍从事着教师工作的我。我并没有感到退下来以后的精神空虚,并没有感到无所适从,相反,工作、生活仍然是那样的丰富多彩。

学生晚自习的铃声把我从万千的思绪中拉了回来。我走到平台的最西头,远远望去,一颗硕大的红球正在进入地平线,它已没有了刺眼的光芒,但明天将给人们带来新的光明。

抬头望天空,晚霞比刚才更加灿烂。

我慢步走向楼梯,走向新建的报告厅,那里有一批学生等着我上党课。

(载于《上海交大报》,2002年6月17日第4版)

我是一名共产党员

七天,在历史长河中只是一瞬间。七天中的人和事所产生的影响将是长久的、深远的。

大会期间,我每天收看着十六大的电视画面,收听着来自首都的声音,查阅着十六大的大量文章,搜索着网上的最新信息。总想着早一点领会十六大的精神,跟上十六大的步伐,指导自己今后的学习、工作、生活。一天女儿突然问我:你怎么如此关心十六大?我笑着回答:因为我是一名共产党员。

十六大开幕的当天,我专程前往奉贤农村。那里,我校高二学生正在学农。5年前十五大召开的当天中午,入党积极分子座谈会上,53位同学排队递交入党申请书的场面历历在目。抓住最佳契机,对学生进行理想信念教育,坚信党的教育,驱使我在周末赶到了东海之滨。晚上,我参加了高二年级党支部召开的"喜庆十六大,红心永向党"的座谈会。在鲜红的党旗下,我和50多位入党积极分子畅谈党的十三届四中全会以来我国发生的巨大变化,倾诉着对党的一往情深。会前,意外在学农基地礼堂摔伤,我忍痛坚持到会议结束。然后连夜将反映我校学生欢庆十六大的通讯稿送到《解放日报》大楼,放到《新闻报》编辑的办公桌上。之后在长征医院,拍片、治疗。司机小沈问我:你为什么今天要这样做?我说:因为我是一名共产党员。

十六届一中全会开幕那天,为了及时听到来自北京的声音,我将半导体收音机带在了身上。下午,向全体教工作了学习十六大精神的汇报。感谢老师们给了我两次热烈的掌声。步出会场,一位老师问我,你怎么准备得这么充分,我说:因为我是一名共产党员。

要对全体高三同学作学习十六大精神的辅导报告了,正好,报上刊登了江泽民同志报告的全文以及修改后的党章。于是在深夜的灯光下我学习着,做着发言的准备。周二的下午,我走上新建的报告厅讲台,争分夺秒,因为只给我45分钟的时间。会场内时而鸦雀无声,时而笑声四起。当下课铃声响起时,掌声让我激动不已。散会了,几位同学围了上来,向我表示感谢,我说怎么要谢呢?学生问我为什么不用谢,我说,因为我是老师,因为我是一名共产党员。后来的几天,我在退休党支部,在"邓研会"又作了几次学习十六大精神的汇报。自己从中受到极大的教育。

  我漫步在校园的小道上,回忆着逝去的岁月。自1964年4月入党后,经历过九大、十大一直到这次十六大。给我教育最深、最大的是十六大。我们党壮大了,成熟了。尤其是我们党的领导集体整体性地顺利地完成了交接班,有了新的理论"三个代表"作为长期的指导思想,有了新的全面奔向小康的奋斗目标。前程似锦,给人以鼓舞,给人以力量。我登上了办公楼的顶楼平台,眺望四周,美丽的校园让我陶醉。我想到了不久将退休,将离开奋斗了38年的学校,但我始终认为,党员是没有退休的。生命之树常青,党员之树常青。生命不息,奉献不止。

  十六大是新的航标,它照亮着我前进的方向,我将迎着风浪,永远前进,去到新的彼岸,因为,我永记着:自己是一名共产党员。

(载于《上海交大报》,2002年12月9日中缝)

泥 土 芳 香

手中拿着刚出版的由学生担任主编、编委的刊物——《泥土》，一股油墨清香扑鼻而来。我似乎闻到了泥土的芳香。

我爱这本刊物，除了学生写的文章可看性强外，更因我对这本刊物的名字——"泥土"两字特别有感情。我一生与泥土有缘。

我出生在农村，幼时在泥土地上摸爬。当我稍懂事起，就跟母亲来到了田间，母亲干活，我在一旁玩泥巴。大一点就用水做起了泥巴玩具，弄得满身都是泥。从读小学起，就学着翻地、锄地，我开始知道脚下的这块泥土可以长出庄稼。当然，我与同龄人还经常在村边、宅前打泥仗。初中时，我已成了母亲的得力帮手，每天放学后，直奔农田干活，直到天黑才回家。我懂得了，家中的衣食住行，都离不开泥土。有一次我的手被锋利的镰刀割破，血流如注，很快，脚下的泥土变成了红色。母亲哭了，而我咬着牙没有掉一滴泪。至今，深深的刀疤还留在我左手的中指上。后来，我特别留意那块有我鲜血的泥土，发现上面的庄稼长得特别好。初中毕业后，我离开了农村到了市区的交大附中读书。每当星期六回家时，仍然先去家中的农田，因为母亲总是在那里干活。我脚踩着泥土，熟练地干活。有时捧起一把土，闻着它散发的芳香，然后轻轻地放下，因为它是我家的一部分。

后来，我到了部队，脚踏着祖国的大地，肩负着人民的希望，保卫着祖国神圣的领土。5年后，想不到我回到位于城乡接合部的母校交大附中工作。那时，学校周边是一片农田，殷高路还是一条泥路。而校内的泥土上长着鲜花和树木，令人赏心悦目，我开始热爱这块沃土。

大操场上的泥土常常随风而起，变成尘埃，使人睁不开眼。办公室的桌椅板凳上也是厚厚的一层泥灰，给我们的工作、学习、生活带来了不便。我想，这是泥土脱离了大地，失去了生命力的缘故。也许，再美好的事物，离开了赖以生存的环境，都会变得一文不值。前几年，大操场上种草，草在泥土中生长，大片的翠绿，给校园带来了无限的生机、无尽的美色。

泥土是质朴的，尽管它不能给我们食用，却养活了世上的动植物。泥土是谦虚的，它承载着万物之重。它居功不傲，默默存在于大地之上，为万物作出奉献。

泥土给我们带来了物质上的享受,更给我们精神的慰藉和希冀。

我想,当初学生创办一份文学刊物时,将刊名起为《泥土》,也许就是这个缘由吧!

愿我校的《泥土》结出更丰硕的成果。

(载于《上海交大报》,2003年1月13日第4版)

最后一堂课

2003年6月17日,又是我一个终生难忘的日子。因为这天上午在附中上的最后一节政治课,是我近38年教学生涯中的最后一堂课。

尽管我离退休还有一年多时间,我仍将经常给学生作学习理论的辅导、上党课、作形势报告等,但这些都不是列入教学大纲的文化知识课,只能算是报告或讲座,因而我十分看重这节课。

事情是我自己引出的。交大附中明年将迎来建校50周年,学校将开展一系列的庆典活动,这需要有一个人先去策划。更直接的原因是,学校花了近50万元装修一新的校史陈列室,已过去半年时间,仍然是一间又一间空房。50年积存下来的历史资料需要有一个人静下心来专心致志地去翻阅、去筛选,把最能代表学校不同历史阶段的面貌展示出来,还要去向历届校友包括离退休的教师征集有关的资料,这一切没有一个专人负责是不可想象的。

考虑到我在这个学校已工作了近38年,如果从我当年从郊县农村考入这所学校读书算起,已有44年了,况且从20世纪80年代初起,我就成为学校主要领导之一。我是目前在这个学校工作时间最久、"文革"前即到校工作还没退休的教师,我对这个学校太熟悉了。我一直想着,要把学校50年的历史写出来,布置好校史陈列室,做好明年校庆的筹备工作。但是,很长时间来,我一直担任着三个班级的政治课教学任务,无法静下心来考虑这些问题。而校庆的时间是那样的紧迫,校友们对母校的期望值又是那样的高。于是,不久前我向学校其他领导提出了下学期不再兼课,集中精力搞校庆,筹建校史陈列室的工作,得到了大家的一致赞同,这就有了我教学生涯的教学告别课。

那天上午,我接到了市教委党建研究会在华师大二附中召开"非典"后的第一次研讨会的通知,会上将商讨赴国外考察的有关事项。为了这最后一堂课,我专门请了假,放弃会议,因为这一堂课对我来说有着特殊的意义。

令我永远不会忘记的是我的最后一堂教学课,是在刚刚被评为上海市先进集体的高一(9)班上的,我从心底里喜欢班上的每一位同学,对这个班级倾注了满腔的热情。他们在师生中开展评选"最可爱的人"活动中,我成了该班第4期的"最可爱的人"。他们评选我的理由是这样写的:"和蔼可亲,十分友善,工作认真负责,对学生温和体谅。他工作专注、投入;他对我们的关心、期待深深地打动着我们,激励着我们。他与我们没有代沟,是我们的大朋友,是9班的一分子。"他们将我的照片同前三位最可爱的人的照片贴在教室后面墙上的专栏中。每当我走入这间教室,便感到十分亲切。今天,当我再次跨入这个班级教室时,我已是眼含泪花。"上课!""起立!""同学们好!""请坐。"面对熟悉的面孔,我动情地讲着这是我38年教学生涯的最后一堂课,这堂课将永远留在我的记忆中,你们的形象将永远留在我的心中。同学们不知发生了什么事情,等听明白后,同学们给我投来了感激的眼光。教室里出奇的安静,同学们听着我发自肺腑的声音。我尽量控制着自己的感情,因为我必须完成这最后一节课的教学计划。

早在几天前,我就设计这节课该怎么上。我将一年来同学所学的知识作了概括,用一条线串起了全书辩证唯物主义哲学常识,结合期终考试的复习,给平时学习基础较差的9位同学拟定了9方面的问题,一一让他们回答,我讲述着这次复习的重点与要点。

时间在一分一秒地过去,还剩下最后2分钟了。我停止了上课的内容,对同学们作了简短寄语,希望大家珍惜年华,在今后漫长的人生道路上一路走好……我感谢9班同学一年来对我工作的信任和支持……

下课的铃声响了,我离开讲台,向同学们深深一鞠躬。正当我步出教室门口时,突然,教室内响起了热烈的掌声,我回过头,看到48张充满朝气的脸上,一种种对老师感谢、留恋、欢送之情在瞬间闪现。我的泪水终于夺眶而出,我向同学们挥手告别,抚摸着教室的门,依依不舍地离开了高一(9)班。这就是我上的最后一堂课,一堂永远留在我记忆中的课。

(载于《新民晚报》,2003年7月4日第23版)

退 休 第 一 天

退休后的第一天,正巧是我工作了39年的交大附中建校五十周年庆典。那天早上六点半到校后,就驱车去接已是79岁高龄的我校第二任校长。再回到学校时,学生已列队在校门口迎接历届校友及来宾的到来。我也开始了之后长达十多个小时的接待工作。

由于我原是学校的主要领导之一,且分管学生工作,所以来向我问好、祝贺、拍照留影的学生特别多,简直是应接不暇。看着校友们事业有成,我感到作为一名教师是多么幸福。

我接待着来自革命老区江西井冈山中学、江西育才中学的校长。畅谈着今年暑假我校师生在江西日日夜夜发生的故事。我告诉他们,今天是我退休后的第一天,他们立即向我发出到他们那里去的邀请,我表示衷心感谢。

手机发出了有短信来的提示,我赶忙查看,是一位在德国的校友从万里之外发来的,他祝母校校庆成功,并对我昨天的生日表示衷心祝贺。

我来到了贵宾接待站,向来出席庆典大会的市教委、交大等领导问好。一位领导握着我的手说:"看了你的《心声》一书,回去后要好好看。"我十分激动。

回到办公室,几位曾得到过我特别关心和帮助的学生正等在那里。一见面,一位校友说:很少看到老师穿西装、戴领带。于是,不管办公室因准备校庆材料背景十分凌乱,一一与我合影留念。

过去的一年,我和美术汪老师一起,筹备着五十周年校庆。我们完成了校史陈列室的布置、出版了纪念建校五十周年的系列丛书、纪念画册、制作了校庆纪念品等。当不少校友称赞这次校庆工作做得十分出色时,我感到了极大的欣慰。

华灯初放,我送走了专程从美国、北京回来参加校庆的76届一批校友后,拖着疲惫的身体,在也是校友的女儿的陪伴下,漫步在校园的每一个角落。在这片土地上我耕耘了一辈子,这里发生的一切历历在目,脚下的许多地方曾滴入我的汗水甚至鲜血。我捧起一把土,将其捻碎,撒向四周。当要告别这片土地时,一股难以割舍的感情涌上心头。

走出校门时,我让女儿为我拍摄了两张照片,一张背景是正对大门可看到校园深处,一张是校门一侧的巨幅广告牌"母校欢迎您"。我想,母校会随时欢迎热爱着这里一切的一位老教师的回来。

  退休后的第一天,是那样的充实,那样的令人回味,它预示着我新的历程将是丰富多彩的。

(载于《上海交大报》,2004年10月25日第4版)

炮 弹 情 结

1961年8月,我从上海交大预科参军入伍,来到福建前线炮兵部队,分配到连队后,被安排在炮兵第4班,担任炮手。

开始我对当炮手顾虑重重。因为炮手与炮弹紧密连在一起,而我从小就对炮弹有一种害怕心理。那是在我5岁时,正值上海解放,家乡高桥战斗十分激烈,一次我在家中玩耍,突然一声巨响,一发炮弹打穿屋顶,直落在离我一米处的地方,没有爆炸,我小命保住。母亲后来经常讲起此事,所以对炮弹有了心理障碍。此事班长知道后,他叫我放心,告诉我炮弹是安全的,只有实弹射击时头部装上引信,击中目标,在强大的撞击力下,引信爆炸,炮弹才会爆炸。我表示将尽快调整心态,积极投入训练。

当时我们部队的大炮是160毫米口径的迫击炮,射程在万米以上,而一枚炮弹重41公斤。我入伍时体重仅40公斤。来部队时经历了乘火车、坐汽车、新兵营短期训练,加上大热天,体重已降至37.5公斤。我的体重还没有一发炮弹重。很快,指战员们都知道连里来了一个没有炮弹重的上海兵,大家开始关注我,给我鼓励和温暖。训练中,我的任务是将炮弹从炮弹箱中搬起,将其装入炮膛。班长下达"放"口令,击发后炮弹退出,我搬回弹箱。几分钟后重复前一次动作。每次我都是咬紧牙关勉强抱起训练弹装进炮膛的,几次下来,大汗淋漓,有时摔倒在地,我失声痛哭过,但还得爬起来继续练。每当此时,战友、班长和连队首长就过来安慰我,给我加油。我没有退路,只能加强锻炼,增强体质。我的外号"小个子兵"就是从那时叫开来的。一段时间后我获得了成功,在实弹打靶中更是出色地完成任务。年终,连队评我为五好战士、神炮手,并加入了共青团。我感到,在人生的路上,在艰苦的条件下,只要有挑战极限的毅力,什么困难都是可以克服的。人,就是在不断战胜困难中前进的。

后来,部队的大炮改装为120毫米迫击炮,我也调到了营部,担任炮技工,负责管理全营的枪支火炮弹药,经常下连队检查他们的大炮和枪支弹药库。每当连队实弹射击,偶有哑弹,我就得去弹着点(往往在深山里)排除,以保障万一有老百姓路过时的安全。这是一项十分危险的任务,因为没爆炸的炮弹或手榴弹随时有可能在你手中爆炸。我每次都做好了牺牲的准备,写好遗书。在老同志的指导下,每次以熟练的过硬技术排除哑弹,得到连、营首长的好评。营里将我的事迹上报到团部,1963年12月30日,我所在的炮兵部队下发证书,批准我为二级技术能手。

(载于《上海老年报》,2020年7月30日第7版)

生命不息　奉献不止

中国共产党第十六次全国代表大会开幕的当天,我专程赶赴奉贤农村,因我校高二学生正在那里学农。我想抓住这最佳契机,对学生进行理想信念教育,使他们对党的信念更坚定。5年前,党的十五大召开的当天中午,在我校召开的学生入党积极分子座谈会上,53位同学排队递交入党申请书的场面历历在目。到奉贤的当天晚上,我参加了高二年级党支部召开的"喜庆十六大,红心永向党"的座谈会。在鲜红的党旗下,我和50多位入党积极分子畅谈了十三届四中全会以来我国发生的巨大变化,倾诉着对党的一往情深。会前,我意外地在学农基地礼堂摔伤,我忍痛坚持到会议结束。在赴医院的路上,司机小沈问我:你为什么不及时去治疗,而要这样?我说:因为我是一名共产党员。

十六届一中全会召开的那天,为了及时听到来自北京的声音,我将半导体收音机带在身上。下午,我向全体教工作了学习十六大精神的汇报,会上老师们给了我两次热烈的掌声,让我激动万分。步出会场时,一位老师问我,你花了多少时间准备得这么充分?我说:因为我是一名共产党员。

当校领导要我向全体高三同学作学习十六大精神的辅导报告时,正好,报纸上全文刊登了江泽民同志的报告以及修改后的党章。于是,在深夜的灯光下,我精心准备着发言稿。记得那天是周二,下午,我登上学校新近落成的报告厅的讲台,在规定的45分钟时间内,我满怀激情地讲了起来。当下课铃声响起时,同学们的掌声让我激动不已。散会后,一些同学围了上来,向我表示感谢,我说为什么要谢呢?同学们问我为什么不用谢,我说,因为我是老师,更因为我是一名共产党员。

回忆着逝去的岁月,自1964年4月我入党以来,我们的党更加壮大了,也更加成熟了,尤其是将"三个代表"重要思想作为我们党长期的指导思想,又有了新的全面奔小康的奋斗目标,真是前程似锦,催人奋进。不久后我将退休,离开耕耘了38年的校园,但我始终认为,党员是不能退休的,只要生命不息,就要奉献不止。

十六大是新的航标灯,它照亮着我前进的方向。我将迎着风浪,永远前进,达到新的彼岸。我将永远记住:我是一名共产党员!

(载于《大江南北》,2003年第1期)

体重比炮弹轻
——1962年,我在海防前线

离开部队已近40年了,回忆起我参军时的情景,以及在部队5年的战斗生活,许多画面仍历历在目。其中最难忘的是1962年,我作为中国人民解放军的一名战士,参加了粉碎蒋介石反攻大陆的斗争,经受了一次严峻的考验。

1960年,我初中毕业后,以优异成绩考上了上海交通大学工农预科。我极其兴奋,全家欢呼雀跃,因为世代为农的陈家出了一个到城里去读书的孩子。我十分珍惜经过拼搏后得来的学习机遇,以勤奋、刻苦的精神状态投入到预科的学习生活之中,目标是考入交通大学,朝着工程师、科技工作者、专家的方向而努力。正当我在理想的道路上顺利前进时,1961年变化的形势,最终改变了我原定的发展目标。

当时,由于我国处于3年困难时期,部队决定不向农村征兵,同时又急需一批文化水准较高的战士掌握先进的武器装备。于是,将征兵的对象转向了城市的青年。记得当时闸北区武装部的领导来到我校,向在校的学生作了参军动员报告。对于有着强烈翻身感、来自世代贫苦家庭的我,牢记"滴水之恩,当涌泉相报",在党和国家需要为之服务时,应挺身而出。我没有作任何考虑就报了名。开始,我担心不会被批准,因为我年龄不满17周岁,身高不到1.60米,体重仅40公斤。但出乎我的意料,体格检查的每一项都通过了。很快,一张批准入伍的通知书送到我的手中。当我把被批准入伍的消息告知母亲时,她难以接受,立即从乡下赶到学校,又是哭,又是闹,死活不让我去当兵。学校领导、班主任老师反复劝说,加上我的坚定,母亲的情绪才平静下来。我告诉她:"我会常写信回家的。"就这样,我和其他83位同学乘上了南去的列车。8月21日来到了福建前线部队。为了国家和人民的利益,一个人有时得放弃自己原定的理想、目标,人生才更有意义。

我所在的部队在漳州林下,是一支有着光荣传统的炮兵部队。我来到了基层连队,担任炮手。可怜的我体重没一发炮弹重。当时我们部队的大炮是160毫米口径的迫击炮,射程一万米以上,一枚炮弹重41公斤,而我入伍时体重仅40公斤。来部队时经历了乘火车、坐汽车,加上大热天,体重已降至37.5公斤。训练中,我抱起炮弹(训练用)装进炮膛时,咬紧牙才能勉强抱起,几次下来,已是大汗淋漓,有时摔倒在地,我失声哭了,但还得爬起来再练。每当此时,战友、班长、连队首长都过来安慰我,鼓励我。我没有退路,只能加强锻炼,增强体质,增加力气。我的外号"小个子兵"就是从那时叫开来的。4个月后,我终于获得了成功,年终评我为"五好战士"时,全连全票通过,并光荣地加入了共青团。我感到,在人生的路上,在艰苦的条件下,只要以自己的毅力坚持下去,那么什么困难都是可以克服的。人,就是在不断战胜困难中前进的。

1962年春夏,部队突然处于一级战备状态。上级传达命令,近日内开赴厦门前线,准备歼灭蒋介石反攻大陆的部队。在参战动员后,官兵们的请战书、决心书贴满了连队的墙报。我决心要在这场战斗中争取立功。在部队开赴前线的前一天,我给父母亲写去了信,信中写道:亲爱的爸爸、妈妈,战争必定有牺牲,大家都作好了为国牺牲的准备,我也一样。真是那样的话,你们不要太难过,你们应感到光荣和骄傲,因为你们养育了一个好儿子。我还告诉他们,我们炮兵比起步兵来,牺牲的概率要小一些,但必须有为国献身的思想准备。信的末尾写上了再见吧,爸爸、妈妈!后来我知道,在那些日子里,父母亲、弟妹们几乎天天吃不好饭,睡不着觉,整天为我担心着。

6月5日,在漆黑的夜里,军车拖着刚换成120毫米的迫击炮,载着战士向前沿阵地开去,在拂晓之前到达了指定地点——港尾。我们住进了老百姓腾出的房。村庄内外是茂密的荔枝林,我们的火炮隐蔽在树林中,不到近处很难发现。紧张的战前训练还挺有诗意的,因为在那段日子里,我们谱写了一曲又一曲军民鱼水情之歌。我们帮老百姓插秧、割稻、挑水、打柴,老百姓给我们扛炮弹、送水、送菜、送水果。训练时,头顶上是已成熟了的荔枝,红艳艳的让人看了直流口水,但我们从不采摘一个,倒是老百姓采下后送到我们住的地方,一定要给我们吃。在那里,我还学会了好多句闽南方言。大约一个月后,我们奉命进入了离海滩约4公里处的、我们事先挖好的战壕阵地。蒋介石的部队如胆敢登陆,我们炮兵任务是歼灭敌人三分之一于沙滩上,空军、海军歼灭三分之一于海上,余下三分之一由陆军歼灭。在隐蔽的战壕中,战士们战斗情绪高昂,只等"开炮"一声令下,千万发炮弹将落在来犯敌群之中。七天七夜的战地生活结束了,蒋介石部队没敢来。于是我们再返回到原来的驻地。又过了一个多月,已是没有战争动静了。8月11日,我们与乡亲们告别。部队回到了漳州林下营区。我经受了一次战争的考验,受到了嘉奖。一年后,我光荣地加入了中国共产党。

尽管我最终没能成为工程师、专家,但经过不懈的努力,我成了一名光荣的人民教师,并在这个岗位上工作了39年,实现了我的人生价值。

(载于《大江南北》,2004年第7期)

微 博 心 声

当今的时代,是网络化、信息化的时代,世界上任何一个地方发生的重大事件,都会在第一时间传遍地球上每一个角落。

掌握、利用论坛、博客、微博等网络工具,开展宣传工作,是今天的宣传工作者应该努力实践的一项技能。

从 2012 年 2 月份起,我开始在新浪微博上以实名制发微博,每天少则五六条,多则三四十条的新闻、人物、感想体会、轶闻趣事,以及大量的照片,在广大网友中产生着积极的影响。我牢记自己是一名入党近 50 年的老党员,一名党的基层干部,一名中学政治老师,在发每一条微博时,尽量做到真实、可信、有积极意义、对人有启迪、经得起历史检验。10 个月来,我已发微博 2 900 多条,宣传改革开放的大好形势,社会上的好人好事,宣传着党的教育方针,我校的办学理念,介绍学校的发展,反映师生工作、学习、生活的情况等。微博,起到了教育人、激励人的作用。

党的十八大召开的前夕,我以兴奋的心情发了这样一条微博:"党的十八大即将召开,作为一名党员,我感到兴奋。我们的党是伟大、光荣、正确的党。尽管犯过错误,但党是伟大的。这次大会,一定会取得圆满成功! 衷心祝贺!"

微博发出一分钟后,一条谩骂我的微博出现在我的面前:"奴才,鄙视中!"我没有料到会发生这样的事情。快速查看此人的信息,是来自陕西西安的。我稳定情绪后回复:"政见可以不同,但不能骂人。"我重申中国共产党是伟大的党。很快,一批忠实于我的粉丝开始对此微博进行反击,以事实指斥此人无理并骂人,要求其向我道歉。许多网友安慰我:"陈老师,您别生气,林子大了,什么鸟都有,我们交大附中的学生永远都是爱自己的老师的。""您不要理睬这样的人。""网上有人喜欢到处喷人,陈老师不用放在心上,我们大多数学生都是把你当自己父亲一样尊敬。"这些微博让我心中有了底,广大的微博朋友,大多还是明辨是非的,对党是有感情的。

十八大召开当天,我又发了庆祝大会胜利召开的微博。很快,有三个粉丝说实在受不了我对党的赞美,宣布退出我的粉丝队伍。当时,我的粉丝正在 1 500 人上下波动。

三人退出的微博一出现,马上有粉丝感叹:"退出粉丝队伍的人有点不理智啊!相信陈老师的粉丝数将因此事迅速上升。"果然,两天后,我的粉丝数已上升到1 562人,至十八大结束时,已上升到1 638人。对此,我感到极大的欣慰。

　　这不是一个简单的数字变化,它表明了广大网友通过微博发出了自己的心声,这是对一个老党员、老教师的信任,继而是对党的一种坚定信念。他们认为:"这个世界上有一些老党员怀着坚贞的信仰和赤子的情怀,这样的人不是太多,而是太少,值得鼓励!"他们对我的微博称之为"一个老党员的忠诚",并祝愿"我们的党越来越强大"。

　　今天,发微博已成为我每天必做的一件事,成为我在网络化、信息化时代掌控的一件新的宣传武器,我将充分发挥它的功能,为宣传我们的党、宣传我们美丽的祖国作出一点贡献。

(载于《大江南北》,2013年第1期)

交大预科求学记

大学预科,在新中国教育史上只是"昙花一现",仅在北京、上海等大城市开办了几年。如今对于这段几乎已被湮灭的历史,人们所知不多。我作为当年的一名预科学生,后来又成为学校的在职教师,也想将自己所知道的大学预科故事写下来,告诉今天的人们。

大学里的高中

1960年,16岁的我从上海浦东高桥镇的一所普通中学毕业,考入了憧憬已久的上海交通大学预科。当初报考时,交大预科在浦东川沙地区仅招不足10人,竞争者济济,而我作为一个农家子弟,既无家学渊源,也没啥背景,周围不少人都半真半假地笑话我是"癞蛤蟆想吃天鹅肉"。但当时我并不气馁,反而下定决心,哪怕考不上,也要尽力一试,因为上海交大是我一心想要考入的高校,而进入预科,也意味着我离心目中的学府更近了。通过锲而不舍的努力,甚至通宵达旦地看书,我终于凭着优异的中考成绩拿到了梦想中的交大预科录取通知书。

那一届,学校招收了12个班,是交大预科招收的第三届,也是招生最多的一年。我被分在9班,全班56名同学,其中女同学11名,全部住宿在交大基础部校区,记得我住在北大楼的顶楼三层阁,住宿条件虽然艰苦了些,但丰富的学习生活让我每天过得很愉快。

进入预科,一切都是新鲜的。可不是吗?虽说我们只是高中阶段学生,但却和交大一年级(当时称基础部)的学生们共享有同样的学校资源:同在一个校园内,共用一个图书馆、阅览室,许多理化生实验室可通用,体育课和许多课外体育活动也是在同一个操场上进行。不仅如此,我们和大学生们甚至还共有同样的老师,许多大学基础部的老师兼任着预科的教学任务。这样一来,我们得天独厚的优势就令外面其他学校的中学生们羡慕不已,而我们也把自己看成是"准大学生",对自己提出了更高的要求。后来的事实也证明,预科的教学探索是成功的,我们很多同学在预科毕业进入大学后,比一般中学考上来的学生能更快地适应大学生活,绝大部分预科同学都成为学习上的佼佼者,而且在各高校的学生干部中,来自预科的同学们也往往更能够脱颖而出。

在忙碌紧张的学习之余,课外生活可以说是缤纷多彩。学校组织了歌咏队、舞蹈队、民乐队、篮球队、田径队、射击队等。每天下午课后,同学们都"各有归属"地参加社团活动。大家在活动中增长着才干,愉悦着心情。每当重大节日,都举行文艺演出。记得我们有一次参加大学部的文艺汇演,谈德鹏老师带领各班文娱骨干集体排练的大型科幻歌舞剧《红色种子》获得交大"优秀演出奖""优秀舞美奖"。

每年三夏、三秋时,预科都会组织同学到青浦、南汇、张庙等郊区农村参加劳动,或是组织同学到华通开关厂、先锋电机厂、四方锅炉厂等学工劳动。

由于预科是以上海交通大学的名义下乡下厂的,所以工人们看到我们这些"面孔稚嫩"的准大学生们,也十分欢迎。

预科那几年,正逢国家遭遇三年自然灾害,食堂的伙食虽比外面稍好些,但也只能说简单,男生们的定量往往不够吃,班上女同学们便省出自己的那些余粮支援饭量大的男同学,这些守望相助的岁月,今天回想起来仍令人动容。

更让人难忘的是,由于当时交大隶属于国防科委领导,所以海军东海舰队作为同一系统的兄弟单位,就常把海上捕捞的黄鱼、带鱼等海产品无偿地送给交大食堂,给大学生们补充营养。部队领导和大学领导也一样没有忘记我们这些预科的小同学,预科食堂也和大学食堂一样"有鱼吃鱼""有虾吃虾",这在当时食品物资极为匮乏的年代,享有此待遇简直就是做梦一般。我们充分体会着作为大学预科学生的幸福,体会着大学领导、部队首长对我们这批正在长身体的学子的关怀。几十年过去了,至今仍感到印象深刻。

工农子弟居多

预科的同学,包括前两届的师兄师姐们,大多和我一样,是工人、农民家庭的孩子,只有少部分是老干部的子弟。对于同学们的家庭成分如此"根红苗正",当时我们并没有太在意,只是有时候会觉纳闷,为什么学校的校牌校徽上,写着是"上海交通大学预科"而学生证、饭票上却又写为"上海交通大学工农预科"……直到多年以后,我因为工作原因重新研究这段历史,才弄清了其中的原委:

上海交大预科的前身是成立于1954年的上海工农速成中学,一开始主要招收一些文化水平较低,但在工作上又表现较为优秀的工农干部及工人,年龄跨度从18岁到35岁不等。1958年前后,工农速中渐渐完成其历史使命,为了学校不因此而停办,上海交大接收了速中,并将其转办为大学预科。当时上海,像这样的预科学校总共有十所,除了交大预科,还有复旦大学预科、同济大学预科、华东师范大学预科、上海第一医学院预科等。

对于预科该招收什么样的学生,各方面意见不一。有的认为"预科学生能保证多数是工农成分,一般劳动者也要一些,个别资产阶级子弟,表现好的也应当要"。有的则表示"坚持只招收工农子弟"。后来,还是一次招生会议上一位市教育局的领导给出了定论:"不要再争啦,工农子弟、老干部子弟,加上一般劳动者子弟,占80%~90%就可以啦!"

尽管校名上拿去了"工农"二字,但是市里、各高校还是本着"为培养工人阶级自己的知识分子队伍,迅速增加高等学校学生的工农成分比重"的办学目标,为预科配备了最优秀的师资力量,我们学校更是铆足了劲,教师班底中既有原来工农速中的教学班底,也包括了交大方面从基础部抽调的一些教师骨干。难怪乎,当时的市领导将上海交大预科的教学力量称之为"秘密武器"。

名师出高徒

回过头来看我们有幸受其教导的那些"秘密武器"们,有两位给我留下了极深的印象。他们一位是教语文的吴广洋老师,另一位则是教化学的何岳伍老师。

对于吴老师,同学们还记得他课上反复说的几句话:"不读诸葛亮的《出师表》不懂得忠,不读李密的《陈情表》不懂得孝。"有一次,他讲到辛弃疾的《永遇乐·京口北固亭怀古》文章一开头就写"千古江山,英雄无觅,孙仲谋处"。老师向我们解释道:"为什么赞美孙权?因为是他继承发扬、光大了父兄的事业。而作者所处的南宋时代宋高宗赵构,置父(宋徽宗)兄(宋钦宗)当了金兵俘虏于不顾,偏安江南一隅,恣情享乐。作者是借赞美孙权而痛斥这个不争气的皇帝啊。"从那一刻起同学们才真正懂得该如何去解读古代诗词的深意,才明白其中竟然还蕴含如此丰富的思想感情和精神寄托……吴老师不仅学问深,而且更是孜孜以求、诲人不倦。在大家的记忆中,凡是他连上的两堂语文课,中间15分钟从未休息过,他恨不得再有更多的时间,好让他有可能把更多的知识传授给自己的学生。他教我们通读、圈读、精读,教我们演讲和写作都先要打腹稿,读书时要看字典词源和地图,鼓励我们提问,包括语文以外的各类问题。吴老师见到学生的口头禅便是"学问学问,就是要勤学多问""读书呀,书是要读的",一口浓郁的义乌乡音当时总是惹得同学们频频发笑,但今天在脑海中回想起来,却又觉得异常的亲切。

何岳伍老师则是预科出了名的"严师",他对化学教学是极其严格的,甚至可以说是严苛。除教授教学大纲要求的知识外,他还增加了不少授课内容。比如对化学课本中每一章节末的附录,是用小字印刷的,他也进行了认真详细的讲解,安排作业。最让同学受不了的是他居然把这些内容也放进了考试。何老师如此高的要求,学生哪敢有半点怠慢,当然回报也是非常甜蜜的。在高考时当化学试卷一发下来,大家都会心地笑了。因为每一道试题都是熟悉的,包括最后一道大题竟然是"小字印刷"的内容。当年高考的试场就在上海工学院,同试区的还有闸北区几所中学。化学考试一结束走出试场,听到兄弟学校的同学都在埋怨化学考题太难、太偏,而交大预科的同学打心底里感激着何岳伍老师。在何老师的辛勤教导下,加上同学们的努力,他带教的班以优异成绩完成了在预科的学习,一个班有6位同学考上了清华大学,这在当时上海应该是个纪录,就全国来说也绝对是不多见的。

十分之一学生参军

在上海交大预科的历史上,有两件事值得铭记,也是今天的中学生们所无法想象的。

一是首届预科成立了一个"共青团员"班。当年,正值"大跃进",全国掀起"比、学、赶、帮、超"的热潮。学校在新生入学后不久,从各班抽调了品学兼优、身强力壮的52名同学组成了"共青团员"班。这是在特殊时期、特殊背景下重新组建的一个特殊班,班主任由校长钱君洪亲自点将的于鸿福老师担任。这个班建立后,以半军事化的形式进行学习、劳动以及平时生活,他们每周有两天参加各种学工、学农活动,包括炼钢、车工、木工、钳工、石蜡浇铸、打地下天然气(沼气)、种庄稼等。同学们在这个班里得到了更多的锻炼,班级也成为年级中的先进集体,树起了交大预科的一面红旗。

二是预科先后有一百多位同学参军服役。那是1961年、1962年,正值国家经济困难时期,国家规定不从农村征兵,而从省会以上大城市征兵,同时为提高部队的文化层次,将有高中以上文化程度的新兵充实到部队技术兵种中去。交大预科接到上级指示后,在学生中进行了动员,广大同学纷纷响应,经过一系列体检、政审后,两年中一百多位同学脱下了学生装,穿上了橄榄绿,走上了保卫祖国的第一线,参军人数占总学生数的1/10。

这一百多位学生中,我也有幸成为其中之一。那时我还不满17岁,准备读预科二年级,体重不到80斤。尽管身体羸弱,但我还是义无反顾地报了名。后来到了炮兵部队,老兵们笑话我还没有一发炮弹重(当时我们所操作的160毫米迫击炮,一发炮弹重82斤),在军事训练中也是克服了难以想象的各种困难,年年被评为"五好战士"。

像我这样的娃娃兵,是带着老师和同学们的祝愿走上从军之路的。至今仍记得,学校老师为我们送行那一天,吴月宝老师写下了诗句:"参军服役离家乡,中华自有好儿郎。长风千古慕崇懿,爱国精神永发扬。""飞车万里正清秋,无限江山眼底收。不负男儿孤矢志,从戎掷笔卫神州。"

从1958年至1961年,上海交大预科只招了四届学生。1962年春天,学校被上海工学院接收,改名为上海工学院预科。同年8月,根据上海市教育局规定,所有大学预科一律改为大学附中。至此,大学预科在全国范围内正式退出新中国的教育舞台。

若干年后,我从部队退伍返沪,有幸又回到母校工作,学校已改名为上海交通大学附属中学,这又是后话了。

(载于《档案春秋》,2014年第8期)

八十岁的我又一次"唱"起了这首歌

20世纪60年代,我经常唱一首儿歌:"我在马路边,捡到一分钱,把它交到警察叔叔手里边……"想不到几十年后,已是八十岁的我,又一次"唱"起了这首歌。

日前一个早晨,我下楼去菜场买菜,刚出大楼就见路上散落着不少人民币。此时,周围空无一人,我赶紧上前将钱一一捡起,清点了一下,有120元。我决定交给大楼门卫,让他转交居委会待失主认领,并向居委会写了情况说明。

正巧,这时负责管理大楼的朱师傅走了过来,他提议查看一下监控。我们发现画面上曾出现一辆来接乘客的出租车,是司机在下车时将钱掉落了,而租车人正好是住在我家同层的邻居。通过她,我们联系上了司机,司机没想到掉了的钱还能拿回,十分惊喜。

第二天上午,那位司机来到我们大楼门卫室,说要当面向我道谢,于是我们见了面,他握着我的手,一再表示感谢。

我为自己增添了一朵拾金不昧的小红花,也为创造良好的社会风气做了一点贡献,感到特别高兴。

(此文发表在2024年6月6日《上海老年报》第3版"读者之声"栏目上)

第十辑　种花养草

盆 栽 辣 椒

2015年，住乡下的妹妹送我一盆灯笼辣椒，送来时已结了一只辣椒。在我精心养护下，辣椒日长夜大，一直到变红我才将其摘下。后来，又先后结了5只，每只都有我的半个拳头那么大。每次采下后，与其他菜一起烧了吃。

尝到了一株辣椒给我带来的乐趣，2016年一开春，我就打电话给妹妹，如有去年一样的辣椒秧苗，给我送十来棵，我自己种在花盆里。结果她送来了15棵幼苗。我找来了两只泡沫塑料盒子，从我原单位苗圃里要了一些营养土，加上原来种花的几只泥盆，将这些幼苗种下，放在朝西窗外的花架上。

每天浇水，定期施上发酵过的淘米水作肥料。只见秧苗长到20公分高时，开始开花结果。不料上海那天狂风大作，我家因在17楼，风比地面更大，可怜的那些花朵、小小的辣椒全部被打落。我后悔在起风时没有将其搬入室内。吸取教训，不泄气，继续养护。凡听到气象报告有狂风暴雨就将其搬进室内。功夫不负有心人，很快又开花又结果。一只又一只大大的灯笼辣椒挂满枝头。

从5月下旬起，开始采摘，至今已摘了9次，共53只，个个大而饱满，最大的有我拳头那么大。采摘的辣椒，不断翻花样烧菜，有辣椒炒豆腐干毛豆、有炒肉片、炒牛肉、炒花菜……现摘现烧，味道好极了。

一次，一位亲戚来我家，看到我种在那花盆里的辣椒长得如此茂盛，硕果累累，十分羡慕。我告诉她，没有种植的难度，很容易种养，她听后表示明年也将种几盆。我当即从几棵辣椒树上剪下6个送给她，让她回家后与其他蔬菜一起炒一盆菜，分享丰收的果实。

窗外花架上种几盆辣椒主要不是为了吃，而是调节自己的退休生活，陶冶情操。这半年来，大大丰富了我在家的生活内容，每天多了一件事可做，既美化了家庭环境，又净化了室内空气，还可以吃上最新鲜的蔬菜。每天推窗望外满眼的绿色，令人心旷神怡。

我更让3岁的外孙女每天观察辣椒的生长、开花、结果，给她简单讲述有关农作物的知识。好几次采摘时，还手把手让她拿着剪刀将大大的辣椒剪下。每当此时，孩子特别开心，尽管她没有去过农田，但在家里看到了辣椒生长的过程，增长了她的知识，这是我盆栽辣椒的最大收获。

作为家中的老人，在带隔代孩子时，如能让孩子多看看他周围的事物、讲一些简单的科普知识，让他动动手，孩子就会在潜移默化中懂事、成长，我想做这些事是不难的，这也是老有所为吧。

目前，盆栽的辣椒越长越高，大部分高达60多厘米，我用小竹竿将每株辣椒绑住，以防风刮倒。这些辣椒在继续开花结果，其中一株18只已成形，不久，又将成为全家人的美味佳肴。

(载于《新民晚报》，2016年8月14日B4版)

盆栽辣椒又一春

2016年春天,住在乡下的妹妹送给我15株灯笼辣椒秧苗。我找来了两只很大的泡沫塑料盒子和泥土,安放在朝西窗外的花架上,种下秧苗。自此,每天多了几分忙碌,浇水、松土、施肥。功夫不负有心人,经过精心养护,辣椒苗长大,开花,结果。从6月初到8月,14次采摘了100多只拳头大的灯笼辣椒。炒肉片、炒毛豆、烧花菜或辣椒塞肉。现摘现烧,味道特别鲜美。

我多次将盆栽辣椒的照片和文字发上微信和微博,分享收获的快乐。不少网友怀着极大的兴趣,向我讨教经验,有的叫我留下种子,明年寄给他们。我回应:一定。

8月中下旬,上海出现了连续35摄氏度以上的高温,辣椒耐不住高温,叶子发黄掉落,濒临死亡。盆子太大,无法搬入室内,我找了几根竹竿,搭起了遮阳棚,白天用布盖在棚上,晚上拿掉,每天浇两次水,隔几天施以浸泡过的淘米水,日复一日,不厌其烦。

几天后,辣椒长出新叶,又过了几天开花,不久,花朵都掉了。妻子见我每天在17层高的屋内踩在凳子上,半个身子伸出窗外给辣椒搭凉棚,又危险,又辛苦,还没有收获,叫我把辣椒拔掉算了,我却坚持不懈。因为它们的根没有死,气温下降后,说不定会复苏。

果然,9月中旬后,气温下降,辣椒长出新芽,不久枝繁叶茂,再度开花结果,每棵结了3到4只辣椒,最多的一棵竟有10只。前些天,天气凉爽,15株辣椒相继开花结果。

国庆节那天,我摘下了已有半个拳头大的辣椒,炒牛肉土豆,再次享受劳动果实,也为节日增加了欢乐的气氛。

(载于《上海老年报》,2016年12月8日第5版)

种 辣 椒

春分前夕,在乡下的妹妹又给我送来5棵灯笼辣椒苗。正在空中课堂读小学一年级的外孙女见了,对我说:"外公,等到课间休息的时候,我来种。上次,外婆送来15棵辣椒,您只让我种了2棵,这次,我要过过瘾。"

我欣然答应。告诉她,先专心上课。

我把阳台花架上的5只空花盆拿到卫生间,装进已发酵的泥土,准备了小铲子和浇水的杯子,只等外孙女下课。

下了课,外孙女奔过来。她拿起小铲子在一只花盆中间挖了一个小坑,放进秧苗,培上土,用手压紧泥土。不到10分钟,5棵苗全部种好。一一浇上定根水。她大声说:"我成功了!"我赶紧鼓掌庆贺。

第二节网课结束后,见新种的辣椒苗还在卫生间,外孙女就问我,为什么不放到阳台上。我告诉她,秧苗经不起太阳晒,要在阴凉处放3天。3天后,苗活了,才能放到室外。我说:"以后你要经常给它们浇水哦。""记住了,外公,不干不浇,要浇,就浇透!"

这些天,外孙女亲手栽种的辣椒苗长势良好,她开心,我也开心。

(载于《上海老年报》,2020年4月9日第5版)

碰 碰 香

家中的书桌上放着一盆碰碰香,一年四季的嫩绿,让人百看不厌。更令人喜欢的是,只要一碰它的叶子,就有一股苹果香味散发出来,沁人心脾。

这盆绿植是花鸟市场买来的,当时只有一枝,现已萌发成多个枝,绿叶长满了小小的花盆,郁郁葱葱。

碰碰香是灌木状多年生草本植物,原产于非洲好望角,欧洲及西南亚地区也有分布。看书写字疲倦时,抬头看看它,再碰碰它,马上神清气爽。

碰碰香的叶子受到刺激时,其细胞中的水分会发生作用,用于透气的气孔向外扩张,一种易于挥发的带苹果味的香味物质顺着气孔扩散到空气中,就闻到了香味。它还有药用功能,可驱蚊,可止痒,打汁加蜜生食,可缓解喉咙痛,煮茶可缓解肠胃胀气及感冒,捣烂后敷在跌打损伤的创口上可消炎。千百年来,无论在好望角还是在欧亚大陆,总能见到它的倩影。

碰碰香喜阳光,也耐阴,花盆很干时浇足水即可。它极易繁殖,剪一小段枝干扦插就能成活。我曾经把插活的幼苗送给亲朋好友,让大家分享这清香之味。

(载于《上海老年报》,2023年6月8日第5版)

虎皮兰开花

2021年夏天,我在阳台上为绿植浇水,忽见种了16年的金边虎皮兰的根部长出了花茎,有40厘米高。每隔两三厘米就有一组淡绿色的花,每组3至4朵形似小香蕉,散发着沁人心脾的芬芳。我喜出望外,拍了照片发微信朋友圈,朋友们都啧啧称奇。

当年,老伴在浦东一家农行帮忙,一天,她捡回同事修剪下来的几片虎皮兰叶子,我找了一只瓷盆种下。一个月后长出了新叶,第二年已十分茂盛。花盆放在内阳台一角,很少浇水,四季葱绿。至今已有70多片叶子挤在一起。想不到竟然开花了,令我惊喜不已。虎皮兰一般6年开一次花,花期20天左右。淡绿色的花,在自然界很少见,比铁树开花还稀奇。

虎皮兰又名虎尾兰、千岁兰、锦兰,原产非洲热带,百合科,多年生常绿草本。我种的这盆每片叶子高50公分以上,最高的有1米。深绿色的叶子镶着金黄色的花边,叶片上有云状横纹,如老虎尾巴,故名金边虎皮兰。

虎皮兰极易种植。我多次连根挖掉一些矮小的叶片,栽入花盆送给物业员工、小区门卫和亲戚朋友。

(载于《上海老年报》,2022年3月10日第5版)

家有蟹爪兰

窗台上的蟹爪兰开花了,层层叠叠的红花,在阳光照射下映红了窗台。这是我去年在菜场地摊上买来的,耗资8元。因为换盆,花开至年底就不再开了。偶尔浇水,始终郁郁葱葱。

蟹爪兰是仙人掌科,多年生常绿植物,灌木状。每枝从下往上有五六节叶片,鲜绿色,带些紫色,顶端截形。叶基似螃蟹的脚,故称蟹爪兰。

2021年深秋,蟹爪兰每株顶端叶子长出了红色的花苞。花苞不断长大,基部呈短筒状,几天后长出三至四层鲜红的花瓣,呈宝塔形倒垂。在花的中心有2至3厘米长的白色花蕊,比针还细,足有三四十根之多,每根顶端有黄色的花粉。

花苞、花朵越来越多,压弯了枝条。我找来两根粗铅丝,弯成弓形,组成十字形的架子,插入花盆边缘,再用绳子绑在铅丝外面,花枝立了起来,向四周张开,好似一把小伞。满枝倒垂的花朵盛开时,像红灯笼。

旧的花朵谢了,新的花不断地萌发,两个多月里,这盆蟹爪兰红花不断。网上有诗赞蟹爪兰:莫怨秋来落叶风,一丛蟹爪正花红。眼前又见芳菲色,恍若春回几案中。

一盆蟹爪兰,使居室充满了生机,象征着我家的生活红红火火、幸福安康。

(载于《上海老年报》,2021年12月30日第5版)

盆栽向日葵

已是隆冬时节,窗台上,花盆里的向日葵仍然开着淡黄色内花朵,圆圆的花盘随着太阳的移动而移动,给居室带来了春天的气息。

读小学二年级的外孙女参加网上培训课后,收到了该培训机构寄来的葵花种子。那天放学后,外孙女选了2粒种子,种到花盆里,浇上水,放到窗外的花架上。

两周后,一株幼苗破土而出。又过了一周,第二株幼苗也顶破了泥土。此后,她定期浇水松土,忙得不亦乐乎。一个多月后,第一株向日葵的叶子盖满了花盆,将第二株压在了下面。不久,第一株顶端结出了花蕾,从圆心向四周伸出淡黄色的花瓣,形成太阳似的一个圆。外孙女好奇地数了数,花瓣共有27片。

一个夕阳西下的傍晚,我站在窗边欣赏着葵花,眺望周边的景物。楼下,苏州河水波光粼粼;两岸,人们在绿荫下散步;桥上,来往车辆川流不息;远处,林立的高楼折射出道道金光。阳光、葵花、河水、绿树、高楼,构成了一幅极美的画卷。我赶紧拿出手机拍摄,将照片发到朋友圈,获得一片点赞。

天气转冷,我将花盆搬到室内。此时,第一株向日葵叶子开始枯萎,留出了很大的空隙,第二株迅速往上长,两周后也开了花,只是花朵小了许多。

因为这两株向日葵,我知道了它的别名:向阳花、望日莲、朝阳花。它们开花以来,我每天观赏,愉悦了心情。在种植养护的过程中,外孙女也增强了实践能力。

"更无柳絮因风起,唯有葵花向日倾。"向日葵是俄罗斯的国花,它追随太阳,向往光明,给人们带来美好希望的品格,也是对我们的一种启迪。

(载于《上海老年报》,2021年1月14日第5版)

也说茉莉花

前不久,《上海老年报》休闲版刊登了《散养茉莉花》一文,作者介绍了散养的体会。在此,愿与喜欢茉莉花的读者诸君分享我的经验。

前年春天,我在花鸟市场买了一小株茉莉花,它有6根枝条,每根枝条的顶端都结了花苞。到家后,我把它换到加了底肥的大花盆中,放到阳台上。3天后,花朵盛开,满室清香。花苞绽放有先有后,花期近半月。在此期间,我将开过花的枝条剪去一截。新的枝条长出,才会孕育新的花苞。从5月下旬到10月,这盆茉莉花前后开花4次,茉莉清香伴我度过了夏天。

2022年,经由我精心养护,茉莉又盛开了一夏。2023年,我新置了一盆茉莉,内有10根枝条。换入大盆后,它枝繁叶茂,花蕾多多。令人兴奋的是,它的开花日期与原先那盆错开,我的居室终日氤氲着茉莉花香。

茉莉花喜阳光,隔几天浇一次水;盛夏期间早晚各浇一次;定期施肥(淘米水等);冬天,可置放于温度不低于3摄氏度的地方晒太阳。我种了3年茉莉,每年春天,它都会更换叶子,长出的新枝继续开花。盆栽茉莉,养护还是比较容易的。

(载于《上海老年报》,2023年9月14日第5版)

一盆萼距花

2023年11月下旬的一天,我到远在安亭的外甥家做客,他家阳台上摆放着两盆开着紫红色小花,满盆的花朵似天上繁星。见我十分喜欢,外甥送了我一盆。他说,这是前几天在苏州游玩时,在路边摊买的。

回家后,我将塑料小盆换成大的泥盆,以期有更多的肥力,泥盆放在向阳的窗台上。

不知道此花叫什么,我在网上查找,才知道它叫萼距花,又名紫色满天星、孔雀蓝、墨西哥花,属千屈菜科,矮小灌木花。原产墨西哥,养护简单。

仔细观察,30多枝细小的花枝,有的直立、有的斜长,成熟的枝条高约20厘米,长满翠绿的叶子,枝条的上半部分开着一朵朵紫红色花朵,直至顶端,每朵花由6个花瓣组成圆形,花期约一周。每朵花的旁边又孕育着一个又一个小花苞,开花不断。

它有一种梦幻和浪漫的美,我用手机拍了照片,发给亲朋好友。

自从有了这盆花,我在窗前读书看报写字的间隙,一抬头,绿色和紫色就映入眼帘,赏心悦目。

(载于《上海老年报》,2024年3月7日第5版)

第十一辑　幸福家园

人才从这里诞生

编者按：本文作者是基础学院虹口分校学生陈晓蕾的家长。陈晓蕾同学获"三好学生"称号并获二等奖学金，其父陈德良同志是上海交大附中党总支书记、副校长，他致书本报，谈了对本校的教育工作的感想，值得一读。我们也欢迎其他同学家长关心、支持学校的教育改革和发展。共同促进我校的教育事业向前发展。

春华秋实。我首先要感谢二工大的领导和老师对同学们一年多来精心培养和教育，正是老师们的辛勤劳动，才有了今天学生的丰收。

一年以前，我以复杂的心情将女儿陈晓蕾送到了二工大。从那以后，二工大成了我生活中关心的一部分。一年来，我对二工大经历了怀疑、放心、满意、坚信的过程。二工大的生源不如其他大学，教学设施也不及别人，校园环境、体育活动场所也远不及我所在的交大附中。然而，老师们出于对培养跨世纪人才的高度责任感，抱着对每一个学生负责的精神，靠着辛勤的工作，使一个又一个的优秀人才从这里诞生。

良好的环境对人才的成长起着重要的影响。二工大创造了一个十分有利于青年成才的环境，学校从政治上、思想上关心学生，教育学生及早地从高考失利后的情绪中走出来，给了学生前进的动力。学校与学生家长的联系之密切是上海高校所没有的，至今天晚上，我已参加了5次家长会，班主任黄玉庆老师还分别找学生家长交谈，可见二工大对学生是多么的负责。浓厚的学习氛围，使学生们增长了知识，懂得了人生的哲理。我的女儿正是在这种良好的环境下取得了长足的进步，被评为二工大三好学生，并获得了二等奖学金。她在给高中班主任老师的信中说，"我第一次尝到了当好学生的滋味，这一切都是二工大给我的，如果我在其他大学是不可能有今天的"。

女儿一年来的进步告诉我，一个人的成才不在于进什么名牌大学，而在于这所学校有没有一批热心于党的教育事业，对学生满腔热情的领导和老师。二工大这方面是令人信服的。为什么二工大能培养出全国劳动模范包起帆？答案是十分明确的。每个学生只要勤奋刻苦，就一定会获得成功。人是要有一点精神的。一年多来,她以顽强拼搏的精神进入了大学学习的角色:保持着高中时养成的良好习惯,上课专心听讲,课后认真完成作业,每天复习、预习功课到深夜,功夫不负有心人。

今天,女儿已深深地爱上了自己的学校——上海第二工业大学。因为她在人生的旅程中,二工大是个转折点,二工大给了她知识和力量,给了她前进的方向,培养她成为一名好学生。作为家长,我期望她百尺竿头更上一层,以优异的成绩完成大学的学业,将来为我们的国家作出贡献。为二工大争光,为祖国争光。最后,再一次感谢二工大的领导和老师。

(载于《二工大报》,1994年12月10日第1版)

面对女儿的失利，我心平如镜

看了美国衣阿华大学一名中国留学生因妒忌同窗取得物理荣誉奖而枪杀老师、同学的报道，十分震惊。这件事，给社会、学校、家庭都提出了一个十分严肃的问题，如何教育学生正确对待成绩荣誉，包括失败、挫折。我作为家长，对自己孩子在这方面的教育谈一点看法：

我的女儿高中时就读于本市一所重点中学。那一年高考，由于种种原因，她落榜了。当她知道同班同学都拿到了高校录取通知书时，她的精神几乎到了崩溃的边缘。她称那一年七月是她人生道路上的黑色七月。一段时间内，她闭门不出，饭菜不香，家中的电话机线被她拉掉，为的是不让亲朋好友打电话来询问她高考的情况。

面对女儿的失利，作为她的父亲，我心平如镜。因为我意识到，如果我的心情也不好，更会加重她的失落感，如果埋怨，那么有可能逼她走向极端。于是我一方面安慰她，给她讲榜上无名、脚下有路的道理，还举了许多那些在挫折面前不气馁、继续拼搏，最后成为出类拔群人才的人和事。在生活上，我和她的母亲比平时更体贴关心她。随着时间的推移，她绷紧的脸开始舒展。

那年暑假，报上刊登了不少自费进大学或以高中会考成绩可以进大学的信息，我留意将这些信息剪下来，并自己去这类高校咨询。当她看到有两所学校都有自己喜欢学习的专业时，我都陪她去报了名。她以较好的会考成绩几乎同时被这两所学校录取，当她手持两张录取通知书时，女儿的脸上露出了微笑。

女儿与我反复商议后，最后进了一所大学。她十分珍惜来之不易的大学学习生活，以顽强的毅力投入到了紧张的学习之中。她保持着在高中时养成的良好习惯，上课专心听讲，课后认真完成作业，每天预习、复习到深夜，要不是我和她母亲督促睡觉，她会到凌晨一两点钟。我多次与学校领导和教师联系，了解女儿在学校表现，了解她的学习情况。这所学校对学生也确实抓得很紧，我前后六次参加该校召开的家长会。学校将学生的出勤、完成作业率、思想作风、考试成绩等通报给家长，每次我都认真做记录。回家后对照学校提出的问题不断对女儿提出新的奋斗目标。功夫不负有心人，在历次考试中，她始终名列班级前三名。更使我高兴的是，她还被评上校"三好"学生，两次获得三等、二等奖学金，当她手捧奖状和奖金时,她终于开怀笑了。

每年暑假,我都鼓励女儿去打工实践,于是,她自找门路,先后去过中外合资企业、国有企业、个体户打工,推销产品,散发广告。这些工作,有成功的,有失败的,但在每一次实践中她了解了社会也提高了心理承受能力,为今后踏上社会奠定了基础。

三年后,女儿大学毕业了。她自己寻找工作,作为家长,有时也为她做点联系,几次下来,并不顺利。最后去了浦东一家公司,工作来之不易,促使她更加热爱现在的工作,现在她已担任了经理助理。

从女儿高考落榜到上大学到踏上工作岗位给了我许多启示:失败、挫折,对每一个人来说,在人生道路上是不可避免的。作为成年人也会经常遇到,何况是正在读书的孩子。作为家长,首先是不要对自己的子女期望值太高,必须根据自己孩子的实际情况提出要达到的目标。其次是当孩子受到挫折时,要引导他面对现实,鼓励他向挫折挑战,树立信心。作为家长自己首先要振奋,以自己的情绪去影响孩子,增强孩子战胜挫折的勇气和力量。最后是当孩子需要家长帮助时要推他一把,帮他找到战胜困难的方法,经过他自身的努力,孩子就一定会取得成功。

(载于1997年第4期《家庭教育指导》杂志及1999年9月《约会青春》一书)

手机被偷的瞬间

女儿在浦东一家公司工作。2007年1月12日在单位加班后,当她走出公司大楼时,已是万家灯火。她来到了位于崂山东路张杨路口的公交车站,准备乘车回浦西的家。

女儿最近有个习惯,在候车时,喜欢用耳机听手机中的FM动感101音乐节目。车没有来,候车的乘客三三两两。正当她听得入神时,突然音乐声戛然而止。女儿本能地检查耳机线是否从手机插孔中掉了出来,一摸外衣下面的口袋,手机没有了。而身边一个二十多岁的人手中的手机正是自己的,其屏幕上还闪着光亮。"是小偷!"女儿此时没有惊慌、没有叫喊。因为此人站着没有动,一叫喊,小偷必逃,再去追,可能就追不回来了。"稳住他,然后向他要回来!"女儿在瞬间做出了这一决定。事实证明,这一决定是正确的。"你想干什么?把手机还给我!"声音不大但很严厉。小偷没有理睬。"还给我!"女儿略提高了声音,此声音可以让那些做坏事的人听后胆战心惊。说时迟,那时快,女儿一伸手,从小偷的手中夺回了手机。此人没料到站在他面前的、看似文弱的女孩会有这一手。他趁路人还没看到这一切时,拔腿就逃。

这惊心的一幕,发生在一分钟不到的时间内,以女儿的胜利而结束。

女儿立即用夺回的手机给我打了电话,讲述了刚刚发生的事件。我从担心到宽慰。我为女儿的机智、勇敢、沉着、胆大、心细而骄傲。

待女儿回到家中,我问了当时的一些细节。问她在突如其来的事件面前,面对小偷,想到了什么?她说,没有更多的想法,只是想到,这是自己的东西,就是要勇敢地把它要回来。她说,每一个人碰到这种事,都会这样想这样做的。那些为追赶小偷最终成为英雄的人,一开始也一定是这样想的。而如何战胜小偷,则要靠自己的冷静和智慧。小偷是心虚的,他偷了东西后也是害怕被人抓的。如果自己害怕了,让小偷得逞了,那么,小偷就会越来越猖獗。只有正义战胜邪恶,社会才会和谐安定。我对女儿的一番表述表示赞同。

经历了这次事件,我看到女儿长大了,更成熟了。

(载于《新民晚报》,2007年1月20日B8版)

家住苏河湾

苏河弯弯入浦江,闸北岸边好风光。十多年前,我在选择居住地时,大楼周边还有大片棚户区,环境也脏乱差,苏州河散发着臭味,但我还是做出了选择,因为我深信,这里总有一天会彻底改变。

乔迁新居后,我每天从17楼阳台极目远眺,有了更多发现。东面是著名的四行仓库,西边是中国民族工商业"第一家族"荣氏家族起家的福新面粉厂,再西面是车辆川流不息的南北高架路以及上海新火车站。历史文化气息浓厚,现代化城区初露端倪。

很快,市政府下大力气开始整治苏州河。没多久,河水清了,民船也停航了。对岸黄浦区的粪码头拆掉改造成了亲水平台,沿河绿树成荫、鲜花盛开。去年,沿我们这一段河岸的改造也最后完成。今天,看到的已是红砖小道、各色花坛和葱茏的林木。穿行其间,不禁心旷神怡,然而,周围的棚户区却没有改变。

终于听到了整体打造苏河湾的声音:这里5年内将打造成上海核心商务的拓展区、国际都会人才中枢、苏河文化的魅力舞台、金融中心的助力支点、宜居生活的家园。历史往往就是这样,越是后开发,就越会超越已建成的城区,越会走在时代的最前列。

趁着元旦放假,我从新闸桥开始,沿着苏州河一路行走、一路拍摄,留下今天苏河湾的印迹。5年后,我将再这样走一次苏河湾,届时,呈现在我面前必将是令人惊叹的当代"清明上河图",苏河湾将成为市中心又一个标志性地标。

我庆幸,家住苏河湾。

(载于《新民晚报》,2011年10月19日B5版)

生 日 礼 物

外孙女楸楸5岁啦！在她生日之际,我这个当外公的,送她什么礼物呢？考虑再三,决定为她印一本摄影集,从她出生的第一天起,每月选2张照片。5年,60个月,120张。

楸楸长相甜美,人见人爱。她的一张头像照片曾刊登在《新闻晨报》上,一张半身大幅照先后2次刊登在地铁人民广场等三个车站的广告墙上,每次都长达一个多月。2016年上海旅游节,九子公园举行九子比赛时,一位外宾与她交谈,大批中外游客的长枪短炮对着她拍摄。过去的5年中,我用手机、相机为她拍了大量照片,加上她爸妈拍的,加起来有1万多张。

要在这么多照片当中选出120张照片,并非易事。我花了半年时间,翻看了存在电脑中、硬盘内的所有照片,精挑细选,终于在她5岁生日前一个月选定。我冒着酷暑,把素材送到校友开的印刷公司。

开篇是"来到人间"的照片,然后是第一次微笑、第一次爬行、第一次学坐、第一次站立,以及满月、百日、周岁照片。还有她背上书包第一天上幼儿园,在幼儿园参加活动的照片,有学滑板车、学骑儿童自行车的照片,更多的是到公园玩耍,到外地、香港以及日本旅游的照片。最后,以参加六一儿童节文艺演出"走上舞台"的照片结尾。这本影集,展现了5年来的成长历程。

我撰写了序言,简述她在家人亲友的关爱和早教中心、幼儿园老师关怀下的成长经历,旨在她长大后懂得感恩。

影集起什么名？我拟了几个标题,都不满意。便找到了母校75届校友,儿童文学作家简平,请他起名。简平对这件生日礼物大加赞赏,说:"就起名《楸楸五岁啦》,以后再做影集,还可以起名《楸楸十岁啦》《楸楸十五岁啦》"我拍手叫好。

人们常说隔代亲,亲什么？怎么亲？这里面大有学问。

我70岁才当上外公,对这个外孙女特别喜欢。但喜欢不是宠爱,从她有一点点懂事开始,我就循循善诱,让她在玩耍时就学会待人接物。我带她上各大公园,多次游外滩,跨入著名大学和中学校园,参观艺术馆以及各类博物馆、纪念馆,还带她到剧场听音乐,看话剧……希冀她在接触大自然、接触社会的过程中增长知识,促进身心健康。5年来,我每天为她写日记,记录她的活动、趣事和好事。

楸楸生日那天,我把影集交到她手上,她连声说:"谢谢外公!外公真好!"

我觉得,这样的生日礼物,比什么都珍贵。等她长大成人,再翻看这本影集,一定会从心底里理解我的心意。

(载于《上海老年报》,2018年10月30日第8版)

家庭手工大赛

读小学一年级的外孙女每天宅在家中,跟着空中课堂上学。离开了小伙伴的生活让她感到单调,小脑袋里一直策划着在家中如何开展一些文体活动,以丰富自己的宅家生活。每天,她在客厅里进行着轮滑、跳绳、踢橡皮球等。无奈场地太小,还是感到没劲。

前些天,我看到她在课间休息时,在4张小纸片上画着写着什么,我问她做啥?她说是给你们参加家庭手工比赛的邀请信。我拿过一张看,只见上面画着蓝天,下面是光芒四射的太阳,右边是给谁的称呼,如爸爸、外公等。

在客厅的门上,她还贴了一张通知:今天晚上7:30在客厅举行手工大赛,希望大家参与。底下是日期和她的小名。

晚上,等大人看完新闻后,外孙女将邀请信发给每个人,要求大家将邀请信投入小纸箱,以表示向她报到并参赛。

"比赛开始!"她一声令下。我们找来了白纸、剪刀,手持画笔,分头制作自己拿手的手工。

一刻钟后,各人作品完成。外孙女要求每人介绍自己是什么作品及其内涵。介绍完毕,她宣布:妈妈的折纸"青蛙张嘴"情趣可人,并可与他人互动,获特等奖;外公的折纸"小船",象征在海上乘风破浪前进,给人以力量,获一等奖;外婆的剪纸"窗花"精致美观,赏心悦目,获二等奖;爸爸的素描"丹顶鹤",从芦苇荡中飞出,告诉人们,疫情即将过去,春天已经来临,获三等奖。外孙女幽默地说,由于爸爸说是随意画的,所以此奖又叫"随意奖"。她向每人颁发了她手写的奖状,室内响起了掌声,庆贺每人获奖。

外孙女感谢家人对她搞这次活动的支持,她说,今晚的活动如此成功自己没想到,家里的大人太可爱,她更热爱家人,也对今后的生活充满信心,期待以后家里有类似的活动。

第二天晚上,外孙女又策划了家庭歌咏比赛。她又是宣布获奖名次,又是颁发奖状,不亦乐乎。

一场小小的家庭手工比赛、歌咏比赛,让我想了许多。对身边孩子的设想、创意,作为大人要给予鼓励、支持,并积极参与,孩子一定会十分开心,两代人的关系会更融洽。而更重要的是他们的实践能力会得到迅速提高,孩子就一定会更健康地成长。

(载于《新民晚报》,2020年5月12日第18版)

临窗看比赛

2022年10月29日至30日，2022上海赛艇公开赛在苏州河上举行。

我住在苏州河畔一幢高层住宅的17楼，那天下午，我临窗欣赏了赛艇运动员在4.2公里赛道中段拼搏的情景。从南北高架路桥西200米处到四行仓库，在1公里长的河面上驶过的每一艘赛艇，尽收眼底。

开赛前，苏州河的桥上和两岸已经站满了观众。第一艘赛艇经过时，"加油、加油"声响彻上空。一条又一条赛艇驶过，一位市民在新闸路桥上举着一面大大的国旗，向驶过的赛艇挥舞。

赛道蜿蜒，桥洞不断出现，在观众的呐喊声中，健儿们听着指挥者的号令，发出响亮的"嗨！嗨！"奋力划桨前行。

赛道两岸，四行仓库、福新面粉厂、九子公园、飞鸟亭亲水平台……在阳光下闪耀着金光，加上赛艇激起的层层浪花，构成了一幅美丽的画卷。我不断拍摄着赛艇经过的瞬间，赛后回看，回味无穷。

观赛的同时，我还关注着电视直播，记着每个队的名称、比赛用时以及排名。无人机拍摄的画面，让全市、全国乃至全球的人们看到了上海的美景。

2025年，世界赛艇锦标赛将在上海举行，届时，会有更多的观众从国门内外前来观赛。我期待着这一天的到来。

（载于《上海老年报》，2022年11月24日第5版）

生 日 影 集

外孙女楸楸10岁生日那天,我将一本影集送到她手上,她惊喜不已。影集收集了她6岁至10岁不同年月的204张照片。

早在半年前,我就筹划着要为她印制第二本影集。外孙女5岁时,我为她印制过1至5岁的影集,封面写着"楸楸5岁啦!"这是我的学生简平老师提议的,他是中国作家协会会员、儿童文学作家、上海电视台影视剧制片人。5年后印第二本时,封面就是"楸楸10岁啦!"

这5年,我和女儿女婿为外孙女拍了两千多张照片。我们精心挑选,每一张都注明日期和内容。影集记录了楸楸的成长。有一张,是她在电梯口举起拳头,送妈妈去当志愿者,目光坚定;另一张,是她参观革命遗址后,在留言簿上写的"中国工人万岁";在国内外景点的留影,镌刻着她的脚步,与同学玩耍的合影,充满了童趣……影集是外孙女5年来的成长记录。孩子在长大,一年一个样,回头再看那些照片,回味无穷,令我百看不厌。我还为影集写了序言。

作为家长,我们一直做着有心人,对孩子参加的一些重要活动,如春游、运动会、文艺演出、社区活动,都跟进拍摄,或委托他人拍,与此同时,还为她创设一些能陶冶情操增长知识的场景。

几十年后,当她拿出幼年时的影集,一定会感谢父母和我这个外公的苦心。

(载于《上海老年报》,2023年11月25日第8版)

第十二辑　杂文荟萃

别了，南星小区

住久了一个地方，一旦离开，依依不舍之情难以言表。1987年我家搬到南星小区5号楼。1998年，学校对我的住房作了调整，我将迁往新居。

为了永留记忆，我最近特别注意起小区内的一切。这里由7幢20层的高楼组成，紧靠着天目路、大统路、新疆路、乌镇路，中间形成近三千平方米的花园绿地。这在喧闹的大都市中是一块难得的幽静生活区。这里有我熟悉的敬老乐园、幼儿园、综合服务社、卡拉OK舞厅、贴报栏，有我熟悉的一草一木。每幢大楼的墙上，挂着名人名言的牌子。其中6号楼的那块上面是居里夫人的一段话："愿你们每天都愉快地过着生活，不要等到日子过去了才找出它们的可爱之美，也不要把所有特别合意的希望都放在未来。"是啊，多少年来，南星的居民们在这块土地上过着幸福的生活，并不断创造着美好的明天。

我走进了居委会的办公室，一眼看到墙上贴着居委会的奋斗目标：创建市级文明小区、市级安全小区、市级敬老小区……在墙的另一头，挂着一排锦旗、铜牌，有市文明小区、十佳先进党支部、区先进居委会等。与党支部书记贺凤娣交谈中，她对小区内在职党员大加赞扬，因为他们积极参与小区内的两个文明建设，尤其是在医院、法院工作的同志，每当开展医疗、法律咨询活动时，那些在瑞金、华山、华东等医院工作的医生、教授胸挂牌子，热情为居民义务看病解答。如市高院的沈宗汉副院长、市检察院的俞云波副检察长等领导作为小区一员也常参加，向大家介绍法律常识。市委组织部周鹤龄副部长前几天还与附近建筑工地联系，希望夜里少施工，结果晚间施工少了，小区居民有了安静的休息之夜。还有市劳模、农学院的赵则胜老师，是血糯米专家，今年暑假，他带了社区内40名中学生到农学院参观，讲解农业知识，使孩子们大开眼界。我钦佩社区的这些同志，正是他们的积极参与，才使我们的小区变得如此美好。

走出办公室，我漫步在小区的林荫道上，回顾自己在这里生活的十一个春秋。我曾参与过小区内的许多活动，为小学生作学习辅导，为中学生作访问欧洲五国的报告，为退休党员上党课作形势讲座；香港回归之夜、春节，我在小区内值班巡逻，我把获得的十佳社区好党员奖金资助给社区内的特困学生；我两次在街道作"情系社区，多作奉献"的发言；还与全国劳模、党的十五大代表杨怀远、刘京海等联名发起创建文明社区的倡议书。

我来到了小区的入口处,上海市人民政府颁发的"文明小区"铜牌在阳光下闪闪发光,我抚摸着它想得很多很多。

再见了,5号楼!

别了,南星小区!

(载于《闸北报》,1998年11月16日第4版)

沪游客赞港服务

《大公报》编辑先生：我是上海交通大学附属中学一名教师，春节前夕到香港旅游，购物时碰到了服务态度良好的售货员，很受感动。特来信借贵报一隅予以表扬。

事件经过如下：今年春节前夕，我去了一次香港。第三天吃过晚饭后，我和同去的几位教师一起前往铜锣湾。

女儿让我在香港购买几瓶法国产的香水，我很快完成了任务。但一瓶LANCOME粉底霜好多店都没有，当我们来到香港有名的崇光百货店，我直奔化妆品柜台，拿出了女儿写给我的纸条交给售货员小姐，问她是否有，她说有。我喜出望外，在付了钱拿了发票后，我们离开了商店，继续在时代广场等处游玩。

晚上十时，回到旅馆整理采购物品时，发现少了那瓶粉底霜。这时我才想起当时付了钱拿了发票就匆忙走了，东西未拿。我立即对同室的李老师说，马上回去，去要回来。路上，我们商议，如果那位小姐不认账怎么办？我们就去找商店老板，准备一场舌战。

当我们赶到刚才那个柜台时，出乎我们意料的是，那位售货员小姐竟先认出了我们，她说："我猜想你们一定会回来的，我曾追到店门口，要交给你，无奈你们已消失在人山人海中。我就开始等着你们。今晚你们不来，明天也一定会来。"我被她的热情所感动，连声表示感谢。她把包装好的已属于我的那瓶粉底霜交到我的手中。

早就听说香港的服务态度很好，这件事让我深有体会。

（载于香港《大公报》，2002年3月12日A12版）

在香港看晚报

不久前,我去了一次香港,下榻香港城市花园酒店。

外出游览回来,在电梯间的桌子上发现了一份当天的《新民晚报》,立即上前要了一份,迫不及待地读了起来。从上海乘火车到深圳,过罗湖口岸到香港,已有整整四天没看晚报了,真有点失落感。

一问总台小姐,才知道酒店每天都有《新民晚报》供应,而且读者拿到手的时间比在上海还早,真令人惊叹,一问才知道,原来是在深圳由《深圳日报》代印的。香港九七回归后,从内地,尤其是上海到香港的游客越来越多,能让上海人看到家乡报,能让游客了解上海的发展、变化,不但对酒店有利而且对游客(无论是内地的还是港澳、台湾的)都能通过晚报的媒体了解上海——中国新兴的国际大都市日新月异的变化,更能对沪港间的经贸往来起到一个促进的作用。

我从总台小姐那里要来了没看过的晚报,认真地读了起来,顿时一股自豪感油然而生。

(载于《新民业务》(《新民晚报》内部发行),2002 年 4 月 30 日第 2 版)

香港老板的回信

早就听说香港的服务态度一流,不久前,我在香港购物时深有体会。

那天晚上,我在香港铜锣湾著名的崇光(SOGO)百货公司为女儿购买一瓶LANCOME粉底霜,由于粗心大意,付了钱后忘了拿。晚上10点过后,回到酒店整理当天所购物品时才发觉。想想这瓶花了230多元港币买的粉底霜,不去要回来心不甘,更无法向女儿交代。于是抱着一丝希望,立即乘地铁赶往该店。一路上,想好了怎么向售货员小姐要,怎么与之舌战,最后实在不行怎么找该店老板要。但出乎我意料的是,当我来到柜台时那位售货员小姐先认出了我,热情地向我打招呼,告诉我她当时追到商店门口,无奈你已消失在人山人海之中,之后,就一直等你回来取,边说边将包装好的那瓶本已属于我的粉底霜交到我的手中。我十分感动,连声表示感谢。我对刚才想好的对策感到脸红。

回沪后,我写了一封表扬信,寄到了香港的《大公报》,报纸很快刊登了出来。我将文章复印后寄给崇光百货公司的总经理,并附上了一封感谢信。想不到,该公司总经理亲自给我回了信,还寄来了他的名片,使我又一次激动不已。这位老总认为我的感谢信是对他们员工的一个鼓励,"能令每一位员工感受到发挥崇光优越服务之精神,借此机会能带动顾客对我们的信心!"他认为优质服务"此仍敝公司一贯服务应有宗旨"。我更赞赏他在信中所说的"本公司经常指导各员工不论顾客有否购物,必须以殷勤及优越服务态度对待亲临本店的每一位顾客,让顾客对本公司留下一个良好印象"那段话。我想崇光的出名、崇光的生意兴隆,其奥秘也许就在于此。

(载于《新民晚报》,2002年9月1日第12版)

注:本文被香港《亚洲周刊》2002年10月21日出版的"中华天地"栏目刊用,又被2002年10月29日《参考消息》港澳之窗栏目转载。

写作,是一种享受

读了特级教师李支舜发表在本版(2005年11月9日)的《读书,是一种幸福》一文,受益匪浅。同时我还想说,"写作,是一种享受。"

著名作家柯云路说:"写作是人与心灵的对话。当写作与生命融为一体时,可能和饿了吃饭、困了睡觉一样自然。"写作又是思想的净化,是思辨能力的应用。写作巩固着已学的语文知识,提高着语文的学习成绩。写作促进阅读,阅读反过来又促进写作。如此循环往复,不断使语文学习、课外写作有新的飞跃。

中学生毕竟不是作家,也不是文学评论家,大多数学生的写作不可能达到很高的水准。但作为学生不能就此降低对自己的要求。从小学、初中,到高中的语文学习,通过不断的作文训练,绝大多数同学都能写出较好的文章,其中不少是优秀作文,甚至在高考作文中,每年都有一批佳作。我所在的上海交大附中的同学在以往参加华东六省一市作文竞赛和上海市高三作文竞赛时,屡屡获奖。成功的秘诀就是在大量阅读书籍的基础上,坚持平时写作。他们把老师布置的作文不认为是额外负担;不感到是压力,相反看作是抒发自己情感、体验生活的一种乐趣,是憧憬明天、迎接未来的一次又一次的畅想。

我想起了另一位著名作家贾平凹说过的一段话,"写作里边有欢乐,就像农民种田的过程有一种欢乐一样,它不仅仅是一种繁重的体力劳动,它有欢乐在里面。我母亲看到我在那儿写文章,老觉得我太累,说你不要写字了,她不知道我写文章,以为我只是写字,一天坐在那里写要累死了,但我觉得乐趣也在那里。"写作的乐趣在哪里?从我自身的体会说,在撰写日记、坚持练笔中。

撰写日记。记日记,包括工作日记,是最容易做到的。只要按照郭沫若说的,"看到什么,想到什么,就写什么。"将自己每天经历的事如实记下来,就行。日记坚持下去,必有好处。它是个人成长史的记录,是进一步写作的资料积累。几年、十几年、几十年后,翻阅自己过去写的日记,往事历历在目,那真是一种享受。目前,我正在编写交大附中的校史,翻阅着自己三四十年前的工作日记,给我编校史以极大的帮助。由于我感到写日记有促进语文学习和提高写作水平的功能,所以让自己的女儿从小学三年级起写日记,有时是"强制性"的,即使她哭了我也不让步。后来女儿长大了,很自然地喜欢上了文科,当她还在读高中时,写的文章发表在校报上时,甭提有多高兴了。参加工作后,她的文章经常被公司、集团的刊物录用,还担任了公司刊物的编辑。不久前,她的一篇赴大西北的游记发表在《新民晚报》"夜光杯"上,她沉浸在幸福之中,衷心感谢我这个当爸的当年对她的"严厉"。

坚持练笔。如果说写日记是浅层次,还带有点隐私的写作的话,那么,练笔则是较高层次的、可以让人欣赏的写作了。我校创建初期,在后来评为上海市首批语文特级教师之一的沈衡仲老师的倡议下,开展了练笔活动。他让每个学生自办一个文集,自己给文集起名、写序,将自己的生活、学习中的点滴体会写成文章,每周一篇,作为语文课作文的补充,并编入文集。老师每周收上来批阅,写上批语,其中佳作不断涌现。学生毕业时,其他东西都可以扔掉,唯有三年的练笔会精心保存起来。五十年过去了,我校语文组开展的这项活动一直保留至今。目前,高一、高二的练笔是随意性的,而高三则由老师做指导性的要求,以提高高考作文的写作水平。

俄国作家契诃夫说过,"请您尽量多写!请您写,写,写……"在写作中享受乐趣,在写作中享受幸福吧!

(载于《上海中学生报》,2005年12月21日第11版)

北大荒人的歌

应我校老三届校友相邀，2006年6月16—18日的小黄金周期间，我作为原交大附中的领导参加了上海北大荒老知青组织的赴宁波学习观摩活动。

那天早上，两辆大巴载着百位荒友从市中心的人民广场出发。车上都是原上海到黑龙江兵团、农场、林场和插队的知青。他们中不乏政府官员、大学教授、企业老总，当然，更多的已经下岗、退休了。出发前，他们相互间并不认识，但是，特殊年代的特殊感情，使他们结下了深厚的友谊，一上车，他们间就互称"荒友""黑兄""黑妹"。听着这些称呼，我感到特别亲切。其中还有三位上海籍的老荒友格外引人注目，他们分别是1950年大学刚毕业就受陈毅市长委派带队去黑龙江参加开发国营农场，数十年来长期担任黑龙江农垦总局计划处处长的原东北人民政府干部杨伯寿、原北大荒艺术团导演农中南、原黑龙江农场总局驻沪办副主任蒋文莱。刚出上海，一驶上沪杭高速公路，车内就开始欢腾起来。不是别后的谈笑风生，也不是在打闹游戏，而是嘹亮的歌声响起。只见那位原兵团文艺小分队合唱队的男高音拿着话筒，看着歌谱，开始教唱当年他们在黑龙江时的歌，如《北大荒人的歌》《兵团战士胸有朝阳》等。先教曲、再教词，车上的每位荒友放开歌喉跟唱着。由于是本来熟悉的歌曲，两遍之后已十分流畅、动听。此时的我仿佛置身于我校的一堂音乐课中，我十分惊奇！这些当年的北大荒战士怎么一上车就毫无陌生感，步调就那么一致，感情是如此热情奔放。

我好奇地问邻座——一位原兵团21团3营27连的战士：怎么大家会如此投入？她告诉我车上的荒友都是1968、1969年到黑龙江的，一干就是一二十年，有的甚至30年。许多人都不是一个团的，有的还相隔千里，但大家心中有同一首歌，那就是《北大荒人的歌》。是这首歌把我们的心紧紧连在了一起，这次到宁波来，是要与宁波的北大荒荒友举行联欢，其中有大合唱，为抒发荒友间的感情，体现上海知青的水平，所以大家毫无拘束地投入到练唱之中。

我看得出，这批曾经是黑龙江的人，对黑龙江怀有深厚的感情，他们把青春献给了北大荒，为黑龙江的发展做出了贡献，正如歌词中写的"你的果实里有我的生命，你的江河里，有我的血液""即使今天我远离你，心儿紧贴在你的怀抱里！"他们中不乏大有才华者，有会作曲的、唱歌的、演小品的、弹奏各种乐器的，当年他们的一出芭蕾舞《白毛女》,京剧《智取威虎山》《红灯记》《海港》等,在兵团、在地方演出中屡屡获奖。他们在战天斗地的同时,也丰富着自己的业余生活、提高着自己的文化素养。至今,他们还极其乐观、向上、朝气蓬勃,使我对这批已近六十岁的北大荒人有了全新的认识。

更让我钦佩的是1938年参加革命,虽历经坎坷,仍天朗气清的老上海,原黑龙江农垦总局文工团导演农中南同志,这天恰逢他的九十寿辰,老人在当晚和第二天的联欢会上,一口气朗诵了《我们曾经年轻》《春天过后不是秋》,诗人臧克家的《有的人》几首诗,还用湖南方言朗诵了毛主席的诗词《沁园春·雪》。这位老北大荒人声情并茂的精彩表演,博得了全场荒友长时间的热烈掌声。原嫩江农场知青董康定,有着这一代共和国同龄人普遍具有的对中国传统文化的热爱和素养。即兴为农老作了藏头贺诗一首:"农垦有幸纳英姿,中流石出水湍之,南柳不畏舞北风,寿星九秩绽新丝。"而他给这次活动的组织者翁德坤作的藏头贺诗:"翁白鬓发喷茋早,德劲身轻心气高,坤乾广宇任畅想,寿至耳顺耕春晓。"荒友间的诗词唱和都是以手机短信的方式发来发去的,这也可见这些荒友与时俱进、不甘落后的精神状态。

宁波方面接待的是上海当年下乡到北大荒,现任宁波市委党校副校长的费国良,他是我们上海交大附中1968届的毕业生。第二天晚上,在党校的多功能大厅举行了沪甬两地荒友的联欢。节奏轻快的上海话、"实骨铁硬"的宁波话和诙谐顺溜的东北话反差强烈而又自然过渡地交汇在一起,形成了这一特定群体才有的情感氛围。更难能可贵的是,他们的话题,除了友情的交流,怀旧的感慨,更多的是为黑龙江的建设发展建言献策。原来,建设现代化的大农场是党中央、国务院"振兴东北老工业基地"战略决策中的一项重要内容。黑龙江的父老乡亲没有忘记当年的知青,今年8月就将有三项活动邀请上海北大荒知青参与:一是黑河市建造一座大型的黑龙江知青博物馆要举行奠基仪式,他们说,不管你是喊出"青春无悔"的豪言,还是发出"不堪回首"的感叹,当年数十万知青在那里洒下青春的汗水以至热血,黑河人民是不会忘记的。二是国家级的文艺演出活动——每年一度的"哈尔滨之夏",今年将邀请京、津、沪、浙、黑五省市知青组团参加文艺汇演。北大荒人民仍深深地怀念那段时光,当年全国文艺匮乏时他们还能常常看到各大城市的知青虽然稚嫩却充满朝气、丰富多彩的文艺演出。三是佳木斯市举办"三江文化旅游节",中国最东北角的抚远县乌苏里镇要建造"华夏东极"地标雕塑,也把当年的知青看作"东北的东北"人民的一部分。

在以后的活动时间里,在风景如画的东钱湖畔,在树木森森的天一阁藏书楼,在深谷水喧的浙东大峡谷,沪甬两地的荒友仍在构思、策划、商议着第二故乡的发展蓝图。

返沪途中，费校长特意安排大家参观建设中的杭州湾东海大桥工地。建设项目负责人介绍说，长达30多公里的杭州湾大桥建成以后，将成为全世界最长的跨海桥梁。为克服钱塘江潮的冲击和漫漫滩涂施工带来的难度，大桥的建设采用了我国自有的高新技术，那些高深的专业名词，荒友们闻所未闻，在惊叹祖国建设成就的同时，荒友也遗憾地意识到，在众多实际工作领域和人文学科领域不少知青勤奋踏实，卓有建树，而在高新技术及赖以为基的数理学科领域则鲜有知青的身影，原因是那时的大学停办，绝大部分知青没有上过大学，即使粉碎"四人帮"后进入大学的知青，大都已年近30，而按照正常的学习进程，这时应该博士也毕业了。这成为一代知青"心中永远的痛"。因此，知青们对子女上学深造的愿望格外强烈。但是，正如在宁波我们巧遇哈尔滨知青《黑龙江日报》社长、著名作家贾宏图所说的："知青的苦难是民族的苦难，知青的遗憾是民族的遗憾，知青的荣耀也是民族的荣耀。"这次随团参加活动的也有几位知青的子女，打听下来，都是研究生学历。是的，知青的学业曾经中断，而这批共和国的同龄人，他们所体现的自信、乐观、坚韧不拔的民族精神却像建设中的宁波东海大桥那样不断向前延伸。

(载于《黑土情》，2006年8月第54页)

他曾经帮过我们，现在我们帮他

通讯员陈德良　实习生夏芸

近日，在闸北区恒安大厦居民大楼内，发生了一个爱心故事。该楼的保安马官民师傅得了急性胰腺炎，但因家庭经济情况不好无力承担医疗费。居民楼业主知道这一情况后纷纷慷慨解囊，为马师傅解了燃眉之急。目前马师傅已脱离了危险，病情开始好转。恒安大厦的居民正等待着马师傅早日回来。

保安倒在岗位上

不久前的一天下午，闸北区恒安大厦居民楼的保安马官民师傅，在处理本大楼内居民的信件。突然，马师傅昏倒在地，随即被同事送往医院，后经瑞金医院诊断，是重症急性胰腺炎，并涉及胆、肝，病情相当凶险。医院开出了"病危通知书"。马师傅是70年代的老知青，目前工作关系仍在安徽，爱人身体不好，靠打临时工维持生计，儿子还未工作，家庭贫困。

业主纷纷捐款

马师傅一家陷入困境的消息在大楼内很快传开了，在几名业主的倡议下，居委会及管理该楼的华东物业公司联合出面，在大楼内贴出了关于老马的求助信。求助信刚贴出，就收到了闸北区政协、小区居委会等的捐款。恒安大厦居民楼里的业主也纷纷解囊，无论是住在15楼的离休干部老张夫妇，还是楼内读小学4年级的两个小学生，甚至做钟点工的黄阿姨、不知名的邮递员、快递员，都纷纷解囊。求助信张贴后的27个小时内，物业共收到120人次的捐款总计3.6万余元。当物业杨经理将这些钱交到马师傅家人手中时，他们的眼眶都湿润了，哽咽着说了声谢谢大家的关心。

"保安是个好人"

业主纷纷解囊,只因大家都说:"保安是个好人,他曾经帮过我们,现在他有困难了,我们就帮他。"以前,楼内无论哪一家有困难时,只要叫一声马师傅,他总是热心给予解决。平时他看到老人、小孩上台阶进出大楼,总是上去扶他们一把。一天,21楼的一位老人摔在地上爬不起来,非常危险,马师傅及时赶到,避免了不测。一次他在大楼过道内拾到装有3 000元的信封,信封上没有任何可供寻找的线索,他经过多方查找,最终交到了19楼的失主手中,当失主要拿出钱来感谢时,马师傅说什么也不要。

马师傅的事正体现了和谐社会中最基本的人与人之间的关系,只要我们用真心对待别人,自己也会得到同样的回应。

(载于《劳动报》,2007年3月18日第7版)

吹面不寒杨柳风

春天,永远是人们对大自然向往的季节。古树吐青,杨柳飞舞,杏花飘香。

2009年4月20日,乍暖还寒。早上,我随校友的中巴来到浦东新区政协,接到了九位年逾古稀的书画家,然后前往松江佘山参加两天的春游、笔会活动。这是上海交大附中老三届部分校友及老师对曾为附中五十周年校庆创作了一大批书画作品而组织的一次感谢活动。

五年前,这批书画家为庆贺交大附中建校五十周年,专门创作了几十幅精美的书画作品,当时,将其布置在庆典大会会场内外,使校庆大为增色。所有作品受到历届校友、到会老师的高度评价。

可能是我作为校庆具体筹划者之一,那天,我得到了著名画家蒯大江老师赠送的,由上海人民出版社出版的《当代中国书画名家系列——蒯大江作品选集》一书。老师当即用画笔在书的扉页题写了"德良老师雅正"几个大字,字体十分秀丽,让我激动万分。选集中30幅作品非常优美,其中江南水乡更是让我爱不释手。多年来我一直梦想着蒯老师能为我画一幅这样的画,然后挂在家中客厅,每天有美的享受。

书画家们下榻于佘山脚下的森林宾馆。宾馆被层层松柏竹林包围,空气清新,微风拂面,令人心旷神怡。午后,老同志们在宾馆会议室里铺开了在家中书写画好的作品。精美的作品让大家拍手叫好。接着,他们摆开笔墨、颜料、纸张,开始构思、创作来到佘山后的新作。此时,有的校友在请书法家写事先拟好的对联或条幅,有的请画家作自己想要的画,书画家们都爽快地答应着。看此情景,我鼓足勇气,也向蒯大江老师提出能否给自己画一幅江南水乡画。蒯老师对我的要求立即答应。只见他沉思一会、铺开画纸、调好颜料,精心下笔。很快,小桥流水、垂柳吐青、鸭子游弋、河畔民居、小船悠悠、渔翁肩网正过桥东,依次跃上画面。好一幅江南水乡美景图。所有的人都围了过来,欣赏着这一佳作。蒯老师继续修饰着画中的每一细小处。老画家对艺术的精益求精、一丝不苟的精神感染着在场的每一个人。

蒯老师仿郑板桥的六分半书将南宋诗僧志南的《绝句》诗:"古木阴中系短篷,杖藜扶我过桥东。沾衣欲湿杏花雨,吹面不寒杨柳风"题写在了画的上方。

我读着诗句,突然意识到此画的意境不都在诗中吗?

画稿完成,前后费时两小时十五分。我用相机摄下了蒯老师作画的全过程。墨迹干后,蒯老师又盖上了自己的篆刻名章,然后将画交到我的手上。我向老师深深鞠躬致谢。我的梦想终于实现。

来到室外,天空中已飘起了霏霏细雨,雨丝浸湿着我的外衣。山风拂面,不觉寒意,我悠然徜徉在春色里。

(载于《上海交大报》,2009 年 6 月 30 日第 4 版)

刻有韩国总统名字的表

2009年5月1日,我应1999年毕业的学生珺的邀请,参加了她的婚礼,并担当了新人的证婚人。婚礼上,我意外地得到了一块刻有韩国总统李明博亲笔签名的手表。

珺的丈夫洙是一位韩国小伙子,他的父亲是韩国国防部的一位退休将军。

早在一个多月前,珺就告诉我,婚礼那天,洙的父母及有关亲戚会从首尔飞来。在这之前,我已担任过五位学生的证婚人,而这一次有点特别。因为我所要作的证婚词、向新人赠送的礼物,以及向他们的韩国父母赠送的礼品,都会对外国人产生影响。

送新郎洙的父母的礼品,我想了许多,最后选了一枚我校教师佩戴的红色校徽、我校特制的刻有校名的京剧脸谱笔筒和寓意校友回母校的"燕回巢"图案的茶杯。我想让洙的父母也喜爱他们的儿媳曾经就读过的中学。2010年,上海将举办世博会,我手头正好有一套精美的、印有51届世博会举办地标志性建筑的电话纪念卡,共51枚,我也赠送给了他们。我还将证婚词付印后签名,并盖上印章。这些礼物,意在能起一点中韩两国文化交流的作用。

在婚礼现场,我走到了那位韩国退休将军的身边。通过翻译,我作了自我介绍,并逐一将礼品放在他的面前,再由翻译将我对每件礼品的介绍讲给他听。只见将军从惊讶到惊喜,连声表示感谢。突然,他从手腕上取下手表,交到我的手上。他通过翻译告诉我:非常感谢我送了他这么多珍贵的礼物,感到很意外。由于事先没有做回赠礼物的准备,所以他临时决定把这块手表送给我。他说:"这是我们的总统李明博送给我的,现在我把它转送给你。"我觉得这块手表对于他有着重要的价值,所以我摆手不肯收下。但将军态度坚决,说这是自己的一片心意,可以见证中韩两国人民的友谊。这样,我才接受了下来。

这块意外得到的手表是韩国现任总统李明博定制的,手表正面的图案是韩国总统府青瓦台的标记,下面镌刻着李明博的签名。表的反面标明韩国第十七届总统,同样镌刻着李明博及其夫人的签名。这批定制的手表数量极少,因而具有珍藏价值。现在,这块手表放在我家的书橱中,指针在向前跳动,中韩两国人民的友谊也在加深。

(载于《新民晚报》,2010年1月17日B10版)

中韩友谊结硕果

许多校友在高中读书时与我建立了非常好的师生关系。在他们毕业后的几年、十几年、甚至几十年中，我们一直保持着联系。有的校友在结婚时，来学校找到我，要我做他们的证婚人。更有的现在还没有找到另一半，已向我作了预约。

2009年5月1日，我十分兴奋地又为我校1999年毕业的一位校友当证婚人。她的丈夫是一位韩国小伙，其父是韩国一位退休将军。他们是在中欧国际工商管理学院攻读MBA时相识、相爱的。

这是一桩跨国婚姻。我想到了婚礼那天，将会有很多韩国朋友以及他们在中欧学院读书时同班的外国朋友参加，我写的证婚词以及发言时的神态将会影响到这些国际友人对新娘、对新娘母校，甚至对我们上海的评价。所以当我接受这一任务时，心中不免有些紧张。但转而一想，这是一次展示我的学校、我们上海，乃至中国文化的一次机会。我要让那些外国友人留下深刻的印象并带回去。于是，在一个多月前，我就起草了题为"浦汉两江（指上海的黄浦江、首尔的汉江）汇大海，中韩情意结硕果"的证婚词。很快，我将一千五百多字的文章背了出来。之后，我不断地对证婚词进行修改，还请语文老师帮助润色。同时，考虑着送一份有纪念意义的礼物给这对新人。

好事有时会意想不到地来到你的身旁。正在我筹划送什么礼物时，应朋友之邀，我参加了浦东新区政协书画社举办的一场书画家笔会。那些著名的书画家应在场人士的要求，当即或作画或写字。我突然想，能否在婚礼上献上一幅书法作品，这比送什么礼品都珍贵。我冒昧向已是八十高龄的一位书法家提出了自己的希望，没想到老先生一口答应。只见他沉思了一会，就泼墨挥笔，很快，"鸾凤和鸣"四个大字跃上宣纸，落款是我的名字以及赠给新娘新郎的名字。人们纷纷围上来观看，都说是一幅珍品，这四个字以及漂亮的书法字体，反映着我国深厚的文化底蕴，极具收藏价值。两天后我到书画社将其裱好。

那天，在我演讲完证婚词后，突然宣布向新人赠送一幅书法作品，新娘新郎以惊喜的目光看着我，我让他们将其展开。霎时，闪光灯闪烁、咔嚓声不断，在场的中外亲戚朋友对突然到来的这一幕报以热烈掌声。我对出自春秋战国时的"鸾凤和鸣"四个字作了简要解说，千百年来人们总是把这几个字送给恩爱的夫妻。此时,新娘已是眼含热泪,我又看到翻译小姐在向老将军不断翻译着,将军脸上露着幸福的笑容。

近几年来,我曾为六位校友当过证婚人,每次都对演讲作精心准备,都收到强烈反响。而这一次,更是意义深远,因为我为发展中韩两国人民的传统友谊做出了一点贡献。

(载于《新民晚报》,2011年1月31日B5版)

走进钱学森图书馆

不久前,我所在的退休党支部组织参观钱学森图书馆。

进入序厅,是"升腾的智慧"。我抬头仰望,红色、放射、裂变。升腾着巨星手稿,由4 015页组成。寓意钱老从1955年回国到1966年首次成功进行"两弹结合"试验的4 015个日夜。整体高9米8,寓意钱老98年的辉煌人生。美妙的构图,象征着钱学森爱国、奉献的情怀和超凡的智慧,为我国航天事业照亮前程。

我凝视着钱学森头像。钱老神态坚毅安详、目光深邃,注视着远方,给人以坚定的力量。我向他深深一鞠躬。

钱老头像后,是大型场景画:最危险的时刻。画面再现了"两弹结合"试验时,钱老作为技术总负责人,在飞沙走石、寒风刺骨的茫茫戈壁上,冒着极大风险亲临现场,鼓舞现场操作人员的场面。讲解员说,导弹与原子弹结合试验最关键的是弹头与弹体的连接,如发生静电感应,就会引爆原子弹,可以讲是一场生死考验。当时聂荣臻元帅和钱老亲自坐镇对接现场,给在场工作人员以莫大的鼓舞和信心。

旁边是园厅平台,矗立着中近程导弹实体。全长21.3米,重4.18吨,最大射程1 500公里。1966年首次"两弹结合"飞行试验,使用的就是这型号导弹。它与巨幅投影交相辉映,将我们带到首次"两弹结合"试验的历史情境,呈现一场令人震撼的视觉盛宴。仰看导弹,我热血沸腾。

"钱学森与中国航天"的短片在墙上播放,影片让我们简要回顾了钱学森与中国航天发展的历程。珍贵的镜头让人为之动容。

走过毛泽东、邓小平、江泽民、胡锦涛四代领导人接见钱学森大幅照片的通道,让我看到了党和人民对钱学森的高度信任、深切关怀,才使钱老更好地施展才华和抱负,建立了彪炳史册的功勋。

步入第一展厅"中国航天事业奠基人",大量的图片、实物,再现了钱学森当年参与领导导弹航天事业的全过程;走进第二展厅"科学技术前沿的开拓展",通过珍贵手稿和经典著作以及照片、图表、多媒体,让我们直观地了解了钱老卓越的科学成就和博大精深的学术思想;漫步第三展厅"人民科学家风范",一批珍贵的照片、历史档案和亲笔书信,生动反映了钱老在科技强国、心系人民的爱国精神;严谨要求、勇攀高峰的科学精神;淡泊名利、宁静致远的奉献精神;流连第四展厅"战略科学家的成功之道",图片实物、历史文献全景式展示了钱老的人生历程。

  我边听边看,不时提问。处处令人震撼、给人启迪、给人力量。看着他的第一篇演讲稿,一气呵成、无一错字、无一涂改、书写工整、标点正确,可见钱老思维之严谨。在钱老一张泛黄的考卷上,标着 96 分。这是水力学的一次考试,他都答对了,老师原本要给他满分 100 分,可他发现在一处写等式后将"NS"简写成"N"主动要求扣分。可见钱老求真务实、精益求精的学风。他在美国没买过一分钱保险和股票。很多美国朋友对此不理解,他说,其实没什么奇怪的,我是中国人,根本不打算在美国住一辈子。1950 年 8 月,从事研究的他准备回国,却被扣留。美国防部海军次长扬言,决不能放走钱学森!他知道的太多了,我宁可把这家伙枪毙了,也不能让他离开美国,因为无论在哪里,他都抵得上 5 个师!科学是没有国界的,但科学家有自己的祖国。1955 年 10 月,在党和政府的帮助下,在周恩来总理的亲切关怀下,钱学森终于回到了祖国。

  即将走出第四展厅,我抬头看前方,是钱学森的一段话语:"我将竭尽努力,和中国人民一道建设自己的国家,让我的同胞过上有尊严的幸福生活。"钱学森的一生,实践着他的诺言。

  走出钱学森图书馆,艳阳高照。钱馆内的一切在脑海中不断涌现。钱学森的精神永存,他激励着我们,不忘初心,为实现伟大的中国梦作出力所能及的贡献。

(载于《上海交大报》,2019 年 7 月 1 日第 4 版)

苏州河水清又清

每天,我伫立在17楼阳台窗前,眺望着清澈、平静的苏州河水感叹,苏州河及其两岸发生了翻天覆地的变化,从黑臭的城中河变成了亮丽的景观河。而这一切的变化,我亲眼见证,因为30多年来我一直住在苏州河畔。

20世纪80年代初,我工作的单位分配给我一套住房,离苏州河不足300米,中间是一片低矮破旧的棚户房。看房时,就闻到了从苏州河飘过来的阵阵臭味。之后,一住就是十多年,窗子常常关闭,尤其是晚上,河面上不断来往的运货船发出"哒哒哒"马达声,让人难以入睡。到了20世纪90年代末,我准备购置大一点的新房,新房子的每一间都能看到苏州河。回家后,与家人商议,遭到反对,因为此房离苏州河不到30米,臭味更浓,但我坚持着,坚信苏州河水终有一天会变清,两岸环境一定会改变。

我曾在法国巴黎的塞纳河上乘船观光,清清的河水,两岸旖旎的风光,尤其是埃菲尔铁塔,西岱岛上的巴黎圣母院等优秀历史建筑,给我留下了难忘的印象。又漫步在德国科隆莱茵河畔,美丽的景色令我陶醉。还从报上看到过英国治理泰晤士河的报道,一条比我们的苏州河还要黑臭的河,经过几十年的治理最终变成了一条令世界赞美的河流。我梦想着,哪一天,我们的苏州河也能像他们的城中河一样,河水清清,游客乘船观景。

1998年,"上海合流污水处理第一期工程"启动,经过多年治理河水终于变清。其间,我看到挖泥船上的工人们日夜奋战,将河底的污泥挖起运走。又看到粪码头、垃圾码头拆除了,建起了飞鸟型亲水平台。河畔优秀历史建筑四行仓库、天后宫、上海总商会等重新做了整修,焕发了新的生机,苏州河的面貌得到了彻底改变。如今,我站在新闸桥上向东远望,清澈的河水将远在浦东陆家嘴的上海中心大厦的倒影清晰地映在河的中央。两岸的绿树、楼宇、桥梁的倒影也在河中,岸上建筑、水中倒影连成一体,有人描绘,苏州河构成了当今的清明上河图。苏州河治理的成果,给老百姓带来了实实在在的幸福感,体现人民城市为人民。

(载于《新民晚报》,2023年4月20日第11版)

窗外静悄悄

2022年3月,上海突遭新冠病毒奥密克戎变异毒株袭击,至4月初,疫情严重。为遏制疫情扩散蔓延,保障市民生命安全及身体健康,浦东开始封控管理,紧接着浦西也实行了封控管理。

我家在苏州河乌镇路桥和新闸桥之间,是紧靠苏州河一幢高层的17楼,视野开阔,东南西三面可将市中心的许多高楼、公园、马路、河道收入眼底。无情的疫情,使昨日热闹非凡的城市变得无比的安静,尘世间的喧嚣变得寂静无音。这情景,是上海建城以来从未有过的,它告诉人们,一场抗疫攻坚战在申城开始打响。

封控第一天清晨,我打开窗户,窗外静悄悄。只闻楼下树丛中小鸟唧唧喳喳声、河对岸鸽子咕咕叫声。眺望南北高架路上,川流不息的车辆不见了,偶尔驶过白色的救护车、红色的消防车、橘黄色的工程抢修车,还有可能是满载着抗疫物资的货车。街道上空无行人,但见清洁工人在打扫路面,装着居民物品的快递小哥的助动车一晃而过。苏州河桥上,穿着白色防疫服的民警在值勤,盘查着来往的车辆和行人,或放行,或劝回,警车停在桥上,警灯闪着红光。在后来的烈日下、风雨中,他们始终坚守着。正是他们的辛劳,换来了城市的安稳。

封控期间,桥东河畔一排居民楼下,不断传来志愿者手提喇叭的叫喊声:某号某层的居民可以下楼做核酸啦!我看到居民纷纷下楼来到楼外,按防疫间距排队,有序让白衣天使做核酸,做好后迅速离开回家。绿草地、大树下、蓝帐篷、白大褂,测核酸,此时此景,构成了苏州河畔一道靓丽的风景线。一天,不知哪幢楼里传出了小号声,一曲《我和我的祖国》,在宁静的申城上空久久回响,给人温馨,给人力量。

平静的苏州河面上,传来了马达声,一艘打捞垃圾的船只由西向东驶来,船头上一位手持网兜的工人,不时将河中的漂浮物捞起。船尾的五星红旗在微风中飘扬。我向船工挥手致意,感谢他们在疫情期间,为保持苏州河的美丽做出的贡献!

夜晚,窗外更加安静,万家灯火依然。河岸围墙上的灯光、亲水平台上造型各异的景观灯、一幢幢楼宇外形的灯光,都倒印在河中,星星点点、灯光摇曳、流光溢彩,让宁静中的苏州河更加风情万种。

  遥望浦东陆家嘴 632 米高的上海中心大厦,在上海之巅连续滚动着巨大的白色字幕:"上海加油""我们的心在一起""感谢有你",静默期间,换成了红色大字:"同心守护""感恩有您"。这是浦东人民的心声,更是上海人民的心声,是上海人民打赢大上海保卫战的信心和决心。

  窗外静悄悄,这静,是暂时的。静中,申城正积蓄着巨大的能量,静态一旦打破,这能量就会像火山一样喷发,形成强大的活力,上海将创造出更大的奇迹。

  坚持就是胜利!坚持才能胜利!6 月 1 日,上海终于在两个月的封城管理后迎来了解封的日子,城市又恢复了往日的喧闹。每一个人都在欢呼雀跃,庆贺自己在这场特殊的抗疫战斗中,坚忍不拔,锤炼成了一名坚强的战士。

  (本文参加浦东新区直管工会 2022 年 12 月举办的"奋进新征程,建功引领区"征文比赛,荣获二等奖)

王个簃与《硕果图》

2024年是上海交大附中建校70周年,在迎接校庆期间,我整理着70年来有关资料,找到了一幅66年前,由著名画家王个簃为我校前身——上海市工农速成中学画的一幅《硕果图》,让我惊喜不已。

王个簃是当代著名书画家,他是"画圣"吴昌硕晚年亲授弟子,是吴老衣钵传人,在七十余年漫长的艺术生涯中,他全面继承和发展了吴昌硕画派的艺术,作出了独特贡献。他是诗、书、画、印的全才,且有个性,为当代留下了宝贵的艺术珍品。王个簃为我校所作《硕果图》,在我校历史上是一抹亮点。

"文革"初,化学教研组长朱颐老师有一次突然对我说,工会阅览室墙上挂着一幅我国著名画家王个簃的画,叫我去看,并让我转告学校领导,要保管好这幅画,不要弄丢了。后来,我去看了此画,但当时对画的含义理解不深。不久,校园混乱,阅览室不复存在,再后来,办公楼也拆掉重建,此画就不知放到了哪里,但心中始终牵挂着这幅画。

此次,在学校仓库内,我仔细整理着一件又一件实物,在众多的校友、书法家、画家等赠送的书画中将其找了出来。

我小心翼翼打开裱好的画卷,欣赏66年前王个簃的画。只见裱的纸框有点破损,挂画的绳子已断,庆幸的是,画面完好,颜色依旧。

这是一幅长102厘米、宽41厘米的画,画的右下方是三串成熟的淡黄色枇杷,中间藤框内是成熟的杨梅,再上面是石榴枝条上结着的4只石榴,其中一只已开裂,露出红红的石榴籽。画的左侧是画家苍劲有力的书法:"争看佳果含馨日,却忆新苗擢秀时,树木十年须领会,辛勤培植仗园师。 一九五八年七月上海市工农速成中学十三班全体毕业生嘱画奉赠 母校老师们留念 王个簃作图并为之题记。"下面是他的"王贤印信",画纸的右下角是"须曼"两个字的印章。这是画家对我校教育取得丰硕成果的赞誉和肯定,也是对老师培育新一代优秀人才的殷切期望。可以想象,老人当年作画时的心情是多么的愉悦。

1954年,上海市教育局根据党中央的指示精神,创办了工农速成中学,目的是加快培养建设人才,以适应经济发展。学生来自各条战线上的优秀青年,不少人已成家。他们用4年的时间学完了初高中6年的课程,然后直升大学。速中仅一届,1 200多名学生,他们中的绝大多数人,后来在各自岗位上成为骨干力量,为国家的建设做出了卓越的贡献。1958年速中结束后,学校被上海交大接收,举办交大预科,之后,移交给上海工学院,变为工学院预科(附中),1963年又改为上海市交通中学,直到1964年6月,交大重新接收,改为交大附中,直至今天。我校优良的教风、学风、校风是在速中时期形成的,尽管三迁校址、六改校名,但广大师生的初心没变,近4万学子的梦想从校园起飞,今天,学校已是上海高中四大名校之一,王个簃当年的《硕果图》激励着师生不断攀登新的高峰。

为进一步理解画的含义,更好欣赏这幅佳作,日前,我在爱好书画的68届校友蔡恭杰陪同下,拜访了刚在日本参加吴昌硕诞辰180周年纪念活动后回沪、王个簃的入室弟子董芷林老师。董老师是缶门画派第三代传人,上海画坛实力大家、书法家,现为上海文史馆馆员、民盟中央美术院上海分院院长、吴昌硕艺术研究协会副会长,他的画风既有缶翁吴昌硕雄健厚重之风范,又兼具恩师王个簃倜傥雅逸之风,同时兼有自己灵动清雅之韵味。他看着恩师66年前作的画,赞不绝口,将画上每个细节向我作了诠释,特别指着画上的名章——"王贤印信"说,王老姓王,名贤,字启之,号个簃。又指着压角章"须曼"说,这是古印度花名,其梵语音译名为"须曼那",此花的形状和颜色都非常迷人,能够令人心生愉悦,因此它被称为"称意花"或"悦意花"。一席话,让我受益匪浅。他接着提出了如何保存、小修此画的建议,并挥毫写下"桃李满天下"5个大字,庆贺我校70华诞,贺我校取得的累累硕果。这5个大字,师承吴昌硕,是董老师运用其享誉书画界、首屈一指的石鼓文篆书的,内容与他恩师王个簃的《硕果图》相匹配,相得益彰,意义不凡。左边是他的落款"上海交大附中建校七十周年纪念奉贺 顽翁芷林篆於沪上撷馀楼"。这又是一幅为我校添彩的名家题字。

今年是吴昌硕诞辰180周年,他的两代传人先后为我校作画、题字,深感荣幸,这将激励我校更好地办好教育,争取结出更优异的硕果,为国家培养更多的优秀人才。

第十三辑　为我点赞

耕耘半世纪　成功教育者
——访陈德良老师

上海交大附中1966届1班 马琳　3班 舒冲慧

"老三届"校友在迎接母校建校60周年之际,决定采访一批老教师。编委会在商讨采访老教师名单时,多次提出要采访陈德良老师,但都被陈老师谢绝。他认为自己与德高望重的老教师相比,相差甚远。

"老三届"联谊会领导班子重新调整后,俞锦杰会长等一批校友再次提出要把陈老师列入采访对象,并告诉陈老师,这是"老三届"的事,个人意见只能保留。在此情况下,陈老师才同意接受我们的采访。

尽管陈老师不是我校创办初期的老师,但他1960年以优异成绩考入交大预科,中途响应党和国家的号召,投笔从戎,成为一名光荣的解放军战士。从部队复员后回母校工作,先后担任政治辅导员、团委书记、党总支副书记、书记、副校长、正处级调研员。2004年退休后担任校友会副会长兼秘书长至今。这样算起来,陈老师与交大附中的情缘有54年之久。

书 记 风 采

交大附中在走过60年的历程中,前后共有六位校长。第一任校长钱君洪时,陈老师是学生。第二任校长石汉鼎时,他是政治辅导员、团委书记。后四任校长在职期间,他作为党总支书记与他们都配合工作过。

校长四任,而书记都是陈老师,这在上海的许多学校中是不多见的。我们对此很感兴趣,希望他谈谈这方面的感想。

陈老师淡然地笑了笑说,也许是自己平易近人,为师生办实事,从而得到广大党员和老师的信任拥护,也得到交大党委的肯定。

学校实行校长负责制,作为书记,如何配合校长贯彻执行党的教育方针,把学校办成著名的一流学校,书记的作用是十分重要的。

陈老师说,他永远是交大附中的学生。担任校领导后,依然与群众打成一片。他置身于教师、职工之中,倾听群众的呼声。他说,与老师、学生相处,要永远保持平等的关系。谦虚、谨慎是他的一贯作风。他说,这与自己出生在农民家庭,从小养成一颗纯朴善良的心有关。

常听说,一个学校的校长、书记由于配合不好,工作不能正常运转。而陈老师与四位校长都配合得很好。这中间,陈老师起着主导作用。

陈老师的一则故事让我们为之动容。那是1991年2月28日,陈老师乘车到学校上班,路上,因胆囊炎发作,疼痛得直冒冷汗,坚持到下车,刚走几步就昏倒在地。恰好后面一辆车子下来了学校职工张老师,她立即打电话火速将陈老师送到江湾医院抢救。当陈老师醒来时,医生要他立即开刀。但陈老师考虑到学校刚开学,许校长又刚调来,对学校情况很不熟悉,于是,陈老师恳求医生采取保守治疗。起先医生怎么也不同意,但陈老师犟劲上来,医生实在拧不过他,最后只得同意他的意见。一周后,他出院未休息就上班了,与新来的许校长密切合作,有条不紊地开展了学校各项工作。在后来的一年中,陈老师几乎每周都会胆囊炎发作,为了不影响工作,他一直拖到1992年的暑假,才住进了中山医院开刀。

陈老师常说,办好学校,关键是教师,而教师的积极性是要靠领导去调动的。作为学校党组织的负责人,让教师全身心投入到学校教学工作中去,是书记的重要职责。听说,陈老师有许多动人的故事,我们希望他举一两个例子。

此时,陈老师拿出了两本上海交大出版的《高教研究》,一本是1992年第4期,上面有26篇、28位老师写的论文和体会文章;一本是1997年"附中教育"专辑,上面有35篇文章,37位老师撰写。这些文章让这些老师在后来的职称评定中派上了用处。而联系发表在高校刊物上的工作是陈老师花了大量心血后完成的。这是陈老师对在校教师最实在,也是最大的帮助和爱护,大家一致评价,陈老师帮到了根子上。

在关心年轻教师的成长方面,陈老师也花费了大量的精力。

物理老师王铁桦大学毕业后来到交大附中工作。暑假,陈老师冒着高温到王老师家中家访,鼓励他争取在教学上取得优异成绩。在他担任1997届理科班班主任期间,陈老师更是深入到这个班,协助他开展工作。这个班的团支部是以革命烈士秦鸿钧的名字命名的,在他辛勤工作下,这个班级成为上海市先进集体,王铁桦老师在30岁出头就被评为特级教师,现在是松江二中校长。看着年轻教师成长接班,陈老师感到十分欣慰。

陈老师在负责初中年级工作期间,经常听一些年轻老师的课。听完课后,都会给予肯定和指出不足,从而使青年教师迅速成长。他说,一个学校的希望在于年轻教师,他们成长了,这所学校也就成功了。

陈老师每回听课后都会认真写下感言。

如听数学老师徐志华课的感言："百分比的数字是枯燥无味的,大屏幕、分母、加、减、乘、除……变得如此有生命力。你把同学带进了商店、操场,让学生在一个又一个数字前思考着、比较着、终于做出了正确的选择。师生互动贯穿始终,教室里充满着欢乐,一堂愉快的数学课。看得出,你精心备了课,辛勤的汗水,结出了硕果。成功的教学在于创新,在于理论联系实际,在于学习后能在实际生活中应用。感谢你,年轻的老师,但愿继续努力,在三尺讲坛上作更多贡献。"

听语文老师何娟课后的感言："似一股清泉,流淌在教室里,滋润着孩子们的心田。课本内容本已精彩,你声情并茂的讲解,更添色彩。教态自然,紧扣内容,层层推进。知识豁然,思想教育贯穿全过程,净化着学生心灵。师生互动,气氛活跃,愉快学习,是教改所在。辛勤耕耘,必将换来硕果累累。"

当陈老师将听课感言打印成稿,送给两位年轻教师时,他们十分激动。目前他们已成为附中深受学生、家长欢迎的教师。

语文教师陈雄,生病住进了中山医院,那一段日子,陈老师实在抽不出时间去探望他,于是,陈老师就让陈师母代他到医院看望。这让陈雄老师十分感动,事情已过去了几十年,但陈雄老师一谈起此事,仍充满感激之情。陈雄老师后来担任了语文教研组长,带领全组老师在语文教学上不断取得佳绩。

有一段时间,陈老师走访了大部分青年教师的家庭,甚至在崇明岛住宿过夜,将家在崇明的老师家都走了一遍。

深 爱 学 生

交大附中历届校友谈起陈德良老师,绝大部分都会伸出拇指,纷纷称赞他是一位受学生爱戴的好老师,好领导。我们希望他谈谈个中的原因。

陈老师说,老师爱学生,这是做老师最基本的品德。学生对关爱他的老师感情最深,对老师的教育更易接受。这种关爱,要从学生入校的第一天就做起,学生一开始就会对学校、对老师有一种亲切感。那么,老师的教育就已成功了一半。对此,陈老师深有体会,而且从自己的实践中获得了成功。

他给我们讲了一个生动的故事。

那是在1987年开学第一天,新生来校报到。那天,陈老师多次来回于学校与公交车站之间,迎接学生及送行的家长。忽然,他看到一位扎着马尾辫的女孩,吃力地从51路公交车上搬下行李。陈老师立即赶了过去,问她家中没人送吗？女孩说,爸妈正好今天都上班,没法请假来送。于是,陈老师就帮她提起了一个包,向学校走去。一路上,陈老师又问了她来自哪个区?哪个学校?是否担任过学生干部?无拘无束,师生十分亲热。陈老师将其送到寝室,看她铺好床铺,摆好生活用品才离开。下午,新生入学典礼,陈老师作为学校党总支书记、副校长的身份向全体新生表示热烈欢迎,并对新生入校后的注意事项等提出了要求。

此时,坐在台下的那位女生十分惊讶。上午时,这位同学还把陈老师当作"校工",原来是学校的领导,钦佩之情油然而生。对这所新学校产生了强烈的爱。她叫顾清,后来,她在一篇《那天"校工"帮我提行李》的文章中,说到自己开学第一天就遇到了如此爱生的领导、老师,感到十分的幸福。

师生有缘,陈老师后来担任了他们班的政治课老师。3年中,他看着这位同学成长、成熟,成为校团委宣传委员,评为上海市三好学生,特别是她与其他同学一起创办了全市第一份由中学生自办的党章学习刊物——《向往》。毕业前,这位同学光荣地加入了中国共产党。

陈老师说,这件事,对老师来说是很小的一件事,但在学生心目中却是一件大事,学生会记住一辈子,会激励学生去关爱他人。

听完陈老师讲述的这个故事,我们更加钦佩陈老师对学生的关心爱护。

陈老师对学生关爱的例子太多了,我们问他有否印象最深刻的。他略微思考了一下,讲起了1999年初,帮助高二一位团支部书记,直至高三毕业的例子。他把当时写给这位同学的信给我们看。信很感人,当时信中还放了300元钱。

这位同学收到信后,告诉了父母亲,全家为之深深感动。父母亲立即写了回信,向陈老师表达了感激之情,表示会勉励孩子多学本领,做一个对社会有益的人,将来回报社会,但要将钱退回。

我们问,最后这300元钱退了吗?陈老师说,我非但没接受退款,相反,从那日起每月我都从工资中拿出300元资助她,一直到高中毕业。孩子非常争气,毕业前入了党,考上了上海交大。

陈老师告诉我们:他在担任团委书记、党总支副书记时,走访过全校每个班级的班长、团支部书记以及团委学生会干部的家庭。这些学生干部的家,有的在金山、青浦县,有的在崇明岛。一次,他到南汇一农村走访一位学生干部家庭,村上的人不知怎么知道了,都出来夹道欢迎,因为在这个村上,从来没有哪个学校的领导到学生家中来访问。当时是团委书记、学生工作党支部书记、学校党总支副书记一起到这个同学家中的。他们的家访,轰动了这个村。事后,这位同学写了一篇《三个书记来我家》的文章。一次暑假,陈老师在嘉定访问一位班长,他家中住房条件十分差,该生晚上睡在每天搭的木板上。家长提出,暑假期间,是否可以让这位学生住到学校去？因为按学校规定，暑假中，学生一律回家，不能住在学校。陈老师当即表示同意，并与学校后勤组老师进行了联系，解决了这个问题。这位同学以及家长十分感动，写来了感谢信。

随着时代的发展，通信手段越来越发达，手机短信、微博、微信，使许多老师很少再家访了。但陈老师认为，家访仍然是与学生、家长联络感情的最好方式，因为人是有感情的。

陈老师给我们讲了一件老师中绝无仅有的事，那是 2005 年高考前一个月中，陈老师给当时思想波动很大的年级团总支书记小季每天发一条鼓励她的短信，还联系了最富教学经验的数学老师为她辅导。结果，小季同学最薄弱的数学竟考了满分，以 553 分的高分被香港大学录取。

陈老师说，关爱学生是教师的基本要求。俄国著名文学家、教育家托尔斯泰说过："如果一个教师虽然读过许多书，但都不热爱事业，也不热爱学生，也就算不上一个好教师，如果教师把热爱事业和热爱学生相结合，他就是一个完善的教师。"陈老师从教近 50 年中，始终一往情深地热爱着他的学生。他说，他从来不训斥一个学生，即使是犯错的学生，也总是动之以情，晓之以理，从而得到同学的信任。我们想，陈老师教育的成功也在于此吧！

德 育 创 新

陈德良老师长期从事学生德育工作，曾评为上海市先进德育工作者，多次在上海市委组织部、上海市高校组织工作会议、团市委、杨浦区团委以及兄弟学校有关会议上作学生党建工作、学生思想工作的经验介绍，得到上级领导、兄弟学校的好评。

我们要求他谈谈成功的经验，他说，德育的生命力，德育工作上的成功在于不断创新。

1978 年 5 月 4 日，全校师生在学校附近的马桥部队大礼堂召开五四青年节大会。会上，学校党总支书记石汉鼎同志宣布：陈德良同志担任校团委书记。那一年，陈老师已是 34 岁。

从那时起，陈老师就下决心一定要开创交大附中共青团工作、学生工作的新局面。学生的德育工作一定要走在全市各中学的前面。

我们听说陈老师曾组织全校共青团员到虹口公园跳集体舞，便问他是怎么回事？他说，那时在团委恢复不久，团员的组织生活、组织活动比较单调，不是学文件，就是听报告，缺乏年轻人的朝气，广大团员很希望能走出校门，到社会大课堂去走走、看看,包括开展文体活动。陈老师在听取了团委干部的意见后,决定利用假日,到虹口公园开展爬山、划船、跳集体舞等活动。那天,同学们举着校旗、团旗来到了公园。大家围成一圈,录音机里开始播放舞曲,在"蓬嚓嚓"的乐曲声中,全体团员跳起了集体舞。当时,公园的游客把我们围了个水泄不通,看是哪个学校的学生,胆子竟如此大,敢在大庭广众之下跳舞?因为那个时候,"文革"结束不久,人们"左"的思想还未消除。认为跳舞是封、资、修的东西。所以,陈老师说自己是冒着风险的,准备挨批、撤职的。但团员十分开心,围观的游客中不时鼓掌叫好。这次活动获得了极大的成功,学校德育工作的新局面也开始了。

此时,陈老师拿出了1980年6月出版的《上海团讯》。上面刊登了记者采访陈老师后撰写的文章《"向心力"从何而来?》,文中记录了陈老师任职团委书记期间的一些创新活动:

他请经验丰富而又受同学尊敬的老教师来上团课,举办"趣味数学游戏竞赛""趣味化学游戏竞赛"和钢笔字比赛,这些都深受大家欢迎。

在交大附中的校园里,团组织就像朋友,像兄长,用真挚的友情吸引着团员和同学们,形成一股较强的"向心力"。我们在这里撷取的不过是他们在团工作改革中的几朵浪花。

交大附中的学生党建工作一直是走在全市中学的最前面的,这也是陈老师在学生德育工作中向更高目标前进的一步。1982年初,他率先在全市成立了学生党章学习小组,并以极大的精力投入到此项工作之中,这项工作一直持续到今天,至2013年,已有近三百名学生在高中阶段入党。陈老师撰写的学生党建文章,先后发表在上海的一些报纸杂志上,并在市、区、兄弟学校的有关会议上多次作经验介绍。他为培养一大批青年共产主义者付出了心血。

至于后来他在学生中建立的理论学习小组,以及邓小平理论研究会被评为交大"邓研会"优秀分会、市区明星社团,同样也是德育工作的创新。

目前,交大附中的校友讲师团,经常聘请校友回母校,为在校学生作报告、开讲座,其起源也是陈老师在1985年开创的。他撰写的《学校演讲团的教育作用》《交大附中活跃着一支德育讲师团》的文章先后发表在《中学教育》杂志和《青年报》上。

看着陈老师几十年来在学生德育工作上的创新成果,我们由衷地感到钦佩。

营造一流的教学环境

优美整洁的环境、奋发向上的校园氛围,对学生的成长起着重要的作用。作为一个教育工作者,尤其是学校的领导者,应该努力去营造最好的育人环境。

我们对陈老师为创设优美整洁的育人环境所作的努力惊叹,很想听听他的想法。

　　陈老师自2002年起,担任着交大附中创办的上海市民办浦东交中初级中学的董事长,并兼任几个班级思想品德课的教学工作。

　　建校初期,资金短缺,陈老师想到了利用交大附中的校友资源,为校园环境建设做点事,他的想法得到了广大校友的支持。

　　陈老师告诉我们,走进交中初级中学,迎面墙上是一幅大型的灯箱画,画面上一位十分可爱的小女孩在葵花的衬托下,张开双臂,欲展翅飞翔,上书"梦想起飞的地方"七个大字,把学生的思绪引向远方。此画是陈老师联系1990届7班捐资1万元完成的,画面启迪着学生要珍惜年华,学好知识,为实现自己的梦和中国梦作贡献。

　　陈老师说,在教学楼底楼大厅墙上,挂着一幅《黄河壶口瀑布》的大型油画,这是经陈老师联系,1972届一位校友认识的著名油画家赵一凡捐赠的。

　　此时,陈老师将交中初级中学出版的校报《梦园》第十四期给我们看。在这一期的第一版上,刊登着陈老师为此画撰写的一篇文章《精美的作品,育人的画面——看〈黄河壶口瀑布〉油画有感》。读着陈老师的文章,我们感受到此画散发的正能量,理解了陈老师的用意。

　　在我们采访陈老师之时,在他的电脑中还看到一堵美丽的围墙,这是陈老师经过半年多的努力,通过1969届校友出资维修并请画家画上各种体育运动员剪影造型的佳作。

　　校内还有1990届4班赠送的景观石,上书"点石成金"4个大字。有初中第一届毕业生赠送的景观石上书"思源"两个大字;有历届33位校友建造的"芳草地";在一些会议室、办公室、自习教室、走道上布置有校友赠送的国画、摄影作品等。这一切,都是陈老师与校友联系后做成的。

　　陈老师常说,优美的环境,陶冶着学生的情操,促进着学生身心健康发展。一届又一届学生,看到学长们对母校献上的爱心,受到鼓舞,学到了一种精神,并为他们日后事业有成回报母校奠定了思想基础。我们感到,陈老师做的这一切其意义是深远的。

享 受 教 育

　　陈老师说,教育是一种享受。当老师是最幸福的,随着年龄增大,人在变老,但自己的心态一直是年轻的。他说,自己面对的学生始终是16岁至19岁的年轻人,因而自己在心理上始终觉得年轻。尤其是2009年开始与交大附中创办的一所学校的初中学生接触后,更有童心未泯的感觉。

　　陈老师说,当一届又一届学生毕业,工作有成就时,感到教师是天底下最崇高的职业。在交大附中成立校友会后,他担任秘书长,联系着一届又一届学生,接触着不同年龄、从事不同职业的校友。每当看到校友们事业有成,生活幸福,他就感到十分幸福。他说,这就是一种教育的享受。

　　陈老师没有当过班主任,但他深入过一些班级,其工作的投入有时超过班主任。所以同学们特别喜欢这位"编外"班主任。

　　听说陈老师近几年来为多位校友作证婚人,我们希望他谈谈这方面的情况。

　　陈老师从抽屉中拿出了一叠他当证婚人时的证婚词及祝贺词给我们看。我们饶有兴趣地翻阅了起来,每篇都很精彩,似散文、似诗篇,我们决定带回后细看,先听陈老师讲讲其中的故事。

　　他说,最早的一次,大约在16年之前,是为1990年毕业的一对同学作证婚人。近几年来,有6位校友叫我作证婚人。每次,自己十分兴奋,因为这是崇高的荣誉,也是当老师的一种享受。

　　陈老师说,每次证婚,事前要精心准备,证婚词要给人耳目一新的感觉。他说,他会把新郎新娘的名字放入标题中。如1994年毕业的朱一村同学是南汇来的孩子,他的夫人是上戏舞蹈老师叫赵慧萌,陈老师顿时来了灵感,"萌芽长新叶,丰收又一村"作为证婚词题目。再如2000年毕业的项珏,她的夫君是从北京考入复旦毕业后留上海工作的,他叫高原。我就起了这个题目,"高原雄鹰展翅南飞,喜得浦江美玉项珏。"当这些诗句一出口便博得台下阵阵热烈掌声。

　　每次,陈老师对证婚词精心撰写,反复修改,纠正发音,背诵试讲,上台后以演讲形式证婚。一次,为一位在外资企业工作的校友证婚,来了许多外国人。陈老师没看稿子从容演讲,令全场那些老外惊呆。又一次,陈老师在结束时用了四个排比句"今夜无眠",使婚礼气氛高潮迭起。

　　学生从交大附中毕业后,有的过去了七八年,或十几年,在自己结婚时,会想到让当年不是班主任的陈老师当证婚人或祝贺发言,而且有八人之多,这表明陈老师在学生心目中享有崇高的威信,也表明学生对陈老师的感情有多么的深厚。

　　像陈老师这样的校领导,能得到学生如此厚爱、信任,是不多见的。陈老师说,这是一种荣誉,一种待遇,更是一种享受。我们想,这与陈老师与学生打成一片,把学生当作自己子女一样关心爱护是分不开的。

　　陈老师还作为证婚人参加了一些有外籍人士参加的婚礼,他认为这是向外宾宣传交大附中的一次机会,是另一类的国际会议。他说,自己的发言,从某种意义上说,是代表了交大附中老师的水平。代表了上海乃至中国教师的水平。

所以陈老师十分重视有外籍人士参加的婚礼。其证婚词会反复斟酌,让外宾留下美好印象。事实证明,陈老师的期望都得以实现,因为从外宾们热烈的掌声中得到了验证。

陈老师拿出一块刻有韩国前总统李明博签名的手表给我们看。他说,2009年,为1999届一位女孩作证婚人,夫君是韩国小伙,其父是一位韩国退休将军。那天自己准备了一些礼物送给了将军,对方当即从自己手上脱下手表回赠。翻译告诉我,这块表是时任总统李明博送给他的。我不能接受如此珍贵的礼物,但将军一定要送我,并说,这是中韩两国人民友谊的象征。这样,我才接受了下来。陈老师说:"如今,这块手表放在我家的书橱中,指针在向前跳动,中韩两国人民的友谊也在加深。"

陈老师告诉我们,一位2004年毕业的学生,5年前就找到陈老师,说自己以后结婚一定请陈老师当证婚人,尽管他当时连女朋友的影子都没有。预约登记叫一位老师当证婚人,在中学界老师中也许不多见,足见陈老师受学生信任的程度。

晚霞灿烂

陈德良老师年已七十,在我们采访中,看到他精力旺盛,身体健康,乐观向上。尤其令我们敬佩的是他今天还站在初中三尺讲坛上,担任思想品德课老师,向学生传授着知识,启迪着少年孩子的心灵。他说,作为老师,在讲坛上讲课是最幸福的,只要自己有精力,只要学校需要,他将一直继续下去。即使以后不上课了,还可以经常给学生作报告、开讲座。他说,要像红烛一样,燃烧到最后,照亮学生到最后。

他告诉我们,2013年暑假,他曾带着初中的学生前往井冈山考察、学习、旅游。这是他第十次带学生上井冈山(他还四次带学生到延安)。他说,对学生的教育,尤其是理想、信念的教育,革命圣地是最好的教材。

在井冈山参观、访问、爬山、涉水他都冲在学生前面,还来回奔走,为学生拍照。特别是爬高山时,学生都比不过年事已高的陈老师。榜样的力量是无穷的,同学们从陈老师身上学到了很多。

从井冈山回来后,陈老师趁热打铁,要求每位同学写一至两篇心得体会,然后汇编成书。陈老师自己也写了"十上井冈山"一文,可喜的是他的这篇文章刊登在2013年11期《大江南北》杂志上。他为汇编的书写了序言"为少年添彩"。

陈老师将这本名为《红色之旅》的书给我们看,装帧十分精美。他说,学生拿到此书时,个个高兴得跳了起来。

近一年来,陈老师应高中近二十个班级邀请,作"理想·信念·奋斗"的演讲。每次都获得极大成功。

我们提出要看一下演讲的提纲,他从抽屉中拿出了一张A4纸,上面写的是"理想·信念·奋斗",下面有四个小标题,分别是:人生需要有理想信念;理想的实现需要靠奋斗;在奋斗中享受快乐;生命不息,奋斗不止。陈老师说,每次近一个小时的演讲,基本上都是脱稿的,激情满怀。精彩的话语、生动的事例、充满人生哲理的阐述,让学生在笑声中、在掌声中受到启迪。也许,会对同学的精神面貌发生改变,也许,许多学生会留下终生的影响。正如2016届5班陈璐同学在一篇感言中写的:"陈老师带给我们的,不单是敬意,还有一些震撼内心的东西。一场演讲,陈老师绘声绘色地叙述了许多自己曾经历的趣事,其中最让我感动的是他的坚持,理想、信念、奋斗,构筑成了陈老师彩虹似的梦,身为学校历史发展的见证者,他也同样告诉我们——于交中,彼此也许不过是其身旁擦身而过的芸芸过客之一;但交中于我却可以是改变自己一生的象牙塔,神秘却又让人心向往之。"陈老师的教育是成功的,他赢得了年轻人的心,这在当今形势下是多么的难能可贵。

陈老师是2004年退休的,他退而不休,10年来继续工作在学校。

他用5年的时间,完成了交大附中前50年的历史编写,计230多万字。这是一项浩大的工程,他给学校留下了极其珍贵的历史资料,为学校做出了积极的贡献。

他担任着校友会副会长兼秘书长,主持着校友会的日常工作。

他配合着学校每年举行的校庆活动,联系着一届又一届的校友,会聚在交大附中的旗帜下。组织着学生毕业逢十、逢五的纪念活动。他联系校友在母校设立了奖学奖教金,让校友回校为学弟学妹们作报告、开讲座。他负责编印出版的校友报已出版了40期,向广大校友传递着学校的信息、校友的信息、老教师的信息。他经常参加往届年级、班级的聚会活动,介绍学校发展的情况,校友们从中受到鼓舞。校友们都为自己曾经是交大附中的一分子感到无比骄傲。

陈老师说,校友会的工作是做不完的。校友是一所学校极其宝贵的资源,做好校友会的工作,无论对校友还是在校的学生,都有着积极的意义,也是教育人的重要途径。自己将尽力做好工作。

陈老师说,作为教师,年龄上有退休的,但作为教育工作,是可以继续的,直至生命终结。

此时,我们将陈老师赠送给我们他最近出版的新书《山水心灯》翻开。这是一本陈老师从20世纪80年代起,在旅游考察祖国美丽河山后写的散文集,计

33万字,是由学林出版社出版的。我们佩服陈老师的毅力,收集保存了几十年的素材。这也是陈老师在交大附中从教几十年中享受快乐的一个成果,也是对他人的一个宣传。此书是陈老师七十岁时出版的,我们看到书的后记中有交大附中历届70位校友向他祝贺并资助出书,反映着陈老师桃李满天下。

令我们感慨的是书的序言是由陈老师的学生,著名作家,影视剧制片人,1975届校友简平抱病而写的。序言从一个侧面反映陈老师的思想、品德、为人。读着这序言,我们对陈德良老师有了更深的了解。

讲到出书,陈老师说,作为一名普通教师,希望对自己的教育生涯有所总结,最好能留下点东西。这要不断地总结教育经验和教育实践,将感性的认识上升到理性的认识。人只有在不断地总结中才会不断提高、不断升华。才无愧于教师这个称号。

2004年初,由上海人民出版社出版了陈老师的第一本书《心声——一个教育工作者的心路历程》。2006年出版了《从这里走向交大》,2009年出版了《从这里走向成功》。他说,校庆60周年前,争取出《从这里走向世界》一书,成为交大附中三部曲。陈老师努力要把交大附中的一些优秀学子的成功经验展示给大家面前,给学校留下一笔珍贵的资料,增加学校的文化底蕴。

陈老师说,他的一生只有一个工作单位,那就是上海交大附中。他把自己的一生都献给了交大附中。从他所做的一切中,我们体会到他对学校是多么的热爱。

采访就要结束了,我们对陈老师在高中、初中的课堂教学,没有问下去。只知道,他的课深受学生的欢迎。听陈老师说,有一次他在初中上课,一下课,三位男生跑上讲坛,紧紧地握着陈老师的手说:"老师,您讲得太精彩了,我们太要听您的课了!"

陈老师从2004年退休至今已经十年,在这十年中他却发挥着比退休前更大的能量,为母校、为校友、为老教师……做出了更多更大的贡献。让我们从心底里感到钦佩。

陈老师说,自古以来,人们常说,人生七十古来稀,今天对我来说,人生七十更有为。陈老师告诉我们,在他家的书房墙上,挂着著名书法家为他写的"晚霞灿烂"四个大字,它每天激励着陈老师奋发进取,每天有所作为。

我们期待着陈德良老师在以后的十年、二十年中继续有新的作为。

(载于上海世纪出版集团中西书局2014年出版的《师心如莲——记我们的老师》第204—221页)

先锋陈德良

上海交大附中　郑雯

这是 6 月一个星期一的早晨,陈德良副校长站在司令台上,主持着每周一次的升旗仪式。炽热的太阳普照大地,陈老师的脸却依然毫无血色,望着他那双疲惫的双眼,平静的心再一次激动。

或许陈老师生来就与"先锋"结下不解之缘,1961 年陈老师以一位在校高中生的身份参了军,他连年立功获奖,经受了血与火的洗礼。

1966 年 3 月,陈老师回到母校交大附中。从 60 年代至 80 年代,他不断总结教学经验,将实践上升到理论,先后在《解放日报》《文汇报》和其他一些教育杂志上发表了 20 余篇论文。

1982 年,陈老师发现学生中出现要求了解党、向往党的情况,他自己编教材,在全市首先主办了党章学习小组。1986 年他又组织了"德育讲师团"。开花结果,努力注定了成功。从 1984 年起学校有 20 位学生光荣地加入了中国共产党,居全市第一。陈老师以学生思想政治工作上的成果得到了上级的肯定。

总以为共产党员没有"钱"的故事,但我却看到了许许多多有关陈老师与钱的故事。他将自己工作所得的奖金为学校买了放像机,指派给团委、学生会、语文教研组专用;他将自己劳动所得的津贴、稿费用来接济有特殊困难的老师。对于这些,陈老师说:"微不足道,表表党员的心意。"是的,这些钱对于宏大的国家建设可谓沧海一粟,但它对于一位老师而言不能说是微不足道!

1991 年 2 月 28 日上午,陈老师外出时突然腹疼难忍,跌倒在车站上。确诊为"胆囊息肉"后,医生告诫他要住院开刀。陈老师想到刚开学,新老校长接替还未完成,党政工作还未全面展开,再三央求医生不要动手术,进行保守治疗。

在医院里,陈老师还要求盐水吊在左手,以便右手写《本学期党政工作计划》。出院后 3 个月的病休却成了他的加班日,"我是一名党员,必须完成本职工作"。

病体是不能拖延的,3 个月紧张工作造成了令人悔恨的后果,"胆囊息肉转为癌变!"面对如此严峻的现实,我们的副校长要求工作纳入正轨后再动手术……

或许，今天我所写下的对许多师生而言都是"内幕消息"，是的，陈老师在人前从来都是满腔热情，身体力行，从未流露只字片语的劳累，当我知道这一切，我震惊了！

生命在党旗下闪光，陈老师入党至今 27 年，始终对党赤胆忠心、为人民无私奉献。他获得了世界上最宝贵的——人心。当他住院时，曾有 105 个学生和老师前去探望。

（刊登于 1991 年 7 月 5 日《青年报》第 2 版"我所钦佩的共产党员征文选登"）

后　　记

　　老有所为,老有所乐。在我即将迎来80岁时,设想着要把从20世纪80年代起,在报刊上发表的文章挑选后汇编在一起,出一本书,书名《八十抒怀》,以庆贺自己的生日。同时,作为礼物,献给我工作了一辈子的上海交大附中,庆祝建校70华诞。我将此想法告知家人及学校部分老师时,大家十分赞同。

　　于是,我开始落实出版社。在女儿一位朋友的帮助下,联系了文汇出版社的编辑熊勇老师,得到支持。

　　我找出了保存在书柜中有我文章的报纸、杂志,从400多篇中挑选了173篇。我把这些文章拿到学校,向黎冀湘副校长谈了出书的想法,并希望能否请老师帮助将文章扫描成电子文档,黎老师当即表示支持。她将此任务交给了在校办工作的陈鑫老师和实习生刘琴老师,两位年轻老师愉快地接受了任务。她们利用工作间隙时间,在电脑上操作,很快完成。我对她们的辛勤劳动表示衷心感谢。

　　收到了她们交来的电子文稿,我用了半个多月的时间,进行文字校对、修改,补充漏扫描的文章,然后将初稿发给了出版社。由于文章是按时间顺序排下来的,显得杂乱无章,编辑老师建议按专题重新排列,我认为很有道理,于是对文章重新整理,才有了现在13个专题栏目。为丰富有的栏目,我增加了几篇没有发表过的文章,如"我的大学语文老师""窗外静悄悄"等5篇文章。

　　此书的序言是由我校1975届校友简平(胡建平)写的。他是中国作家协会会员、中国文艺评论家协会会员、上海作家协会理事、上海市文艺评论家理事等。他曾为我已出版过的三本书写过序言,这次,当我再次邀请时,他一口答应。他在工作极其繁忙、身体欠佳的情况下,用了一整天思考,连夜写好了充满激情的序言,第二天就发在我的微信上。之后,他又作了两次修改才定稿,让我深为感动。

　　《八十抒怀》书中的许多内容,都与交大附中有关,从一个侧面记录了学校20世纪80年代后的许多人和事,为学校留下了部分历史记忆。在晚年,我还能为学校做点有益的事,感到很高兴。

　　为让读者对我有所了解,我编选了2篇校友写我的文章。一篇是1992届2

班校友郑雯,在参加《青年报》举办的"我所钦佩的共产党员"征文时写的《先锋,陈德良》,发表在1991年7月5日《青年报》上;另一篇是1966届校友马琳、舒冲慧合写的"耕耘半世纪,成功教育者",发表在2014年10月出版的《师心如莲》一书中。对这三位校友也表示感谢。

出版《八十抒怀》一书的过程,丰富了我的晚年生活内容,体验到了什么是老有所为,什么是老有所乐。

生命不息,奋斗不止。

作　者
2024年2月

图书在版编目(CIP)数据

八十抒怀 / 陈德良著. — 上海：文汇出版社，
2024.8. — ISBN 978-7-5496-4333-2

Ⅰ．I267

中国国家版本馆 CIP 数据核字第 20243FQ020 号

八十抒怀

著　　者	/ 陈德良
责任编辑	/ 熊　勇
封面装帧	/ 薛　冰

出版发行	/ 文匯出版社
	上海市威海路 755 号
	（邮政编码 200041）
经　　销	/ 全国新华书店
排　　版	/ 南京展望文化发展有限公司
印刷装订	/ 上海新文印刷厂有限公司
版　　次	/ 2024 年 8 月第 1 版
印　　次	/ 2024 年 8 月第 1 次印刷
开　　本	/ 720×1000　1/16
字　　数	/ 420 千字
印　　张	/ 24

ISBN 978-7-5496-4333-2
定　　价 / 68.00 元